千寻文化

Qianxun-Culture

—图书·影视—

仰望你

木甜——著

海峡出版发行集团 THE STRAITS PUBLISHING & DISTRIBUTING GROUP | 鹭江出版社
2022年·厦门

图书在版编目（CIP）数据

仰望你 / 木甜著 . — 厦门 : 鹭江出版社 ,
2022.11
ISBN 978-7-5459-2028-4

Ⅰ . ①仰… Ⅱ . ①木… Ⅲ . ①长篇小说 – 中国 – 当代
Ⅳ . ① I247.5

中国版本图书馆 CIP 数据核字 (2022) 第 184345 号

YANGWANG NI
仰望你
木甜 著

出版发行： 鹭江出版社

地　　址： 厦门市湖明路 22 号　　邮政编码：361004

印　　刷： 长沙鸿发印务实业有限公司

地　　址： 湖南省长沙市长沙县黄花工业园 3 号　　联系电话：0731–82757101

开　　本： 880 毫米 ×1230 毫米　1/32

印　　张： 10

字　　数： 317 千字

版　　次： 2022 年 11 月第 1 版　　2022 年 11 月第 1 次印刷

书　　号： ISBN 978-7-5459-2028-4

定　　价： 46.80 元

目录

第一章 / 第三年的见异思迁

入夜，奚苒关了灯，卧室里漆黑一片，身侧的男人早已安然入睡，她却毫无睡意。

今晚，贺铭遥在饭局上喝了不少酒，颇有些兴致，他扶住她的后颈，逼着她仰起头。

奚苒个子矮小，和贺铭遥差了将近三十厘米，就算将脖子仰到极限，也只能勉强碰到贺铭遥的唇角。

还是贺铭遥低笑一声，凑上前，低下头，准确地噙住了她的嘴唇。

红酒清香，醉人醉己。

这会儿奚苒本该觉得精疲力竭，和贺铭遥一般沉沉睡去。

只是，她心里存了事。哪怕身体已经动都不想动弹一下了，可她的大脑仍在转动，像老旧的齿轮，生了锈，缓慢又迟钝，让人难以成眠。

奚苒和贺铭遥已经结婚三年，明明早已尘埃落定，她心里却还是没有踏实感。

她犹豫许久，轻轻地推了一下身边的男人。

贺铭遥半醒未醒，拧着眉，昏昏沉沉地“嗯”了一声。

奚苒轻声道：“贺夫人让我明天过去一趟。”

贺铭遥的声音沙哑低沉：“嗯，让司机送你。”他说完又翻了个身，背对着她睡过去了。

奚苒不再说话了。

长夜漫漫，旁边这男人的身体常年火热，像一个火炉一样，似乎只要她靠近一点，就能分到些许热度。

奚苒整个人却像坠入了深不见底的湖底，从皮肤凉到心脏，再也无法感知一丝暖意。

次日，奚苒没有让司机送她，自己开车去贺家。

车子开出外环后，路边的景色渐渐荒凉，人也稀少起来，再开一段，就到了江城最大的富人区。

这一带别墅林立，越往里走越是豪华。外圈只是小别墅，内圈基本是上千平方米的庄园，每栋别墅间距极大，各自配有花园、露天游泳池和酒窖之类，贺家就在其中。

贺家作为顶级豪门，盘踞江城多年，像这种豪宅，单说贺铭遥的母亲贺夫人名下就有数十栋，分布在各处。

奚苒第一次来这儿时，很没见识地震惊了许久。

她只是普通人家的孩子，这辈子也没见过这种庄园，只是在各种影视剧里窥见些许。当然，这种"没见识"最后也成了贺夫人看不上她的理由之一。

奚苒想到过去，苦笑了一声。她忍不住叹了一口气，双手紧紧握着方向盘，不太熟练地把车倒进私人车库。管家早已等在旁边，语气里并无多少尊敬："少夫人，夫人在等您。"

"我知道了，谢谢您。"

"不敢。"管家微微点了下头，转过身，领着她往前走。

奚苒习以为常，并不觉得有被冒犯到。

管家是贺家老人了，据说已经为贺家服务了几十年。他是看着贺铭遥长大的，讲话自然有几分底气，至少要比她这个不受宠爱的外来媳妇儿更像贺家的"自己人"。

在这个家里，她对所有人都恭恭敬敬、客客气气，包括对丈夫贺铭遥。

走过院子，管家脚步未停，悄无声息地绕开主宅，往后花园走去。

贺夫人正在暖房里摘花。

虽然奚苒已经和贺铭遥结婚三年，但贺夫人并不喜欢她，因此双方极少见面，她对这位贵夫人也并不算了解。

倒是贺铭遥提过两三句，说贺夫人喜欢插花、画油画之类的，用以平心静气、陶冶情操。

只是没想到，她连挑选花束都亲力亲为，还在家里弄了这么大一个暖房。

倏地，走在前头的管家停下脚步，出声打断奚苒的沉思："少夫人，请。"

奚苒顿了顿，再次低声道谢，然后一个人走进暖房里。

时值金秋十月，江城天气尚暖，贺夫人身着褐色风衣，下半身穿一条黑色直筒裤，剪裁服帖，搭配也好，衬得人十分精神。

她拿了一把剪子，袖子挽到手臂上，整个人看起来很干练，不像往日那般严肃。

贺夫人的余光瞟到奚苒走过来，她放下剪子，冲着奚苒点点头，说"坐吧。"

奚苒知道贺夫人最重礼节，长辈还站着，她哪敢坐，只站在原地，乖乖巧巧地喊了一声"妈"。

贺夫人"嗯"了一声，表情好看了一些，又道："我突然喊你过来，没打扰你的正事吧？"

奚苒有点想笑——结婚之后，贺夫人明确表示不希望贺家儿媳妇在外抛头露面，只要安心做好全职太太，照顾好贺铭遥，所以她根本没有上过班，每天只是待在家里，能打扰到什么事呢？但是这话她可不能当着贺夫人的面说出来。

奚苒低垂着头，应道："没有的。陪您说话就是最重要的事。"

贺夫人呵呵一笑，只可惜笑意不达眼底，显得有些虚假。

贺夫人走了两步，顺势在暖房中间的欧式花园椅上坐下，摘下手套，抬了抬眉，示意奚苒也坐。

奚苒这才小心翼翼地坐到她对面。

贺夫人缓了缓，开口问道："你最近身体还好吗？"

"挺好的。"

"嗯，那就好。你和铭遥年纪也不小了，有在备孕吗？"

奚苒顿了一下，心想：果然又是这个话题。

从去年开始，贺夫人已经明里暗里提了多次这个话题，贺铭遥在时，还能把她挡回去，后来贺铭遥烦了，就让奚苒去应付她。可是，奚苒哪敢呢？

贺夫人一直不喜欢她，她连和贺夫人打招呼都有些胆战心惊，每次接到电话，也得把一颗心吊起来。

奚苒很清楚，贺铭遥对自己没什么感情，除了在某些特定的时刻，两人的关系就和同一屋檐下的室友一样，甚至比室友还要淡漠一些。

无论在何时何地，两人的身份都完全不对等，这场婚姻，一开始就是她高攀了贺家，高攀了贺铭遥。所以，自始至终，贺铭遥都保持着高高在上的姿态，而她则匍匐于地。

她虽然不曾指望贺铭遥能帮她在贺夫人面前说句话，但他那么聪明，总该看出她很难和贺夫人打交道吧？

或许他看出来了，只是选择了冷眼旁观。

不爱，就不在乎——不在乎奚苒的心情，也不在乎她的想法，正如昨夜那般。

奚苒本来以为，她能嫁给贺铭遥，已经再无所求。直到现在，她突然意识到，人难免有贪念，得到了他的人，就想让他多看自己一眼、再对自己好一些，而永远不会甘心于现状。

可是，这些她都求而不得。一次次失望缓缓累积起来，如鲠在喉。

倏忽间，奚苒望着贺夫人精致却没什么表情的脸颊，内心升起了一种浓烈的厌倦。

如果这场婚姻本来就是一个错误，现在纠正还来得及吗？

贺夫人见奚苒有些发愣，拧起眉心，严厉地喊了她一声："奚苒！"

奚苒浑身一震。

贺夫人神色不悦道："你有在听我说话吗？"

奚苒咬了咬唇，低声道："听到了。那个……铭遥工作很忙，我也有些没准备好，所以……"

她这模样在贺夫人看来，颇有些不上台面。

贺夫人眼中闪过一抹不屑，说："你都二十八岁了，没两年就该三十了，最佳生育年龄都过了，还没有准备好？"

奚苒："……"

贺夫人咄咄逼人："铭遥比你小两岁，结婚太早，又是男人，自然是不急。可你是女人，怎么也该着急一点，别等年纪大了再生，不然影响了孩子，自己也辛苦。"

……

一下午，奚苒就在贺夫人一句接一句的训话中，浑浑噩噩、坐立难安地度过了，甚至都不知道最后自己是怎么走出庄园的。

这种场面她并非第一次经历。

贺夫人自矜身份，不会说什么很难听的话，但钝刀子磨肉，更让人精神痛苦。

奚苒曾经跟贺铭遥提过一嘴，换来他轻飘飘的一句“你让着她一点”，就再没下文。

奚苒低着头，坐到了车里，她小心翼翼地将车倒出车库，驶上大路。

正值下班高峰，进市中心的路堵得不行，好几分钟才能往前半步。

贺夫人没留饭，让她回去，说是别让贺铭遥一个人吃晚饭。

可笑的是，奚苒甚至不知道贺铭遥今晚会不会回来吃饭。

他们的婚姻就是这样——她日复一日地等待，他随心所欲、自由自在，没有习惯，也不会向她交代什么。

晚上奚苒经常吃两顿，一顿是自己随便吃些垫垫肚子，另一顿是等着贺铭遥回来，他吃，她就陪着吃一些；他吃过了，她就自己再随便吃一些。

奚苒自嘲地笑了笑。她愣神的工夫，后面的车主按了下喇叭，唤回了她的神志。

她一惊，手忙脚乱地换挡，踩了下油门。

“砰——”车头撞上了前面车的尾巴。

巨大的撞击力让奚苒整个人重重往前一冲，又被安全带拉回原位，然后她意识到自己闯祸了，脸色一白。

前面那个车主已经怒气冲冲地下了车，检查了一番，似乎要来找她理论。

成年人的崩溃就在一瞬间。蓦地，奚苒脑中浮现出一个从未有过的念头。

这日子，一天天过得算什么，干脆离婚吧。

车主是个中年男人，穿西装打领带，挺着啤酒肚，脸上带着凶狠和狡猾。

他敲了敲奚苒的车窗，也不废话，直接问她：“公了还是私了？”

公路上这种磕磕碰碰少不了，特别是高峰时段，像奚苒这种马路杀手多得很，经常开车的司机都习惯了。

男人见奚苒像是个一脸稚气的小姑娘，加上这次碰擦明显是她全责，于是心中一动，敲竹杠的念头顿起。

“五百，私了。要不然我就叫保险公司来处理。”

奚苒这车虽然有保险，但她的心思飞到了天边，不想浪费时间被麻烦纠缠。

最后她爽快地扫码转账，花了五百块将男人打发走了。

月上柳梢时分，奚苒回到家。

大客厅里灯火通明，帮佣阿姨正里里外外地忙碌着，端菜、摆餐具。

奚苒换鞋的动作微微一顿，目光投向沙发上那个男人身上。

是贺铭遥默不作声地回来了。

往日，她该觉得欣喜又庆幸，欢欢喜喜地与他一同吃完饭，再亲手准备一些水果或牛奶，送去书房给他。再接着，或是各自洗漱睡觉，或是做些什么，让身心一同愉悦起来，享受一番他少有的温存。

偏偏今天，奚苒心里起了那个念头，她乍然见到剧情中的另一方，完全没做好准备。倏忽间，她的表情变得有些古怪。

贺铭遥没有发现异常，抬起头，将完美无瑕的脸正对向奚苒。

他的语气平平淡淡，听起来是完全漠不关心，随口问道："怎么这么晚？"

奚苒垂下头，没有和他对视，说："路上出了点事。"

其实她早就回到楼下的车库了，只是那个想法突如其来，如同一把火，这一路上烧得她全身都热了起来，于是她把车停进停车位后，一个人坐在车上，静静地思索了许久。

全新的人生……

没有贺铭遥，没有贺家，没有贺夫人，只她一个人，难道会比现在更差吗？

奚苒已经二十八岁了，虽然研究生毕业之后她一直没有踏入社会，但年龄也并非虚长，并不是毫无心计的菟丝花。

她在脑内竖起一个天平，将"离婚"和"维持婚姻"分在两边，一点一点地各自加上砝码，细细盘算得失。

在这段望不到头的婚姻里，她对贺铭遥感情至深这一条，仿佛无足轻重了。

奚苒从没有后悔过。

为了爱情，她已经拼尽全力争取了，甚至不惜顶着他人鄙夷的目光，也要高攀上贺铭遥。

这三年里，他们也不是没有一丝甜蜜——贺铭遥一点点的态度软化，都能让她自欺欺人，心甘情愿地将他奉若神明。

只是现在，奚苒开始厌倦了。

贺铭遥并没有问奚苒路上发生了什么事，只是站起身，坐到餐桌前。

还是阿姨问了她一句："夫人，现在开饭吗？"

奚苒点点头，放下包，脱了外套，飞快地洗过手，坐到贺铭遥对面。

"辛苦您了。"

阿姨呵呵笑着，替两人盛饭，再悄无声息地退开。

餐厅里只剩下奚苒和贺铭遥，两人面对面安静地坐着。

贺铭遥家教严格，习惯了食不言、寝不语。

奚苒本来是很喜欢一边吃饭，一边和朋友说说笑笑的，但对着一张毫无感情的面孔，她实在说不出话来，只能安安静静地低着头，慢吞吞地咀嚼。

没一会儿，贺铭遥先一步放下筷子。

奚苒一直在想事情，也没什么食欲，紧跟着结束。

贺铭遥见她把嘴里的食物都咽了下去，这才问道："今天，贺夫人跟你说什么了？"

奚苒顿了顿，道："还是那几个问题。"

贺铭遥早就猜到了，点点头，表示了解，而后视线不由自主地投向奚苒脸上。

奚苒没注意，正低着头拿手机刷网页。

她的眼睛很大很亮，睫毛长又卷翘，眨眼时，不自觉上下扫动，勾得人心里发痒。

从贺铭遥这个角度，只能看到她的睫毛和一点点鼻梁，以及小巧温润的嘴唇。

奚苒走神时会习惯性地咬嘴唇，不自觉地将嘴唇的颜色咬得十分艳丽。

贺铭遥的喉咙有些发干，心脏仿佛被羽毛轻柔拂过。

他站起身，两步跨到奚苒面前，抽走她手上的手机，将它丢到一边，再弯下腰，将她一把打横抱起。

奚苒吓了一跳，惊呼了一声："啊！"

贺铭遥身高一百八十八厘米，抱起一个娇小女人毫不费力。

他快步往卧室的方向走去，声音有些沙哑低沉："我抱你上去休息。"

奚苒拧起眉，推他：“今天算了。”

离婚事宜已经提上脑内日程，她实在没法分裂大脑和身体，再心甘情愿地和他有什么太亲密的接触。

贺铭遥第一次被奚苒拒绝，脚步一顿，低下头，眼神有些诧异。

“怎么了，你身体不舒服？”

奚苒摇摇头。

她看起来瘦瘦弱弱，浑身软软的，抱在怀中像棉花糖一样，手感极佳。

纵然被拒绝，贺铭遥还是有点舍不得放手。

他难得穷追不舍：“那是怎么了？”

奚苒感觉到贺铭遥的语气里有些不满，倏地，她心中的天平越发往“离婚”那一边倾倒。

“不想要了。”

这答案太过直白，贺铭遥愣怔半秒，眯起眼，目光锐利地望向她。

奚苒在心中叹了一口气，主动伸手搂住他的脖子，支起身，勉强将嘴唇贴到他的喉结上，声音含含糊糊：“求你啦。”

她为了让自己更加贴近“大家闺秀”的标准，极少做这般暧昧的动作，今天只是单纯地打发贺铭遥。

贺铭遥果真没有再纠缠。

他自恃身份，不能接受被反复拒绝，但奚苒这般讨好，又让他生不起气来。

贺铭遥将她放在沙发上，蹲下身，按着她的肩膀，用力吻了上去。

既然奚苒拒绝，那他只能从别处讨点利息。

奚苒被他吻得难辨今夕何夕，手指发软，眼神都有些涣散了，差点背过气去。

最后，贺铭遥总算心满意足，将人松开，起身去浴室。

奚苒满脸通红，平复良久，背靠在沙发上，忽然嗤笑出声。

男人啊，哪怕是面对一个不爱的女人，也可以接吻，也可以亲近。贺铭遥不爱她，却能和她亲密如斯，这等本事，实在叫人佩服。

可是，奚苒确信，自己已经受够了这种同床异梦的婚姻。

在这一刻，她终于下定决心——离婚。

夜深了，奚苒和贺铭遥一同躺到大床上。

床足够大，两人各睡一边，楚河汉界泾渭分明。

夫妻之间生疏至此，本该让人痛苦，奚苒却一点也没有这种感觉了。

她甚至异常亢奋——新生活就要来了。

离婚之后，她不会再着眼于这些相处细节，因贺铭遥的一举一动而牵肠挂肚。

离开贺家之后，奚苒想去找一份工作，彻底开始新人生，且这新人生里没有贺铭遥。

这感觉真美妙。

贺铭遥并没有感觉到身边女人的情绪，一晚上他都在深思——今天奚苒拒绝了他，为什么？

无论这场婚姻是怎样开始的，在夫妻日常相处上，他都感觉两人十分合拍。

奚苒往日也是喜欢的，不是吗？

她这般突然拒绝，一定有什么特别的原因。

贺总价值千金的大脑在这件事上缠绕许久，终于朦朦胧胧地摸到了一点感觉。

关灯后，卧室陷入一片漆黑，贺铭遥蓦地开口："奚苒。"

奚苒条件反射地"嗯"了一声。

贺铭遥冷淡地道："我想过了。生个孩子吧，我们。"

"什么？"

"今天贺夫人找你说了这个吧？我们结婚已经三年了，确实可以考虑备孕了。"

贺铭遥语气平静，仔细听，还能听出一点高高在上的感觉，仿佛他是在给下属安排工作。

但是他早就习惯了同奚苒这般说话，也没觉得有什么不妥。

贺铭遥仔细考虑一晚，觉得自己找到了症结所在——奚苒一定是被他母亲责备了，这才精神不济，乃至出言拒绝。

至于孩子——反正他们早就是合法夫妻了，既然她想要，贺夫人也想要，那么生一个也无妨。

贺家家底雄厚，贺铭遥本人又是商业投资奇才，养个孩子，完全在能力范围内，甚至都说不上麻烦。

能让奚苒和他母亲都高兴起来，何乐而不为呢？

他很快说服了自己，并向奚苒开了口。

女人脸皮薄，这事本就该由他主动来提才是。

奚苒一脸愕然，半晌，她回过神来，彻底被气笑了。

“贺铭遥，”奚苒难得连名带姓地喊他，“抱歉，我暂时没有这个意愿。”

贺铭遥有些不解，眉头紧紧地蹙了起来：“你不愿意？为什么？”

奚苒沉默半天，轻轻巧巧地开口：“没什么，我还没有做好准备。”

她确实还没有做好准备——离婚，要安排不少事，至少要先跟自家父母通气。

奚苒不想拖泥带水，纠缠不清，打算自己找律师出协议书，直接送到贺铭遥那儿，等他签了字就算完事。提前沟通会发生变数不说，说不定贺铭遥还会以为自己是在闹别扭讨宠呢。

贺铭遥没再追问，应声道：“好，我尊重你的想法。”

黑暗中，奚苒忍不住，无声地嗤笑了一下。

说什么尊重她的想法，实际上还不是因为不在乎。

她是见过贺铭遥和孔熙在一起的情景的，那时候，贺铭遥也是冷冷淡淡、高不可攀的模样，但对上孔熙的眼睛时，他的眼神里总会含着笑意。

奚苒和孔熙念的都是电影学院，学校里有早已出道的明星，也有素人学生。

孔熙大一就出了道，到大二和贺铭遥谈恋爱时，已经小有名气。像她这般漂亮又已经出道的人，在校内的关注度很高，为了防止谈恋爱被有心人拍到，两人一贯低调。

那时候奚苒在校外租房，恰好和这对偷偷摸摸的小情侣住在同一个小区，才有机会见证两人的关系。甚至有一回她碰巧和两人走在一起时，还听到了贺铭遥和孔熙讨论孩子这个话题。

贺铭遥这种冷面矜贵的男人竟然也会语带宠溺，自然地接过少女的话头：“就叫贺慕熙，男女都可以用。”

顿时，孔熙连耳尖都泛起了粉红色，说：“你讨厌……不正经……”

孔熙往日的风格是张扬肆意，但私下里也能如此自然地向心上人撒娇，声音酥软娇俏，听得人不自觉艳羡起来。

前面两人陷入了二人世界，没有人注意到这是公共场所，路上还会有其他人在。

奚苒的名字里也有 xi 这个音，只可惜此奚非彼熙，从一开始就注定了待遇不同。

孔熙是千娇百媚的，她则是不堪之人，靠着小心机，勉勉强强走进贺铭遥的世界，两人又怎么能一样呢？

奚苒想起曾经的事，还是免不了难受，但她连难受的资格都没有。

结婚前，贺铭遥跟她说得明明白白："奚苒，我不会爱你，但在其他条件上，我们的婚姻会很完美，你愿意吗？"

事实证明，他确实是一个守信之人。

奚苒在一夜间跨越了阶级，走进了名流豪门的世界，无须工作就有花不完的钱，还有数不尽的珠宝，生活上也不需要自己动手，过着人人艳羡的豪门少奶奶的生活——确实是拥有了一切，除了爱情。

但偏偏越是得不到，才越会骚动。

一夜难眠，奚苒难得赖床不起，贺铭遥也没有喊她，悄无声息地出门去公司。

反正也没有特意交代的必要，两人一贯是井水不犯河水。

贺铭遥离开后，奚苒在床上翻腾了几下，也没了睡意，顺手从床头柜上拿起手机，打开搜索引擎，开始寻找江城有哪些律师事务所。

贺氏生意做得很大，涉及许多领域，贺铭遥养了一个律师团，个个都是精英，但奚苒不能用他们，只能自己去找人。

她念的是电影学院的戏剧影视文学专业，和法律一点关系都搭不上，再加上毕业之后她一直在做全职太太，在江城几乎没有朋友可以拜托，都得靠自己。

奚苒挑了几家在网上颇有口碑的律师事务所，将地址和联系电话一一记下，这才起床洗漱。

帮佣阿姨听到动静，重新为她做了早餐。

"夫人，早上好。"

奚苒笑了笑，应道："阿姨，早。"

在他们小家工作的帮佣都是奚苒去雇的，虽然帮佣们大概也知道贺铭遥出身名门，奚苒是小门小户高攀他，却并不像贺家那边的人那样捧高踩低、看不上她，都是本分做事。

奚苒平日里温温柔柔，不像贺铭遥那样冰冷沉默，几个阿姨都挺喜欢她。

“少夫人，中午您想吃点什么？我去为您准备。”

奚苒摇了摇头，抿了一口橙汁，状似漫不经心地说道：“不用了，我一会儿要出去，中午应该回不来。”

阿姨一愣，说：“需要联系司机给您备车吗？”

“不用，我自己开车就好。”

“是。”

二十分钟后，奚苒到达目的地。

她踏进律师事务所时，心中突然有些庆幸。

幸好贺家看不上她，结婚也没有办盛大的婚礼告知天下，所以无人知道她的身份。要不然以贺铭遥上财经新闻的速度，妻子的照片也合该满天飞。那样的话，她来找律师，若是被有心人看到，又是一个麻烦。

奚苒的诉求很简单，只需要律师帮忙拟一份离婚协议书，选这种律师事务所的金牌律师，颇有些大材小用。但是为求万无一失，她只能顶着前台诧异的目光，客客气气地开口：“麻烦您帮我预约张律师。”

张律师是这家律师事务所的创始人之一，也是江城知名的离婚诉讼律师，专门为上流豪门做调解、打官司。

这种律师，连咨询费都是按分钟计算的，一般人可约不起，这女人居然一上来就直接说要约张律师，前台小姑娘上下扫视了奚苒一番。

打扮没什么出众的，手上没拿车钥匙，也没有戴表，包虽然是大牌，但也不是什么高不可攀的价位，工薪阶层也买得了。总体来说，这人几乎没有贵妇气质。

小姑娘脸上不显心思，笑得更加客气，将张律师的咨询费轻声告知。

奚苒眼睛眨也不眨，随口便应了，从包里拿出信用卡来：“麻烦你帮我预约四个小时。刷卡可以吧？请问他现在在吗？”

张律师虽然不在所内，但助理打了电话，不过半个小时，张律师便赶到了。

他四十岁上下，一身正装，看着严肃正经，他问：“那位女士现在在哪里？”

奚苒被安排在大会客室。

自从她大手笔地预付了四小时的咨询费后，前台看她的目光都不一样了，忙里忙外，又是端茶倒水，又是准备甜点水果，殷勤多了。

钱可真是好东西。

奚苒笑了笑。

只不过，这张卡是贺铭遥给她的，刷的是他的钱。虽然用来找离婚律师是有些不好意思，但她从前也没怎么花过，只这一次，况且协议书缜密也是便利了两人，他想必不会介意。

奚苒安静地等待了片刻，张律师到了。

两人互相自我介绍了一番。

奚苒讲话颇有条理，且目的明确："张律师，很抱歉耽误您的时间。我是希望您能帮忙出一份具有法律效用的离婚协议书，条款没有什么要特别注意的，我自愿净身出户。我和我丈夫没有孩子，我没有婚前私人财产，也没有其他需要分割的东西。离婚之后，各自安好，互不打扰即可，也不需要赔偿金和生活费。"

她没有明说贺铭遥的身份，因为没有这个必要，只是这离婚条件太可笑，哪怕放在普通夫妇身上，也颇有些滑稽了。

张律师看她的眼神变得有些奇怪，他大约是在猜测她是不是犯什么错了。

奚苒施施然一笑，任由他误会，并没有出言解释。

张律师轻咳一声，稍作掩饰，才严肃地开口："奚小姐，您是否需要再考虑一下？"

奚苒摇头道："不必，我已经考虑好了。"

张律师没再说什么，将她的要求一一记下。

这种情况必然不用打官司，看来这位客户的消费潜力就局限在这四个小时内了。

他不知道这个女人是什么来路，花这么多咨询费实在有些浪费。事实上，这种协议书换一个实习生来写都能写得很完美。

奚苒没再说什么，与张律师交换了联系方式，便拿起包款款起身，轻声道："那就麻烦您了，剩下的时间可以算到之后吧？如果我还有什么需要咨询的，会再联系您。"

夕阳西下。

贺铭遥还没有回来，家里安安静静的。

奚苒下午两点多才吃午饭，这时候还不饿。她脱了外套，在客厅踟蹰了一会儿，干脆让阿姨帮忙放了洗澡水，准备在按摩浴缸里泡一会儿，放松一下。

真好，离婚这件人生大事有了眉目，让人觉得心情不错。

奚苒想了想，又嘱咐道："再开一瓶红酒吧，我一会儿喝一点。"就当庆祝了。

"这个时间吗？"

"嗯。"

"好的。"帮佣阿姨没有多问，麻利地准备好一切。

奚苒脱了衣服，跨进浴缸里。

水温刚刚好，温温热热的，很适合这个秋日傍晚。她整个人往下坐了些，背靠在浴缸壁上，轻酌了一口红酒，闭上眼，红酒的醇香在口腔中弥漫开来，让人觉得惬意极了。

这样想来，贺铭遥确实给她提供了完美的生活条件，是别人求都求不来的生活条件。

奚苒不自觉地勾了勾唇，不再想这些烦心事，放下水晶酒杯，从旁边拿起手机。

作为一个有钱人家里无所事事的家庭主妇，奚苒除了偶尔做点甜品菜肴，研究一下菜品打发时间，也就只能做个网瘾少女了，刷刷微博，看看新剧、小说之类的，偶尔也不忘自己所学的专业，写点东西玩玩。

三年时间竟然也就这么日复一日、如水般流过去了。

奚苒随手打开微博，热搜铺天盖地，都在说同一件事。

——孔熙获影后提名，她在采访中透露，不日将回国！

这么巧？奚苒不自觉地愣了愣。

孔熙要回国了？贺铭遥知道吗？他肯定知道了吧。

那她的离婚要求，他应该会毫不犹豫地答应了。

奚苒愣怔间，浴室外传来动静，贺铭遥的声音透过门板传进来，含含糊糊的，有些听不真切："奚苒呢？"

帮佣阿姨轻声答了一句。

很快，贺铭遥的脚步声不紧不慢地响起，朝浴室方向传过来。

奚苒眉头一紧，神色变得有些慌张，急急忙忙地放下手机，想要起身去拿浴巾，然而贺铭遥已经走到了浴室门口。

这套房子在贺铭遥名下，一直空着，直到两人领证，才按照奚苒的心意装修、入住。

房型是大平层，面积极大，单卫生间就有四个，保姆间还有单独的洗浴间。按摩浴缸在主卧浴室里，设计时，为了让整体风格好看，门用的是磨砂玻璃，从外头能影影绰绰看到里面的人影。

婚后，贺铭遥虽然表情冷淡、不显端倪，但奚苒能感觉出来，他格外喜欢这处。

奚苒也是欢喜的，至少在某些时候，她能自欺欺人，贺铭遥是爱她的。

哪怕他只是爱她的身体，那也是爱，不是吗？

贺铭遥不知道里面人的紧张，抬手轻轻敲了一下门，喊她的名字："奚苒。"

他在那里，奚苒不敢站起来了，将身体往水里压了压，才应了一声。

贺铭遥问道："你在泡澡？"

"嗯。"

贺铭遥似乎是犹豫了一下，顿了顿，才又问道："一起？"

奚苒一愣，有那么一瞬间，她想干脆点，直接向贺铭遥提出离婚。然而她昨天晚上拒绝了他，被他误会成不满、想生孩子，今天她若再拒绝，不知道又会发生什么。

她过去表现得实在是太爱贺铭遥了，几乎到了卑微的地步，现在她突然这般说，别说贺铭遥了，恐怕没有人会相信。

奚苒不想承受贺铭遥那种冷漠又仿佛洞悉她内心的目光，实在是太屈辱不堪了。

既然三年都过来了，等协议书也就那么两三天，她等得了。

思及此，奚苒咬了下唇，还是开口拒绝："不了，今天我出去逛街了，有点累。"

贺铭遥沉默片刻，没有再强求。

他并不是重欲之人，只能说对妻子到底是不一样。但他心高气傲惯了，被女人拒绝两次，顿时也没有想法了。

贺铭遥转身离开。

七点多，两人沉默地对坐下来，开始吃晚饭。

奚苒心里觉得好笑——之前她想跟他对上时间一块儿吃晚饭还得看运气，决定离婚之后，两人居然已经连续两天一起吃饭了，世事难料，不过如此。

当奚苒决定放下这段感情、这段婚姻时，才惊觉过去的自己有多傻。

这种相对无言的共餐，到底有什么意思？只是因为对面坐的人是贺铭遥，她才傻乎乎地在期待罢了。

但此刻再仔细想想，她又觉得，在这种没有爱情也没有亲情的“家庭晚餐”中，多待一秒都是煎熬。

奚苒简单地吃了一些东西，在贺铭遥之前放下筷子，站起身，轻声说了句：“我吃饱了。”

紧接着，她头也不回地往卧室的方向走去。

贺铭遥的手臂顿了顿。

奚苒极少会在他站起来之前起身离开餐厅，一般会安安静静地待到进餐结束，再去厨房，帮忙准备一些水果、酸奶给他。

这几天，她实在有些反常。

但没关系，婚姻生活难免有摩擦，夫妻之间，自我消化一下就好了。或者说，如果她愿意向他求助，他也会不遗余力地帮助她。

他没有多想。

奚苒回到房间，打开笔记本电脑，先查看了一下邮箱，看见张律师已经将确认邮件发过来了。

邮件里，张律师再次和她确认了几项条款，并且说明，明早就能将初版离婚协议书发给她。

奚苒非常满意，简单回复了“没问题”之后，就开始准备简历。

她和贺铭遥离婚之后，立刻就会身无分文，没有工作，无处可去，都快三十岁了，她也不好意思再去向家里要钱。

奚苒要想留在江城，找工作和找房子这两件事，立马变得刻不容缓。

当然，她也可以回老家沧平去，但家里有弟弟，爹妈都是小城市的普通工薪族，日子过得紧巴巴的。他们一直在攒钱，打算替弟弟在一线城市买婚房，若再养一个人，大家就要更加节衣缩食了。

奚苒和贺铭遥结婚后，贺铭遥也提过要接济她家，把她父母和弟弟都接到江城来，安排妥当，可是她本就高攀了贺家，为贺夫人所不喜，哪怕贺家家财万贯，她也没脸拿去给自家人花。再加上她父母都是老实巴交的厚道人，也不愿意受恩于这个贵婿，怕女儿抬不起头来，也怕自己的儿子花了这钱会抬不起头来，便连她每个月打去的生活费，也约定了不能超过三千块。

三千块对沧平人来说，是普通上班族一个月的工资，足够一家人吃喝，但对贺铭遥这般人家来说，根本没放在眼里。

这场婚姻就是如此，像照妖镜一样，让人无所遁形。

奚苒他们一家小心翼翼，生怕自己行差踏错，更加受人议论，如今想来，实在过于可笑。

奚苒无声地叹了一口气，没再多想。

她将自己的个人信息填好，找出之前的作品，一份一份挑选了起来。

她本科到研究生都是在电影学院读的，戏剧影视文学专业，通俗来讲就是大众口中的编剧专业，算得上是科班出身，只是她毕业之后就没有工作过，自然没什么拿得出手的作品，倒是在校时拿过一些大大小小的奖，勉强可以拿出来当作资历，放在简历中展示一下。

编剧这一行，和娱乐圈息息相关。

很多时候，圈子里人脉的作用会大于个人能力，编剧圈子亦然，要是没有人脉，送上去再好的剧本，也没有几个出品方、导演会仔细看。

奚苒有不少同学在从事这一行，三五年过去了，也有人混出了头。只是她与同学断掉联络太久，也拉不下这个脸贸然自荐，只能先投一些简历试试，心想大不了先从助理编剧做起，打打杂，再谈以后。

忙忙碌碌中，时间过得特别快，等奚苒忙完，夜已经深了。

奚苒做好简历，挑选了江城几家知名的娱乐公司，先发了一批出去。剩下的都是一些小公司和工作室，她要再根据每家的情况，重新修改简历的细节。

贺铭遥一边解袖口，一边慢条斯理地迈着步子走进卧室。

奚苒听到动静，咬紧下唇，飞快地关了电脑。

贺铭遥注意到她的小动作，微微一顿，随口问："在忙？"

"嗯。"

"有什么我可以帮忙的吗？"

奚苒毫不走心地笑了笑，摇摇头。

只要他明天能爽快点签字，让大家都早点解脱，就是帮了她大忙了。

贺铭遥"哦"了一声，垂下眼，自去浴室洗漱了。

奚苒将笔记本收起来，半靠在床头，无所事事地刷着手机。刚刚她被贺铭遥打断，都没能好好看微博。

她再次点开微博，孔熙的名字依然高挂在头条。可能是为了回归预热，孔熙工作室也在微博上放出了一段小视频。

孔熙还是如大学时那般明艳漂亮，明眸皓齿，五官精致，一静一动都像画报一样，身材好，手长腿长，胸大腰细，但又不会过分，哪里都是刚刚好的尺度，无一处不是完美的，连女人看了都会觉得脸红心跳加快。

视频中，孔熙一脸浅笑，清唱了一段歌曲，说是作为礼物送给粉丝。

“我一路向北，离开有你的季节。你说你好累，已无法再爱上谁。风在山路吹，过往的画面全都是我不对……”视频中的孔熙低吟浅唱，果真很有韵味。

粉丝瞬间沸腾了起来。

“啊！孔女神演技这么好，没想到歌也唱得这么好听！”

“这次女神回来是要准备发新歌了吗，所以做了预热？”

“孔熙加油！”

“电影真的太好看了！宝贝你就是本土女演员的骄傲！”

奚苒却觉得心头一紧：“这歌词是要唱给贺铭遥的吗？”倏忽间，她想到明天、最迟后天，她就要离婚了，免不了自嘲一笑。

这时机果然是刚刚好。

要是等孔熙回来，她和贺铭遥旧情复燃之后，自己再走，就太像落荒而逃，显得有些难看了。

不管这歌是唱给谁的，都与她无关了，不是吗？

奚苒到底免不了有一丝难过，但很快被意志力压下去，再难翻滚起来。

她随手退出词条，又去翻了翻其他新闻。

“奚苒。”贺铭遥突然出声，在浴室喊她。

奚苒吓了一跳，条件反射地应道：“嗯？”

“你帮我拿一条新浴巾。”

“好。”

奚苒随手揣上手机，起身去衣帽间找浴巾，又快步回到浴室门口，轻轻地敲了下门，打算伸手给他递进去。

贺铭遥大大咧咧，直接拉开了玻璃门。

奚苒猝不及防看到这一幕，脸“腾”一下红了。

贺铭遥却不以为然，两人是夫妻，没什么可避讳的。

他接过浴巾，盖到自己身上。

贺铭遥身材极好，天生肩宽腿长个子高，加上平日健身保持体型，美观和肌肉量都恰到好处，有肌理感，薄薄一层，附在皮下，完全符合“穿衣显瘦脱衣有肉”的标准。

奚苒红着脸，想赶紧走开。

倏地，手机在她手中震动起来，她来不及思考，只想打破这场景，赶紧转过身，手忙脚乱地接通电话：“你好。”

电话那头的人顿了顿，而后轻轻地笑起来，一道娇美的声音通过电波传来。

“你好，是奚苒学姐吗？我是孔熙。”

奚苒和贺铭遥离得很近，虽然听筒声音不大，但奚苒也不能确定贺铭遥有没有听到。

她甚至不敢转过身去看他的表情，只默默地感受了一下，他的呼吸频率没变。

或许他没听到吧。

为什么孔熙会突然联系她呢？

奚苒脑中转过好多念头，最终化成了短短几个字：“嗯，我是奚苒。”

孔熙娇笑了一声，一点都没有做作感，只有满满的勾人的味道，满得几乎要从手机听筒中透出来：“我贸然联系，没有打扰到学姐吧？”

“没有。你有什么事吗？”

孔熙说：“是这样的，我下周就要回国了，到时候到江城，方便见一面吗？”

奚苒差点要嗤笑出声了。

她和孔熙不是一个学院的，再加上孔熙很早就出道了，行程很满，而她就是一个普通学生，平日压根很少有机会碰到，直到孔熙和贺铭遥恋爱后，从寝室搬出来，恰好他们住进了同一个小区，才渐渐脸熟起来。就算这般，她们也顶多算是点头之交，根本不熟悉。谁知孔熙一回国，竟然第一个想见她。

孔熙怎么都不可能是来找她叙旧的，大抵是知道了贺铭遥最后和她结了婚，所以才找她的吧。

她是想来示威吗？还是打算和贺铭遥旧情重燃呢？或者，她只是来假惺惺地恭喜一番，送上前女友的祝福？

奚苒要不是已经决定和贺铭遥离婚，听到这通电话，合该猜疑又手足无措吧？毕竟正主回来了。但她决定放下后，内心竟然只剩下叹息了。

奚苒咬着唇，捏紧了手指，低声答道：“抱歉，不太方便。”

孔熙似乎没想到她会这么干脆地拒绝，有些愣住了，许久没有说话。

奚苒轻声道：“你还有什么事吗？”

孔熙顿了顿，终于恢复了自然：“啊，抱歉，是我太唐突了。没什么别的事，打扰学姐啦。”

奚苒听着电话挂断的“嘟嘟”声，不自觉地捏紧了手机。

从刚刚起，贺铭遥一直在沉默。直到这会儿，他才往前迈了一步，抓着奚苒的肩膀，将她转了个身。

两人变成面对面的姿势。

贺铭遥把浴巾围在腰上，语气再自然不过，仿佛真的没听到那声自我介绍：“谁的电话？”

奚苒从愣怔中回过神来，抬起头，看了他一眼，沉吟片刻，答道：“孔熙。”

贺铭遥没说话，表情看起来也没什么变化。

奚苒垂下头，安安静静地将手机握住，没打算再说什么。

蓦地，贺铭遥抬起手，出其不意般握住了她的下巴，将它往上抬。

奚苒被迫仰起头，再次和他的视线对上。

贺铭遥说：“奚苒，你在想什么？”

奚苒有些诧异：“没什么啊。”

“你这几日的反常，和孔熙有关吗？”

直到这一刻，贺铭遥才犹如醍醐灌顶般想通了——根本不是因为生孩子，奚苒是听说孔熙要回来了，才变得奇怪。

她是在担心吗？担心他对他们的婚姻不忠？她就是这么想他的？

奚苒一愣，见他满脸严肃，笑了笑：“当然不是。”

“真的？”

“嗯，我只是有点累。可能是因为换季。”

贺铭遥又盯着她看了一会儿，确定她眼中没有什么阴霾和担忧之后，才松开她的下巴，放下心来。

“那就好。注意身体。”他说。

次日，奚苒简单地吃了午饭，自己开车，又去了一次律师事务所。

张律师已经将离婚协议书打印出来，虽然只是简单几张纸，但条款非常清晰明了。

奚苒接过文件，开始逐条阅读。

张律师在旁边给她解释道：“因为您没有打官司的打算，所以离婚协议书只需要交到民政局做存档即可。未来如果你们再产生什么纠纷，离婚协议书可以作为法律依据。”说完，他自己先笑了一声。

这种不公平的协议书，能有什么纠纷呢？除非奚苒自己反悔了。

奚苒很擅长阅读，在文字中寻找漏洞，但张律师不愧为江城金牌离婚律师，整份合同没有任何瑕疵，也没有文字语病，完美得让人欣喜。

她又看了一遍，点点头：“这样就可以了吗？”

“是，一式两份，您与丈夫一同签字即可，视作您自愿放弃了所有婚内夫妻共同财产。”

奚苒笑了笑，没说话。

哪来什么夫妻共同财产，都是贺铭遥赚来的而已。

“那麻烦您了。张律师，之后我如果有什么困难，再联系您。”

这咨询费赚得容易，张律师收起严肃的表情，眉开眼笑道：“不麻烦，不麻烦。”

奚苒没急着回家，坐在车里，先在两份离婚协议书末尾签上自己的名字，端详片刻，才收进包里。

她犹豫了一下，拿起手机，拨了一个号码。

或许是因为上班时间，她等了许久，才有人接电话。

“苒苒，这个时间怎么突然打电话来啦？有什么事吗？”

奚苒咬了下唇，轻声开口：“妈，我打算离婚了。”

“什么？为什么？”奚母震惊了。

奚苒早就想好了理由，缓缓开口：“就是我不是很喜欢他了。嗯，那个，他妈妈也不太喜欢我。”

最后一个“我”，让一切尽在不言中。

奚母半天没说话，只重重地叹息一声。

一开始他们就不看好这场婚姻，总觉得奚苒高攀了贺家，嫁作人妇，难免看人脸色。但奚苒那时候实在是太喜欢贺铭遥了，满腔欢喜，一厢情愿，完全听不得劝。他们做家长的，总盼着儿女高高兴兴的，虽然担忧，但是没有再阻挠了。

再说了，贺铭遥这种条件的人，真是打着灯笼都找不到了。既然人家家里都已经答应，要是他们奚家再推三阻四，就显得太过矫情。

没想到，这才三年，竟然是女儿先坚持不下去，想要提出离婚。

奚母忧心忡忡，试探道："小贺他没做什么吧？"

奚苒笑道："当然没有！妈，你想什么呢。是我想离婚了，还没有跟他说呢，想先跟爸妈通个气。"

奚母叹道："我和你爸当然是完全支持你的想法，但是苒苒，你要想清楚啊，离了婚之后，很多事情就不一样了。"

小城市的人把这个看得很重，哪怕是新世纪了，在老一辈看来，女人离异、二婚还是不容易。

奚苒一开始还担心爸妈不答应，听到妈妈说得这么干脆，语气还有些小心翼翼，鼻头忍不住发酸。

她说："您放心吧，我都已经想好了。"顿了顿，她又很不好意思地接了一句，"我准备马上从贺铭遥那儿搬出来，您……您方便借我点钱吗？等我找到工作后就把钱还给你们。"

片刻后，奚苒私人账户上多了一万块钱，足够她交房租了。

她先开车找了家同城闪送，让人把离婚协议书送到贺铭遥的办公室。

两个小时后，贺铭遥就会在他的办公桌上见到这份离婚协议书。

这就是尘埃落定了。

奚苒长长地舒了口气，又导航了一家房产中介公司，准备赶紧看房，先把房子定下来。

新生活要开始了。

下午四点出头，日薄西山。

贺铭遥开完例会回办公室，经过秘书室门口时，秘书喊了他一声。

贺铭遥停下脚步，扭头看过去。

"贺总，这里有您的加急快件。"

"谁寄来的？"

"是一个名叫奚苒的人。"

贺铭遥顿了顿，眉峰勾起，似乎有些不解。

秘书觑了觑他的脸色，说："是陌生人吗？需要我为您处理吗？"

贺铭遥回过神来，说："不用了，你把文件拿给我吧。"说着，他顺手从秘书手中接过那份文件。

文件摸起来很薄，应该就是几张纸。

贺铭遥不知道奚苒给他寄了什么。两人每天都会见面，晚上他就回家了，有什么文件需要这么着急地送过来？

贺铭遥想了想，从桌上拿起刀片，划开封口。

入目是"离婚协议书"五个大字，像一出荒诞的剧目。

他紧紧蹙起眉，随手翻了两下，没有细看，直接翻到最后一页。

奚苒竟然已经签好了名字。

一时之间，贺铭遥竟然觉得有些愕然。

为什么？奚苒为什么想离婚？她竟然连离婚协议书都拟好了。

贺铭遥的第一反应就是因为孔熙，但他想到昨天奚苒信誓旦旦地说不是，又否决了这一猜测。

在贺铭遥看来，自孔熙决定离开的那天起，他们俩就再无可能了。

奚苒不会因为一个早就过去的前女友和他分开，这太不符合逻辑了。

他前思后想，依旧摸不着头绪，周身的气压越来越低。最终，他将文件重重地往桌上一拍，怒不可遏地站起了身。

秘书见他这么快走出来，表情不悦，吓了一跳，以为是自己忘了什么行程，连忙站起身，战战兢兢地问道："贺总，您需要备车外出吗？"

贺铭遥咬牙切齿道："不必！"

堆积如山的工作也不着急做了，他要立刻下班回家，当面问问奚苒那个女人，到底为什么突然要离婚？

十月，江城，天朗气清。

奚苒一下午看了四套房子，没有满意的，准备明天再去看看别的。

本来中介见她很着急，想加班再陪她看两家，没想到被她客客气气地拒绝了——她要回去和贺铭遥商量换证的时间了。

他应该已经收到了离婚协议书，说不定这会儿连名字都签完了。

奚苒打开手机，确定没有贺铭遥的未接来电，忍不住自嘲地笑了笑。

他果真是不甚在意。

关于这点，她早就明白了，却不知道自己心底在期盼什么，真是疯了。

奚苒垂下头，不再多想。不知不觉间，她已经到了家门口。她在大门前站定，深吸了一口气，谁知尚未来得及伸手开锁，门就从里面打开了。

贺铭遥站在她面前，脸色不霁。

奚苒顿了顿，抬起头，对上他的视线："铭遥。"

贺铭遥让开半个身位，示意她先进去。

她低声道谢，往前走了两步。

房门在她身后重重关上，家里安安静静，偌大的房间里，连轻微的呼吸声都听得到。

贺铭遥下午一回家，就给帮佣阿姨全部放了假，让她们出去了，这时候整个屋子里只剩下了夫妻俩。

奚苒沉默着，放下包，换鞋，脱衣服。

贺铭遥见她这般平静，眉眼拢起戾气，表情越发难看，声音也仿佛带了冰碴子，出声喊她："奚苒。"

奚苒应道："嗯。"

贺铭遥压抑着火气说："你没什么话想对我说吗？"

奚苒的动作停滞半秒，丝毫不在乎自己的话会将贺铭遥心中的怒火推至顶峰，认真地开口："贺铭遥，我的快件你收到了吧。就是这么一回事，我们离婚吧。"

贺铭遥握着拳，压着怒气，一字一句地问："为什么？"

奚苒笑笑，为什么呢？内心真正的理由，她有些难以启齿。

明明结婚时，贺铭遥说得清清楚楚明明白白，他不可能爱上她，当时她也答应了，现在怎么又反悔了呢？或许是因为日复一日的痛苦、夫妻间的冷漠，叠加再叠加，积累到了一起，终于让她忍无可忍了。

奚苒以为自己能为了爱情，在贺铭遥身边默默地等待一辈子，然而事实上，只不过三年，她就已经没办法一个人唱独角戏了。

她到底只是一个普通的女人。

这一切贺铭遥都不会明白，也不会试图明白。

他早已经将全部的真心给了孔熙。

对于其他人来说，他是高高在上的贺少爷，唯独在孔熙那儿，他才是一个凡人。

奚苒总觉得他们的开始充斥着算计与不堪，离别时，总该互相留点脸面，不能闹得太难看。

“没有为什么，我不想继续了。铭遥，我们好聚好散吧。”

奚苒叹了一口气，又说：“我找好房子就会搬出去，这几天麻烦让我暂住客房吧。”

贺铭遥捏了一下眉心，忍耐地说：“你是认真的吗？”

奚苒莞尔一笑，他果真是难以置信吧？

也是，在数天之前，哪怕是她都不会相信，有一天她会主动向贺铭遥提出离婚，更别说贺铭遥本人了。

奚苒到底有多喜欢贺铭遥，全世界都知道。

“嗯，认真的。”

贺铭遥冷下脸来。

这男人依旧是五官精致、眉眼俊俏的模样，和数年前相比几乎毫无变化，只是气质越发出尘夺目，高傲矜贵得让人不敢直视。

但这会儿，高高在上的神祇化成了地狱修罗。

他满脸煞气，厉声警告她：“离婚不可能，奚苒，你想都别想。”

奚苒一愣，似乎没想到这个回答：“为什么？”

“没有为什么。”贺铭遥把答案还给她之后，转身回了主卧，重重地摔上了门。

奚苒站在客厅中央，半天回不过神。怎么会这样？他是故意的吗？

按理来说，贺铭遥应该比她更想离婚吧？更别说孔熙要回来了。

奚苒垂下头，想不明白这事。

三年前，贺铭遥和孔熙的恋爱关系意外曝光，虽然被贺氏的公关部压了下来，没传到外面，却在第一时间传到了贺夫人耳朵里。

贺夫人将贺铭遥叫回去，严厉地斥责了他，说贺家绝不能接受一个戏子当儿媳妇。

贺铭遥那时候才刚过完二十三岁生日，还是一个青年人，自然免不了抗争。但他毕业不久，在家族里羽翼未丰，实权还没有完全到手，话语权也不够。

贺夫人竟然绕过贺铭遥，直接向孔熙的经纪公司施压，逼迫她与贺铭遥分手。

孔熙当时已经跻身二线小花，她长得好看，科班出身，演技也不错，观众缘很好，签约的又是大公司，资源很可观，还接了一部大电影。

那部电影是大制作，有国师级导演，就是奔着票房和拿奖去的，万众瞩目，也是公司为她争来的“金饼”，要将她捧上一线，一飞冲天。

但是因为贺氏施压，电影上映受阻，几乎胎死腹中。最终，是导演找到了孔熙的经纪公司，让孔熙去给贺夫人道歉，才勉强收场。

贺夫人甩出了最后的筹码，要送孔熙去好莱坞发展，三年内不许回国——有贺氏作为后盾，孔熙的演艺生涯会一帆风顺。

就是这样，孔熙才和贺铭遥分了手。

贺铭遥知道是自己母亲在背后捣鬼，却也被孔熙寒了心。

孔熙离开没多久，贺铭遥爷爷病危，贺氏掌权人要是倒下，庞大的家业多半会衰败，贺铭遥便立刻娶了奚苒，成为孙辈中第一个结婚的人，达成了贺爷爷的临终心愿。

核心公司的大部分股权顺利落到贺铭遥手上。

三年来，贺铭遥也用翻了数倍的家业向所有人证明，他确实能力超群，最适合掌舵人这个位置。

贺夫人虽然一样看不上小门小户的奚苒，但奚苒出身干净，没有进过娱乐圈，父母又都是普通的工薪族，她哪怕再不愿意，也知道自己没办法再阻止儿子一次了。

母子情差点因为一个女人崩塌，禁不住再一次撕破脸，她只能心不甘情不愿地认下奚苒这个儿媳妇。

至少，比起那些心怀鬼胎、觊觎家产的家族联姻，贺铭遥这场婚姻还算平稳，不会出现什么波澜，更不会给他找麻烦。

在贺夫人看来，只要贺铭遥愿意，甩掉奚苒这种女人轻轻松松，就算离过婚，也不会影响贺铭遥再娶。

奚苒并不知道内幕，也不太关心。

当时，她得知贺铭遥和孔熙分手后，不是没有燃起过希望，期待贺铭遥能看见她的存在，感受到她的真心。可贺铭遥哪怕经历了失恋这样的事，也依旧是那个高高在上的天之骄子，离她那么远，遥不可及。

直到有一天，她和贺铭遥在一家酒吧偶遇了。

两人都喝了酒，之后的事，可想而知。

他们意外地有了交集，一夜醒来，她心虚得要命，几乎想远走高飞逃避这一切。她本以为他会大发雷霆，没想到他清醒过来没多久，竟然向她求婚了。

之后，他们就开始了这段孽缘。

若说贺铭遥当时只是为了负责任，那眼下奚苒提出离婚，他本该顺水推舟答应才对，毕竟这件事既不会影响他的形象，还能让他重获自由。

难道贺铭遥爱上她了？她脑海中忽然闪过这个念头，然后没忍住，自己先笑了。

怎么可能呢，贺铭遥那样子，哪里能和“爱”这个字挂上钩。

或许就是因为他那点傲气，因为她主动提了离婚，他觉得自己被她甩了，抹不开面子，这才不愿意呢。

奚苒思前想后，觉得只有这个可能性了。

这下可真是难办了，她深深地叹气。

保姆阿姨们一晚上都没回来。

奚苒玩了一会儿手机，感觉有点饿了，自己动手，去厨房下了面。

平时她也会做点吃的，讨好一下贺铭遥，因为她从小在家里帮忙做饭，所以手艺非常不错。

面煮好之后，奚苒先捞了一碗出来，想了想，又去旁边拿了一个空碗。

贺铭遥应该也还没吃晚饭，在房间里憋了这么久，这么大个男人，多半也该饿了。

虽然离婚势在必行，但到底他们做了三年夫妻，她为人一贯温和，自己心里虽然免不了伤心难过，但也不会太偏激，一开始就打了好聚好散的主意。

毕竟她爱过他。

奚苒将两碗面盛出来，放在餐桌上，又擦了擦手，才去敲门。

“贺……铭遥，我煮了面，你来吃点吧。”

静默片刻，“咔嗒”一声，房门从里面被人拉开。贺铭遥居高临下地瞧着她，声音低沉沙哑：“奚苒，不离婚，行吗？”

“为什么？”奚苒又问了一次。

“那你为什么想离婚？是对我有什么不满吗？给我一个理由，否则我绝对不会答应。”

奚苒深深地叹了一口气，觉得这件事成了一个死结。

“贺铭遥，我们婚前不是说好了吗？无论谁爱上别人，都立刻结束婚姻。”

“你爱上别人了吗？”

“是。”

虽然这是谎言，但是她没办法了。

一直以来，奚苒都爱得太卑微了，她和贺铭遥就像两个世界的人，永远不在一个频道上。

他不懂她的心情、不懂她的爱情，也看不出她在委曲求全，两人明明朝夕相处，却像隔了一整个银河系，遥不可及。

奚苒已经没办法了。

贺铭遥这么执着要得到一个理由，她便想一个理由给他，正好结婚时，两人做了这样一个约定。

她说：“铭遥，离婚吧，让我们都能解脱。”

所有的爱与恨、幸福与痛苦，都会烟消云散。自此之后，他只是她的初恋、前夫、过去的爱人。她放下自己的偏执，再不要纠缠了。

贺铭遥没再说什么，没说好，也没说不好。

两人坐到餐桌前，各自低下头，开始吃面。

说话说了太长时间，面条泡在汤里，看起来有点糊了，但口味依然不差，鲜香十足，引得人食欲大开。

奚苒一边低着头吃面，一边苦中作乐，要是她在江城找不到工作，不如回沧平开一个面馆，好像也不错。

反正她的未来没了贺铭遥，感觉轻松不少。

贺铭遥看起来没什么食欲，吃了三两口面，就放下了筷子。

奚苒没多说什么，自顾自地吃完面，拿了换洗衣服，主动去了客房。

她的姿态做得很足，似乎铁了心要和他划清界限。

贺铭遥越看越觉得愤怒。

凭什么？凭什么这女人自顾自地丢下一个重磅炸弹，还能像无事发生一样？她就那么想离婚吗？

“嘭”的一声巨响，贺铭遥重重地拍了一下餐桌，一言不发地站起身，外套也没拿，转身出门。

片刻后，奚苒从客卧走出来。

这套房子的面积实在太大了，没有人时，总显得空空荡荡的，寂寞极了，即便是贺铭遥在家时——就在她身边时，她依然觉得十分寂寞。

空气中似乎还留有一丝气味，是贺铭遥身上的冷香，缠缠绵绵、勾勾绕绕，久久挥之不去。

她叹了一口气，趁着这时间，开始打包行李。

这晚，贺铭遥没有再回来。

奚苒躺在陌生的客卧里，情绪很复杂。她翻来覆去没有睡意，干脆起身，打开台灯，准备继续改简历、投简历。

她打开邮箱，有一封未读新邮件，她心头一跳，连忙点开。

竟然是一家老牌制作公司给她发来了意向邀请，称需要她在线上做几个题目，通过之后再进入下一轮测试，又给了她一个 HR 私人邮箱进行沟通。

这就是有希望的意思了！

奚苒难掩激动，立刻下载附件，开始看题。

题目都和电影相关，有写观后感的，也有考验写作功力的题。

她仔细浏览后，立刻去找了那部电影看，又写了一篇初稿。

她忙忙碌碌，不知不觉折腾到了凌晨，电脑开始低电量提醒，她才回过神来，关机，插上充电器，捏了捏眉心，不自觉地长舒一口气。

贺铭遥应该是不会回来了。

第二章 / 你不像她

酒吧喧嚣不停，音乐声将气氛炒得火热，却感染不了所有人。

一整晚，贺铭遥一言不发，只一杯接一杯地喝酒。

他一贯健康养生，极少这样饮酒，更别说这种高度烈酒。

沈从宴实在看不下去了，抢过他手上的洛克杯，重重地撂到一边："你今天就是叫我来看你喝闷酒的？"

贺铭遥抬眸，冷冷地凝视着他："你不愿意？"

沈从宴愣了一下，立马被气乐了。

两人从小认识，到现在已经好些年，说是穿一条裤子长大也不夸张，贺铭遥是什么狗脾气，没人比他更清楚。

小时候，身为首富二代、天之骄子的贺铭遥便傲得不行，接手贺氏之后，越发冷淡矜贵起来，性子也有些阴晴不定，让旁人难以捉摸，但狗脾气还是一如既往。

沈从宴哼笑了一声，故意不接茬，让贺铭遥一个人去放冷箭，随口转了话题："奚苒姐姐呢？"

这话一出，贺铭遥周身的气压越发低了。

"沈从宴，你这是什么称呼？"

沈从宴和贺铭遥同年生，只差月份，自然也比奚苒小两岁。

贺铭遥闪电结婚后，沈从宴见过奚苒几次，深感奚苒与贺铭遥不合适。

贺铭遥喜欢明艳款的大美女，大家都很清楚，会娶奚苒这种可爱的小女生，多半是权宜之计。

沈从宴一向是花花公子，完全不觉得自己随口调戏奚苒几句有什么大不了的，每次他去找贺铭遥，看到奚苒，都是"奚苒姐姐"长"奚苒姐姐”短的，逗得奚苒直笑，大眼睛里含着羞意，模样十分可爱。

贺铭遥从来没说过什么，偶尔沈从宴耍宝过度了，他才会轻描淡写地出声阻止他：“从宴，你别闹奚苒了。”

夫妻之间相敬如宾的关系，就在这一句“别闹”中勉强窥见一斑。

但就算这般，贺铭遥依旧算是一个好男人。

就算沈从宴屡屡邀请，他也极少在外过夜，哪怕回家是相对无言，他也会回家去。

用沈从宴的话来说，这就是他看淡红尘的表现。

所有人都清楚，贺铭遥会变成这样，症结是孔熙。

沈从宴没想到贺铭遥突然反应这么大，顿了顿，舒展一下身体，靠在卡座沙发背上：“看来你今天喝闷酒是因为和奚苒吵架了啊，奚苒这么好的脾气，居然还会跟你吵架啊？铭遥，你是不是外面有女人了？”

这下可戳了贺铭遥的肺管子。

他狠厉地瞪了沈从宴一眼，冷声道：“你在胡说八道什么？”

沈从宴耸耸肩，说：“前两天我还听说，孔熙要回来了。”

贺铭遥：“……”

这个名字已经许久没有在兄弟俩间提起。

当年，孔熙的经纪公司被贺夫人施压时，贺铭遥是想帮她把合约从公司拿出来，再用沈从宴的关系解决这件事的。

沈从宴是沈家独子，沈家虽然是大家族，但子嗣不丰，家庭关系简单，很早就把沈从宴作为接班人培养。沈从宴和贺铭遥十八岁时一起在国外做基金对冲公司，签了对赌协议，短短一年就大获全胜。

贺铭遥是为了向贺家证明自己，沈从宴却是为了赚第一桶金，去投资电影。

他无意涉足娱乐行业，只是尤为喜欢投资小众电影，喜欢看着那些名不见经传的 IP 经过资本孵化，成为大 IP，路人皆知。那种不使明珠蒙尘的快感，深深吸引着他。因着这个喜好，他在圈内有些人脉。

贺铭遥早已拜托了好友，正打算告诉孔熙，却先听她说了分手。

孔熙是天生的演员，喜欢演戏，做梦都想进好莱坞，成为国际巨星。有贺母画的这个大饼，她可以舍弃爱情，只身去追梦。

贺铭遥很生气，沈从宴心里也看不上这种女人，嫌她势利，玩弄了好友感情。

自那以后，两人很有默契地不再说起这个名字。

只是突然得知贺铭遥和温柔的妻子吵架，再联想到前几天的新闻，沈从宴的第一反应就是因为孔熙。

他给自己倒了一杯酒，抿了一口，才说道："铭遥，你要是抛弃奚苒，和孔熙旧情复燃，我可不答应啊。孔熙这种女人，不值得。"

贺铭遥："……"

"而且，奚苒姐姐这么温柔漂亮，哪里比孔熙差啦？你要是不喜欢比你大的姐姐，那就赶紧离婚，我去追她。"

这当然是戏言，沈从宴随便惯了，也没人会当真。

只是，当他说到"离婚"这俩字时，贺铭遥的眉心一点点拢起，将恼意压下，一字一句地开口："无关孔熙。"

"嗯？"

"是奚苒，她说她爱上别人了。"

倏忽间，背景音乐停滞半秒，而后很快切到下一首歌，气氛更加热闹。

沈从宴有些难以置信，先怀疑了一下自己的听力，再觑了觑贺铭遥的神色，这才确定自己没有听错。

他诧异万分，忍不住爆了句粗口，又道："真的假的？奚苒姐姐移情别恋了？"

移情别恋……这词听起来实在刺耳。

贺铭遥又向服务生要了一个杯子，闷闷地给自己倒了满满一杯酒，沉默地往喉咙里倒。

奚苒是喜欢他的，这个他很清楚。

并不是贺铭遥过于自信，两人相处时间不少，从奚苒的种种反应来看，她应该是爱着他的。

但要是奚苒真的变了，爱上别的男人了……他蓦地有些恼怒，内心生出一种浓烈的被背叛感。

贺铭遥不觉得自己占有欲很强，要不然当时孔熙离开时，他就会不择手段地将人留下，而不是成全她了。

现在换成了奚苒想主动离开，若是他状态正常，对待一个自己并没有什么感情的女人，就应该潇洒地立刻答应下来，再送上丰厚财产，作为三年陪伴的回馈。

可偏偏贺铭遥就是觉得不舒服，不愿意松口。

没理由，他就是觉得不行。

沈从宴没等到他的回答，只见他又开始喝酒，以为他是默认了。

老婆移情别恋，哪怕其实没多喜欢、没多在乎，出于自尊心，正常男人都会生气，这很正常。

只是奚苒明明那么喜欢贺铭遥，喜欢到连旁人一眼就能看出来，完全无法掩藏，怎么可能突然移情别恋呢？

沈从宴想了想，没得到答案，但也没有继续纠结，给自己倒了一杯酒，试探着问道："那现在怎么说？你要离婚还挺麻烦的吧？贺家，还有你妈那边……要不要帮你找个律师？"

在这种上流圈子里，也有一些浪子娶了名不见经传、小门小户的女人，或是千金小姐荷尔蒙上头，带着大量股权、产业下嫁穷小子，但最后大多数惨淡收场，离婚时涉及一些财产分割问题，十分麻烦。

除了签订婚前协议，也有一些律师专门为这种上头"二世祖"处理离婚事宜，手段繁多，双管齐下，必要时，也会有些威胁恐吓之类的举动。总之，因为背靠豪门，有钱有势，事情很少会摆不平。

沈从宴并不知道两人的情况，只是出于从小到大的所见所闻，先替好友考虑最实际的需求。

贺家家族情况复杂，如同一艘行驶在风雨中的大船，掌舵人必须牢牢握着方向盘，才能压制风浪，要是稍微出点意外，就有可能翻船。

这话一出，贺铭遥手臂微顿，蓦地抬起头，眼神晦暗不明。

沈从宴疑惑地道："怎么了？"

贺铭遥沉默良久，方咬牙切齿地开口："她已经弄好了离婚协议书，自愿净身出户。"

沈从宴："……"

这下连沈从宴都惊讶了。

"哇，奚苒姐姐这是铁了心要离婚啊？一点都不拖泥带水，这是遇上真爱了吧？"

贺铭遥："……"

在酒吧旖旎的光线下，他本就精致的轮廓更加迷人。他才坐了这么一会儿，已经有女人蠢蠢欲动，准备上来搭讪。

沈从宴正想说什么，一抬眼，穿着性感的陌生女人袅袅地倚到了贺铭遥身上，几乎要坐进他怀中。

“小哥哥，加个微信？”

贺铭遥的心情本就不太好，还有这么碍眼没有眼力见的人靠上来，刺鼻的香气几乎让他立刻暴躁起来：“滚。”

女人一愣，却也没有不好意思，耸了耸肩，讪讪地离开了。

玩，就要大家都玩得高兴，强扭的瓜也甜不了。

人一走，沈从宴就笑道：“看起来你是不太愿意离婚啊。”

贺铭遥抬头，轻飘飘地瞟了他一眼。

“要不然你怎么对美女这么暴躁？刚刚那女人还挺漂亮的，是你喜欢的类型。”

胸大腿长屁股翘，虽然化了浓妆，但依稀看得出底子不错，明艳照人。

贺铭遥虽然不会勾三搭四，但也是正常男人，不至于对向自己表达好感的女人这么凶残，毕竟这也是一种魅力表现。

今天他会表现得这么没风度，显然是被奚苒要离婚这件事气到了。

沈从宴想了想，提议：“那这样吧，什么时候你把奚苒姐姐叫出来，我们一起玩，我偷偷帮你试探试探，看看对方到底是什么个情况？”

这个提议还算不错。

贺铭遥抿唇，假装漫不经心地点头：“就这周末吧。”

沈从宴笑起来，眼神露出一丝狡黠：“兄弟，这么紧张老婆，你不会是爱上奚苒姐姐了吧？你不是不喜欢可爱型的女人吗？而且，她可是孔熙的学姐，你别是把人当替身了。”

贺铭遥冷笑一声，说：“怎么可能。”

首先，他怎么可能爱上奚苒呢，她温温柔柔、小心翼翼，像一个影子一样沉默寡言，明明是他最无感的类型。她除了偶尔在夜里不经意露出的那点诱惑勾人，别处，她无一点能吸引他。

再加上奚苒也当不了孔熙的替身。

两人虽然毕业于同一所学校，但无论是长相、性格，还是人生经历，都相差甚远。

贺铭遥只觉得沈从宴在说笑，想也不想，立马出声反驳。

沈从宴懒得戳穿他，惬意地往后一靠，说：“那行，别的先不管。周末出海吧，喊几个朋友一起，咱们去钓鱼。”

十月，这个季节已经不适合出海钓鱼了，但试探不能做得太刻意，这种轻松场合，最适合说些悄悄话。

贺铭遥抬眉，表示赞同，这件事就这么定下了。

次日一大早，日升半空，秋高气爽，看起来是一个好天气。

帮佣阿姨已经悄无声息地回来了，各司其职，忙前忙后，安安静静地准备早餐、打扫房间。

贺铭遥依旧不见人影。

奚苒也不介意，洗漱、换衣服，再慢吞吞地踱步到餐厅吃早饭。

今天，她的日程安排得很满，趁着时间尚早，脑子也清醒，她要快点把昨天剩下的题目做完改好，再发给对方。

她不知道贺铭遥什么时候会和她去办离婚手续，所以工作是第一，要赶紧落实下来，才能让生活可持续性发展。

而且，奚苒还要出门去看房子，昨晚她又在网上找了几套，联系了中介，下午去实地考察。

总之，她这一整天看起来都很充实。

奚苒敲完最后一个字，松了一口气，将邮件发送。能做的她都做了，剩下的就交给老天，看别人能不能看上她了。

恰好奚母的电话打了过来，奚苒起身回到客卧，关上房门后才接通电话：“妈？”

听筒里传来了男人沧桑的声音：“小苒。”

竟然是她爸爸。

奚苒笑道：“爸，怎么了？你怎么用妈的手机啊？你们今天没去上班吗？”

今天可是周五。她是全职太太，没有工作日和休息日之分，其他人可不是。这个点，她爸妈理应各自在公司才对。

奚父沉默了一下，没有回答她的问题，而是严肃地问道：“小苒，我听你妈妈说，你要和小贺离婚？”

“嗯，对。”

“你不爱他了吗？三年前，你可是跟爸爸妈妈说非他不嫁的。”

奚苒不说话了。

虽然理智上她已经决定不会继续沉浸在这场无望的爱情里了，但女人毕竟是感性动物，理智和本心偶尔难免割裂。

要说她能这么轻轻松松在几天内就把所有感情全部收回，这显然是一个谎言，不切实际。

但她会这么做，也正在为之付出努力。

时间本就是治愈伤痛的良药，只要离婚后，两人不再见面，或许会有新的合适伴侣出现，或许会再认识一些朋友，生活充实了，她自然就会渐渐忘却他。

安静片刻，奚苒笑了一声，缓缓地应道：“嗯。”

奚父没再多说什么，叹了一口气。

电话挂断后，奚苒握着手机，只觉得满心苦涩。

奚苒花了一下午时间，还是一无所获——其中几套房子的价格和位置比较合适，但奚苒不喜欢和人同住，哪怕是分两个房间，但客厅、厨房是公用的，难免有些麻烦。她更倾向于那些一室整租的，虽然小一点，但全部空间都属于她。如非万不得已，她还是不想选择合租。

奚苒和中介留了一句“再看看”后，就开车回家，她发现贺铭遥依旧没回来。

阿姨迎上来，问道：“夫人，您现在吃晚饭吗？”

奚苒脚步微顿，思索了一下，摇头：“你给我下碗饺子就好，端到客卧来。晚上要是先生开饭，你也不用喊我了。”

明眼人都能看出来，夫妻俩这是闹矛盾了，阿姨训练有素，表情都没有变一下，立刻便应了。

奚苒笑了笑，转身走开。

晚上九点多，月上中天。

门外没有什么动静，说明贺铭遥还是没有回来。

奚苒刷了一下邮箱，没收到新回复。

明天就是周末，各个公司的人事也得休息，大抵不会再有什么回音。她不急于这一天两天，合上电脑，准备洗洗早点睡。

“嗡——”蓦地，手机在床头柜那边振动起来。

奚苒正在衣柜边拿睡衣，闻声停下动作，折返回去，弯腰捞起手机，解锁看了一下。

贺铭遥：你准备一下，明天和沈从宴他们一起出海。

他还是一贯的吩咐语气，盛气凌人，仿佛昨天什么都没有发生一样。

奚苒习以为常，也不生气，飞快地打字回复：抱歉，我不去。

贺铭遥：可以顺便谈谈离婚的事。

这便是显而易见的威胁了。

奚苒虽然确信用不了多久，贺铭遥就会自己想清楚，在离婚协议书上签字，但她也想赶紧将这件事解决，绝了自己的后路。

她想了想，回道：好。你说话算话。

贺铭遥再没回音了。

奚苒握着手机，叹了一口气，没再多想，默默地去浴室洗漱了。

周六，天气极好，阳光不太炽烈，伴随着阵阵微风，让人心情舒畅。

奚苒醒来时，时间已经不早。

司机早就到楼下等待，她没让人难做，很快换好了便装，想了想，又将笔记本电脑塞进包里，挎在肩上。

奚苒并不会钓鱼，也不太喜欢这种上流豪门酷爱的活动。

结婚后，贺铭遥带她参加过一次出海活动，也是和沈从宴。几个男人坐在一起，手握着名贵鱼竿，姿势矜贵又颇有韵味，像是能立刻登上杂志封面一样，漫无目的地聊一些金融和投资话题。那些领域，她完全无法涉足。

彼时，奚苒还能坐在一边，欣赏一下老公的身材和英姿。到今天，却不合适了，她也不知道贺铭遥为什么要叫她一起去。

奚苒拿上电脑，想干脆躲进船舱里，趁着无聊的时间改改简历、看看租房信息。

十五分钟后，奚苒准备妥当，素面朝天地下楼。

司机一直站在车边，像一道影子一样，见奚苒过来，忙不迭地替她拉开车门。

奚苒低声道谢："谢谢。"

"少夫人不用客气。"

奚苒："……"

她想说别这么喊了，又想到离婚这件事，也不知道贺铭遥有没有外传，或许司机还不知道，便忍住了。

车上只有她一人，贺铭遥不在。

司机从后视镜里看到她的神色，连忙开口："先生在码头等您。"

贺家有游艇，平日里就停靠在码头，每年支出高额的保养费和管理费，只为了主人偶尔一次心血来潮。

这就是上流豪门，是普通人理解不了的。

贺夫人看不上孔熙和奚苒是再正常不过的事，于贺铭遥来说，他们并非同一世界的人。

奚苒点点头，低声应道："我知道了。"

豪车绝尘而去，直奔码头。

奚苒深吸了一口气，靠着车座，垂下眸子。

兵来将挡，水来土掩，贺铭遥想找她做什么，一会儿便知。

江城是临海城市，海岸线蜿蜒相依，海风温柔地拂过这片土地，四季分明。

码头，秋风习习，海水的味道扑鼻而来。

奚苒下车后，看见贺铭遥就站在游艇边，旁边站了一个跟他身材差不多的男人，正是沈从宴。

两人都穿了卫衣休闲裤，精神奕奕，显得年纪极小，像大学生一般，少了些富家公子和大集团掌权人的矜贵疏离。

相比之下，奚苒穿着随意、素面朝天，连口红都没涂，加上她这几天思虑过重，睡眠质量一直不好，整个人看起来有些憔悴。

从前，她见贺铭遥的朋友时，一般会仔细打扮一下，至少化个适宜妆容，就算没法融进他那个圈子，好歹不让他丢脸。

现在想想，她觉得那时的自己有些可笑。

没必要，两人总归是不搭的。

沈从宴眼神很锐利，老远就看到了奚苒。他用力挥了下手，满目笑意："奚苒姐姐。"

奚苒也客客气气地笑了笑，算作回应。

这一幕在贺铭遥看来就是"相视一笑"。他一想到这个，不由得有些生气，冷声提醒："还不走吗？"

沈从宴才不和他计较，走到奚苒身边，很绅士地帮她拿了包，背在自己肩上。

"走吧，奚苒姐姐。今天我要钓几条大鱼，晚上咱们就在船上烤鱼，怎么样？秋天的鱼可肥美了。"他絮絮叨叨，喋喋不休，成功地将气氛带得轻松了不少。

贺铭遥一个人走在前面，周身气压跌入冰点。

有什么好笑的?

他在这儿因为她一句离婚而茶饭不思，凭什么这女人还能对旁人笑得这么开心? 他真是越想越生气。

贺铭遥紧紧地蹙起了眉头。

很快，三人上了游轮。

船上还有贺铭遥另外两个朋友，都是他们那个圈子里的同龄人，和贺家关系很亲近。奚苒之前见过他们，互相简单地打了招呼，算作礼貌问候。

人到齐后，游轮启动，往近海驶去。

今天是阴天，阳光躲在云层后，只露出一点点影子，影影绰绰，也不晒，十分舒服。

几个男人都拿上了鱼竿，坐在甲板上，面对海风吹拂的方向，慢条斯理地说着话。

贺铭遥素来沉默，因为在想事，又有些走神，只安静地坐在中间，有一下没一下地摩挲着指腹。

奚苒早就想到会是这场面，也不管贺铭遥为什么喊她过来，默默地躲去了船舱里。

服务生拿来了饮料和甜点，放在她面前的桌上。

奚苒道了谢，将电脑从包里翻出来，开机。

她只安静小片刻，前面就来了人。

沈从宴在沙发椅上坐下，挥挥手，让房间里的服务生都退开。倏忽间，整个休息室只剩下他们俩。

奚苒抬起眼，望了他一眼。

沈从宴笑了笑，说:“奚苒姐姐，咱们好久没说话了吧?”

奚苒问:“说什么?”

沈从宴单刀直入:“我听铭遥说，你想跟他离婚，那你要不要考虑一下我?”

奚苒简直哭笑不得，垂下眸，说:“这种玩笑就别开了。”

沈从宴耸耸肩，说:“我没开玩笑啊。贺铭遥不行，难道我也不行吗? 我早说过，姐姐你是我的理想型。”

奚苒不知道该说什么，干脆不说话了。

沈从宴见她不作声，又开口："我不行，难道别人就可以？"

奚苒叹气，甫一抬眼，就看到了他眼中的试探。

她一下就明白了过来，多半是贺铭遥派自己的好兄弟来试探她了。

事实上，奚苒不觉得这个问题的答案对贺铭遥来说有什么意义。她喜欢谁、爱上谁、不爱谁，对于不爱她的人来说，都是无关紧要的小事。或许，只是因为贺铭遥自尊心太强，不能接受曾经追着他跑的女人放下他罢了。

两人完全没有纠结在一处。

奚苒是想说服贺铭遥早点离婚，从求而不得中解脱；贺铭遥却是想知道她到底有没有在婚内移情别恋。

她踟蹰半晌，在心底叹气，低声开口："从宴，离婚这件事，没有什么可以商量的。别的事，都是我的私人问题，恕我难以奉告。"

"我也不能说吗，奚苒姐姐？"

"嗯。"

沈从宴："……"

沈从宴又纠缠了好一会儿，发现确实没法挖出什么料了，才悻悻离去。

奚苒咬着唇，晃了下脑袋，不再多想什么，自顾自打开了租房信息网站。

午餐是游轮上的厨师做的生鱼宴。

餐桌摆在露天甲板上，新鲜的三文鱼被切成薄片，和去壳明虾一同码在水晶盘上，底下压着冰块，水光潋滟、晶莹剔透。配合着碧色大海，美食美景结合，让人感觉极有食欲。加上天气凉了，厨师还准备了牛肉火锅并一大桌配菜，热腾腾的，端出来香气四溢。

贺铭遥走进船舱，叫奚苒出来吃饭。

奚苒点头，收起电脑，跟着他一块儿去了甲板。

她在和贺铭遥结婚之前，从没吃过刺身，第一次尝试，就算配了芥末和酱油，咬着也有腥味，只觉得自己老土极了，注定难以品尝这般美味。到后来，她渐渐习惯了这种格格不入。

本来就是她痴心妄想，高攀了上流名门，没什么好不承认的，也不必强迫自己习惯这些口味。

吃饭时，奚苒坐在最边上，自顾自地吃火锅。她早就脱了外套，只余一件长袖T恤，吹着海风，吃得浑身暖洋洋的，惬意极了。

贺铭遥却一脸冷漠，毫无食欲。

沈从宴已经和他通过气，再次确定奚苒一定要离婚。奚苒移情别恋这个最不可能的可能性，倏忽变成了最大的可能。

真是疯了。

桌上，除了三个知情人，其他人都聊得热火朝天，旁边这个没心没肺的女人也吃得十分欢快。

贺铭遥看着这场景，越想越生气，又说不出生气的理由，只是能确信他不愿意离婚。

倏忽间，贺铭遥一下站了起来，顾不上别人的眼光，一把抓住奚苒的手臂，重重地将她拎起来："我有话跟你说，过来。"他说完，用力扯着奚苒进了船舱，剩下桌边几个朋友面面相觑。

还是沈从宴出来打圆场："铭遥和他老婆最近闹别扭呢，咱们吃咱们的，别管他们。"

"闹别扭？真的假的？嫂子这么牛啊？"

"真的看不出来，她能嫁给铭遥都得烧高香了，居然还能吵得起来。"

"啧，现在的女人就是作。"

沈从宴立马收了笑，说："别这样说。"

几个兄弟嗤笑了几声，不再议论，各自转开话题。

奚苒被贺铭遥踉踉跄跄地拖进了船舱里。

游轮很大，船舱的房间也多，除却休息室，还有会客室、卧室、琴房、小型影音室，一应俱全。甚至最上层还有个小型露天游泳池，可以在船上开派对。

贺铭遥拉开大卧室门，将奚苒推进去，再反手重重关上门，落锁。

没人说话，只有外头的海浪"哗啦哗啦"作响，让人潜意识认为，整条船都在摇摇晃晃、起起伏伏。

贺铭遥眼神狠戾，咬牙切齿地开口："非得离婚？"

奚苒不知道他为什么突然发疯，后退两步，发现手臂被他握红了一圈，红痕衬着雪白的肤色，看起来有些可怖。

她端详半秒，放下手，叹道："是。"

奚苒觉得，自己真是卑微到了骨子里。若是贺铭遥往日能表现出哪怕一丝丝爱她的意思来，这个“是”她都不会说得这么斩钉截铁。可偏他一点爱意都没有。

爱情这俩字，折磨了她三年多。当她终于决定自救了，就再没什么能阻止她了。

她已经下定了决心。

贺铭遥的眼神一下子凝住了，怒火像被点燃了一样，从心脏顺着血管，一直烧到四肢百骸。

奚苒还是那般模样，肤色雪白，身体纤瘦，大眼睛，双眼皮，嘴边一对小梨窝，显得年纪比真实年龄要小不少，哪怕不修边幅，也算是清秀好看。

她顶着一贯的温柔表情，定定地看着他。

贺铭遥冷笑一声，抬手握住她的下巴尖，指腹在她皮肤上摩挲了几下，语气满怀恶意：“前几天你不愿意和我亲密，也是因为这个吧？奚苒，你搞清楚，只要我一天不签字，你就一天是我妻子。你爱谁都没用，只能跟我待在一起。”

奚苒愣住了。

贺铭遥一贯冷淡，从来没用这种语气和她说过话。一时之间，她不知道该作何反应。

贺铭遥却觉得，她现在已经连话都不愿意对自己说了，心中的凶兽几乎叫嚣而出。

他再不想思考什么，顺着本能，抓着奚苒的手臂，将她压到了地毯上。

船舱卧室里铺着厚厚的地毯，不显凉意，海浪声越发清晰。

男人和女人天生就有着力量差距。

贺铭遥眼眶泛出红色，一个滚烫的吻直直地落在奚苒脸上。

奚苒整个人一哆嗦，忍不住尖叫起来：“贺铭遥，你快放开我！我不愿意！”

他浑身都是恶意，让人无法忽略。

这时候，奚苒不想和他发生什么。

他们已经在商量离婚了。

贺铭遥冷冷地低笑一声，凑到她耳边，慢条斯理地问道：“那你愿意和谁在一起？奚苒，你最好死了这条心。你这个人，连同身体，都是我的，明白吗？”

奚苒用力地挣扎起来：“贺铭遥，你疯了——快松开我！”

只是她这小胳膊小腿，哪是男人的对手。

贺铭遥咬着牙，怒火未灭，不管不顾，便要俯身。

奚苒心里委屈得要命，本来她不想露怯，眼眶却控制不住地发酸。她扭过头，带着哭腔嚷道：“贺铭遥，你从来没尊重过我。”

他看不起她，所有人都看不起她。

旁人觉得她爱慕虚荣，拼命倒贴贺铭遥，她却连解释都显得苍白无力。

爱一个人——只是那个人身处高位、家财万贯，难道真的就错了吗？

奚苒没插足过别人的感情，虽然她很早就爱慕贺铭遥，但贺铭遥和孔熙交往期间，她从未表露出一丝一毫感情。她只是在两人分手后，用了一点点小小的不堪的手段，得到了他。

她只是做了这么一点错事，就活该一辈子抬不起头来吗？

现在她想离婚了，想纠正这个错误，贺铭遥又凭什么阻止她、折磨她？

难道要让她继续在炼狱泥泞中挣扎一辈子吗？

这该死的人生。

或许，是她一开始就走上了歧路。

奚苒再也忍不住，落下泪来。

她太委屈了。

她有什么办法啊？

人要是轻易就能控制内心，那世上还会有喜怒哀乐贪嗔痴吗？

贺铭遥的吻落到奚苒侧脸颊，出乎意料地，他触碰到一股温热的液体，还有一丝咸味。

他蹙眉，抬起头，疑惑地看着奚苒，哑着嗓子问：“你为什么哭？”

奚苒觉得他真是可笑极了，想扬声冷嘲热讽一番，但哭得停不下来，抽抽噎噎，声音压根没有威慑力：“你……贺铭遥你……我要离婚，你不能强迫我……”

贺铭遥越发生气，立刻低头，堵住了这张喋喋不休叫着离婚的小嘴。

“唔……唔唔！”

奚苒两只手都被他压在了头顶，就像一条砧板上的鱼在垂死挣扎，却依旧不得不任人为所欲为。

贺铭遥耐心极好，两人同处了三年，他对她已经足够了解，深知要如何让她快乐。

……

许久之后，贺铭遥才松开她，仔细端详了她一会儿，又温柔地亲她的眼睛，将她残留的眼泪通通卷走。

海浪一浪一浪打来，船体晃晃悠悠，整个世界仿佛只剩下了他们俩。

如同戏中人在暗暗等待落幕，难耐又望不到尽头。

许久之后，又遇到大浪打来。

昂贵游轮并非普通小船，依旧驶得平稳，只能勉强感觉到往侧边歪了歪。

贺铭遥怕奚苒撞到头，时时记得护着她的脑袋，将她整个人往自己这儿压。

等风浪渐平，他轻轻松松地把人抱起，一块儿站起来。

他余光一扫，寻了一个矮柜让奚苒坐上去，按着她的手指，将自己的手指插入她指缝中，十指交叉，握在一起。

两人的位置一下颠倒过来。

奚苒坐得高，要低下头才能看他。

贺铭遥仰着头，声音喑哑，逼问道："还离婚吗？"

奚苒整个人有些恍惚，喃喃："离……要离婚的。"

午后，天空露出了阳光，慵慵懒懒地洒在海面上，将海水照得明亮。

沈从宴钓上来一条大鱼，扭过头，正想炫耀一番，蓦地意识到贺铭遥和奚苒还没有出来。

从中午吃饭到现在，两人都消失一个多小时了，总不会打起来了吧？奚苒那小巧的体型，能挨得住贺铭遥几下？他有些担忧。

虽然沈从宴也不理解为什么奚苒要和贺铭遥离婚，但他比别人知道得多些，两人结婚有许多内情，倒并非奚苒一厢情愿地高攀上贺家，再加上奚苒长得符合他的口味，难免会比对别人更怜香惜玉一些。

他想了想，放下鱼竿，转身去船舱里找人。他找了几个房间，都是一派静悄悄，连服务生都没有，直到走到卧室前，才听到些许动静。

沈从宴没多想，抬手敲了敲门：“铭遥？奚苒姐姐？在这里吗？”

里头安静了一瞬，紧接着，贺铭遥冷酷的声音透过门板传出来：“什么事？”

沈从宴道：“大家都在等你呢，东道主难道要在房间里躲着睡觉吗？”

这倒也是实话。这种活动，虽然说是朋友小聚，但实际上也是一种上流社交，大家都有利益往来，各个项目、投资、股票，稍微互相透点口风，都会好办许多。如果是纯粹玩乐，就会多喊一些朋友作陪，再搞点娱乐活动，而不是这么安静地钓鱼了。

贺家是江城首富，贺铭遥自己又眼光毒辣、能力超群，哪怕做投资，也是一投一个准，所以说的话有一些风向标作用，今天来赴约的几个朋友也是为了这个。

贺铭遥沉默片刻，哑着嗓子说：“马上来。”

沈从宴“嗯”了一声，没再说什么，耸了耸肩，转身走了，脚步声渐渐远去。

贺铭遥抱着奚苒，亲自动手，帮她仔细地套上衣服。

还是那身寡淡的装束，女人却不复早上的苍白脸色，嘴唇红艳，眼睛也水润润的，连带着整张脸都染上一抹艳色。

这是他的杰作。

贺铭遥的心情和缓许多，自己也换好衣服后，轻咳了一声，开口问道：“走吗？”

奚苒总算回过神来。

刚刚那一切，完全在她意料之外。贺铭遥家教严苛，哪怕再生气，也不会失了风度，更别说对女人，极少这般粗暴，从没有强迫过她。但刚才，他就像变了一个人一样，无论她怎么哭喊，都仿佛永无止境、不见停歇，真的就像做梦一样。

还是说，贺铭遥骨子里本就是这种桀骜跋扈的脾气，她只了解了他的表象呢？一直到即将离婚这会儿，她才窥见端倪？

这实在太过可笑。

奚苒咬着唇，仰起头，死死地盯着他。

贺铭遥不解其意，淡然开口：“怎么了？”语气自然得仿佛无事发生一样。

奚苒摇摇头，后退半步，说："贺铭遥，刚刚就当最后一次。离婚协议书你记得签名。"

贺铭遥整个人顿了顿。离婚这件事，她竟然能执着成这样，时时刻刻都不忘了提醒他，竟然还说"最后一次"这种话。

"如果我说不呢？"

奚苒叹了一口气，说："贺铭遥，你爱我吗？"

贺铭遥一脸诧异，表情虽然依旧冷淡，眼神却仿佛在问"你怎么会问这种傻问题"。

明明婚前就说好了的，两人之间，婚姻是临时需要，又谈何说爱？

既然不存在爱，也就不会在乎她的心情和感觉，这很正常。

虽然奚苒早就知道答案，但看到他这副模样，奚苒还是觉得心痛不已，连每一次呼吸起伏都显得十分困难。她立刻用力掐住手掌心，控制住情绪，不让自己崩溃。

"你看，你不爱我，那我去喜欢别人，应该也没有问题吧？铭遥，我不想一辈子这样。我二十五岁就跟了你，对感情也不是无欲无求，你明白吗？"

她的语气还是一贯的温和平静，却难得带着祈求："离婚吧，对大家都好。你也才二十几岁，还可以去找一个你真正喜欢的妻子。"

这话听起来有理有据，偏偏贺铭遥觉得不舒服。

他出声打断她："那人是谁？"

究竟是谁能让她坚定成这样，要改变现状？

奚苒愣了愣，立刻反应过来："抱歉，这是我自己的事。"

贺铭遥冷笑一声，抬起手，指腹抵住她的下巴尖，逼迫她把头抬高，对上他的视线。

"我没觉得离婚对我有什么好的。奚苒，你不会以为自己比我大两岁，就真能替别人安排好人生了吧？我觉得现在这样就很好。"

奚苒抿了抿唇，发现跟他实在说不通。

"那你要怎么样才愿意离婚？"

贺铭遥冷笑一声，说："你让我看看你有多爱那个人，能为他做到哪一步。"

奚苒心思翻转，这个谎言必须圆下去，要不然，贺铭遥不会轻易松口。

虽然她不明白为什么，但贺铭遥还能差女人？何必拽着一个不爱的女人不放手呢？

为了解脱，奚苒觉得自己绝不能动摇。

她低笑了一声，说：“需要以死明志吗？”

贺铭遥听了这话，周身气压骤降，眼神凶狠，仿佛要把她切碎了丢海里去。

“你大可以试试。”他冷冷地说。

奚苒不再犹豫，重重地推开他，拉开门，快步跑出船舱，到了甲板上。

为了不打扰鱼群，游轮早已经关了马达，漂浮在海面上。海面平静如画，依稀能听到海鸥的叫声。

景色很漂亮，奚苒却无心多看。她整个人从甲板的围栏边翻了出去，直愣愣地一跃而下。

“嘭——”

这一切都该结束了。

虚妄的、不切实际的爱情，充斥了奚苒的漫长光阴，却像一棵永远不会开花的树。

如今，所有爱与恨、痛苦与绝望，都丢弃在这大海里。

结局已经足够凄美，不负韶华。

她紧紧地闭上了眼。

“有人落水了！”

不知道是谁喊了一声，游轮上的人瞬间慌乱起来。

救生员飞快地跑过来，跳下去捞人，船员也立刻放了救生小船下去。

贺铭遥也快步走到了甲板上。他满脸怒色，拳头握得死紧，居高临下地看着水面。

奚苒不是很会游泳，在水里只能勉强扑腾两下，模样看起来凄惨极了。

好在救生员已经游到了她旁边，捞住她纤细脆弱的腰，带着她往救生小船的方向游去。

贺铭遥皱着眉，只觉得这一幕着实碍眼。

沈从宴站在贺铭遥旁边，眼神在他身上游移了半秒，低声问：“什么情况啊？你们夫妻俩谈崩了，你把人丢水里去了？”

贺铭遥简直要被他气笑了，狠厉地问道：“我有病？”

沈从宴耸耸肩，说：“说不定呢，这谁知道。”

这些太子爷，本就不是什么好脾气的人。沈从宴都不敢说自己气急了、失去理智会做出什么事，更别说贺铭遥一贯喜怒不形于色，指不定内心有多病态呢。

贺铭遥拧着眉头，眼神投向小船上。

在救生员将奚苒拖上船之后，他的心脏才逐渐松缓下来，但依旧握紧拳头，一字一句地道："她为了让我答应离婚，自己跳下去的。"

周围人："……"

"哼。"贺铭遥冷哼一声，不再多说什么，见救生员和奚苒都被人拉回甲板上，快步朝那边走去。

秋日天气泛着凉意，海水也是冰冷的，奚苒上来时，脸色惨白、全身湿透，衣服乱七八糟，头发也是湿漉漉的，结成了一绺一绺，整个人看起来狼狈极了。

贺铭遥飞快地来到她身边，用自己的身体挡住所有人的视线，一把把她横抱了起来。

奚苒小小一只，安安静静地窝在他怀中，一言不发。

贺铭遥用力抱着她，长腿一迈，穿过围观众人，往船舱里走。

到了房间里，他将人放下，打开暖气，定定地看着她，眼神里满是怒气。

贺铭遥说："奚苒，你赢了。"

奚苒仰起头，试探地问道："什么？"

在她盈盈的目光中，贺铭遥一字一句地开口："我会签字的，如你所愿。"

连死都要离开他，这种女人，他不屑留。

周一，奚苒起了个大早。

贺铭遥把离婚协议书放在办公室了，他昨天答应她，说今天就会签字，把离婚协议书拿回来，然后再抽个时间去民政局，把结婚证换掉，就算是一别两宽、各自欢喜了。

她心里酸酸胀胀的，但又有一丝庆幸，亡羊补牢，为时未晚。

吃完饭，奚苒开车去找中介，好消息竟然接踵而至——中介手上有一套极好的房源，说带她去看看。

到地方后，奚苒仔仔细细地看了一圈，又问了价钱，爽快地签下合同。

房租押一付三，下周她就能搬进来。这下，奚母接济她的钱一下全部花了出去。

奚苒感谢了中介小哥，拿着租房合同驱车回家。

贺铭遥不在家，她又拖了行李箱出来，将衣物和生活用品一点点往里塞。

实际上，三年来，这套大房子中早已处处充满了奚苒的痕迹。不说一开始装修就是按了她的口味，就连摆设也是依照她的喜好。哪怕贺铭遥不爱她，但这三年的婚姻绝不是弄虚作假，而是真真实实、日日相对，持续地互相影响着。

比起椅子，奚苒平日更喜欢窝在沙发上，玩手机也好，看书也罢，都爱坐沙发。所以沙发上就放了许多靠枕，既柔软又可爱。她喜欢听歌，旁边还放了音箱，上面都是她喜欢的音乐 CD。

房间里也是这般，样样都依着她的喜好来。

奚苒一直觉得自己并不十分多愁善感,但看着这生活了三年的“家”，到底忍不住红了眼眶。

直到这一刻，她才清晰地意识到，自己真的要离开贺铭遥的世界了。

老天给了她一个机会成为贺太太，已经是莫大的恩赐，不能再负责让贺先生爱上她了。

奚苒一生执着，还有点死脑筋，不撞南墙不回头，这份爱情便让她遍尝苦头。

够了，一切都够了。

午后，阳光柔软地洒落下来，很容易让人犯困。

贺铭遥难得没有专注工作，手撑着下巴，眼神虚虚地投向办公桌上。

桌面上躺了一份文件，“离婚协议”四个大字清清楚楚，白纸黑字，不容人忽视。

蓦地，内线电话响起。

贺铭遥拧着眉，接了电话：“说。”

助理小心翼翼，似乎很害怕他发飙：“贺总，夫人来了。”

贺铭遥：“……”

十分钟后，贺夫人坐在了贺铭遥办公室的沙发上。

她一身高定女式西装，搭配同色系西服裙，真皮高跟鞋，气场十足。

米色衬得她肤色清透，有种模糊年龄的精致气质。

贺铭遥有这般出色容貌，很大程度遗传了贺夫人，五官特征显著。但两人平日里都比较严肃，气场矜贵逼人，反倒能让人忽略一些外貌因素。

贺铭遥率先开口：“您有什么事？”

贺夫人看了他一眼。

自从发生孔熙那件事之后，母子关系其实已经很僵了。贺铭遥怪她手段强势，她全部知道。但贺夫人觉得自己没有做错，自然不以为然。

贺家这般门楣，怎么能娶一个戏子？

她顿了顿，舒了一口气，切入正题：“上半年给光蓝那个投资，撤了吧。”

“嗯？”贺铭遥不明所以。

事实上，贺夫人在贺氏也有不少股权，但自从贺铭遥将整个集团的经营权握住之后，她为了避嫌，没有再插手贺氏集团的任何事，如今她贸然提出撤资，实在让人有些意外。

贺夫人道：“光蓝是娱乐公司，贺氏从创始起就未涉足过娱乐产业。铭遥，你给他们投资，是不是因为还对孔熙那件事耿耿于怀？”

自从她知道孔熙即将回国，就一直担心贺铭遥再和这个女人搅和到一起，投资娱乐公司，实在太像在给孔熙铺路了，她不得不过来敲打几句。

贺铭遥说：“您想多了。”

贺夫人直直地看着他，语气严厉：“铭遥，你和奚苒已经结婚三年了，要是你还对孔熙念念不忘，让你的妻子怎么想？”

贺铭遥讽刺地嗤笑了一声，说：“母亲，您素来看不上奚苒，这时候怎么想到站在她的立场说话了？”

“我是觉得奚苒配不上你，但就算你想换一个妻子，也绝对不能是女艺人。孔熙，不行。”

蓦地，贺铭遥捏了捏鼻梁，只觉得不耐烦极了。他停顿了一下，才说：“在管理投资上，我从不会感情用事，您无须多问。”

贺夫人点头，站起身说：“你这样说我就放心了，周末带奚苒回家吃饭吧。如果你没有换妻子的打算，可以让她赶紧备孕了，别整天用一些套话来敷衍我。自己多大了，心里还没数吗？”

贺铭遥：“……”

贺夫人走后，贺铭遥坐在椅子上，再次将离婚协议书从抽屉里翻出来。

孩子？他倒是想，人家奚苒还不乐意给他生呢。

贺铭遥拿起签字笔，在签字处顿了许久。他还没落下第一笔，就将笔重重地摔到了一边。

奚苒将东西整得七七八八，只留下日常要用的必需品放在外面——周末才能搬进去，这周她还得住在这里，都得用。

而后她去冲了个澡，坐在沙发上等贺铭遥回来。

六点刚过，暮色四合，门口传来开锁的动静，奚苒赶紧踩着拖鞋小跑过去，候在门边。

贺铭遥一开门，就对上了她渴盼的目光。

她迫不及待地问道："离婚协议书带回来了吗？"

一瞬间，贺铭遥几乎控制不住身体里的戾气。

明明他已经决定放她走了，但看到她这般模样，却让从来说一不二的男人内心动摇起来。

难道奚苒就这么想离开他？

贺铭遥的眼睛黯淡下去。

奚苒等了一会儿，没等到男人的回答，反倒觉得他的眼神越来越可怖，像要吃人一样。她不自觉地后退半步，小心翼翼地张了张嘴，又不知道该说什么好。

贺铭遥垂眼，换了鞋，总算沉闷地开了口："带回来了。"

奚苒松了一口气，那就好。

也不知道这男人最近发什么疯，明明应该是你情我愿的事，好聚好散就好了，偏偏被他弄成这样，真是奇怪得要命，她甚至都怕他再次反悔了。

她释然的表情太过明显，贺铭遥看了，只觉得越发生气，将那份文件重重地丢在玄关柜子上，冷声道："你宁可死也要拿到的离婚协议书，我怎么能不让你如愿。"

奚苒："……"

只可惜奚苒拿了离婚协议书，专注地翻着签名，完全没有听到他的冷嘲热讽。

离婚协议书上，“贺铭遥”三个字签得龙飞凤舞，和奚苒秀气的签名并排放在一起，衬得他那字漂亮极了。

实际上，贺铭遥小时候练过书法，一手行楷写得鸾飘凤泊。像他们这种家庭出生的孩子，从小就不自由，在享受家族财富的同时，也要学这学那，样样都要拿得出手，不能给这个姓氏丢脸，哪怕是玩乐，也得玩得精通，决不能输给别人。

这样的家庭培养出来的男人，迷人又无所不能。

于普通女人来说，确实是高攀，也不怪贺夫人百般挑剔了。

奚苒摸了摸那黑色笔迹，心头感慨万千。

爱上他是一种必然，或许这样离开也是一种必然。

她不小心走了神。

贺铭遥面无表情地从她旁边绕过，往主卧走去，眼神都没有投向她一下，仿佛完全不想再看到这女人了。

奚苒仔细地收起离婚协议书，喊他：“铭遥！”

贺铭遥脚步一顿，没有回头。

奚苒说：“抽个时间吧，我们去民政局。还有，贺夫人那边，麻烦你帮忙解释一下。”

如果不早点告诉贺夫人，不知道贺夫人什么时候又会给她打电话，叫她去贺家庄园训话。万一她接到电话，不知道自己该如何面对贺夫人，因此只能拜托贺铭遥赶紧把这件事告诉贺夫人，让贺夫人别再联系自己了。

这次，贺铭遥再没任何停顿，只一言不发，默默离开。

离婚只差最后一个步骤，家里的气氛降至冰点，连续两天，贺铭遥都是到深夜才回家，两人再没交流过。

周三一大早，奚苒醒来，一睁开眼，就接到了一个陌生电话。

“您好，请问是奚苒吗？”

奚苒挠了挠脸，从床上坐起来，说：“您好，我是奚苒。您是？”

电话那头的女声听起来十分礼貌：“这里是光世传媒制作公司的人力资源部。您的简历已经通过内部二面，请问明天下午您有时间来公司现场面试吗？”

光世传媒就是那个老牌影视制作公司，策划制作了许多大热上星剧，主打历史正剧，因为公司资金充沛，制作精良，演员演技过关，剧本也是精雕细琢，样样都能通过市场检验，故而有口皆碑，颇受好评，近些年名头越来越响，也算是行业内的顶尖公司了。

奚苒自从认真做完线上面试题之后，就没再多惦记这件事。像这种机会，本就是可遇不可求，她已经努力过了，剩下的就看天意，只靠自我意志是强求不来的。没想到，她竟然真进了三面。

奚苒压抑住内心的激动，连忙回应道："有的有的，有时间的。"

"好的，那明天下午两点，请带上您的简历和作品准时到场。稍后我会用短信发送地址给您，收到麻烦回复。"

"没问题。"

第二日，奚苒穿着正式，拿着文件，开车去面试。

光世从创立开始，总部一直在江城。

之前奚苒来过一次，还是研究生时期跟着导师一块儿过来学习的，距今已经有四五年。这些年里，公司扩展了规模，将整栋楼翻新重装，十分气派，再不见昔日普通工作室的影子了。

下午一点四十分，阳光炙热，将秋日阴霾一扫而空，奚苒站在大楼前，将外套稍作整理，深吸一口气，让内心的紧张俱消，神情变得自然平静，走进大门。

前台小姑娘客客气气地将奚苒带进会议室，此时，整个大会议室里，只有长桌中段处坐了一个男人。

男人低垂着头，右手指微屈，叩在桌面上，左手则是漫不经心地翻桌上的文件。

奚苒整个人一顿，眯起眼，眼神牢牢地投向男人身上，似乎有些难以置信。

她呆滞了半分钟，终于忍不住诧异地开口："学长？"

男人总算抬起头，望着她，爽朗地笑了一声，说："我还担心你认不出来呢，怕到时候我们俩都尴尬，紧张了好久呢。"

奚苒仍没反应过来："周远学长，真的是你？"

周远将文件整理好，起身走到她面前，伸出右手："好久不见了，奚苒学妹。"

奚苒愣愣地与他握了手，还有些没法回神。

周远是她本科时期的学长，师出同门，比她大一届。

上大学那会儿，他们系里女多男少，不少男生的性格有些奇奇怪怪。和隔壁俊男美女扎堆的影视戏剧专业相比，他们系就没几个男生拿得出手，但周远是异类——他是校篮球队队长，彻彻底底的阳光少年，加上身高腿长、浓眉大眼，一入学就成了戏剧影视文学系系草。

虽然隔壁专业帅哥众多，还有不少小艺人，但到底距离隔得远，哪有周远这种近水楼台的好脾气帅哥来得抢手呢。

据说，全系单身女生都不可避免地暗恋过他。

哪怕奚苒一直住在校外，也听过周远在本系的传说。但那时候她刚从沧平考到江城来，年纪小，对恋爱没什么兴趣，一心一意只想着学习。过了两年，她情窦初开，就遇上了贺铭遥，一颗心都系了上去，再没有机会对周远产生异样的情愫了。

两人会认识，还是因为一个剧本比赛，凑巧分到了一组，这才有了交集。

周远笑笑，松开手，引着奚苒坐下，自己则坐到了她对面，与她隔着桌子。

这下，奚苒总算醒悟过来，瞪大了眼睛："周远师兄，今天是你面试我吗？"

周远一挑眉道："怎么，你想让我给你开后门呀？这可不行。"

她连忙摇摇头，咬了下唇，解释道："不是，我就是没想到你在光世这边工作。"

"你一毕业就失联了，也没关心过师兄，当然不知道啦。"

周远做了一个西子捧心状动作，表情可怜兮兮，夸张极了。偏偏人生得好看，眼睛是眼睛，鼻子是鼻子，做这么女生气的动作，也不显得违和，反倒有种奇特的搞笑感。

奚苒没忍住，扑哧一笑。

会议室内，气氛一下子轻松下来。

周远一点都没架子，将事情大致说了："公司这边马上要制作一部自制剧，是都市群像类，不过因为公司大部分编剧都是以历史正剧见长，所以就派我来带个新组，招一批人做这个剧本。我正巧看到你的简历，记得你大学的时候就特别擅长写群像场景，所以我才让你过来参加面试的。"

奚苒张了张嘴，却又不知道该说什么。

她这种毫无从业经历，且还不是应届生的简历，应该第一轮就被筛掉了，怎么能这么顺利地进到光世三面呢？看来周远在其中起了很大助力。

奚苒点点头，表示了解，再把自己整理出来的几个剧本片段双手奉上。

周远双手接过文件，简单翻阅了一下，笑道："你的水平我是很有信心的，文字画面感很强，也有想象力，团队合作精神也不错。"

两人一起参加过比赛，确实是合作过，这也不算胡乱吹捧。

奚苒脸颊微红，低下头说："师兄谬赞了，我还有很多需要学习的东西。"

周远道："还有几个问题，我要做例行询问。我看了你的简历，硕士毕业之后，再没有工作经历，你可以大致说说这段空白期在做什么吗？抱歉，有点唐突，但 HR 说必须要问这个。"

大公司都会做一些背景调查，这很好理解。

奚苒咬着唇，轻声开口："我没有做什么工作，在家做全职太太。"

周远一愣，说："你已经结婚了？"

"嗯。"

周远："……"

周远沉默半晌，回过神来，爽朗地笑道："我知道了。"

他没再追问，又问了几个专业类问题，再问了一些薪酬福利要求，面试就到了尾声。

周远放下笔，对奚苒点点头，说："你等通知就好了。"

奚苒认真地道了谢。

周远顿了顿，说："学妹，不主动留个联系方式吗？说不定我们就要共事了。"

奚苒心中大喜，连忙拿出手机，和他交换了微信和手机号。

再次道谢后，她拎着包，乘电梯下楼，不紧不慢地走出光世大楼，留下周远一人坐在会议室里。

他早已收了笑意，眼神有些晦暗不明。

房子问题已经解决，工作也大致有了眉目，还是业界龙头，奚苒只觉得整个人都好起来了。甚至，她都没心情为离婚忧郁了。

很快奚苒回到车上，系上安全带，准备一个人去吃一顿，犒劳一下自己。

这时，手机振了一下。

她停下手上的动作，从旁边拿起手机，解锁。

贺铭遥：……

贺铭遥：发错了。

这是多日来，两人第一次交流。

奚苒垂眸，没回什么，手指在屏幕上滑动了一下。

三年，她就算换了手机，也会把聊天记录全部导入新手机中。但这样翻起来，竟然滑不了多久，就能翻到头。

看来，两人哪怕偶尔有交流，也是寥寥数语、简短干脆，没有任何的温情。抑或是，只是她单方面发了消息给贺铭遥，但最终迟迟收不到回复。

这场婚姻中，等待对她而言只是琐碎的事情，她也早就习以为常了。

奚苒自嘲地笑了笑，顺手将手机丢到一边。

周五，奚苒去了租好的新房子，在卧室和客厅来回徘徊，又打开手机备忘录，把想到的要置办的东西全部记下。

天色渐晚，蓦地，奚苒的手机响起来，竟是光世影视人力资源部打来的，通知她查收邮件，按时入职。

挂断电话后，奚苒的心情有些激动，尚未回过神来，周远的微信消息接踵而至。

可以想象，他大概就在 HR 身边，看着对方挂了电话，所以这消息才能来得这么及时。

周远：奚苒学妹，请多多指教哦。

奚苒坐到茶几上，细长的手指在手机屏幕上敲敲打打，回复他：谢谢学长，我会加油的。

她想了想，又加了一句：改天我请你吃饭。

周远：说改天的都没诚意。就今晚，怎么样？正好我要下班了。

奚苒本来是想趁着今晚有空，先去采购一些生活用品，但既然周远开了口，她承了情，为表谢意，自然不好拒绝。

奚苒：当然没问题。

周远：学妹果然爽快。

周远本要开车来接她，听说她自己开了车，便没多客气，直接将地址发给她。

奚苒也没多想，按照导航，开车过去。

西餐厅内，周远已经到了，奚苒跟着服务生走到桌边，开口打了个招呼："学长。"

周远起身招呼她一同落座，在将菜单递给她之后，又笑道："你来得很快嘛，今天正好没什么事？看来我的运气很不错哦。"

奚苒的眼神投向菜单上，话也不过脑子，随口答道："谁说的，刚刚在搬家呢。"

"搬家？"周远愣了一下。

奚苒这才意识到自己说了什么，连忙摆手，却又不知道该说什么好。

离婚是私事，虽然周远是她学长，但两人本就不算十分熟识，交集有限，只能说时隔数年，又入社会，机缘巧合再会，相处不免带上校园滤镜罢了。

奚苒不可能将她的个人情况告诉一个久别重逢的老同学，又想不到其他解释，只能轻轻讪笑一声，掩饰尴尬。

好在周远十分善解人意，并没有穷追不舍，自然地将话题岔开。

两人各自点了餐，在将菜单还给服务生后，聊起工作。

像光世这种大公司，单编剧部门职位就分得很细。哪怕周远要带一个新 team，也不是随便招一些草台班子写写就能拿去拍了。周远说，仅台词就至少要三个编剧来写，更别说还有场景编剧、剧情编剧、镜头编剧等等，一层一层，分工明确。

奚苒的职位就是场景编剧，当然，光世也不可能将主线剧情交给一个新人来写，就算是由周远做主策划，新人也只能先给公司的老编剧打下手。

这点，大家心里都很明白。

周远喝了口水，说："这次的任务很急，公司预计要在四个月内将剧本定稿，然后明年春天开拍，秋天上线。所以，咱们组应该从十二月初就要正式开工了。"

算下时间，确实是没几天了。

奚苒低声应了，表示了解。

周远顿了顿，又神秘兮兮地开口："说起来，有个小小的八卦，当作老同学福利，我先告诉你，要不要听？"

"什么？"奚苒诧异地挑了下眉。

"公司已经去谈女主角的档期了。第一顺位是咱们学校毕业的，现在特别有名来着，不知道你认不认识，就是孔熙哦。"

奚苒："……"

两人走出餐厅时，已经过了晚上十点。

奚苒同周远道别后，上了车。她车技不好，停车场又挤，费了好些劲才把车开出去。

周远迟迟没动，坐在驾驶位上，眼神投向前方。

那台车开得歪歪扭扭、不紧不慢，很快，车尾也消失在出口弯道，再看不见踪影。

他眯起眼。

奚苒开的是保时捷，虽不是超跑系列，价格却并非江城普通的工薪族可以承受。这车竟然拿给这么一个车技稍逊的女人来开，好像磕了碰了也不会心疼一样。

周远忍不住对奚苒好奇起来。

月上柳梢，奚苒回到家，怕打扰到别人，轻手轻脚地推开门。

客厅一片漆黑，伸手不见五指，她不以为意，只当贺铭遥已经睡了，阿姨们也都休息了，低着头，一边换鞋，一边随手按下电灯开关。

"啪。"

霎时间，整个房间亮堂堂一片。

贺铭遥就坐在那一片光中间，面无表情地看着她，目光沉沉。

奚苒被吓了一跳，钥匙脱手，"啪嗒"一声掉到地上。

"铭遥，这么晚了，你在这里做什么？"

贺铭遥始终一言不发。

奚苒咬了下唇，心猛地一跳。难道这人是在等她吗？

可这怎么可能？

结婚三年，从来都是奚苒在等待他，盼星星盼月亮啊，见到他回来，心里就高兴，就觉得一切值得了。

爱情里，主动的那方总是更卑微一点。或者说，压根不算是双向爱情，只是她长久以来在卑微地单恋着。

贺铭遥怎么可能浪费时间，在这里等她呢？除非是天上下刀子、西边日出、地球倒转，梦里才会发生这种事。

奚苒忍不住苦笑，伸手掐了一下自己的手臂，让自己平静下来。

僵持许久，贺铭遥总算开口了："你去哪里了？"

奚苒垂下眼，说："和朋友吃顿饭。"

"哪个朋友？"

"你不认识的。"

贺铭遥闻言，蹙起眉，沉着声，道："男的女的？奚苒，你有什么朋友是我不认识的？"

奚苒有片刻的失语。

虽然是实话，但她似乎从贺铭遥口中听出了一丝嘲讽的意味。

自从结婚，奚苒一颗心都系在了贺铭遥身上，确实再没什么可以说话的朋友了。

她无可辩驳。

贺铭遥见她不说话，倏地站起身，居高临下地怒视着她，冷冷地说道："一天没离婚，你就还是我妻子。阿姨说你这些天天天出门，也是和那人吃饭去了吧？深更半夜和别的男人出去吃饭，奚苒，我以前倒是没看出来，你竟然还有这种天分。"

奚苒被他几句话勾起火气，他不屑的语气似乎难以控制，让人从心脏一路凉到四肢百骸。

她抬眼，直直地望向他。

"是，我是和别的男人出去吃饭了，那又怎么样呢？反正我们已经快离婚了，不是吗？也就这三两天了。贺铭遥，过往三年我没管过你，你也没管过我，现在咱们马上要一刀两断了，你现在想管，是不是迟了点？"

贺铭遥："……"

"你以前没看出来，那是你走眼，我就是这种女人，变心很快的。"

哪怕她做得再好，在他眼里，总归是样样不如别人。

因为没有爱啊，荷尔蒙这东西，本就不讲道理。

奚苒没再多说什么，捡起钥匙，放到玄关柜子上，拎着包，头也不回地往客卧的方向走。

贺铭遥再也压不住怒意，喊道："奚苒！"

他转过身，一把抓住奚苒的手腕，将她重重地往自己这儿一扯。

猝不及防下，奚苒直愣愣地被拖进了男人怀中。

一个低头，一个抬头，两人四目相对。

贺铭遥收紧了手指，尽力忽略全身细胞那种难以言喻的不适感。或许是太过生气，导致血液冲到上半身，引起心脏微妙的钝痛，但总归还能忍受。

他咬牙切齿、一字一句地开口："你好样的，就一秒都没法待在我身边了，对吗？"

贺铭遥下手没轻重，奚苒被他用力一握，整个手腕火辣辣的，泛着疼。

奚苒挣扎了几下，实在挣不开。奚苒眼睛里含着水汽，眼睛又大又圆，显得瞳孔很亮。

贺铭遥不自觉地松了下手指，就听到她认真地开口："是啊。"

她一秒都待不下去了。

奚苒不知道自己的决心在贺铭遥面前会不会就薄得跟一张纸一样，用力戳两下就破了。

委曲求全这种事，当爱情没有消失殆尽时，就会毫无底线地发生，她必须快刀斩乱麻。

"好像是没办法待在一起了，贺铭遥。"

气氛一下子冷了下来。

贺铭遥不说话，奚苒只能乘胜追击。她眨了眨眼，尽量不和男人的视线对上，只轻声开口："周一吧。周一早上，我们民政局门口见。"

"贺铭遥，真的，好聚好散吧。拜托了。"

光世 Offer 里写得很清楚，下周四入职，奚苒算了算时间，决定趁着周末赶紧搬家。

周一换完证件，她就搬去锦绣路那儿住了，要早些开始整理房间。再加上她三年没有工作，还要找点资料提前学习一下，找找写东西的手感，免得心慌意乱，露了怯。

周日一早，奚苒清醒过来，起床洗漱后走去客厅。

贺铭遥没出门，也没在书房忙工作，一反常态地坐在客厅里，膝盖上放了一本书，看起来像字典一样厚。

奚苒的脚步顿了顿。

贺铭遥这般坐着，秋日阳光从落地窗浅浅地照进来，落在他脸上，将他的五官衬得越发精致如画，找不到一点瑕疵。最重要的是，他冷淡的气质也被中和了些许，露出一股柔和的脆弱感，让人不自觉地想靠近，当真是画中美少年一样。

奚苒不得不承认，她确实是一个“皮相主义者”。当初她爱上贺铭遥，有很大一部分原因在脸。就算看了这么些年，她依然百看不厌，依然会心动。

但她只能得到美少年的人，却永远得不到美少年的心。

这样想来，着实让人心生绝望。

奚苒咬着唇，往前挪了两步，想了想，还是轻声开口，打破了这赏心悦目的画面。

“那个，我一会儿出门，中午不回来了。”

虽然她没必要再和贺铭遥交代什么，但毕竟他都坐在外面了，出于礼貌，她总得说一声，不好越过他直接走人。

贺铭遥抬眼，长指动了动，将书合上，放在茶几上，竟是一本法语原版书。

显然，贺铭遥并不是拿它来装模作样的。他书房里有各种语言的原版书不说，奚苒上学那会儿，还见过他拿着书站在小区铁门边等孔熙的画面。那场景真是刺眼，又让人艳羡。

现在想来，她还能回忆起当时那种失落感。

奚苒低低地叹了一口气。

贺铭遥站起身，面无表情地问道：“你做什么去？”

奚苒垂眸，不想和他吵架，也算是坚定立场，便如实答道：“我去买点家具，整理房间。”

贺铭遥愣了愣，反应过来后，仿佛漫不经心地问道：“已经找好房子了？”

“嗯。”

“速度还挺快。奚苒，你真的什么都不想要吗？需不需要我把财产清单列出来，让你确认一下？”

“不用了，那些都是你的钱。”

这里的家当都是贺铭遥的，珠宝、名牌包和手表，她不打算带走。至于贺铭遥那些股票、房产、期权、豪车之类，更是与她无关了。

贺铭遥讽刺地弯了弯唇，说：“你还真是不慕富贵，够清高的。”

毕竟孔熙当年离开时，都是和贺夫人谈好了条件，拿了钱和人脉才离开。

奚苒是他法律上的妻子，要分他一半婚后财产，可谓理所应当。她甚至可以凭借这一半财产，让自己的下辈子衣食无忧。

可她偏偏自愿放弃了所有。

她什么都不想要，也要和别的男人在一起……一想到这，贺铭遥就觉得暴躁，连一贯的平静冷淡都有些难以维持。

奚苒拧了下眉，没理会他话中的讽刺。

她想了想，说：“车再借我开一天吧，明天把钥匙还给你。谢谢。”

贺铭遥蹙眉，冷冷地答道：“随便你！”

奚苒置办新家具，折腾了一整天，小房间总算有了一些生活气。

她满意地四处打量之后，携着满身疲倦，在沙发上歪歪扭扭地躺下，这一躺，倒头就睡了过去，再睁眼竟然已经是黄昏时分。

奚苒迷迷糊糊地拿起手机，看了下时间，还不算太晚，干脆捞了一个抱枕塞在脑袋下面，刷微博醒神。

运气也真是奇妙，热搜第一又是孔熙，连她回国、接机、甚至她戴的耳环都一连挂了好几个热搜。

奚苒看到这个名字，总是免不了心绪烦乱，但她马上就和贺铭遥脱离关系了，这毛病，只要想办法总是能克服的。

网友们闹闹哄哄，孔熙回国这件事显然引起了不小的轰动。也是，孔熙的知名度早已不可同日而语。

奚苒咬住嘴唇，不免有些走神。

说起来，孔熙今天回国，贺铭遥怎么没去接机呢？早上她出门那会儿，贺铭遥还悠闲地看书呢，好像一点都不着急。

不过，贺铭遥一贯是喜怒不形于色的模样，虽然没表现出来什么，但是心里说不定早就激动得不行了。

奚苒懒得揣测老公和真爱再会时的心理活动，将手机塞进包里，慢吞吞地下楼，开车回去。

再次出乎她意料的是，她推开门，发现贺铭遥竟然在家，并没有出去。

奚苒怔了怔，倒是贺铭遥听到动静抬起头来，目光炯炯地望着她，问道："晚饭吃了吗？"

"没。"

贺铭遥盖上 iPad 保护盖，面无表情地扬声喊了一句："开饭吧。"

面对好意，奚苒也不是不知趣，她低声道谢，又赶紧回客卧简单地洗了个澡，换了家居服，才走出来。

餐桌上已经摆好了餐盘，那几个盘子也是奚苒去挑的，她喜欢透明的水晶碗盘，觉得容器好看，食物装进去也会好吃一些，让人心情愉悦。只是不知道她走了之后，孔熙或者其他女人会不会喜欢。

当然，贺铭遥有的是钱，再婚必然会换房子，这大平层估计是再难入眼了，总不能让新人住在离过婚的老房子里，显得晦气。

奚苒心里有些泛酸，眨了眨眼，勉强压住。她坐在贺铭遥对面的位置，捏着指尖，轻轻说："明天，别忘了。"

贺铭遥不带感情地勾了勾嘴角，说："记得。"

奚苒的声音更低："谢谢。"

睡前，奚苒最后一次检查行李箱。

一个行李箱，外加一个单肩包，这离婚分家简直比短途游还容易。或许，在这套大房子里，从来就不存在"家"这个概念。

但对于奚苒来说，夙愿已了，虽然过程坎坷，但这结局也算得上完美。

奚苒起身，拍了拍手，将行李箱推到墙边，自个儿去洗漱。

她再走出来时，贺铭遥竟然出乎意料地坐在床边，沉默地看着她。

奚苒有些诧异。

贺铭遥抿了抿唇，声音平静，问道："奚苒，今天是最后一夜，对吗？"

"嗯，应该是。"

他站起身，朝着她的方向迈了两步。人高马大一男人，比奚苒高了将近三十厘米，威慑力极强。

眼见他整个人快要贴到自己身上了，奚苒条件反射地后退两步。

贺铭遥不悦地蹙起眉头，指腹抵住她的下巴，在女人光滑的下巴尖上摩挲了几下。

这动作未免太过暧昧。

奚苒有些紧张，又后退了一步，躲开他的手，眼神警惕："你有什么事？"

贺铭遥没再做什么，直直地盯着她，手指不自觉地攥紧了，用力到指节几乎泛出白色。

良久，他才勉强忽略了心中突如其来的刺痛感："没事。"他说完转身离开客卧，开车去了沈从宴那儿。

贺铭遥到了沈从宴居住的公寓楼下，给他打了个电话，言简意赅地问道："你在家？"

沈从宴睡意蒙胧，明显是被吵醒了："大晚上的，你干吗？"

白天他刚回国，这时候还在倒时差，累得不行。

然而贺铭遥毫无人性，说："家里没人吧？我上来了。"

沈从宴："……"

他不仅上来了，还拎了一瓶上好的红酒。

沈从宴打开门，打着哈欠，一拳捶在他肩膀上："半夜打扰人睡觉，贺铭遥你这是什么毛病。"

贺铭遥垂下眼睫，说："喝一杯。"

沈从宴拒绝道："今天就不喝了吧，我实在太困了。"

"明天我去民政局离婚。"

沈从宴默默地让开身子，从酒柜里拿了俩杯子出来，又拿了醒酒器。

"那就喝一杯吧。"他说。

贺铭遥眯了眯眼，在沙发上坐下。

沈从宴接了下一句："我今儿在机场碰到孔熙了。嘿，这女人，现在混得可真是风生水起啊。她要知道你离婚了，估计还得巴巴地凑上来。"

贺铭遥："……"

贺铭遥压根没想到孔熙，被沈从宴这么一提，他才反应过来，原来孔熙今天已经回国了。

要是这时候他把离婚的事儿告诉贺夫人，估计贺夫人又要大发雷霆，以为他是为了孔熙才急急忙忙地离了婚。

任凭谁也没法相信，竟然是奚苒主动提出离婚的。

贺铭遥弯了弯唇，轻声道："别说她。"

沈从宴一愣，说："铭遥，你……"

贺铭遥垂下眼，说："已经是过去的人了，不必过度关心。"

话虽然这么说，但眼前人奚苒也马上要变成过去式了。

想到这儿，他往自己杯中倒了红酒，仰起头，速度飞快且毫无品鉴地一饮而尽。

沈从宴揉了揉眼睛，坐到他对面，惬意地靠着皮沙发："你要是不想离，干脆就别为了面子死撑，拒绝不就得了。"

贺铭遥垂下眼，道："她什么都不想要。"

用钱诱惑没用，用人诱惑，他刚刚试了一下，好像也不见效。

奚苒就是铁了心了，怎么都不会改变主意。

沈从宴没忍住，嗤笑了一声，调侃道："她怎么会什么都不想要呢？你给她表个白，说你爱她爱得要死要活的，她肯定立马哭着回心转意。"

贺铭遥一脸诧异道："我为什么要骗她？"

在他看来，这简直是天方夜谭。

况且，奚苒是因为移情别恋才提出离婚的。在这件事中，出问题的是奚苒，他做什么都没用啊。难道奚苒会因为他三言两语，就在两个男人中间摇摆起来吗？

以贺铭遥对她的了解，她并非这种女人。

沈从宴也十分诧异，问道："那你为什么不想离婚？难道你会缺女人？"

贺铭遥没说话，他也说不清自己的心思。

两人不再聊这件事，只一杯接一杯地喝酒，一瓶十来万的罗曼尼康帝飞速见了底。

这晚，贺铭遥喝得酩酊大醉，不得不借宿在沈从宴家的客房。

等他再睁眼，外头已是阳光明媚。

到了秋末，江城的空气比其他季节更为清冽，一点都不见秋冬的萧条。

沈从宴还在睡觉，贺铭遥没去吵醒他，简单洗漱了一下便驱车离开。

行至半路，他突然收到了奚苒的微信。

奚苒：你在哪里呢？我马上出发了。

贺铭遥愣了愣，恍恍惚惚地反应过来。哦，今天他们要去离婚了。

原来就是今天啊。

他尚未来得及回复，很快又收到了新消息：你没拿结婚证吧？我顺便把两本一起带过去吧。你放哪儿了？

领证那会儿，所有人对这场婚姻都不以为然，除了奚苒。奚苒将结婚证悉心保存，奉若珍宝。当时，贺铭遥本想将自己那本结婚证也给她，让她顺便一块儿拿着，可看到她欣喜的表情，到底没把随意的语气露出来，免得打击到她，只得自己在书房随便找一个抽屉，收了起来。后来搬家时，他也将结婚证压在箱底，和一箱书一起搬到了新房里。

回想曾经，不知为何，贺铭遥心里竟然生出了一丝悔意。

或许他应该更加谨慎对待一些，毕竟是神圣的证件。

然而后悔这种词语，不该存在于他的字典里。

贺铭遥摒除脑内纷乱杂念，一只手控着方向盘，目视前方，另一只手则是点着说话键，回了一条语音。

“在书房，我马上回来拿。”

奚苒回得迅速：行，那我在家里等你，一会儿一起过去。

贺铭遥看到屏幕上“家”这个字，勾了勾唇角，又给特助打电话。

今天是工作日，特助早早到了公司，看到这突如其来的电话，还有些纳闷：“贺总？”

贺铭遥低低地“嗯”了一声，说：“今天我不去公司。有什么事你安排一下。”

特助一惊，这可不像工作狂贺少的风格。

他想了想，立刻翻出日程记录，向贺铭遥汇报：“上午是各部门例会，可以延期。但下午有个拜访会面，来自长信通信总裁，对方已经约了很久了。”

贺铭遥言简意赅：“都推了。”

“好的。”

挂断电话后，贺铭遥抿了抿唇，将耳机摘了，丢到一边。

现在是上班高峰，高架上堵得不成样，再贵的车，也只能顺着车流慢吞吞地往前挪动。

贺铭遥眉尖勾起，颇有些不耐烦地轻叩着指节。

“嗡——”蓦地，手机又振动起来，电话来自特助。

贺铭遥接通电话，说：“还有什么事？”

这特助跟了贺铭遥许多年，从贺铭遥接手贺氏起，便一直跟在他身边，早就染了老板的习性，做什么都处乱不惊，然而此刻，特助的声音竟然有点颤抖，似乎发生了什么事，让他无法保持平静。

“贺总，有一位女士没有预约，来公司拜访您了。她说她叫孔熙。”

贺铭遥：“……”

第三章 ／ 明天的老照片

周一这日，合该是人生转折日。

奚苒心情复杂，一整晚辗转难眠，醒来时，脸色免不了有些苍白。

过了一会儿，奚苒才发现贺铭遥并没有在家。

这大清早的，他跑哪儿去了？难不成离婚这事又要出什么变故了？

她有点紧张，赶紧回房间去找手机，给他发消息。

贺铭遥回复很快，语气里没一丝不愿，想必是已经想明白了。

本来嘛，他就对自己没什么感情，说不定对她的一厢情愿早就烦恼不已，但因为大男子主义的自尊被她伤害，所以才迟迟不答应离婚。他想明白之后，应该很高兴能干脆地摆脱她这个工具人吧。

奚苒苦笑一声，放下心来，也不着急了，坐到沙发上等人，无所事事地刷着微博。

大半个小时过去，贺铭遥还是没回来。

奚苒看了下时间，已经十点出头了。她耐着性子，随便打开了一部电影，有一搭没一搭地看着打发时间。

时间飞逝，一眨眼，日升半空，已经到了午饭点，贺铭遥仍旧不见踪影。

奚苒没法再等，立刻将电影静音，打电话过去。

“嘟——嘟——”背景音响了许久，还是没有人接电话。

她握着手机，蹙起眉，有些紧张地站起身，又打他工作的手机号，依旧无人接听。

他该不会出什么事了吧？

贺铭遥平日工作忙碌，一手掌控集团运转，经常会有人有急事找上来，工作手机是二十四小时开机状态，私人手机也极少离身，就算自己所在的场合没法接电话，也会让助理接，不太可能联系不上。

奚苒明知道自己不该再这么关心他——这样只会继续执迷不悟、难以自拔，但要戒掉长期的习惯，到底还是需要一个过程，没法一夜之间说不爱就不爱了，彻底变成陌生人。

养成一个习惯都得二十一天，忘掉深爱过的人，也不可能一蹴而就。

她深吸一口气，渐渐冷静下来，拿起车钥匙出了门。

十二点半。

奚苒开着车，到了贺氏集团总部。

这里一整个园区都是贺家的产业，有十来栋大楼，包括一整栋会客楼。园区安保严密，出入都需要工作证。奚苒身份低调，这总裁夫人就没在公司见过光，自然也没来过这儿。

保安不认识她，立刻将车拦下。

奚苒降下车窗，轻声道："麻烦你，我找一下贺铭遥贺总。"

"您的名字是？"

"奚苒。"

那保安查了一下，说："您没有预约记录，抱歉，我不能让您进去。"

奚苒点点头，说："请问，你们贺总今天来上班了吗？"

"这不方便告知。"

奚苒垂眸，知道再问也问不出什么，朝着保安道了谢，磕磕绊绊地将车倒出去，退到路边，再次拨打贺铭遥的手机。

这次，响了大约半分钟，那边终于有人接了电话，但并不是贺铭遥的声音。

奚苒说："我是奚苒。贺铭遥呢？"

"夫人您好，我是徐明。贺总现在有些急事。"徐明就是贺铭遥的特助兼生活助理，也是整个公司唯一知道她身份的人。

奚苒被放鸽子，又白白担心半天，语气自然不好："什么急事？接电话都没时间吗？"

徐明讪笑了一声，说："抱歉，夫人。"

"贺铭遥现在哪儿？"问题才出口，她就立刻从通话背景音中得到了答案。

"孔熙！"是贺铭遥充满了怒气的声音。

距离似乎挺远，但还能传过来，可见说话那人用了多大声音。

一瞬间，奚苒整颗心跌落谷底，眼眶一红，竟然不受控制地落下泪来。

原来是孔熙啊。

她早就知道是一败涂地，为什么在离婚前还要让她再次认识到自己的失败呢？爱情到底是什么东西啊？看不见、摸不着，却能让人痛得这般死去活来。

奚苒挂断电话，趴在方向盘上号啕大哭。

最后一次，这是她最后一次为贺铭遥流泪，她发誓。

手机屏幕上出现了“通话结束”的字样，徐明只觉得手上拿了一个烫手山芋，他纵然在为老板处理杂事上已经算是身经百战，但正经夫人打电话过来时，老板在和别的女人吵架，这场面还是让他觉得有些棘手。

他和奚苒几乎没有过接触，老板也极少提起这位正牌妻子，只有在购买一些礼物时，会让他帮忙去购买。

徐明不知道奚苒是个怎么样的女人，也不知道她喜欢什么，只能摸索着、战战兢兢地替老板挑选礼物，祈求对方会喜欢。好在老板从来没有挑剔过，送出手的东西，也没什么差评反馈。

由此推测，或许夫人是一个挺好相处的人？秋末这种天气，徐明头上都冒起热汗来。他顺手擦了汗，一转身，老板已经重重地拉开了门。

“徐明，送客。”

“是。”徐明立刻应声，微微低头，眼睛没敢往那个漂亮女人身上瞟一下。

女人戴着帽子和巨大的墨镜，将一张小脸挡得严严实实。但她进来时，早已自报家门。就算徐明跟着贺铭遥当了数年的工作狂，对娱乐明星毫不关心，也听过她的大名。

徐明并不清楚贺铭遥和孔熙之间的过往，当然，他也不敢好奇。他说：“孔小姐，我送您。”

孔熙走了，贺铭遥捏了一下鼻梁，冷静下来，眼神中的戾气也渐渐散尽。

刚才孔熙没有预约就硬生生地闯进贺氏总部园区，差点酿成大祸。她身份特殊，总裁办收到保安处的电话之后，不敢懈怠，徐明立刻联系了他。

两人交往两年，贺铭遥比谁都清楚，孔熙外表看起来美艳精致，说话也是大方豪爽，但实际上是不达目的誓不罢休。她既然想见到他，那她一定会找到办法，到时候可能还会引起员工的骚动和猜测。

说不上是恼怒还是什么情绪，或者是为了亲耳听一次解释，作为了断，他打了方向盘，驶下高架桥，回到公司。

反正用不了几分钟，等他将人打发走，就赶回去，接奚苒去离婚，让她心满意足。

贺铭遥确实是这么打算的。

然而计划永远赶不上变化。

孔熙显然不愿意被他应付，在会客室大大方方地摘下墨镜，让徐明倒了水，一副要和他促膝长谈的架势。

她美貌如昔，胸大腰细腿长，风衣外套里搭了针织连衣裙，掐着腰线，穿着细高跟的腿交叠，好身材一览无遗。她喷了香水，味道清淡，但余韵袅袅，在空气里弥漫开来，颇为诱人，是和曾经一模一样的味道。

但旧人早没了忆往昔的欲望。

贺铭遥坐在对面，一副矜贵迷人的模样，表情却有些不悦："我一会儿还有事，你有话直说，以后别再来了。"

孔熙笑了笑，眼神晦暗不明，声音里带着甜蜜："你还是和以前一样冰冷绝情。"

贺铭遥挑眉道："你闯进来就是想说这个？"他说着，条件反射地抬起手，看了下表。

孔熙眼睛一亮，说："还是之前那块表吗？"

这块表是两人一起去挑的，镶钻劳力士，看起来闪闪发亮，颇有些花里胡哨，一点都不显低调。但孔熙那时候还是个小姑娘，就喜欢这种亮晶晶的饰品，撒娇卖乖地让他买下它，时时刻刻戴在手上。

她说："你先戴着我喜欢的手表，等我赚到钱了，再给你买一块你喜欢的。"

这点小要求，贺铭遥自然满足。

所以，这块劳力士虽然不是孔熙送给他的，但对两人来说，意义确实不一般。如今贺铭遥依旧将它戴在手上，岂不是表示他仍未忘记过去？

孔熙的心脏重重地颤了颤，几乎要"咕嘟咕嘟"地冒起泡来。

贺铭遥坦然地将手举起来，示意给她看："不是。"

依旧是劳力士，颜色也差不多，但仔细看，型号不同。

这是贺铭遥和奚苒结婚时买的，没什么特殊意义，就是一对情侣款，女款表盘镶了钻，并不是很闪，但看着舒服大方，极为漂亮。贺铭遥一进店，就相中了这个女款，干脆将一对买了下来。

他虽然不爱奚苒，但也不是什么渣男。早在孔熙放弃他时，他就已经将这段感情彻底了结，绝不会拖拖拉拉、藕断丝连，留下什么纪念物来。

倏忽间，贺铭遥想到了一件事，蹙起眉。

自从他将女款手表拿给奚苒后，这几年，他从未见她戴过。为什么？那时候她不是口口声声说很喜欢他吗，怎么不愿意和他戴情侣表呢？

孔熙并不知道贺铭遥想到别处去了，见他换了表，她有些恼怒地咬了下唇，却没有完全泄气。

“铭遥，我这次回来找你，主要是想当面给你解释三年前发生的事情，事实并不是你想的那样。”

贺铭遥面无表情地看着她。

这眼神实在太过冷漠，再加上他本就有些高不可攀、威压颇重，孔熙和他对视着，蓦地就有些说不下去了。

她匆匆开口，老调重弹，只是加上了当事人的心理活动，显得情真意切一些。

“抱歉，铭遥，我真的很爱你，从来没想过要离开你，但是当时情况太特殊了，我不走，你该怎么办？我们两个人如何抗衡贺夫人呢？你是天之骄子，不该为了我从康庄大道走到崎岖小路上。贺夫人让我三年不许回国，我也舍不得，可我没办法。”

贺铭遥挑了下眉，冷冷地开口：“所以说，其实你是为了不成为我的阻碍，才决定孤身离开的？”

孔熙眼睛里渐渐蓄起了泪水，美艳的脸庞看着楚楚可怜：“对不起，铭遥，对不起……”

贺铭遥无意再听下去，站起身道：“既然是这样，那就各走各路吧，对我们俩都好。”

孔熙顿时慌乱起来。这和她想象的完全不一样，但贺铭遥眼神淡漠，完完全全昭示了他的不在意。

在感情里，不在意比愤怒更让人绝望。

仿佛于他而言，她彻底是个过去式了。

孔熙不能接受这种结果。

只是过了三年，她都还没能走出来，贺铭遥凭什么已经不以为意了？

一时间，她语气里带上了恨意："贺铭遥，你这是什么意思呢？当初说好爱一辈子的人是你，我一走，闪电结婚的人也是你。那时候我们才分手多久？有三个月吗？你竟然就娶了别人。你真的有那么爱我吗？你知不知道，我听说你结婚的时候有多伤心？我们约定好的一辈子，再也没可能了。你就是一个骗子！"

"一辈子"，这话本就带着虚情假意。

在人们将这誓言说出口的那一刻，或许心中确实是抱着这般美好的期待，但随着时间更迭，意外一点点发生，心境也会逐渐改变，誓言的力量就一点点减弱，逐渐不复存在。

贺铭遥和孔熙热恋那两年，他确定自己会守护她到生命的尽头。但从她决定放弃自己的那一刻起，所有的幻想、未来、梦境，也随之崩塌了。

誓言本就是相互制约，哪能走了一方，让另一方独自苦苦支撑呢。

贺铭遥低低地叹了一口气，平静地开口："孔熙，算了吧，都过去了。"

孔熙愣了愣，表情不由自主地变得有些狰狞："没有过去！铭遥，我忘不了你，从来都没忘记你，怎么就这样过去呢？不行！"

她说着，一下子跳了起来，整个人扑进了贺铭遥怀中。

贺铭遥猝不及防，被抱了个满怀，只一瞬间，他倏地想到自己和奚苒也有过誓言。

这誓言并非口头约定，而是来自婚姻中约定俗成的誓言。

可是奚苒违背了这个誓言。

贺铭遥蹙起眉，将孔熙推开，厉喝着警告她："孔熙！"

孔熙红着眼，倔强地望着他。

贺铭遥曾经深爱她性子里的这份倔强，但是此刻，他却再没了一丝丝心动和怜惜，甚至厌烦她这样纠缠不休。

三年，真是太长太长了。

孔熙没再靠近，哭着开口："爱情本来就该是斤斤计较的，你至今还在介意我的不告而别，说明你仍旧爱我。贺铭遥，我不会放弃的。"

贺铭遥的手指微微顿住。他懒得再听她这些迟来的表白，但第一句话却让他陷入了深思。

爱情本来就该斤斤计较。

贺铭遥实在是不能接受奚苒移情别恋，也介意她不戴情侣表，介意她违背婚姻誓言，介意她和别的男人吃饭，讨厌她那副要和自己撇清关系的样子……所以，他爱上她了吗?

这感觉和曾经那段恋爱完全不一样。若是说占有欲作祟，其实也可以合理解释。

奚苒是他的女人，浑身都打满了他的烙印，理应属于他一人，所以他不能接受她离开。这好像更贴近真相。

总之，在此刻，各种念头、自我剖析都来得有些不合时宜，并不是一个适合深思的场合。

贺铭遥定睛，如梦初醒般看了一眼手表。

竟然已经过去这么久了，他失约了，甚至忘了和奚苒说一声。

贺铭遥立刻喊了一声徐明："送客。"

徐明应声，走到孔熙身边，客客气气地开口："孔小姐，请。"

这次孔熙没有再纠缠，只深深地望了他一眼，然后转身，随着徐明离开会客楼。

天朗气清，碧空如洗。

奚苒趴在方向盘上，默默地哭了许久，渐渐平静之后，只觉得眼睛又干又痛。

她坐直身体，抬手摸了摸眼角，蓦地意识到隐形眼镜被眼泪冲出来了。好在她眼镜度数不深，虽然不能再开车，但也不会影响日常行动。

她解了安全带，把包拿过来，先给家中专用司机打电话，让他帮忙把车开回去，自己则打算叫台车走。

反正贺铭遥和孔熙再次重逢，估计今天是没时间再想起她了。

奚苒伤心完，心里只剩下平静，像熊熊大火将一切燃烧殆尽后，留下遍地灰烬，再无其他，哪怕她在火中大声叫喊，也没人会来。

她拿着包下车，手机恰好振动起来。

奚苒也没细看，接通了电话："喂？"

贺夫人的声音从听筒里传出来："奚苒，我让你们俩周末回家来，怎么没来？"她的语气清清淡淡，但那种居高临下、颐指气使的气派，却是生在了骨子里，哪怕她表现得再客气，那种感觉都挥散不去。

奚苒觉得，自己就算是泥人，也合该忍不下去了。

她深吸了一口气，靠在车门边，缓缓地、平静地开口：“贺夫人。”

贺夫人结结实实地愣了一下。

奚苒道：“我和贺铭遥已经签了离婚协议，马上会正式办离婚手续。所以很抱歉，我不太方便再去探望您了。”

贺夫人沉默了。

奚苒只觉得出了一口郁气，整个人舒爽起来。

她早已经尝够了卑微的滋味。

贺铭遥和真爱情人在黏黏腻腻、朝朝暮暮，她却要日复一日地忍受着委屈，正是应了那句话——先爱的人，总是更受伤一点。

够了，已经够了。

要说在今天之前，奚苒还会胆怯，害怕自己会忘不了贺铭遥的话，那么今天之后，她觉得自己没有什么做不到的。

人就算是一时犯贱，总不会一辈子犯贱。

这年头，谁还没失恋过呢，哪就能熬不过去了？

“再见，贺夫人。”奚苒轻轻地说完，毫不犹豫地挂断了电话。

闹剧总算彻底收场了，贺铭遥摸出手机，看到了满屏的未接来电，都来自奚苒。

他心下一沉，立刻回拨电话过去，但一连打了好几个，都在通话中。

贺铭遥蹙着眉头，手指用力，不自觉有些着急，想快点给奚苒解释一下失约的原因。

蓦地，他又觉得似乎没有这个必要。

结婚后两人的相处模式一贯是单向箭头，“解释”这个举动从未在贺铭遥身上实行过。因为奚苒太过乖巧，不会多问，似乎也不怎么关心。无论他说什么，她都是一味地全盘接受。

一时之间，贺铭遥脑海里闪过许多想法。

他又等了片刻，奚苒的电话总算接通了。

贺铭遥沉声道：“奚苒？”

奚苒“嗯”了一声，声音有点哑，语气不显端倪：“什么事？”

她这样平静，倒是让贺铭遥有些失语，良久，他低声开口：“抱歉，刚刚发生了一点事。你等很久了吗？”

“还好。”

"那……"

现在去离婚吗？这话贺铭遥有些难以开口。

这般犹犹豫豫、朝令夕改，实在不像他了。

踟蹰间，奚苒笑了笑，声音温温柔柔的，但又带着一丝疏离，客气地说："我听徐明说了，你今天很忙吧？那就明天再去好了，记得带上结婚证和身份证。你先忙，再见。"

她挂了电话。

贺铭遥有些诧异，呼吸一滞。徐明跟奚苒说什么了？

他尚未深思，手机又一次响起，这次却是贺夫人。

"铭遥，你和奚苒离婚这么大的事，为什么没有告诉我？"

贺铭遥倏地变了脸色："谁告诉你的？"

贺夫人扬声道："自然是奚苒了！你早就该跟我说，还准备瞒着你妈多久？是什么原因离婚的？因为那女人回来了吗？贺铭遥，你清醒一点！"

"当然不是。"贺铭遥心下厌烦，"我和孔熙早没关系了。这件事下次再仔细说，我还有事。"

"贺铭遥！"

贺铭遥已经挂了电话，抓着车钥匙，站起身。

今天奚苒实在太反常了，他要去找奚苒，当面跟她聊聊。

奚苒打车回家取了行李，直奔锦绣路租好的房子里，她一分一秒都没法和贺铭遥待在同一屋檐下了。

她觉得自己都快魔怔了，一想到贺铭遥这男人，就有种爱恋混合着恶心的反胃感，折磨得她痛不欲生，实在是受够了。

很快，奚苒回到锦绣路的小家里，将行李箱打开，收拾好东西，去冲了个澡，惬意地坐到地毯上。

手机里出现了三个未接来电，皆是来自贺铭遥。她拧了下眉，直接将通话记录删掉。

贺铭遥的微信随之而至：你在哪里？

奚苒：什么事？

贺铭遥：我有事要问你。

奚苒再不回复了。

过了一会儿，他又发来一条微信：你为什么把离婚的事告诉贺夫人？不是说让我来说的吗？

奚苒讽刺地笑了笑，觉得自己已经没必要再装模作样下去了。

奚苒：当然是为了快点给孔熙让位置啊。

贺铭遥：和孔熙有什么关系？你是因为孔熙才要离婚的？

奚苒动作飞快，在屏幕上敲字，将心里话输进对话框，发送，整个动作一气呵成。

奚苒：贺铭遥，你真恶心。

接着，无论贺铭遥发消息还是打电话，她都不再回应了。

贺铭遥坐在车上，握着手机，脸色看起来十分差。

这么一番折腾，时间竟然已经到下午了，他一直没有吃午饭，脑袋里的神经突突直跳，也不见什么饥饿感。

奚苒一定是知道孔熙找过来了，所以才会这么反常。

他想了想，又打电话给徐明，声音里有一丝不耐烦，问："刚刚奚苒打电话给我了？"

徐明心头一跳，说："是，夫人打过电话。"

"你说什么了？"

"我就说您突然有急事需要处理。"

贺铭遥沉默了，没有马上说话。

徐明总觉得有大事发生，但又猜不到，只得硬着头皮接着说："那个，我刚刚看到总裁办有个会客记录。夫人刚刚到公司来找您，但是因为没有预约，门卫不认识她，所以被挡住了。"

贺铭遥："……"

奚苒没孔熙这种脾气，做不出闯园区的事。但既然她来了，说不定她见到了孔熙呢？

贺铭遥一直觉得，自己和孔熙早就没什么纠葛了，立场始终坚定，不会让任何人产生误会，自然也无须多言。

他想了想，吩咐徐明："你去让人查查，奚苒现在哪里。"

贺家在江城盘踞多年，手下自然有一些能人可用。查个人在哪儿，也算是简简单单的事了。黄昏时分，徐明就将奚苒的地址发到了贺铭遥的手机上。

贺铭遥立刻准备驱车前往，车子还未驶出停车场，手机再次响了起来，是沈从宴打来的。

他说：“铭遥，我刚刚看到一则消息，贺氏的新楼盘好像出事了。”

贺铭遥一脚踩了刹车，沉下脸色：“怎么回事？”

夜色降临，奚苒吃完晚饭，打开了一部光世制作的剧，打算学习一下。

虽然周远给了她这个机会，但如何表现，还是得靠自己。

她没写过大长剧，更没试过单独撰写场景细节，一切都是全新的尝试。

不知不觉中，夜越来越深，奚苒有些意犹未尽，但想到明天要去离婚，不能熬夜，晚起就耽误时间了。

她关了电视，给贺铭遥发消息：明天几点见面？

贺铭遥迟迟没有回复。

奚苒越等越心急，心头一跳，不免紧张起来。

这个点贺铭遥肯定不会睡，难道他还和孔熙在一起重温旧梦，没看到消息吗？

已经快十二点了，贺铭遥依旧没有回复消息。

微信聊天界面停留在奚苒那条消息上，再往前，都是贺铭遥白天给她发来的消息，问她在哪儿。她一条消息都没回，甚至都懒得看一眼。

奚苒早就习惯了等贺铭遥的回复，抑或是等不到回复，但贺铭遥显然没在她这儿尝过这种待遇，应该会很不适应吧？

奚苒没心思发笑，踟蹰了一会儿，拿起手机，拨通了那个早已谙熟于心，闭着眼都不会输错的号码。

铃声响了半分钟，那头终于有人接了电话。

“夫人，您好。”是徐明。

奚苒有些诧异，看了下屏幕，确定自己拨了贺铭遥的私人手机。

这个点了，为什么徐明会帮他接电话？难道他真有什么急事，半夜都在加班吗？

奚苒咬了下唇，问道：“徐明吗？贺铭遥呢？”

背景音有些吵闹，还有广播声，徐明似乎捂住了手机，才让声音清晰一些。

“公司里出了些急事，贺总正在开会。”

奚苒一愣，说：“他在公司吗？”

“不是的，贺总已经在机场了，马上就要登机出发，去现场处理。”徐明恭敬地答完，又问，“您有什么急事需要我先转达的吗？或者稍后我告知贺总，让他再与您联系？”

奚苒捏了下眉心，语气不善：“你就跟他说，赶紧给定个时间去民政局，后面我就没工夫搭理他了。让他别再耍这些花样，赶紧离婚，他好我好大家好。”

徐明：“……”

奚苒挂了电话，气急败坏地去睡觉了。

电话那端，徐明头大如斗。这话让他怎么转达才好？

徐明虽然是贺铭遥的特助，但在私生活这块儿，贺铭遥极少会透露什么，他也就比总裁办那几个小姑娘了解得稍微多一点。

现在奚苒丢了这么一个重磅炸弹给他，老板不会因此恼羞成怒，把他开除了吧？

徐明只觉得自己实在是有些流年不利，叹了一口气，还是回到了头等舱贵宾室里。

贺铭遥还在开视频会议，脸色极差，几乎到了发怒边缘：“之前拿那块地的时候，是谁审核的？这么大的问题，为什么没有上报，就这样开发了？你们有没有脑子？”

那块地是贺氏房地产在北边开发的敲门砖，是投入了高昂费用才从北方那些家族手上拿下来的，还没正式投入开发，竟然先与当地拆迁户发生了矛盾。

贺氏盘踞在江城这些年，一贯低调发展、口碑良好，眼下突然爆出丑闻，叫贺铭遥怎么能不生气。

一时之间，无人敢应声。

贺铭遥的语气更冷：“还不说？”

最终是徐明在旁边低声给他解释：“那个项目从一开始就是周总监全权负责，上报时，也是董事会多票通过的。”

周总监周铮是贺夫人的亲弟弟，哪怕贺夫人早就退出贺氏的权力中心，但只要她手上握着股份，和贺铭遥的血缘关系存续，就没人敢忤逆她。

贺铭遥尚未接手贺氏时，周铮已经进入集团中心，担任开发项目组组长。他兢兢业业工作了十几年，虽然能力不足，但也没出过大差错，所以没有被贺铭遥清算，也算是最后给贺夫人留一些面子，哪想到他会闹出这种大事来。

贺铭遥蹙起眉头，冷笑一声，心里也有了数，问道：“周铮呢？他现在在哪里？”

“他已经赶去现场了，这会儿估计快到了。”

事已至此，再问责也没有什么用，只能先处理。贺铭遥对着屏幕下了几个关于总公司项目临时调整、预算把控，以及舆论监视和控制的指令。

他听到登机提示，终于大发慈悲，宣布会议结束。

视频挂断，他猝然抬起头，望向徐明，沉声问：“奚苒有什么事？”

贺铭遥说着，伸手示意他将手机拿过来。

徐明很是苦恼，脸色变了几次，一边将手机还给贺铭遥，一边觑他的脸色，小声复述了电话内容。当然，徐明用了比较客气的说法。

贺铭遥看了一眼时间，已经凌晨一点出头，奚苒多半已经入睡。这时候他再打电话，可能会让她更加生气。他沉思片刻，觉得还是应该等她冷静点，再说其他事。

登机前，他编辑好了微信，点击发送。

他等了几分钟，意料之中没等到回复，便关了数据网络，登机出发。

次日，临近午时，奚苒才慢悠悠醒来，她发现微信上有几条未读消息。

周远：奚苒学妹，早上好哦！后天你就要来公司报到了，没忘记吧？哈哈哈。

周远：不知道你能不能适应光世的工作模式，今天我整理了一些资料，发到你邮箱了，你可以提前看看，参考一下，但是要保密哦！

周远：期待你赶快来加入我们，哈哈哈！

一个大男人，语气非常可爱，但并不会讨人厌，相反，让人看了就觉得心情愉悦。

奚苒弯了弯唇，连忙打字回复：谢谢学长！我一会儿就看。

她退出对话框，看到下面还有消息，来自贺铭遥。她犹豫了一下，还是点开来。

贺铭遥：奚苒，现在公司有一些突发事件需要我立刻去解决，这几天回不了江城。明天我又要失约了。

贺铭遥：离婚的事，等我回来，我们当面再谈。改天我给你电话。

贺铭遥：晚安。

全篇没一句因为失约而道歉，仿佛是在吩咐下属，理所当然要让别人为他的事让道。

在贺铭遥眼里，她合该理解他。

“嘭——”奚苒重重地捶了一下床垫，还是觉得难以发泄心中的怒火。

她怎么会爱上这种男人？除了皮相好看，别的地方简直让人窒息——她从前被爱情蒙住了双眼，觉得贺铭遥哪怕冷淡、沉默，也让人着迷。等这会儿清醒过来之后，她觉得真是不过如此。

这段爱情和婚姻带给她的都是痛苦、迷茫和小心翼翼，还有数不尽的眼泪。

奚苒一骨碌坐起来，手指翻飞，噼里啪啦打字，发送之后，便将贺铭遥拉进了屏蔽名单，不再接收他任何消息。

千里之外，贺铭遥的手机振了一下，立刻打开来看。

奚苒：神经病！滚啊！

贺铭遥愣了愣，眉峰不自觉地扭成了一团。

从结婚开始，奚苒从没对他用过这种词汇，昨天那个“你真恶心”可以说在气头上，因为误会了他和孔熙，他能理解。今天这个“神经病”和“滚啊”，来得实在好没道理。

难道她被盗号了？

除此之外，贺铭遥想不到其他理由。至于奚苒信誓旦旦地说她爱上了别人，这件事也在他心中存疑。

若是真如她所说，她不爱自己了，那为什么听到孔熙的事之后，会性格突变、大发雷霆呢？这就是嫉妒的表现。她一定还在乎他呢。女人都是口是心非的。说不定，离婚也非她本意，只是因为孔熙造成了她心理上的患得患失？

贺铭遥这般想着，手指在手机屏幕上摩挲了两下。

他尚未想好如何应对妻子突如其来的小脾气，徐明已经轻声提醒他，说周铮到了，在等着和他见面。

贺铭遥顿了顿，决定先暂时放下家事，处理工作。

周四一早，天色明亮，秋高气爽，奚苒再次走进光世大楼。

周远坐在大厅里，见到她走来，立刻起身打招呼："奚苒学妹！"

奚苒笑了笑，说："学长，早上好。"

周远摆摆手，笑出一口白牙，看着帅气又亲切："别这么生疏，以后我们就是同事了，随便一点就好。"

"好的呀。"

大厅里人来人往，两人站在原地随便寒暄了几句便上楼了。

奚苒办好入职手续，又在周远的带领下认了一下部门的人。

隔壁桌坐的是一个姑娘，名叫岁三，年纪与她相仿，虽然奔三了，但至今单身，又是写东西搞创作的，两耳不闻窗外事，性格里仍旧留有一丝天真无邪。

等奚苒坐下后，岁三凑过来小声道："奚苒，你好漂亮啊。"岁三颜控得厉害，虽然有些不好意思，但这个新同事漂亮清秀，颜值比起一些清纯小女星也不遑多让，她忍不住就想亲近。

加上组里暂时只有她们两个女人，肯定要打好关系，才有人说得上话。

奚苒似乎没想到她这么直接，愣了一下，才作答："谢谢。"

岁三戴着眼镜，圆圆的镜片，脸也是圆圆的，让人很难心生恶感。她向奚苒发出邀请："中午一起吃饭吧，好不好？"

"好啊。"

奚苒爽快地应下，又和岁三交换了联系方式，成功建立了自己职场的第一个人脉。

中午，周远在微信群里发出邀请：中午大家一起吃顿饭吧？我请客。

奚苒看到时，底下已经有了许多回复——

吃什么？

贵的行吗？周老师大气一点。

兄弟，烤肉来一发？

周远在里面的小办公室，门没关严实，爽朗的笑声传出来："你们做梦吧！请客只能吃食堂！"

奚苒和岁三约好的午饭，一下就成了团队活动。

周远虽然嘴上说着吃食堂，但还是请他们去公司外面吃了寿喜锅。

像这种团队聚会活动，一般都是以新人为主角。奚苒长得不错，气质也讨人喜欢，脾气又温温柔柔的，组里几个男人都有意无意地打探起来。

她尽量避开了私生活部分，只挑选无伤大雅的问题回答，婚史倒是没隐瞒。

几个男人听说奚苒已经结婚，兴致一下子跌落一大半，再提不起劲儿来打探什么，开始专注吃肉了。

岁三小心翼翼地凑过来，低声问道："奚苒，你真的结婚了啊？那你为什么不戴婚戒啊？"

奚苒有些尴尬，笑了笑。

岁三立刻做了一个抱歉的口型，不再追问了。

江城已经接近入冬，晚上六点天色便已黑了，奚苒所在的小组还没开工，得以准时下班。

奚苒和岁三走到电梯间，发现周远也在。

周远随口问道："你们怎么回去？"

岁三道："我和奚苒一起坐地铁，我们顺路。"

周远一顿，不经意地扫了奚苒一眼，想到了她之前开的那辆保时捷。

奚苒的表情十分自然，似乎理所应当。

进了电梯，周远又问道："难得一起下班，我开车送你们吧？"

这个提议太过突然，岁三愣了愣，没说话，看向奚苒。

奚苒的眼睛不自觉弯了弯，客气道："不用麻烦啦，现在晚高峰，路上很堵，送来送去耽误周老师回家的时间。正好我也想熟悉一下这边的地铁。"

一天下来，她也开始跟着同事一起喊周远"周老师"了。

周远笑着说："不麻烦的。走吧，以后加班了，咱们下班时间都碰不上了，你们想蹭顺风车都没机会啦。"

盛情难却，二人只好应下了。

周远开一辆普通大众，奚苒对汽车型号不太了解，也说不出是什么车型。她见岁三犹豫，便主动坐到了副驾驶座。

周远将车从停车场倒出去，行驶到路上，这才问道："两位美女，住哪儿呀？"

岁三小声报了小区地址，奚苒想了想，只说了锦绣路。

这话引得周远又多看了她一眼。

傍晚，贺铭遥回到酒店。他晕头转向地忙了几天，将事情大致解决之后，总算有了一丝喘息机会。

他闭着眼，手指抵着额头，轻轻捻了捻，难得露出些许疲色。倏地，他又睁开眼，拿起手机给奚苒打电话。

怎么都打不通——他觉得自己的号码可能进了黑名单。

再发微信——提示“消息已发出，但被对方拒收了”。

这脾气，是闹不完了吗？

贺铭遥心里升起一丝怒意，将手机扔到一边，出声吩咐徐明：“你让人去看看奚苒这几天在做什么，和什么人在一起。”

“是。”

“别让她发现。”

“好的。”徐明应声，悄无声息地退出了房间。

门被轻轻关上，偌大的套间，贺铭遥一人坐在沙发上，好不容易空闲下来的大脑又被奚苒这件事占据。

要是放在过去，女人这么闹脾气，他早就弃之不理了。哪怕是他深爱过的孔熙，也不曾紧追不舍，奚苒凭什么让他犹豫不决？

还不是因为她手上拿着结婚证，是他的合法妻子，才能这样折腾，还让人没法无视吗？

贺铭遥哼笑一声，站起身，去浴室洗漱了。

岁三家更近一些，周远先将她送到，再转弯往锦绣路开。

没有旁人在时，他和奚苒说话会更随意一些，不带任何架子。

他仿佛不经意地问道：“你今天没开车？”

奚苒微微一顿，点头，开玩笑般应声：“嗯，以后我还是坐地铁吧，毕竟工资也不高嘛，省点钱。”

这话让周远有些诧异，不过他没有表现出来，平稳地将车停在路边。

奚苒客客气气地和周远道了谢，慢吞吞地走向自己家。

老房子不比贺铭遥那处大平层，私密性一般，一梯有好多户。奚苒下了电梯，在门口撞上了之前那个中介小哥。

小哥还认得她，笑了笑，但脸色有些许尴尬："奚小姐，晚上好。"

奚苒点头道："你好。这么晚了你还在工作吗？辛苦了。"

语毕，她的眼神随意地投向他身后。

一个男人从隔壁房里走出来，四十来岁，西装笔挺，表情严肃得有些古怪，怎么看都不像会来这里租房的人。

奚苒扫了对方一眼，并没有放在心上，和中介小哥客气地道别后，进屋关上了门。

那男人转过头，眼神如鹰般锐利，似乎要穿透门板，望到奚苒家去。

中介小哥颤颤巍巍地开口："大哥，我真不能把租客信息透露给您啊，要是传出去，我要丢饭碗的！"

男人没说什么，从口袋里摸出厚厚一叠钱递过来，轻声说："不用你再说什么了，就这套房子，我们老板要买下来。现在去签合同，没问题吧？"

小哥："……"

"这钱算作辛苦费，麻烦你带我过来看房子了。你不用告诉别人，自己收着就行。"

周五，另外两个新员工也正式入职，光世新项目小组启动。

周远开了一个小组会议，做了细致的分工。

奚苒不是剧本构架主笔，而是以配合为主，只能当一个底层绿叶员工。

不过这感觉不坏，哪怕是忙忙碌碌，也比在空旷的大房子里每天等待着一个人来得有意思。

快下班时，周远在小组群发起聚餐邀请，算作集体团建，公费报销。

一行人热热闹闹，直奔烤肉店。

大家都是搞创作的人，又半只脚踩在娱乐圈里，能聊的话题和八卦数都数不尽。

酒至半酣，烤肉店的电视上突然放起了孔熙的电影。

奚苒喝了酒，内心各种情绪难免被酒精放大。她紧紧地盯着屏幕，忘了掩饰。

岁三见她看得入迷，问道："你喜欢孔熙啊？"

奚苒反应过来，垂下眼，摇头道："没有。"

岁三压低了声音，说：“听说咱们制作的这部剧，投资方指名要孔熙来演女主角。”

奚苒勉强笑了笑，没再说话。

从一段感情里走出来不容易，她不该在这种时候想起贺铭遥和孔熙，纯属自找罪受。

奚苒摸了摸胸口，感觉自己好像没有心痛感了。

夜深宴散，周远将组里几个男人送上出租车后，晃了晃车钥匙，主动要送三个女人。

除了奚苒和岁三，今天又新入职了一个女编剧，年纪比两人要大一些，看起来更加成熟。

她听到周远的话，客气地笑了笑，拒绝道：“不用送我，我老公马上过来接我了。周老师，你送奚苒和岁三就好。”

周远转过身，面对着岁三和奚苒，爽朗地笑了笑：“走呗，两位美女。”

没等人应声，他又接着道：“别说你们俩也有老公来接哈，别虐单身狗了。”

话虽然这么说，但是他的眼神只投向奚苒脸上。只可惜奚苒垂着眸，表情平静，依旧没让他看出端倪。

周远没再做什么试探，安安稳稳地将岁三送到家，又送奚苒。

还是昨天那个地方，他停下车，说：“我送你进去吧，这个点了，一个女人不太安全。”

奚苒摇头道：“不用啦，我就住这个小区，过一条马路就到了，里面很安全。”

周远道了声“好”，将车熄火，降下车窗：“那我看着你过去吧，送人就要保证安全，对吧？哈哈哈。”

奚苒没拒绝，脸上挂着温柔的笑，下车同他挥手作别。

这一幕足显亲昵。

半小时后，两人亲昵的照片传到了徐明的邮箱。

周铮这件事，这一周内，在贺铭遥的把控下，已经成功解决了，又将周铮这个负责人换下，派了一个贺铭遥的心腹过来，做后续拆迁收尾工作，重新开始楼盘项目。

徐明给贺铭遥订了明早回江城的机票，这会儿，贺铭遥正在卧室里头换衣服。

徐明收了邮件，眼睛盯着那张图，表情狰狞了一下。他有种预感——今晚注定难眠。

可是他作为一个合格的特助，不能瞒报，只得将照片拿给老板看。

贺铭遥抿着唇，脸色冷得吓人："这男的是谁？"

"是夫人目前的领导，名字叫周远，和夫人应该以前就认识。两人毕业于同一所大学同一个专业，学校记录他们有同组参赛经历。"

贺铭遥冷笑了一声。

照片上，奚苒含情脉脉，似乎万般不舍。这都下车了，她还要依依惜别一番，难道是老情人重逢？怪不得她这么坚定，非得离婚。

想得美。

贺铭遥搓了搓手指，深思片刻，低声吩咐："换乘明早最早的航班回去。"

"好的。"

周六，日上三竿。

奚苒没什么事，赖在床上玩手机，不愿起来，大门忽然被敲响。

她蹙起眉，这个点会是谁来呢？

她犹豫的时候，敲门声并没有停下，而是持续不断，来人似乎不依不饶。

奚苒不得不起床套上外套，走到门口，扬声问："谁啊？"

"是我。"

奚苒开门的动作倏地停下，手僵在半空。

贺铭遥？他怎么会找到这里？他又怎么会来？这地址，她从来没告诉过他啊。

奚苒深吸了一口气，隔着门问道："你有什么事吗？今天民政局不开门。"

贺铭遥咬牙切齿道："你先开门，你要一直这样说话吗？"

奚苒语气淡淡的："我不想看见你。"

贺铭遥："……"

倏忽间，贺铭遥竟然觉得心脏血液冻结了，整个人周身的温度都冷下来。

奚苒在抗拒他——这个认知再次浮现在他的脑海中。

贺铭遥有些难以置信。是因为那个男人吗？从照片看，人长得确实不错，所以奚苒这么快就爱上别人了吗？

这不可能。

说不出是什么原因，他竟然全身心都在拒绝这个可能性。

贺铭遥顿了顿，低声开口："奚苒，有些事我可以解释。我们好好说，你不要太过分。"

他语气里没有什么情绪，听起来依旧平静淡定，明明说着"解释"，却仿佛只是完成一件任务一样，显得别人像在无理取闹。

奚苒皱了皱眉，越发恼怒起来。什么叫她"不要太过分"？到底是谁过分啊？明明是她被他放鸽子，是他言而无信、出尔反尔好不好，怎么就成了她过分了呢？

隔着门，她冷冷地说："贺铭遥，你讲点理。"

贺铭遥："……"

贺铭遥蹙了下眉。

老房不比新楼，已经有些年头。走廊墙壁本是白色，在经历岁月磋磨后，渐渐染上灰色，蒙蒙一片，不甚亮堂。

然而就算周围环境并非高堂雅座、琼林玉树，也不减贺铭遥的矜贵气质。

他站姿如松、面如冠玉，整个人笔挺地站在门口，愣是透出一股高不可攀的气场来。

奚苒不想给他开门，只能从猫眼里打量一番。

贺铭遥沉默片刻，再次抬手，敲了下门。

他的模样依旧平静，道："那天孔熙是闯进公司来的，事发突然，我以为来得及处理，然后赶过去见你。抱歉。"

奚苒愣了愣，没忍住，低低地嗤笑一声。

贺铭遥都会对她说"抱歉"了，看来这段婚姻里，他也不是全然没变化，只不过现在她已经不需要这些小细节了。

爱情太辛苦，她不想从尘埃里抠糖，也不需要这点浪漫，没必要。

很快，奚苒收了笑，悠悠地开口："我知道了。你先回去吧，换证的话，我们再约时间好了。"

贺铭遥：“……”

贺铭遥一顿，脸色沉下来。

说实话，他极少踏足这种地方，更别说为了女人费尽功夫，又是买房、改签机票，又是跑到这里来。哪怕他和孔熙在一起时，也是孔熙找他、等他、迁就他比较多。所以，在贺铭遥过往二十六年的岁月里，主动找上门，向她小心地解释道歉，这种事都能算得上骇人听闻了。

结果奚苒居然连开门都不打算开一下？

他静待片刻，大门依旧纹丝不动，他的脸色彻底冷下来。他抿着唇，又开口：“是叫周远吗？你说的那个男人。”

奚苒一直背靠在门上。

在这静默的几分钟里，她思绪万千，辛酸苦辣似乎全部尝了一遍。

万万没想到贺铭遥竟然没有直接走人，而是说了这样一句话。

奚苒不知道他是从哪里打听到的周远，但贺家这种家庭，只要他想知道，世上大抵没有秘密。

两人从出生起就像活在两个世界，思维模式和行事方法大相径庭，没什么值得大惊小怪的。

但奚苒在他这问题中感觉隐私受到了侵犯。

“贺铭遥，你找人跟踪我，还是调查我？”

贺铭遥没说话。事实上，此刻她租的这套房，包括隔壁房的产权，都已经在贺氏集团名下。

大约是贺铭遥有意叮嘱了房东，因此房子产权已经交易的事她还不知情。

明明没必要为奚苒花这么大功夫，但贺铭遥就是让手下人这么做了。

奚苒立刻气急败坏起来，抬高了声音：“我告诉你！不是！不是周远！我喜欢的那个人比你好一千倍一万倍！他爱我也尊重我，绝对不会像你这样莫名其妙！贺铭遥，我不想见到你了！等你空出时间，让徐明给我消息就行。希望离婚那天，是我们这一生最后一次相见。”

周六傍晚，暮色四合，贺铭遥和沈从宴在酒吧碰了个头。

周铮闯的这个大祸，还得感谢沈从宴及时通风报信，给贺氏足够的时间去解决，将损失减到了最低。于情于理，贺铭遥都得感谢一下沈从宴。

两人好得像穿一条裤子长大，这种亲密关系，没必要再说什么客套话。

贺铭遥举起洛克杯，冲着沈从宴抬了下下巴，仰起头，将杯中酒饮尽，沉声道："这次谢了。"

沈从宴笑了一声，说："咱们还说什么谢。我听说，这事是你舅舅弄出来的？"

贺铭遥垂眼，点点头，说："嗯。"

沈从宴疑惑地道："他之前不是挺低调的吗，工作能力也算过得去，怎么会发生这种意外？"

贺铭遥道："表面看起来好像是拿了拆迁回扣，准备强行施工，但我想事情可能没那么简单，再查查看吧。"

沈从宴"哦"了一声，没再多问。

就这会儿工夫，背景音乐换了一首，听起来舒缓许多。

光影明灭中，倏地，沈从宴听到贺铭遥恍似漫不经心地出了声。

他在问："从宴，怎么才能让女人回心转意？"

沈从宴一惊，手中酒杯差点脱手。

"我没听错吧？"他讪笑着问道。

贺铭遥不说话，定定地看着他。

沈从宴立刻明白了："你和奚苒姐姐还没去办手续？怎么，你又改主意了？"

"嗯。"贺铭遥爽快地承认。

这下沈从宴更加惊讶起来："铭遥，你是认真的吗？连孔熙走那会儿，你都没想过让她回头，现在却在挽留奚苒姐姐？你还说没爱上她，你这就是爱上她了好不好。你不想离婚，不就是舍不得她吗？"

贺铭遥觉得这件事很难解释清楚，但他也有些理解不了自己。他捏了捏鼻梁，轻咳了一声，说："应该是占有欲吧。"

毕竟两人同床共枕了三年，在贺铭遥的潜意识里，奚苒就该是他的女人，不能被人觊觎，也不能随意离开他。

每个男人应该都会有这样的占有欲。

爱情怎么会是这样呢？

他不是青涩的毛头小子，虽然说不上像沈从宴这般万花丛中过，但之前也是交过些女友的，真心喜欢和逢场作戏的皆有。就拿孔熙来说，贺铭遥见不到她时会思念，想时时刻刻和她待在一起，也会像一个少年一样幻想两人的未来，就算吵架，也会很快和好。她的情绪、她的一举一动，都牵动着他的心绪。

而他对奚苒，显然并非如此。

贺铭遥工作很忙，并不会经常想起她——似乎也没有这个必要，毕竟只要他回到家，就能见到她。

奚苒性子安静、温柔、有耐心，连等待都是悄无声息的，如流水一般，润物细无声。在她旁边，贺铭遥会觉得很舒服。

没错，就是舒服。这种舒服已经习以为常、深入骨髓，所以他一听到她想离开，就觉得难以接受，像要把某种习惯硬生生从身体里拔出来一样。他不曾幻想和她走到底，但也没有想过，如果妻子不是她，到底该是什么模样。

贺铭遥自己也说不清这种感觉，但他可以肯定的是，这和轰轰烈烈的爱情差距甚大。

沈从宴挑了挑眉，说："占有欲？"

"嗯。"

沈从宴笑了起来，说："哥，男人对女人有占有欲，就已经是爱了。你为什么不愿意承认？难道还是因为孔熙吗？或者，你把奚苒姐姐当成孔熙的替身了？"

贺铭遥捻了捻手指，眼睛不自觉放空。

良久，贺铭遥说："没有谁是谁的替身这种说法，我也没有放不下孔熙。"

沈从宴："……"

贺铭遥出身豪门，已经霸道惯了，做事就这样随心所欲。很快，他下定决心。

"反正我不离婚。"

奚苒到底还是被贺铭遥影响了心情。

她一想到他已经知道了这处地址，就恨不得立刻搬走，但她好不容易找到合心意的房子，又已经交了钱，马上搬走完全不现实。更何况，对于贺铭遥来说，只要她没有走出江城，他要知道她在哪里，简直易如反掌。

奚苒懒得折腾了，只期盼他别再发神经，早点去把离婚证领了。

如果贺铭遥又改主意，她只得再联系一下张律师，开始走诉讼离婚流程。虽然过程曲折了些，但总比这样拖着要好。

其实奚苒心里很清楚，贺铭遥就是大少爷脾气，本对她没什么感情，现在这么纠纠缠缠，可能是潜藏的独占欲在作祟。大抵是她之前那句“爱上别人”刺激了他，将他骨子里那点霸道通通激了出来。但如果当时她没有那么说，他就不会觉得她是真心想离婚的。

或许，比起了解自己，奚苒更了解枕边人。

她爱了他这么多年，早在日复一日的无望等待中，将他琢磨得透透的。

周一下午，周远将整个小组聚集起来，开了一个漫长的会议。

部门里，奚苒是新人，又没有编剧经验，便主动接受了做会议记录这项任务，认真聆听。

光世要做的是都市群像剧，剧集中心是“创业”。

奚苒垂下眼，轻轻翻了翻桌上的资料。

上头写了，女主角是一个大学生创业者，在创业路上遇到了许多挫折。她虽然性格温柔，但脾气倔强，先被现实百般打击，然后遇到了贵人，并在贵人的帮助下顺势而起，之后又遇到了感情阻碍，分手，连带事业也遇上了诸多困难。总而言之，只看人物小传，都能看出这部剧的剧情跌宕起伏。

光世到底是大公司，盘踞行业多年，知道什么样的剧情更讨观众喜欢。

会议结束后，奚苒回到工位前，开始琢磨剧情框架，颇觉收获良多。她一抬眼，时间已至八点。

她等电梯的时候，随手打开微博，倏地顿住。

屏幕上，孔熙再次高挂微博热搜，话题也足够劲爆——#孔熙谈初恋#。

作为一个刚刚回国不久且热度超群的当红小花，按理说应该避开感情问题，以免影响商业价值，可孔熙竟主动提及了。

屏幕里，孔熙明眸皓齿，脸上带着笑，落落大方地说：“初恋啊，啧，初恋总归是以悲剧收尾，不过现在想想，确实是有点后悔，那时候我要是再坚强勇敢一点，可能现在我就不是孔熙，而是以某个人妻子、母亲的身份生活了。一辈子能碰上一个真心相爱的人，真的不容易。大家如果遇到了，也不要轻易放手啦……”

奚苒笑了笑，没看完，关了视频。

他们真心相爱，而她只是卑劣的强盗，永远都是局外人。

路灯将整条街点亮，奚苒从办公楼出来，直走几百米，再一拐弯就是地铁站。

奚苒迈开脚步，又觉得哪里不对劲，眉头一皱，手指牢牢地捏住了手机。

倏地，她扭过头，四下张望。没人跟着，应该只是她多心了。

又过了几日，贺铭遥那儿还是杳无音信，奚苒倒是意外地在财经新闻上窥见了他的身影。

新闻里说，江城首富贺氏投资了远在X城的大规模综合楼盘建设，已经落实拆迁赔偿，宣布正式启动爆破重建。另外，贺氏总裁上半年曾以私人名义投资了一家影视公司，虽然目前还没什么大动作，但也让外界议论纷纷。

奚苒虽然身为前任总裁夫人，对贺氏却可谓一无所知。直到出了这种新闻，她才大抵猜到，之前贺铭遥有急事去出差，多半是在忙这件事。

至于什么影视公司，也很好理解——孔熙回国，贺铭遥肯定要想办法将她纳入羽翼下保护起来。

她的心早就不会痛了，各自生活、各奔前路，这样着实很好。

奚苒想了想，觉得这会儿贺铭遥应该也有空了，便决定主动打电话催促一下。

这次仍是徐明接起电话：“您好，这里是贺总办公室……”

奚苒出声截断他：“徐明，你好，我是奚苒。”

徐明倏地头大如斗：“夫人，下午好。您找贺总吗？”

奚苒依旧客客气气：“没有，我找你。麻烦你帮贺铭遥安排一下这两天的行程，空两个小时给我好吗？我们要去一趟民政局。”

徐明：“……”

这要求他可不敢答应。哪有特助给老板安排离婚行程的啊，到时候，说不定他连怎么死的都不知道。

徐明讪笑了一声，说：“那个，夫人，我把电话转到贺总那儿去吧，您有什么事跟他说，可以吗？”

奚苒闻言，皱了下眉头，说：“你转达一下我的意思好了。”

“夫人，这不太方便。”

奚苒实在不想再和贺铭遥纠缠不休了，连听到他的声音都觉得烦人。她想了想，说：“那我直接走诉讼程序好了。打扰你了，再见。”

奚苒将手机塞进口袋，端着咖啡杯转身，打算离开茶水间。她甫一抬眼，吓了一跳，手一抖，差点把咖啡晃出来。

“周老师？”

此刻，周远正站在茶水间门口，手上也端了杯子。两人的距离不远不近，要是他来得早，不可能没听到她打电话时说了什么。

奚苒不觉得离婚有什么丢脸的，但也不习惯向别人透露私生活，总觉得有些尴尬。她勉强笑了笑，轻声开口：“我先回去了。”

周远很是上道，表情、眼神都不见端倪，笑吟吟点头：“去吧。我来倒点水。”

奚苒抿唇，快步离开。

夜幕降临，奚苒走出公司。

那通电话之后，贺铭遥依旧一点反应都没有，看来走诉讼离婚这条路已经势在必行。

奚苒一直在想这件事，一路上都有些走神，直到那种被人注视的感觉再次出现。她惴惴不安，加快步伐，一直到小区门口，才鼓起勇气回头。

然而整条路上，每个人都自然得不得了，没有任何可疑的尾随者。

她开始怀疑是不是自己太疑神疑鬼了，不过为防意外，她还是和旁边的保安说了下这件事。

她回到家，发现门口放了一个大箱子，纸箱上贴着她的名字。

可她搬到这儿还没两三周，连她爸妈都不知道地址，还会有谁找到这儿来呢？

——贺铭遥。

倏忽间，奚苒只觉得厌烦透顶。

她碰也没碰那个纸箱子，直接跨过去，回到房间，重重地关上大门，又打电话搞了个同城闪送，让人把纸箱送到贺家。

隔壁间，一个黑衣男子站在猫眼后面，拿出手机开始汇报。

三个小时后，贺铭遥收到了这个纸箱子。纸箱没有被打开的痕迹，很显然，奚苒连看都没有看一眼。

她就这么讨厌他吗？他蹙着眉，冷着脸，沉声吩咐阿姨："拿出去丢了。"

"是。"

他越发心气不顺，转身快步回到房间。

保姆阿姨将大纸箱打开，准备做垃圾分类，挨个拆掉盒子。

箱子里头，爱马仕标签闪得人眼花。

阿姨将那个金扣爱马仕包拎出来，咋舌："这不是全新的吗，怎么就扔了？"

第四章 / 平生第一次

十二月中旬，江城完全入了冬。

天空灰蒙蒙的，寒风刺骨凛冽。路上，每个行人都像头顶压着重重的枷锁，喘不过气来，整个人恨不得缩成一团。

但这气温对出入皆是豪车接送、到哪儿都享受恒温空调的人来说，似乎并没有受很大影响。

贺铭遥依旧是一身黑色风衣，搭白衬衫，飒然凛冽。

他闭着眼坐在车上，姿势优雅矜贵，手指落在膝盖上，一敲一敲，似是随着动作陷入沉思。

离婚这件事，着实有些不好办——奚苒态度强硬，又有婚前约定做话头，本就是他无理。

但怎么办，哪怕是无理，他也不想离婚。

贺铭遥心里清楚，像奚苒这样没什么家庭背景，又独自在江城生活的女人，甚至不需要什么手段，他只需差人稍稍使些绊子，就能让她焦头烂额，再没工夫去和别人谈情说爱。

到时候，她终究会孤苦无依，然后回到自己身边。

当务之急，就是快刀斩乱麻，先将她找律师诉讼这条路堵了。

贺铭遥拿起平板，准备给徐明下指令。然而他的手指触到屏幕的那一瞬间，微微一顿，停下动作。

贺铭遥蓦地想到，三年前奚苒像小鹿一样的眼神。她热烈地注视着他，满含殷切期盼，对他说："没关系，你不爱我也没关系，我喜欢你就好了，毕竟你长得这么好看。"仿佛永远都不会对他失望一样。

他改了主意，开口吩咐司机："掉头。"

年关将至，贺氏正在做年度结算总结，从上到下都在连轴转，忙得脚不沾地。他作为整个集团的大老板，实在不该这般随心所欲，但他还是这么做了。

贺铭遥道："去光世影业。"

他不能这样让奚苒拖拖拉拉、对他避而不见了，要直接去找她。

既然她不开门，那他就找到公司去，她总不能再装不在了吧。

半小时后，劳斯莱斯库里南驶进光世公司停车库。

公司负责人闻声而来，也被贺铭遥拒之车外："不麻烦，我这次来是有一些私人事务。"

很快他将人打发走，拿出那部没被拉黑的工作手机，给奚苒打电话。

女人的声音温柔平静，一点都不显张扬："你好，是徐明吗？"

贺铭遥顿了顿，沉声道："是我。"

奚苒当即想挂电话，但蓦地，她福至心灵，急急问道："你是今天有空吗？稍等，我现在去请假——"

"奚苒，"贺铭遥打断她，"我在你们公司楼下停车场。"

奚苒愣住了。

贺铭遥接着道："你下来一下，我们谈谈。"

谈谈，到底有什么好谈的，都谈了八百次了，每次都是无疾而终。要不是人在公司，奚苒真想立刻破口大骂。

"抱歉，我很忙。"

贺铭遥垂下眼睫，手指捻了捻："如果你很忙的话，我可以上来找你。"

奚苒："……"

虽然他的语气听不出怒意，但这话明显是威胁了。

奚苒很快到了停车场，一眼就看见了贺铭遥那辆显眼的劳斯莱斯SUV。

她拉开后座门，坐进去。

贺铭遥悠闲地坐着，姿势惬意自然，只抬头瞧了她一眼，表情不见任何意外。

奚苒深吸了一口气，握住拳头，压着声音开口："什么事？"

贺铭遥沉默良久，才问道："我送你的礼物，你怎么不要？"

奚苒戏谑地弯了弯唇："我们之间，还是可以收礼物的关系吗？"

“为什么不可以？”他一脸诧异。

奚苒一愣，说：“贺铭遥，你——”

“我想过了。”贺铭遥声音清冷，内容却惊世骇俗，“我记得你说过，你很喜欢我。奚苒，我想过了，你可以爱上别人，但也可以继续做贺太太，我不介意。”

奚苒瞪大了眼睛，半天没说出话来。

这种恐怖发言，简直超脱她的认知，绝非一般人可以想象出来的。

她回过神后，忍不住笑出声来。

贺铭遥拧眉，有些不明白：“你笑什么？”

奚苒郑重其事地说：“我在笑，这话听起来可真够凉薄的。贺铭遥，你还没有意识到吗，你没有把我当成一个人，只是当成了所有物，所以才会说出这种话。”

贺铭遥：“……”

“但凡你对我有一点点……不说感情吧，哪怕是尊重，尊重我作为人的本质，也不该说这种话。还是说，你把我当什么人了？在你看来，我就是这种女人吗？”

奚苒脸上带笑，眼里却不见一丝笑意，像深不见底的湖，要将自己、贺铭遥一同溺毙其中。

她说：“你真是一个弟弟。”

显然，这种网络骂人词汇贺铭遥没能听明白。他出身世家，格调太高，像阳春白雪一般，并不习惯接受新风潮。单从字面意思来解释，他确实比奚苒小两岁，说弟弟也算恰当。

奚苒见他冷下脸，又道：“今天你有时间吧？我请个假，我们去把离婚证——”

“没有的。”

“啊？”

贺铭遥说：“我没有时间。下车。”

奚苒愣了愣，立马皱起眉头，扬声道：“你是故意的？”

SUV 车内空间并不狭小，但从距离来说，也算得上近在咫尺，两人对上视线。

贺铭遥的眼神让她有些看不懂，语气也很严厉：“奚苒，你知道的，我不喜欢被拒绝。”

他一直高高在上，为了不离婚，三番五次向她低头，已经是一件超出他自我认知的事了。委曲求全这种事，他做不来，但为达目的的极端手段，他心里一点都不少。

奚苒弯了弯眼睛，说："那就诉讼离婚吧，就算现在诉讼失败，大不了分居两年，总能成功的。贺铭遥，你搞清楚一点，你拖着不离婚只是在拖累自己，我是无所谓的。所以，你也别胡搅蛮缠了。再见。"

比起奚苒，贺铭遥身为贺家掌权人，就算是为了稳定军心、不让旁支后辈蠢蠢欲动，也更需要妻子和孩子。

奚苒说完，再没看他一眼，抬手推门下车，头也不回地快步离开。

很快，她走得没影了，徒留贺铭遥坐在车后座上，靠着真皮椅背，眼神晦暗不明。

放在她身边的那些人已经一连盯了好几周，除了周远，还没发现别的可疑对象。但奚苒今天这番话，倒是给了贺铭遥一些启发。

他沉思片刻，摸出手机，给好兄弟沈从宴打电话。

"今晚有时间吗？"

台球馆包间内，贺铭遥和沈从宴一人拿一杆，遥遥站在台球桌两端。

沈从宴先抬杆，将球打散，直起身，眯着眼问道："奚苒姐姐是这么说的？"

贺铭遥的视线投向桌上，找了一下角度，弯下腰，抬手，出杆。

"咚——"白球借力撞击红球，将红球打入袋中。

他这才应声："是。"

沈从宴倚在桌边，琢磨了一下，说："这不是很明白吗？铭遥，你怎么会说那种话啊？不管你们是因为什么结婚，至少人家现在还是你明媒正娶的老婆，你这样说话可有点过分了啊。"

贺铭遥："……"

"兄弟，你怎么搞得跟一个纯情小男孩似的。啧。"

这话他也就是感叹一番，事实上，他心里很清楚，因为身份、地位天差地别，他们无须过多考虑别人的感受，想到什么也就说了。

两人本质上是同类人，哪怕沈从宴经常开玩笑说喜欢奚苒这类型的女人，那就是无意的调侃，并没有给到她人格上的重视。在这点上，他和贺铭遥没有任何差别。

哪怕对待孔熙——贺铭遥亲自认证爱过的女人，那也只是一个“女人”罢了。这并非他眼高于顶，只是环境使然。

旁人都说奚苒高攀了贺铭遥，或许并非旁人，连局中人也是这么想的。不过，贺铭遥现在这副认真、深陷的样子，却是有点现世报的意思了。

沈从宴捏紧了球杆。

贺铭遥没看他，眼神投向球桌上，似是默默地在测算击球路线和距离。

沈从宴叹道：“你喜欢就说喜欢呗，别嘴犟，去跟姐姐道个歉，再表个白，哄哄人。你先稳住她，以后要是改主意了再说。男人嘛，花言巧语免不了。”

贺铭遥嗤笑一声，击球，稳稳当当，一杆入洞。

“我又不是你。”

沈从宴立马不乐意了：“嘿，贺铭遥，你还是不是兄弟了，看不起人啊？那你以后可别大半夜跑来找我喝酒抱怨了啊。”

贺铭遥没说话，慢条斯理地瞥了他一眼。

“你瞪我有什么用？哥，你想想，要是奚苒姐姐现在和别人在一起了，你能真不介意？”

在沈从宴看来，贺铭遥无非是不愿接受自己竟然这样随随便便爱上了奚苒。

两人从结婚开始就是一场错误，一直将错就错到现在。开端不够浪漫，也没什么真心，甚至在初期，贺铭遥大概率还没有走出前任的阴霾，更别提给奚苒什么关注了。

想想贺铭遥这二十多年高不可攀、顺风顺水地活着，无一不是完美。偏偏在感情上，先有孔熙这么一遭，后有奚苒想离婚，让这“完美”出现裂痕。

他的潜意识里，大抵是不能接受这样的事吧。

沈从宴叹了一口气，拍了拍好兄弟的肩膀：“要不你也移情别恋，你们俩不就扯平了？也省得你斤斤计较、念念不忘。”

贺铭遥拂开他的手，说：“滚。”

当晚，时间几近凌晨，卧室里关了灯，窗帘拉得严严实实，不见一丝光线。

贺铭遥躺在熟悉的柔软大床上，彻底失眠。

本来他作为一个男人，应当理性、严肃，不该有这般想象力。偏偏今天他听了沈从宴那番狂浪轻佻的发言后，大脑不受控制，歪到了从未出现过的领域。

贺铭遥只要闭上眼，脑中就会出现一个画面——奚苒和周远相视一笑，抱在一起……

贺铭遥“唰”地睁开眼。

依旧是那个熟悉的昏暗房间，没有奚苒，也没有周远，只有沈从宴那句话，言犹在耳。

“要是奚苒姐姐现在和别人在一起了，你能真不介意？”

贺铭遥冷着脸，坐起来，带着毁天灭地的怒意。

看来他没法不介意。

他一想到奚苒有可能和别人做什么亲密事，哪怕只是接个吻，都让他压抑不住内心的暴戾因子，恨不得立刻把人关起来，从此再不能见到别人。贺铭遥确信，自己做得到。

拳头松了又紧，他再没一丝睡意，下床换了衣服，踩着夜色出门。

凌晨，路上已经没什么行人，只有昏黄的路灯，洋洋洒洒地落在来往车辆上，映着月色，为江城这座不夜城增添一丝光亮。

贺铭遥开车直奔锦绣路。到达目的地后，他将车停在路边，给手下打电话。

十分钟后，一身正装的黑衣男人飞速下楼来，快步走到车边，低声打招呼：“贺总，您这个时候来，是有什么吩咐吗？”

贺铭遥仰着头，平静地望向楼上那一扇扇玻璃窗。奚苒住在其中一间。

良久，他伸出手，慢慢开口：“钥匙给我，今天我住这里。”

男人瞪大了眼睛，有些诧异，但也没有多问，直接将房门钥匙交到贺铭遥手上。

片刻后，贺铭遥站在奚苒家门口，抿着唇，眼神深邃。

静默片刻，声控灯悄无声息地暗了下去，走廊又恢复了一片漆黑，只有月光顺着老式窗框洒进来，影影绰绰，将人影和墙壁融为一体，像雕塑似的。

这个时间点，奚苒肯定已经睡了。

贺铭遥眼睫重重一颤，如梦初醒般，难以置信地低下头，用力扫视着自己。

他这是怎么了？竟然因为一些无聊的猜想，大半夜不睡觉跑到这里来，他还是那个万事都胸有成竹的贺铭遥吗？或者说，奚苒凭什么让他失去理智？

贺铭遥安安静静地站了几分钟，最终转向隔壁房间，开门进去，又反手关上了房门。

奚苒白天被贺铭遥气到后，晚上也没怎么睡好，次日毫无意外地起晚了。

她匆忙洗漱完，拉开大门。

与此同时，"砰"的一声响，隔壁的人仿佛在掩饰什么般，急急地关上了房门。

奚苒看了一眼隔壁的房间，她搬进来这么些日子，竟然从没碰上过邻居。不过她也没多想，急匆匆走了。

奚苒踩点到了公司，松了一口气，蓦地，背后传来熟悉的声音。

"早上好啊。我难得见你来得迟。"

奚苒转过身，同周远打招呼："早上好，我睡过了头，出门太晚。"

今天周远穿了一身休闲西装，个子高，身材也好，看起来盘靓条顺，只是手臂下很不和谐地夹了一个篮球，倒像是刚打完球、急匆匆跑来面试的大学生。

走进电梯后，奚苒随口问道："周老师，你这是早上打篮球去了？"

周远笑了笑，露出一口大白牙："嗯，路上经过一个篮球场，我有点手痒，下去练了练。"

"球怎么没放车上？"

"我锁车的时候忘了，顺手就带过来了，懒得再下去。"他答完，又问道，"你早饭也没来得及吃吗？"

奚苒说："办公室还有点饼干，应付一下就行。"

周远拧了下眉头，说："这怎么行。"

这时，到了公司所在楼层，奚苒便没再说什么，微微一笑，和他一前一后走出电梯。

奚苒工作了一会儿，微信闪了闪。

周远：我给你点了一份小馄饨当早饭，放休息室的桌上了，你赶紧趁热吃吧。

奚苒走到休息室，看到里头的圆桌上放了一袋外卖。

她赶紧给周远回复：真不用，我吃过了。

周远：吃呗，我点都点了，要不然只能扔了，多浪费啊。

奚苒拿着手机哭笑不得，踟蹰半天，叹了一口气，回他：好吧，那谢谢学长啦。

转眼到了元旦前夕。

奚苒的工作步入正轨，离婚却还没有一点消息，她只得同张律师联系，约了本周五下午面谈。

周四这天，导演班底名单在公司内流传开来，竟然是由喻洲来担任总导演。消息一出，所有人哗然。

在光世，喻洲并非大导演，甚至他操刀的第一部作品被称为“光世滑铁卢之作”，是公司自成立以来拍摄的收视最差的剧。可他有个非常有钱的爹，本人也是光世合伙人之一，给公司投了大把钱，连老板都得哄着他。

对于奚苒来说，这名字也不算陌生——她之前从沈从宴口中听说过，但她当时不关心其他男人，也从没问过贺铭遥认不认识他。

中午，奚苒和岁三在食堂一边吃饭，一边轻声谈起这件事。

岁三明显认识喻洲，轻微地撇了撇嘴，说：“居然是他。”

奚苒觑她一眼，说：“你认识他？你们合作过吗？”

岁三点头。

她一贯腼腆，难得露出咬牙切齿的表情来，道：“喻洲的处女作，我参与了编剧工作，被他折磨得半死不活，半夜不睡觉给女配角加戏份。最后那部剧扑得我好久没脸在其他编剧面前说话，简直是噩梦。”

奚苒没想到这两人竟然还有这种渊源。

岁三接着道：“按理来说，上头老大定下的剧本，导演可以发挥，但大体是没必要修改的。喻洲他就是有病，搞特权，折磨我们底层小员工。”

奚苒尚未来得及说话，后头传来一道戏谑的声音：“打扰了，岁三老师，你是在说我吗？”

岁三手一抖，筷子差点掉到地上，颤颤巍巍地转过头去。

入目处，男人三十岁左右，穿卫衣、牛仔裤，脖子上还挂了项链，五官十分精致，甚至算得上男生女相，漂亮得让人失语，人却吊儿郎当、桀骜不驯。

岁三的脸颊倏地红了，几乎能滴出血来。

男人顺势坐到她旁边，挑眉道："岁三老师，不认识我了吗，怎么都不打招呼？"

岁三垂着眸，深吸一口气，轻声道："喻导，好久不见。"

奚苒诧异地抬眉，这就是喻洲？未免也太巧合了吧。

两人虽然说话声音很轻，但喻洲站得太近，难免听到些许。背后说人，还被当事人听见，实在是尴尬得让人头皮发麻。

好在喻洲并没有同两人计较，眼睛直勾勾地盯着岁三："你要是没把我屏蔽，咱们也不至于好久不见，可以常联络的。"

岁三："……"

喻洲是来公司谈合同的，并没有多聊，随口调侃几句，便起身离开。

奚苒和岁三心照不宣，齐齐将食堂这个闹剧抛到了脑后。

下班前，周远提议："就要元旦了，咱们今年的团建费还没花完，要不大家今晚就别加班了，一起吃顿饭，再去唱一会儿歌，怎么样？"

他这个提议立刻得到热烈的回应。

奚苒明天要去见张律师，本想着今晚回去再考虑一下诉讼细节，但既然是集体活动，为了不显得太特立独行，她也没有提出异议，随大流应下，与一行人一起离开公司。

聚餐地点就定在公司附近，步行可到达。一行人走出光世大楼后，就自觉地三三两两并排，左右聊天。

奚苒同岁三、周远走在一起，正巧岁三问起两人的大学时光，周远便笑着说了几句比赛的事。

"我们就是这么认识的。不过后来，奚苒继续深造，我出来工作，就没什么联络了。这次我会招到她，完全是缘分。"他说话时满含笑意，眼神投向奚苒脸上。

远处，贺铭遥虽然听不见他们说话，但见到这般亲昵的画面，不由自主地捏紧了拳头。

奚苒和周远站在一起，完美地诠释了俊男美女和完美的身高差，加上两人脸上的笑意灿若星辰，竟然也十分和谐。

倏忽间，他的心脏刺痛了一下。

这是平生第一次。

对于贺铭遥来说，这完全是一个巧合。

自那日他半夜跑去锦绣路那儿躺了一夜之后，越想越觉得自己有些犯傻，便强行克制着自己，刻意将这事抛到脑后。加上公司事多，来年几个大项目都要他定夺，这几日确实是忙得没工夫想其他事。

然而贺夫人一直牢牢记得这回事，将电话打到了贺铭遥的办公室。

贺夫人开口就问："你和奚苒的离婚手续办完了吗？"

贺铭遥沉默半晌，冷着脸，出声答道："您别管。"

"还没办完？你怎么回事啊？贺铭遥，你都老大不小了，过了年关，就二十七岁了，孩子没见个影子。离婚之后还要再婚，又得花时间，什么时候才能有孩子？我从小就教你，做事不要拖拖拉拉，要当断则断吗？"

贺铭遥靠在椅背上，闭上眼，捏了捏额角："我们没打算离婚，那天只是奚苒说的气话。"

贺夫人一听这话，立刻难以置信地扬声道："你这是什么意思？"

"字面的意思。您听不懂吗？"

贺夫人："……"

贺夫人养气功夫尚不到位，听到儿子这话，优雅的气质再难保持。

她就贺铭遥这一个儿子，自己嫁入贺家多年，早就品尝够了金钱和权势的滋味。只是她不再年轻，到最后，万贯家产还是得交到贺铭遥的手上。

在贺夫人看来，儿子样样都好，脑袋聪明，有魄力，也有手腕，压得住人，模样又是万里挑一，完全可以算得上她这辈子最成功的作品。唯独在男女感情上，贺铭遥实在有些优柔寡断、识人不清。

无论是之前爱得要死要活的那个小明星，还是现在迫于形势娶回来的奚苒，贺夫人都看不上眼。

老话说，高门嫁女、低门娶媳，但这俩女孩门第也差得太多了，家族完全给不了贺铭遥任何助力，甚至连带出门社交都嫌丢脸。

眼下奚苒很懂事地答应离婚，一切都非常完美。要依贺夫人的心意，贺铭遥就应该立刻去把离婚手续办了，然后再找一个名流世家的大家闺秀，强强联手才是。

所以贺铭遥这话让贺夫人没法再保持姿态。

“奚苒反悔了，不愿意离婚了吗？”她厉声问道。

贺铭遥冷声道：“您听不懂吗？我们本就没有这方面的计划。”

贺夫人冷笑一声，慢条斯理地说：“没有计划也可以现在加上这个计划，贺铭遥，我可没看出来你有多喜欢奚苒，怨偶也做了三年了，你还在用婚姻和我置气吗？”

贺铭遥紧紧蹙起眉，不耐烦到了极点。难道在别人心里，他就是一个情圣人设吗？

为什么所有人都觉得他对孔熙念念不忘？

贺铭遥再联想到奚苒那日因为孔熙大发雷霆，越发觉得这个名字都烦人。

明明已经是旧人了，怎么就过不去呢。

他冷冷地回道：“您还有什么事吗？”

贺夫人一愣，说：“贺铭遥，你这是什么态度？”

贺铭遥道：“前一阵子，舅舅闯了大祸，这件事您应该很清楚吧？我还以为，您最近应该焦头烂额地帮他处理遗留的问题。那个女人的事，您拿钱摆平了吗？”

贺夫人怒道：“你！”

这便是显而易见的威胁了，然而母子之间这般针锋相对似乎成了一种常态，谁也没觉得有哪里不对。

贺铭遥勾了勾唇，说：“我和奚苒的事就不劳您百忙之中再费什么心了。”

贺夫人沉默片刻，也平静下来，恢复了一贯的傲然：“行，既然你不愿意离婚，就当这件事我没有听过。马上元旦了，你叫奚苒一起回大宅来参加家宴。”

语毕，她挂了电话，徒留贺铭遥闭着眼，牢牢地捏紧拳头。

正是因为这通电话，再加上元旦家宴，贺铭遥才不得不再次回忆起自己的失态，还有停车库里那场不欢而散，以及自己突生的旖旎遐思，样样都让他觉得难以面对。

这些日子，他因奚苒心神不宁、丧失理智，奚苒又在做什么呢？

贺铭遥为自己找好借口后，提前下班，开车直奔奚苒的公司。这次，他没有大张旗鼓地开进光世，而是将车低调地停在了大楼斜对面，还下车买了一大束桔梗花。

要说哄女人，贺铭遥也很擅长。只是在今天之前，任凭他想破头，也不会想到有朝一日自己竟然会买花来哄奚苒。

贺铭遥付钱时，没忍住，低低笑了一声。

花店店主是一个小姑娘，见这英俊男人笑起来，脸颊不受控制地泛出红色：“需要给您再包一层吗？您是送给女朋友吗？”

贺铭遥顿了顿，收了笑，说：“是给我爱人的。包一下吧。”

店主熟练地包装花束，顺口道：“那您应该送红玫瑰呀。”

贺铭遥没说话。事实上，他之前谈恋爱时，给女朋友送的都是玫瑰。

或许没有女人会不喜欢红玫瑰，但奚苒不一样。

他甫一走进花店，就觉得桔梗的气质和奚苒很像。自始至终，她温柔又不张扬，虽不显热烈，却自有一股柔和气质，像涓涓细流似的，润入生活的点点滴滴中，和他所有的前任都大不相同。

红玫瑰太艳丽，有些不适合她。

贺铭遥从花店出来，发现离奚苒的下班时间已经很接近了，索性顺势靠在车边，安安静静地等待着。

十分钟后，奚苒果真出现了，但她不是一个人，而是和一群人一起。

贺铭遥有些迫不及待，往前走了几步，打算穿过马路去找她，然而就在这一刻，她仰起头朝着一个男人露出了笑意。两人温柔地对视了一眼，亲昵又自然。

这一幕让贺铭遥僵在原地，他克制地想，这么巧就被他撞到这场景——他没看到的地方，两人是不是已经发展到更深的地步了？他们会牵手吗？会接吻吗？

奚苒是他的妻子，不是吗？

倏忽间，贺铭遥再也止不住怒气。他迈开腿，快步向奚苒走去。

奚苒走在一群人中间，忽然停下脚步，难以置信地瞪大了眼睛。

周远发现她的反常，跟着停下，扭头问道：“奚苒，你怎么了？”

奚苒没说话，眼神直直地投向斜前方。

周远和岁三顺着她的视线望去，四五米开外，一个男人站在那里。

男人的个子非常高，比周远还高些，将近一米九，身材挺拔，比例极好。背后是路灯，男人逆着光站着，五官看不太清晰，但他的气场强大，秒杀一切。

周远和岁三也算是半个娱乐圈人，跟组时，见过大大小小不少明星，也有不少小鲜肉英俊帅气，却绝不可能有这种矜贵气质。

总而言之，男人并不像他们能接触到的人。

但此刻，他的目光紧紧地锁在奚苒身上。

奚苒僵硬片刻，终于回过神来，伸出手，左边挽岁三，右边挽周远，用力拉着两人继续往前走，试图无视斜前方的男人。

贺铭遥眼睁睁看着奚苒挽住周远，脸色更加难看了。

“奚苒。”他沉沉地叫她的名字。

在场所有人都听到了，但奚苒恍若未闻，连眼皮都没有抬一下。

眼见着就要擦肩而过，贺铭遥终于出手，一把抓住了奚苒的肩膀，手臂发力，将她从两人中拽出来，轻轻松松地扯到自己怀中。

“嘭——”重重一声，奚苒的背脊撞到贺铭遥的胸口。

他的动作行云流水，猝不及防，所有人都没有反应过来。

直到这会儿，周远总算回过神，警惕地问道：“您是哪位？”

“你在问我吗？”贺铭遥轻蔑地勾了勾唇，低头望向奚苒细长的脖颈，平静地答道，“我是奚苒的爱人。”

爱人？嗬。

奚苒忍无可忍，彻底爆发，低吼出声：“谁是你的爱人？贺铭遥，你就是一个疯子。我是什么爱人？我是你的狗、你的鸟，是你养的小宠物，高兴了就逗一逗我，不高兴了就抛在一边。你根本不关心我的想法，不懂得尊重我，也从来没把我当人看过。”

“爱人？是你爱我还是我爱你？你们这种人，心里压根就没有爱，哪儿来的爱人？别搞笑了。”

奚苒说完，手臂重重一甩，从贺铭遥怀中挣脱出去，三两步就退到了他够不到的地方，再不想多看他一眼。

“恶心。”她轻声说。

爆发往往只在一瞬间，奚苒甚至没有经过思考，就将心里话通通说了出来。

贺铭遥会出现在这里，某种程度上来说，已经打扰到她的生活。

这里有她的同事、她的工作，以及她满怀期待开始的新生活，不该出现这么一个“旧人”，让一切全数崩塌，陷入尴尬的闹剧中。

奚苒一贯处事低调，本不该当众说这种很私人的话，但她忍不住。惊讶、委屈、痛苦在倏忽间从心底喷薄而出，像水龙头失了控，怎么都塞不住，一定要宣泄出来，才肯罢休。

在这种离婚的关键期，贺铭遥找过来，不说因为什么，显然就是不怀好意。

泥人也该有三分脾性。

话音落下，奚苒攥紧了手指。

她可以确信，这次之后，贺铭遥绝对不会再纠缠她了。他一直身处高位，最重面子，被人当众这么骂上一通，落了个没脸，心里该恨透了她才是。

她实在太了解他了。

但与此同时，她心底涌出尴尬感，难以言说，恨不得立刻挖个洞，从水泥路钻下去，不要见人了，只觉得从这一刻起，再难面对周远和岁三。

贺铭遥静默数秒，如同她所想那般，眼里浮出怒意，冷得似要将她冻住，仿佛他下一秒就会掉头离开。

然而他却伫立原地，并没有动作，甚至低声说了句“抱歉”。

奚苒一脸愕然。

这与她想象的画面大相径庭。

贺铭遥顿了顿，又微微别过头，对着岁三和周远平和地开口：“两位，如果方便的话，麻烦让我和奚苒单独说几句。”

这话是在拜托他们俩，但配合贺铭遥一贯的冷漠矜贵气场，虽说不上颐指气使，也让人觉得像是老板在下达什么指令。

好在周远和岁三足够善解人意，并没有介意这点。

他们俩齐齐地将目光投向奚苒，似乎要等本人来做决断。

奚苒在愤怒之余，已经被尴尬淹没——贺铭遥并没有当场甩手离开，让她觉得自己这通火发得毫无价值，简直委屈极了。

她察觉到同事问询的眼光，垂下眼睫，又往后退了一步，离贺铭遥更远了一些，这才讪讪地开口：“岁三、周老师，你们先去店里吧，我马上过来。实在不好意思。”

岁三见她表情僵硬、似是不愿，还想说什么，却被周远一把拉住。

“没问题，你们聊。”

等二人离开后，奚苒望着贺铭遥开口："谈谈谈，还要谈多少次才够？贺铭遥，真的够了。"

好话坏话她都说尽了，离婚这件事，足足拖了一个多月，好像一出滑稽戏，永远演不到落幕。

奚苒发泄了一通，只觉得心力交瘁，烦得什么都说不出来了。

她本以为，因为深爱贺铭遥，离开他这件事会很困难，但好像也没想象中那样困难。

他多次出尔反尔、百般纠缠，没法留个善终念想，反倒使爱意磨尽的速度比她想象得更快。

贺铭遥听到她说话，眼神越发晦暗不明，冷冷地注视着她的面容。

蓦地，贺铭遥怔了怔。

虽然对面的女人一直垂着眼，但他依然能看到奚苒眼眶发红，眼里泛出一丝水色。

她哭了吗？她在哭什么？

贺铭遥有些诧异，明明是他被她乱七八糟地大吼了一顿，她怎么还哭了呢？

他还来不及多想，身体已经先一步做出反应。他往前跨了一大步，小心翼翼地靠近了她一些。

他抿了抿唇，刻意放软语气，开口："奚苒，我给你买了花。"

奚苒在心里嗤笑，冷声道："不用了。"

贺铭遥心里传来一阵刺痛感，只能追问："你刚刚说的那些话，是真心话吗？奚苒，你以前说你很爱我。"

"是不是心里话，你听不出来吗？贺铭遥，没有什么事情是一成不变的。你以前那么爱孔熙，爱到差点和自己的家族对着干，也不是说变就变了？凭什么你觉得我会一成不变呢？"

奚苒讽刺地笑了笑，然后仰起头，对上他的视线："承认吧，你只是一直在享受我的爱，满足自己的优越感，哪怕不是我，也可以是任何一个女人。你说得对，以前我真的真的很喜欢你，你比我小，我妈说不靠谱，别人都嘴碎说我高攀你、倒贴你，但是我不在乎，只要能嫁给你，我就觉得心满意足。但是，我是人啊，又不是什么动物，什么瓷器，我也有自己的心情和想法，我也会感觉到难受啊。你在乎过吗？你不在乎的。"

贺铭遥沉默地看着她。

奚苒继续道："但凡你对我有那么一点点在乎，我都不奢求你多爱我，毕竟大家心里都明白。当我被贺夫人叫去问责时，当我承受你朋友异样的眼光时，当我在家里和你说话时，如果你能多给我一点点回馈，我都能坚持待在深渊里。贺铭遥，你知道的，我上学那会儿成绩很好，努力和坚持是我最擅长的事情。但是没有，什么都没有。

"如果爱情不是相互的，你凭什么要求我一腔孤勇？我不能爱上别人吗？人家对我好，会关心我的心情，会在乎我的感觉，哪怕没什么钱，也不算太帅，一样会让我觉得幸福的。

"我们没什么好聊的了。贺铭遥，我想离婚的原因很简单，是你再怎么阻挠都不会改变的。

"我不爱你了。"

她言之凿凿、一气呵成，眼神清澈倔强，毫无闪躲，不给人留下任何希望。

倏忽间，贺铭遥觉得自己如坠深渊。

他如梦初醒般，意识到自己的爱似乎来迟一步。

迟来的深情比草还贱。

她不要他的爱了。

"人总归是贪心的，结婚前我以为我可以一直单相思，但三年实在太长，我开始奢望别的了。抱歉，你就当是我先违反约定吧。"

奚苒说完，没有看贺铭遥呆怔的神色，也没有去追周远他们，而是直接扬手叫了一辆空车。

哪怕她脸皮再厚，也没法在这种情况下毫无芥蒂地继续参加部门团建了。至少她要先冷静冷静，暂时遗忘今晚这出糗的画面。

月光如盏，奚苒坐到出租车上，缓缓地深吸一口气。

贺铭遥面无表情，目送着奚苒上车，离开。

一直以来，他都不愿意承认自己对奚苒有爱意。如果非要说有点感情，他觉得应该更贴近亲情一些。

毕竟两人一同生活了三年，就算是亲情寡淡、习惯了互相算计的豪门少爷，只要不到丧心病狂的程度，心里总归还是有温度、有感知的。

奚苒就像一个沉默温柔的影子，安安静静地渗入每一处，让他从最初的嫌弃渐渐感觉舒心。

如同沈从宴所说，贺铭遥一直不喜欢奚苒这种类型的女人，她太乖、太温柔、太贤妻良母，把爱当作天，整个人就像回到了古代，以夫为尊一般地活着，一点自己的脾气都没有。

他偏爱热烈张扬的女人，如同绽放的玫瑰，哪怕带着刺，都足够鲜活生动、足够勾人。

而且，奚苒长得也太乖了，明明比他大两岁，看着就像小妹妹一样，脸颊有肉，眼睛还又圆又亮，和可爱有关，但和性感完全不挂钩，只偶尔显露诱人的一面。

要说对她没兴趣，贺铭遥能数出一百个理由。

当年，要不是情况所迫，孔熙远走，自己还意外地和奚苒发生了关系，他也不会娶她。

他怎么可能爱上奚苒呢？这爱情未免太过不完美。

可是在奚苒说出那句话之后，贺铭遥确实感受到了心痛，那痛感几乎要将人折磨至死。这甚至比他从贺夫人那儿听到孔熙选择离开时，更让他觉得不能接受。这已经不能用占有欲作祟来解释清楚了。

贺铭遥不得不面对这个事实——他也着了日久生情的道，改变审美，爱上奚苒了。

爱就爱了，他怎么会不敢承认呢？

夜幕下，贺铭遥抿着唇，快步回到车上。那束桔梗花还躺在副驾驶座上，无人问津，看起来似乎失去了买来时的新鲜和灿烂。

他盯着桔梗花看了一会儿，伸手拿起它，下车，“咚”的一声，重重地丢到了垃圾桶里。

夜风让人冷静下来，贺铭遥脸色平静，心中开始盘算怎么改变现状。爱情也好，占有欲也罢，既然他想要，就必须牢牢握在手中。

贺铭遥承认，或许是身份、年纪、心态转变了，他已经没法像当时对待孔熙那样去对待奚苒，大度地让她离开，老死不相往来。

不可能。

她竟然还说“我不爱你了”这种话，对他来说，除了让人心痛，没有其他作用。

她想和别人双宿双飞？做梦。

第二天下了班，奚苒直奔律师事务所。

这次，张律师态度诡异，与之前截然不同，亲自为奚苒开了门，接过她手中的外套和包，毕恭毕敬地挂好，再安排她在沙发主位坐下，又给她倒水。

奚苒愕然地问道："您这是？"

张律师清了清嗓子，总算开了口："那个，奚小姐，很抱歉啊，您这个委托我接不了了。"

他说着，将一个信封推到奚苒面前："真的抱歉。"

信封厚度很是可观，里面应该是奚苒预付的那些钱。

奚苒没接信封，低声追问道："为什么？"

张律师完全不敢同她对上视线，只一个劲儿地说不好意思。

奚苒问了几遍，都没能问出来，只得拿起信封，准备起身离开。

或许是出于怜悯或者其他什么考虑，张律师忽然出言提醒了一句："奚小姐，您这个委托，目前江城没有律所敢接的。"

倏忽间，奚苒全明白过来了，这是贺铭遥出手在敲打她。

以贺铭遥的手腕，想查到这些简直是小菜一碟，就算她再换一万个律师、工作、住所，也没有用。

这一刻，奚苒倏地恨上了他。

元旦前一天，奚苒同父母打过电话，随意聊了几句，又约定了今年过年会回沧平。

往年，一到年关，贺家的应酬就会特别多，奚苒已经三年没能回沧平过年了，一般都是初五过后才会回去。

但哪怕回去，她也是一个人——贺铭遥很忙，她又自知身份和婚姻状况特殊，从不敢要求他纡尊降贵，陪自己回老家。不是一个世界的人，强求只会让所有人尴尬。

今年，她终于可以回家吃年夜饭了。

虽然小城市的人有重男轻女的思想，但奚父奚母都是老实人，对这个女儿也不坏，总归是自己家，奚苒还是有感情的。

通话结束后，奚苒心情不错，但没过多久，这份好心情便被一个电话毁了。

孔熙的声音还是那么甜："奚苒学姐，我是孔熙呀。"

奚苒没说话，心脏跳得飞快。

孔熙娇笑一声，恍若未觉般开口："我先提前说句新年好。江城明天有个秀，我想邀请你一起看，好不好？我们也好久没有见面了呢，你有时间吗？"

这乍然的邀约，让人猝不及防。

奚苒从没看过秀，完全和时尚绝缘。

贺夫人倒是酷爱画展、艺术展之类的，甚至她名下也有画廊、展厅等，压根不为赚钱，要的就是艺术气息，无时无刻地熏陶着，营造上流社会豪门的芬芳味道。

在奚苒做贺家媳妇儿这三年中，贺夫人举办了很多次收藏展，甚至还办过慈善拍卖会，但从未邀请过奚苒。

贺铭遥只随口问起过一次："上周贺夫人举办的那个拍卖会，你没有去吗？"

当时奚苒是怎么说的呢？她强颜欢笑道："嗯，我不懂这些，去了也尴尬。"

确实尴尬，且这绝对不是客套。什么浮雕、抽象派、汝窑、熏香、另类时装设计，奚苒通通搞不明白，只在艺术概论中见过这些。再加上她的身份又是贺家上不了台面的媳妇儿，何必去贺夫人朋友面前丢人现眼呢。

贺铭遥听了，深以为然，再没问过。

万万没想到，她离开贺家之后，竟然还有人邀请她去看秀。

这样想来，人生实在是有些荒诞滑稽。

奚苒开口："抱歉，不方便。"

孔熙又轻轻地笑了一声，假装抱怨似的嘟囔："学姐真是大忙人，想约你真的好难哦。"

奚苒："……"

不得不说，哪怕是奚苒这般好脾气的人，都很想问一句——咱俩很熟吗？

奚苒放空一切，咬了下嘴唇，深吸一口气，应道："是，我确实很忙的，平时都没有什么空闲和人聊天。"

这下换作孔熙被她堵了回去，有些失语。

奚苒又说："如果你是想和我聊贺铭遥的事，以后就别打电话来了，没什么好聊的，我们已经分开了，你想做什么，大可以去做，不必来我这儿迂回。孔熙学妹，没必要的，我什么都不算。”

语毕，她干脆地挂断电话，顺手将这个号码拉入黑名单。

入夜，月上中天，床头柜上的手机忽然振动起来。

奚苒一惊，睁眼将手机摸过来，来电显示是陌生号码。

这个点，会是谁呢？奚苒踟蹰一瞬，接通电话：“喂？”

电话那端只有呼吸声，此起彼伏。

奚苒又“喂”了一声。

时间跳到了午夜十二点，公历新年到了。

听筒里，男人的声线低沉好听，如同低音提琴，弓划过琴弦，沉静流畅地淌出来。

是贺铭遥。

他说：“奚苒，新年快乐。”

奚苒脸色微变，睫毛重重地颤了颤，手指不自觉地握紧了。

她一句话都没有说，干脆利落地挂了电话。

次日一早，贺家大宅。

劳斯莱斯超跑停在小区路边，一个漂亮女人拎着礼品袋迈步下车。

女人身高腿长、前凸后翘，穿着高跟鞋和收腰连衣裙，连衣裙的长度及脚踝，外面套了长款外套，挡不住这好身材。墨镜虽然挡住了女人大半张脸，只露出红唇、尖下巴，却能让人感觉到她一定是大美人。

二十分钟后，贺夫人才缓缓地从楼梯上走下来，气质优雅从容，只是目光却不含什么温度，像冰锥一样，投向孔熙脸上。

孔熙立刻放下杯子，站起身，低眉敛目道：“夫人。”

贺夫人没应声，不紧不慢地在客厅主位坐下。

孔熙也不显尴尬，双手递上礼品袋，毕恭毕敬地道：“我一直听说夫人喜欢玉石，这是我在法国时意外淘到的，希望您别嫌弃。”

贺夫人抬了抬下巴，示意旁边的女佣接过东西，却没有打开看一眼。

她单刀直入：“你今天来是有什么事吗？”

孔熙早已不是三年前那个单纯的女学生，除了被逼分手这一重大打击，三年里，她也算是看尽人间百态，见过不少世面，不会再被贺夫人这种居高临下的名媛贵妇架势吓到。

“我是专门来道谢的。夫人，谢谢您之前给了我这么一个机会，让我能去圆梦。”

看看，当事人明明心照不宣，但经过时间打磨，不堪的真相也能被美化得面目全非。

贺夫人说：“好，感谢我就收下了。还有别的事吗？”

倏忽间，孔熙那张明艳的脸上露出笑容。

“也没有别的什么要紧事，是这样的，我有个朋友收集了不少名画，年后要在江城举办一场拍卖会。她本人十分仰慕贺夫人，但又苦于无人介绍，便拜托我，想给您送一份邀请函。”

贺夫人眉头一动，脸上露出讽刺的表情，气氛顿时让人觉得窒息。

孔熙的声音慢慢小了下去，直到静默。

贺夫人拿起杯子，抿了一口红茶，终于慢吞吞地开口：“有些人插上鸡毛也装不了凤凰，戏子就是戏子。孔熙，不用往我身上做什么努力。贺家的门楣，就算你成了世界级的明星，一样高攀不上。”

“虽然你人在国外，但应该也知道，铭遥早就结婚了。别说他的婚姻尚算完满，就算是二婚，只要我还有一口气在，也不可能让一个没脑子的花瓶戏子嫁进贺家来。”

对孔熙这边的闹剧，奚苒一无所知。

岁三上门来煮火锅，奚苒与她坐在毛茸茸的地毯上，吃得满头冒汗。

酒足饭饱，两人开始有一搭没一搭地闲聊。

“奚苒，上次那个男人……”岁三到底还是没忍住八卦。

奚苒笑了笑，坦然道：“是我前夫。目前我们在办离婚手续。”

岁三有些诧异，实在很难想象这对天造地设的俊男美女会因为什么离婚。她再联想到那天的情景，大胆地猜测：“是因为家暴吗？”

毕竟贺铭遥那会儿就像要吃人一样，连夜色都遮掩不住他的脸色。

奚苒瞪大了眼睛，好半天才回过神来，摇头道：“不是的，那还不至于。我们只是感情破裂而已。”

事实上，自始至终，他对她根本没有感情，又何来破裂这一说呢？

只是她自欺欺人太久，虽然本人已经醒悟过来，但对外人谈论时，好歹还是要用语言美化一下不堪的现实。

岁三尴尬地点点头，没再细问，转而又聊起了其他事。

“喻洲这人，不是我背后说人，真的，在我合作过的导演里，他就是特别难搞的那种，想一出是一出。还好这次是大项目，有周老师在前面扛着，要不然真是恐怖。”

奚苒听得认真，眯着眼笑道：“但是我怎么看你们俩还挺熟的。”

“一点都不熟。他就是那种花花公子，见谁都要调戏几句，之前他跟公司里好几个小艺人都有点暧昧。不过咱们公司员工素质很高，公司里的事都不会外传的，所以外面才没人知道。这次这个项目也是，听人说是因为上头看中孔熙，特地拉了投资为她量身定制的。结果总导演派来喻洲，大家都在猜，是不是因为他喜欢孔熙，毕竟他是投资人之一，有话语权。”

奚苒听到孔熙的名字，也没露出什么端倪，仿佛不认识。

午后，阳光不太炙热，姐妹俩围着茶几，相谈甚欢。

门外，贺铭遥几次抬手，试图敲门，最终还是缓缓放下。

老房子隔音不好，他依稀能听到里面女人的说笑声。

是谁在里面同她说话呢？是新朋友吗？她在江城没什么朋友，才从家里搬走，工作一个多月，就已经和同事熟悉起来了吗？

没有他，她过得很好。

这样想来，实在让人心情复杂。

事实上，贺铭遥昨天便住在隔壁——那通电话，他是算着时间打过去的。

结果不出所料，奚苒毫不犹豫地挂了电话，堵住了他后面想说的话。

哪怕贺铭遥从小就聪明过人，无所不能，也有些摸不清该如何将老婆追回来，感觉比追一个素不相识的陌生女人还难。

张律师已经按照指示将钱退了回去，委托也拒绝了。奚苒一定知道是他做的了。那她能试图明白他的心吗？

贺铭遥不想离婚，不想她离开，也不能接受她将自己从她的生命中剥离出去，让他撕心裂肺。

但是这时候他再表白，奚苒还会信吗？

她会觉得他是在用花言巧语哄骗她吗？会觉得他只是占有欲发作，才千方百计想将她留下吗？

之前她提到孔熙，应该是觉得自己还爱孔熙吧？要怎么才能让她相信，他也只是个凡人，不是什么矢志不渝的情圣，早就对孔熙没了任何感情，而对日夜陪伴的女人日久生情了呢？

一时之间，贺铭遥那价值千金的大脑七颠八倒。

他正踟蹰，手机突然振动起来。

贺铭遥脸色微变，转身回了隔壁房间，冷着脸将电话接起来。

“什么事？”

贺夫人声音平静地说：“那个女人刚刚来过了。”

贺铭遥眉峰聚起，一下明白了她说的女人是谁。

他的声音极冷：“她有什么事？”

贺夫人冷笑一声，说：“你是不是给她什么暗示了？竟然让她胆大包天到来试图讨好我？贺铭遥，你脑袋清醒一点。奚苒已经很不够格的了，如果你再和那女人旧情复燃，是想要让人笑掉大牙吗？”

“你不要这么说奚苒。”

贺夫人一愣，说：“这是重点吗？”

贺铭遥一字一句地道：“贺夫人，你这样说奚苒，她会不高兴。”

贺夫人诧异万分：“不高兴？她凭什么不高兴？我哪里说错了吗？她又不是什么名门大小姐，一个村里来的丫头罢了。要不是她的出身还算清白，人也乖巧，你以为……”

贺铭遥打断她：“凭她是我的妻子，这样够了吗？”

贺夫人：“……”

那些曾经被他刻意忽视的细节，现在一一弥补上。

对贺铭遥来说，世界上从来没有“来不及”三个字。

洗碗时，奚苒忽然觉得一阵恶心，呕吐欲望难以克制。

“嘭”的一声，锅重重摔到水槽里。

她的脸色逐渐变得煞白，趴在水槽边，难以自持地干呕起来。

岁三吓了一大跳，连忙扶住她的肩膀，急急问道：“怎么了？”

奚苒嘴巴微张，整个人难受得要命，一点都说不出话来。

岁三给奚苒倒了一杯温水，奚苒漱了漱口，又喝了一些，这才好了些。

岁三皱着眉，问：“你要不要去医院看看啊？”

奚苒摸了摸胃，摇摇头，轻声道：“没事，我应该只是吃多了。我一会儿吃片健胃消食片就好。”

吃火锅吃到撑，那是常有的事，两人便也没放在心上。

傍晚送岁三离开后，奚苒正独自往回走，忽然被人叫住。

“奚苒。”来人的声音低沉又好听，语气是一如既往的淡漠平静。

奚苒转过身，瞪着贺铭遥。

“什么事？”她退了两步，面无表情地问道。

贺铭遥见奚苒这般防备，脸色有些僵硬，深吸一口气，才勉强缓和下来。

他沉默片刻，才一字一句地开口：“奚苒，新年快乐。”严肃得仿佛发生了天大的事一样。

奚苒一愣，半天没反应过来，犹犹豫豫地试探他：“新年快乐？”

贺铭遥沉沉地望向她，倏地，眼睛里闪过一丝笑意。

他状似随意地问道：“放假了，你没有同别人待在一起吗？”

奚苒立马听懂了他的话，整个人竖起了尖刺，道：“不用你管。贺铭遥，你这么闲的吗，还管别人的私生活呢？”

贺铭遥的眼睛立马黯淡下来，然而这次他没有做什么纠缠，只了然地点点头：“嗯，我不问了，你快点回去吧，外面挺冷。”

他说完，拿起手中的袋子，强硬地塞到奚苒手上，然后失魂落魄地离开。

他人高腿长，步子跨得很大，很快就走得没影了。

奚苒有些难以置信。就这？他是在做什么？难道他特地过来一次，就是为了对她说一句“新年快乐”吗？

这可不是贺铭遥会做的事，对他来说，这完全是在浪费时间成本。

以奚苒对他的了解，他作为一个合格的资本家，平日里每个行程都有极强的目的性，且必须有所收获。要不然，他就不屑费力去做。

莫非是因为他在律师那件事上给她使了绊子，心里一个劲儿沾沾自喜，干脆专程跑来看看她的窘状吗？

也不怪奚苒把人往恶毒角度想，今天这场短暂的相见，实在出乎她的意料。

奚苒在原地呆立许久，才低头打开那个袋子。

竟然是一包江城卷饼，还冒着热气。

奚苒愣住了。

她在电影学院读研那会儿，虽然分了研究生宿舍，却还是习惯住在校外。清晨，她走出小区，偶尔会碰上没行程、去上第一节课的孔熙，偶尔则是孔熙和贺铭遥两人走在一块儿。

小区门口有家卷饼摊，口味很不错，香气四溢。奚苒不是江城人，吃不出这卷饼正不正宗，只觉得很好吃，经常会买一个，带去学校当早饭。如果是冬天，隔着包装纸袋将饼握在手心，整个人都会变得暖洋洋。

有一次，她在卷饼摊前排队，遇上贺铭遥独自路过。

想必是因为住在同一个小区，擦肩而过太多次，孔熙和奚苒又是校友，成了点头之交，连带着孔熙的男朋友也对她眼熟了。

孔熙不在场时，贺铭遥总是面无表情。他从卷饼摊边走过，眼神投向奚苒身上。

说不清为什么，被他这么一注视，奚苒的脸“腾”一下红了。

她眨了下眼，觉得自己的反应让人挺尴尬，试图弥补般，朝着贺铭遥客气地笑了笑。

贺铭遥也冲她轻微地点了下头。

两人转过身后，如同普通的陌生路人一样就此别过。

就这么一件事同卷饼有关。

结婚之后，奚苒没再回过学校，也没再吃过卷饼，更没有提起过这件事。

而贺铭遥对生活很讲究，平日里不会特意去吃什么路边摊。也不知道为什么，他居然会送一个卷饼过来。

他记得这件事吗？

奚苒拎着袋子，颇有些手足无措。

良久，她将卷饼拿出来，捧在手心，慢吞吞地咬了一口。

贺铭遥驱车，赶在天黑前回到贺家大宅。

孔熙早已经被贺夫人赶走了，庄园里安安静静的。

贺夫人见到贺铭遥，有些惊讶：“铭遥，你怎么来了？奚苒呢？”

贺铭遥避而不答，只说起其他事：“我已经跟保安说过了，以后别让孔熙进来胡言乱语。”

这下贺夫人彻底瞪大了眼：“你就为了这事专门跑回来？我们电话里不是说清楚了吗？”

贺铭遥抿着唇，没有否认。

贺夫人仔仔细细地打量了他许久，终于开口：“我知道了。”

贺铭遥又道：“以后你也别再说什么话了，奚苒会多想。”

“奚苒人呢？我之前不是让你带她一起回来参加家宴吗？怎么一整个元旦，连她的人影都没见着？”她挑了挑眉，问道。

贺铭遥沉默了一下，说：“我们有一些误会。总之，无论孔熙说什么，您都别理。”

光世公司和孔熙工作室的合同签好了，项目组开始疯狂加班。

一直到春节放假前，奚苒也没有准时下过班，忙得脚不沾地，起诉离婚这件事也不得不拖到年后。

腊月廿九是节前最后一个工作日，奚苒早就抢好了高铁票，行李箱也带到公司来了，她打算当晚就回沧平去。

周远见她往包里装电脑，低声开口：“你是直接回家吗？”

奚苒点点头，说：“对。”

周远甩了一下车钥匙，说：“我送你吧，正好路上跟你说点事。”

奚苒诧异地抬头：“是剧本的事吗？”

“嗯。”

奚苒想了想，点头道：“那就麻烦周老师了。”

周远扬手，替她拖上行李箱，率先往外走去。

与此同时，贺铭遥让徐明去买了一大束花，算着奚苒的下班时间，自己从公司开车，去光世找人。

他听手下人说，奚苒这阵子忙得要命，一直在加班，现在放假，大概能喘口气了——要不然，年假里带她去哪里度个假、散散心呢？她会愿意吗？

贺铭遥甚至无须多做回忆，就可以确定一件事——结婚至今，他和奚苒从未一同出去旅行。

本来两人开始得就太过仓促，过程不够圆满，有这个结果也算是必然。从某种程度上来说，贺铭遥明白了奚苒坚定要离婚的理由。

实在是太难受了——对他来说，当认清自己的心意时，面对她无动于衷的模样，也会觉得刺痛，难以控制内心的暴躁，更何况她一个女人。

在爱人面前日日强颜欢笑，得不到回答，整整三年，痛苦到变心也是常事。

曾经奚苒是那么喜欢他呢。

贺铭遥想到自己的辜负，抿了抿唇。

由己度人，他开始心怀愧疚。

夜幕悄悄降临，贺铭遥将车停到老位置，准备抱着花下车。他又想到奚苒不喜高调引人注目，犹豫了一下，还是决定留在车里等人。

徐明按他的指示，已经在米其林餐厅订了位置。虽然今天是小年夜，这日子听起来颇有些老派质朴，但也可以人为造些浪漫。

贺铭遥一只手撑着下巴，一只手虚虚地搭在方向盘上，眼睛直直地盯着大楼出入口处。

因为无所事事，为了打发时间，他心里免不了琢磨些有的没的。

他想，奚苒应该是编剧吧？普通编剧也需要这么发疯地加班吗？竟然比他这个总裁还忙。

这么些年，她一直在家休息，猝然忙碌起来，身体吃得消吗？

他这般前思后想，堪比热恋中的小情侣，牵肠挂肚，难以放下。

连贺铭遥自己都不得不承认，或许是人性如此——她靠得近时，他习以为常，不知珍惜；待她走远了，他的爱意才初现端倪。

正如那首歌的歌词——得不到的永远在骚动，被偏爱的都有恃无恐。

外面开始下雨了，贺铭遥低头看表，已经晚上九点多了。

他实在难以想象，自己竟然就这样干等了将近三个小时。副驾驶座上，鲜艳的红玫瑰也开始蔫了，没了原本的精神。

这么晚了，奚苒居然还没有下班吗？贺铭遥忍无可忍，拿起手机给徐明发消息。

片刻后，徐明老老实实地汇报：光世编剧部门的员工已经全部下班了。

贺铭遥：“……”

已经走了？难道是他刚刚走神时，看漏人了？

贺铭遥拧起眉，重重地拍了一下方向盘，深呼吸，又让他去查奚苒在哪里。

很快，徐明回了消息：夫人购买了江城至沧平的高铁票，是今晚八点二十分的车次。

贺铭遥愣了一下，又看了一下时间。

九点十五分，距离八点二十分已经过去太久，久到高铁足以驶出江城几百公里。

哪怕他现在立刻长出一对翅膀，也赶不及飞到她身旁了。

贺铭遥垂下眼，自嘲地笑了一声。

电话那端，徐明试探地出声："贺总？"

贺铭遥低低地"嗯"了一声，平静地说："你把餐厅订位取消，再给我安排一下航班线路，明早飞沧平。还有，你准备一些给老人的礼物，稍微正式点的。"

春运高峰，买票肯定是没希望了，但贺铭遥名下就有私人飞机，飞过去就行了。

这么多年来，他只在结婚时同奚苒的父母匆匆见了一面。因为没办婚礼，加上当时贺氏遭遇危机，他忙得没工夫细谈，只是走了个过场。

他是时候拜访一下岳父岳母了。

奚苒并不知道贺铭遥在等她。

她坐上周远的车后，两人聊了一会儿正事。

周远忽然道："其实，工作是借口，我只是想送你一程。"

奚苒愣了一下。

周远看起来有些不好意思："抱歉啊，上次我听到你讲电话了。"

电话？奚苒皱着眉，想了一下，终于想了起来——那天她在茶水间接到贺铭遥的电话，说了几句离婚的话，电话挂了之后，才发现周远站在门口。

周远再次开口："我确实是无意听到的，很抱歉，奚苒。"

奚苒垂眸，摇摇头，说："没关系，其实也不是什么大事，没有什么不好说的。"

周远的手指紧了紧，从后视镜觑了觑她的神色，又问道："那还顺利吗？"

奚苒犹豫许久，含含糊糊地开口："不算顺利吧。不过学长放心，不会影响工作的。"

周远苦笑道："你明知道我不是这个意思。"

奚苒："……"

“奚苒，如果你把我当朋友的话，有什么需要帮助的，可以尽情来找我，我一定会尽力而为。”

奚苒倏地抬头，诧异地看向他。

周远一贯大大方方，都被她看得有些不好意思了：“你别想太多啊，只是出于同门、同事、好友的情谊。乐于助人的学长，没见过吗？”

一时之间，奚苒不知道该说什么好。

在奚苒些微零散的记忆中，大学时，周远确实是这样一个人，对谁都热情，答应做的事就不会含糊。正因为他长得帅、个性好、十项全能，所以才能成为风云人物。

不是说只靠脸，就能让全系女生爱上的，要成为大众情人，性子好一样重要。

她这般想着，一点点放松下来，应道：“好，要是我有需要，会找学长帮忙的。”

高铁启动，有人开始倒开水泡面，味道很重。

不适感渐渐从胃里往喉咙处翻滚，奚苒捂住嘴，立刻起身冲进了洗手间，吐了个昏天黑地。

她漱口时，脑中忽然闪过一个恐怖的念头——上一次生理期是什么时候？之前贺铭遥约了她去游轮，发生了意外情况，那次他们没有采取任何措施……

奚苒垂下眸子，理智地分析。

首先，她要确定自己到底有没有怀孕。

其次，这事不能告诉任何人，无论是贺铭遥，还是她父母，否则这会对目前的状况产生不可逆转的重大影响。

要是真怀了……奚苒咬着嘴唇，垂下眸子，内心踟蹰。

婚姻失败，还可以自愈，但如果扯上孩子，血脉相连，又时时刻刻提醒着这段过去，那他们一辈子纠缠不清了。

不可以。

她不能为他生孩子。

她好不容易才从深渊里爬出来，不能再被推进另一个深渊。

来车站接奚苒的是奚父。

上了车，安静了许久，奚父终于忍不住开口问道：“你和小贺是已经离婚了吗？”

奚苒早就猜到他会问这个，已经做好了心理准备，低声说：“没有，离婚协议书签了，但离婚证还没拿，过完年我回去会走法律程序。”

奚父愣了一下。

对于老一辈人来说，听到“法律程序”这几个字，就会心生想法。他们总觉得沾上官司就不是什么好事，说出去也不好听。哪怕是作为起诉方，也应该是多一事不如少一事。

“苒苒，你要打官司吗？”

“嗯。”

奚父握着方向盘，目视前方，眉头已经皱了起来。

“为什么呢，你以前不是很喜欢小贺吗？他做什么坏事了吗？”

结婚时，奚父奚母怕被人说卖女儿，其实也是犹豫了很久，但架不住那会儿奚苒太爱贺铭遥，看起来欢欢喜喜心甘情愿。做家长的，见她如此，也只能答应下来。

这才三年呢。

奚父是男人，比起奚母自然会想多一些：“你被欺负了吗？告诉爸爸。”

这话令奚苒啼笑皆非，她说：“没有这回事。贺铭遥什么人啊，他做不出那么没品的事。”

就算他真要移情别恋，也不会瞒着她。

她算什么呀，本就是高攀，哪值得贺铭遥东躲西藏。

“就是我上次电话里说的那样啊，没什么隐情。哎呀，你们不用管我，我会处理好的。”

奚父碎碎念：“那也不能打官司啊，说出去多不好听，以后找对象，人家一打听，都要怕你了。”

奚苒深知这是观念差距，说再多也没有用，只得东拉西扯地敷衍了一番，好在没过多久便到家了。

时逢寒假，奚苒弟弟也在家，一边打手游，一边等他们回来。

奚苒给家里人都带了礼物，各自分掉后，再劝弟弟回房睡觉。

小孩子一走，奚母将阳春面端出来给她，人坐到旁边，急急追问了她离婚的事。

奚苒只得再敷衍一遍，心里还在担忧，这面会不会又勾出什么身体反应来，到时候可就瞒不住了。

还好相安无事。

吃过夜宵，洗漱完，奚苒躺到自己房间的小床上，心中百转千回，但架不住身体劳累，还是很快沉睡过去。

大年三十，奚苒睡到上午十一点。

奚父奚母都在厨房忙碌，整年夜饭。

奚苒慢吞吞地走到客厅，尚未来得及说话，门铃响起。

奚母见到奚苒就在客厅，喊她："开门呀，你傻站着做什么？"

奚苒"哦"了一声，踩着拖鞋，往门边挪了几步，随口问道："是谁啊？今天有人要来家里吃饭吗？"

"没有啊，可能是你弟弟跑出去买零食了。"

奚苒点点头，伸手拉开门。

门外，贺铭遥站姿笔挺，风尘仆仆，手上拎着大包小包，表情平静地看着她。

奚苒的脸色变了几次，倏地回头，见奚父奚母都没有看向这边，才压低了声音开口："你怎么来——"

贺铭遥截断她的话头："我来爸妈家过年。"

奚苒："……"

这是贺铭遥第一次管奚父奚母叫爸妈。

这大过年的，实在出乎意料，奚苒简直要被他这神来一笔吓坏了。

贺铭遥却恍若未觉，慢条斯理地问道："你不打算请我进去吗？"

"不方便，你赶紧回去吧。"奚苒打算直接把门关上。

然而贺铭遥的反应极快，用手肘抵住了门。

奚苒急了，低声吼他："贺铭遥！"

这会儿要是让他进来，那可不得出大事？到时候，万一他花言巧语一番，非得把她老实质朴的爸妈忽悠过去。

可贺铭遥人高马大，力气岂是奚苒可以比拟的。任凭她怎么用力，那房门依旧关不上。

僵持间，奚苒弟弟揉着眼睛从房间里走出来，恰好看到了这一幕。

画面有些诡异，他愣了愣，试探地出声："姐，这是……"

他犹豫片刻，接着道："姐夫？"

只听贺铭遥平稳地应了一声："嗯。"

奚苒："……"

事实上，奚苒弟弟并没有见过贺铭遥真人。

奚苒他们结婚结得急，那会儿弟弟刚上初三，在封闭式管理学校里冲刺，只有奚父奚母去了江城。后来弟弟上了高中，逐渐懂事，偷听到父母私下说的话，也知道他姐姐高攀上了门庭显赫的富贵人家，他们家身份够不上人家，平白无事就不要去攀关系，免得让姐姐不好做人，便打消了去江城找姐姐的念头，只在手机和财经新闻里欣赏了贺铭遥绰约的风姿。

谁也没想到，两人会这般乍然相见。

也得亏贺铭遥模样俊俏、万里挑一，气质又矜贵逼人，弟弟只反应一下，就认出人来了。

这一声惊呼虽不大声，却成功地将奚父从厨房吸引出来。

贺铭遥平静地笑了一下，稳稳地开口："爸，好久不见。抱歉，我来得有些晚。"

沧平房价便宜，和江城比不了。

奚苒家虽然没有大平层那么奢华夸张，但房间面积也不算窄小，一家人生活足矣。只是多进来了贺铭遥，竟然让所有人都平白觉得空间拥挤起来，似乎手脚都有些无处安放。

唯独始作俑者浑然不觉。

他安静地坐在沙发上，慢条斯理地握着玻璃杯，偶尔举起，轻抿一口，姿态大方，完全像在自己家一般。

贺铭遥带来很多礼物，几乎可以说是想得面面俱到，奚苒却觉得有些碍眼，恨不得立刻起身，将大包小包都丢出去。

只是她爸妈都在，弟弟也好奇地坐在旁边，她连个表情都不敢变。

众人齐聚在奚家客厅中，大眼瞪小眼。

奚父始终没吭声，贺铭遥三年没来过，这时候突然登门拜访，哪怕说是为了拜年，也显得有些刻意，让人摸不着头绪。

倒是奚母憋不住，率先对奚苒弟弟说："你先回房间玩一会儿游戏，午饭要晚点吃。"

"哦。"奚苒弟弟乖乖地起身离开。

奚母这才扭头望向贺铭遥，磕磕绊绊地用普通话问道："小贺啊，你这趟过来，怎么也没有先跟苒苒说一声啊？我们也没准备什么菜，怕你吃不惯。"

虽然奚母的普通话有些不标准，但沧平这儿的方言也挺好听，夹杂在一起，很有些吴侬软语的味道，不会让人觉得难受。

奚苒平日讲话时，也给人这般温柔的感觉，原来是遗传。

贺铭遥不着边际地走了下神。

很快，他开口："没关系的，随便就好。爸、妈，你们别太辛苦了。"

奚母又小心翼翼地问道："之前，我们听苒苒说，你们俩……"

贺铭遥当然懂她的未尽之意，别过头，眼神缓缓地投向奚苒身上。

他直直地开口："是，我这次来，也是有向爸妈道歉的想法。我之前对奚苒不好，让她伤心了，所以她才提出的离婚。都是我的问题，之后我一定会好好对待她。"

奚苒："……"

"我很不好意思，也请爸妈帮忙劝劝奚苒。我不会答应离婚的。奚苒是我的妻子，我爱她。"

不出所料，贺铭遥将事情闹得一团糟，这顿饭注定无法宾主尽欢。

一整个下午，奚苒都有些心神不宁，茶饭不思。

刚刚，贺铭遥是在向她表白吗？她从来没想过，竟然也能听到贺铭遥对她说一句"爱"。

可偏偏是在这时候。

奚苒除了顷刻间没反应过来，脑袋里有一根弦断裂以外，竟然很快就恢复了平静，内心无动于衷。

爱情本就需要刚好的时间和刚好的人，来得太早，或是来得太迟，都不够完美。

在奚苒爱着贺铭遥的那么多年里，他就像一根木头，从来不会给一点点回馈。这会儿，她早已伤痕累累，收了投注在他身上的感情，再来谈爱，就让这个名词显得可笑又不合时宜了。

来不及了，她不需要。

这番话起到的唯一作用，就是让奚苒陷入沉思，仔细盘算着后面的路该如何走下去。

离婚是必然的，但按照贺铭遥这架势，诉讼离婚真的能成吗？若是他铁了心，非要拖上两三年，那她该怎么办，离开江城远走高飞吗？

这一切还需要细细思量。

贺铭遥自然是留在奚家吃年夜饭。

虽然大人之间气氛尴尬，但奚苒弟弟挺喜欢贺铭遥的，也没觉得他如想象中那么高高在上。

大男孩才刚成年，面对有能力的人，难免心怀崇拜之意。

贺铭遥来刷好感，自然不会给奚苒弟弟脸色看，虽然话不太多，但耐心十足。他听到奚苒弟弟小心翼翼地同他说起高考志愿，便十分认真地询问了奚苒弟弟一些问题，又指点了几句。

贺铭遥也是出身名校，完全是凭借自己的实力考进去的。

本来他们这群富二代都会出国上学，但贺家家族庞大，旁系子孙众多，情况复杂，贺老爷子的身体一直有些不好，贺铭遥又是贺夫人独子，生怕送去国外，千里之外出点什么意外，干脆放在眼皮底下，更加安全。

贺铭遥上的是江城TOP院校金融系，在世界范围内，也是排名前列的院校专业，足够了。

奚苒弟弟成绩没那么好，听到贺铭遥第一学历这么金光闪闪，眼睛不自觉开始发光。

两人坐在沙发上，有一搭没一搭地说着话，奚苒则是待在厨房帮忙。

有贺铭遥在外面，奚父奚母也不好多问，只同她聊了些工作上的事。

转眼暮色四合，奚母把最后一锅汤端上桌，说：“来吃年夜饭啦。”

贺铭遥和奚苒弟弟并肩走来。

奚苒默不作声，摆好碗筷，又给奚父奚母各自倒了杯红酒。

贺铭遥也带了红酒过来，但他们都没有碰，依然开了从超市买来的便宜货，一百来块一瓶，也够助兴。

平日里，贺铭遥对吃喝都非常讲究，红酒也只喝某些特定酒庄直供的。这次，他竟然一反常态，主动开口：“奚苒，给我倒一杯。”

奚苒的手指顿了顿，又伸手去旁边拿了一个空杯，一言不发，给他倒上酒。

贺铭遥轻声道：“谢谢。”

奚苒垂下眼，没作声。

奚母打圆场："小贺，我不知道你喜欢什么，就按照我们的习惯做了，你要是吃不惯的话，跟我们说，冰箱里还有点饺子什么的。"

贺铭遥拿起筷子，笑了笑，说："不用，我吃得惯。奚苒以前做的菜我都很喜欢吃。"

说着，他夹了一片沧平猪肚放进嘴里，慢慢咀嚼。

他模样生得好，动作落落大方，有种说不出的矜贵仪态，旁人模仿不来，奚苒弟弟眼睛都看直了。

片刻后，贺铭遥说："很好吃，谢谢爸妈。"

吃完年夜饭，奚母拿了麻将出来，摆好阵势。

沧平人老老小小大多会搓麻将，但这次有贺铭遥在，弟弟就没有机会上桌，只能坐在一边围观。

奚苒也是第一次见贺铭遥打麻将，排了一下牌面，余光不由自主地落到身侧的男人脸上。

没一会儿——

奚父说："啊呀，小贺点炮了嘛。我和了。"

奚苒："……"

奚母说："这把自摸了哈。"

奚苒："……"

奚父说："杠开，乐子。"

奚苒："……"

俩老人和得眉开眼笑。

奚苒看明白了，贺铭遥一个金融系高材生，这是算着牌在给他们俩喂牌呢。

这人可真是会讨人喜欢，她在心底冷笑一声。

无论贺铭遥做什么，都已经无法改变这个僵局，都是做无用功。

奚苒只当没发现，安安静静地陪着继续打牌，一直闹到跨年结束。

到了农历大年初一，奚家几个人欢欢喜喜地各自道了"新年快乐"，再收拾掉牌局，准备休息。

紧接着难题降临——奚家没有空房间给贺铭遥用。

贺铭遥和奚苒是合法夫妻，本该睡一间，但现在情况特殊，奚苒明显不愿意和他同处一室。没办法，只得让贺铭遥去睡奚苒弟弟的房间，而奚苒弟弟打地铺。

奚苒洗漱完，迟迟没有回房，坐在客厅沙发上低头看手机，回复同事们的拜年微信。

周远也发了消息，且明显不是群发。

他写道：祝学妹新年心想事成，早点结束婚姻，开始新生活哦！为了让学妹每天开开心心，学长新年可以做一年的许愿神，替学妹实现愿望。

过了几秒，他又一连追发了好几个可爱的表情包。

奚苒没忍住，扑哧一笑，想了想，打字回复：谢谢学长！祝学长新年工作顺利！步步高升！先带领学妹奔小康，再做许愿神呗？

蓦地，一道沉闷的声音响起。

“奚苒，你在给谁发消息呢，这么高兴？”

从贺铭遥的视角看过去，这会儿奚苒是真高兴，眼睛亮晶晶的，抬头那刻，眼睛像散着光，要将夜空照亮一样。她已经很久很久没有这么朝他笑过了。

转瞬间，贺铭遥绝对不愿承认，自己竟然是在嫉妒那人。

或许是那个男人？是周远吗？他不自觉地蹙起眉。

奚苒不睡觉，就是在这儿等着他呢。她将手机收起来，站起身，仰起头，同他对上视线。

贺铭遥刚刚洗漱完，穿着奚苒弟弟的睡衣，袖子、裤腿都有些短，不太合身，但无伤大雅。他一头短发没吹干，还在往下滴水，刘海服帖地耷拉下来，将男人身上那种俊俏的少年气衬得十分亮眼。

这个男人着实是迷人又英俊，似乎无时无刻不散发着致命魅力，要不然也不会让奚苒迷恋他这些年。

她垂下眸子，轻咳了一声，低声问道：“你什么时候走？”

贺铭遥抿了抿唇，往前一步，说：“你要我走吗？”

奚苒没忍住，在心里骂了句“废话”。

又不是她叫他过来的，他自己偷偷摸摸地找上门，把奚家气氛弄得乱七八糟，这会儿又在问什么废话？

没等到她回答，贺铭遥自嘲般笑了笑：“你不用说，我知道。明天中午我就回去。”

他倒是想在奚苒这儿多赖几天，但又怕奚苒大过年憋着气，心里不高兴。

再加上正值过年，贺家事多。贺家虽不是普通人家，用不着走亲访友，但宴会聚餐之类的，也是谈来年合作的好时机。贺铭遥作为家主，要是不出现，或许又有人要蠢蠢欲动了。

贺家这种大家族，表面看是一艘坚固的大船，实际上，船大了反而不好开，需得掌舵人有铁血手腕、面面俱到，一刻不停歇，才可在风浪中平稳前行。

但若是奚苒开口留他，他也不是不可以在这里多待几天，好好逛逛沧平。他忍不住痴心妄想。

奚苒压根猜不到他在期待些什么，自顾自地点点头，说：“行，你早点走吧，别再来了，你这样很没意思。”

“奚苒——”倏地，贺铭遥眼睛里像落了冰雪。

奚苒没再搭理他，穿过他身侧，回到自己房间。

徒留贺铭遥站在原地，呆立许久，宛如雕塑。

大年初一，早上十点不到，贺铭遥就离开了奚苒家。

等奚苒醒来，人早就不见了。

奚苒弟弟恹恹地坐在沙发上，嘟囔：“姐夫怎么一大早就走了啊？你也不留他多待几天。”

奚苒打了个哈欠，说：“你这么喜欢他，那你跟着他回去好了。”

弟弟从口袋里摸了一个红包出来，小声说：“姐夫昨晚给了我一个大红包。姐，你可别说我不懂事啊，我一起床就来跟你说了。”

奚苒点头“嗯”了一声，也没去拿那个红包，只随口问道：“包了多少？”

“一万八。”

奚苒简直要被气笑了，说：“就他有钱。”

有钱也没用，这世上，钱买不到的东西可太多了。她给出的真心，他以前嫌弃廉价没要，现在想再花钱买回去，门都没有。

弟弟看了看她的脸色，道：“姐夫说你俩在吵架呢，让我帮他说点好话。”

奚苒看得出，弟弟很喜欢贺铭遥。

奚苒没打击他，漫不经心地开口："那你说说呗。"

弟弟道："他那么聪明那么厉害，你们别吵了，你肯定吵不过他。"

奚苒："……"

"你俩还不如生个孩子，改善一下下一代的智商基因。"

奚苒冷哼一声，起身扭头就走。

初六就算是出了年关。

奚苒早早起床，独自去了一家私人医院。

不管结局怎么样，她都得去面对。

很快，检查结果出来了。

医生的态度极好，说："B 超显示你怀孕已经有一段时间了，是才发现吗？"

奚苒迟迟没有作答，片刻后才终于缓过神来。

她低声问道："你们这里可以打胎吗？"

午后，奚苒失魂落魄地走出医院。

路边，零星几家小店开着门，有一家店内正播着一首老歌。

我落泪，情绪零碎，

你的世界一幕幕纷飞。

门外的蔷薇，带刺伤人得很直接。

过去被翻阅，

结局满天的风雪……

奚苒直愣愣地站在马路牙子上，忽然再也抑制不住，慢慢蹲下来，抱住膝盖，将头埋进去，眼眶渐渐湿润。

她同贺铭遥没什么过去，也遑论翻阅，结局却是满天风雪。

两个月前，奚苒提出离婚那一刻，设想着要留给各自体面。至少在婚姻结束时，他们不要如同开始那般不堪。

以后等她老了，回忆起来，还能同旁人笑谈几句，说自己年轻时曾经不求回报地爱着一个男人，就像一个身披铠甲的勇士，勇往直前，直至爱意燃尽。

现实却无比残忍。

这个孩子的来临在所有人的意料之外。

一切都失控了。

奚苒本不想留下孩子，但方才医生劝解她的那番话，让她整个人像被抽干了力气，失去了坚决的勇气。

按贺铭遥目前这种态度，若是怀孕真相暴露，她要想离婚，更加没有指望。

未来几乎可以预见——她和贺铭遥因孩子捆绑在一起。

奚苒不愿意。

哪怕最终留下这个孩子——那也该是她出于母性做出的决定，而不是让这个孩子成为她和贺铭遥藕断丝连、纠缠不休的道具。

第五章 / 抉择

假期只剩最后一天，奚苒整理了一下贺铭遥带过来的礼物。

她手头上没有钱，只得先把礼物折价算好，之后再还给贺铭遥。

并不是矫情——奚苒承认，结婚三年里，在金钱方面，确实是贺铭遥一直养着她。但那是婚内，她作为家庭主妇，花他的钱，伺候他，理所应当，心安理得，没什么不好意思。

然而目前这种状况下，贺铭遥带着礼物上门，意味本就不同。

她绝不能默认下来，随便接受。

不存在“不蒸馒头争口气”这种说法，她只是单纯表达立场、划清界限。

下午，奚父送她去高铁站。

行至半途，奚父低声问：“之前小贺说要派人接你回去的，对方有跟你联系吗？”

奚苒想了想，答道：“可能吧，我没注意。”

她是真的没注意，事实上，她也不需要贺铭遥派人来接。

这种讨好显得太过刻意，她承受不起。

奚父又道：“我们不劝你什么，但哪有婚姻是十全十美的呢。”

奚苒闭上眼，手指小心翼翼地盖到自己的小腹上。

再过不了多久，她就会显怀，会渐渐变得大腹便便，行动不便。

婚姻确实是没法十全十美的。

但离婚还要面对这般结局，实在让人啼笑皆非。

从确认怀孕起，奚苒一直在踟蹰，仍旧得不到答案。

是夜，高铁停靠在江城。

奚苒一边顺着人流往外走，一边摸出手机来看。

项目组小群里，周远提醒大家不要忘记上班，还发了一条消息给她。

周远：明天就要上班了，学妹回到江城了吗？

奚苒：嗯，到了。

周远：行，那你好好休息，不要忘记上班哈！

奚苒：好。

周远：对了，人事部那边让我提醒你，你的入职体检要尽快去做啊。另外，学长还准备给你批提前转正，开心不？

奚苒盯着屏幕，浑身一颤。

入职体检是有孕检这一个项目的，如果奚苒这时候去做，必然瞒不住怀孕这件事。

可是显怀了，一样瞒不住。

不说光世会不会因此拒绝她转正，只说贺铭遥，他就会放过她吗？

显然，她已经没什么好犹豫的了。

流产是最好的选项。

奚苒深吸了一口气，回复他：好，谢谢学长，我周五就去做体检。

次日是年后返工第一天。

周远一来，一句话没说，直接亮出手上的一叠开工红包。

办公室里爆发出一阵欢呼。

周远含着笑，爽快地将红包发下去，一人一个。

发到奚苒这儿时，他偷偷地冲奚苒眨了眨眼睛，表情看起来非常有少年感，似乎还是大学时那个少年，意气风发，眉目含笑，一举一动都能牵起少女们的怀春心事。

奚苒也冲他笑了笑，说了句“谢谢周老师”。

周远顺手摸了一把她的头发，压低了声音道：“好好的啊。”紧接着，他便若无其事地转过身，回了自己那间办公室。

奚苒倏忽间竟然有些鼻酸。

她并非软弱之人，可最近烦心事接踵而至，特别是怀孕这个意外，近乎要将她压垮。

周远也许只是随口鼓励一下，但对于奚苒来说，旁人的一点点安慰，都会让她觉得更委屈。

就像一个小孩子一样，摔倒受伤之后，要是没人关注，就能自己默默地忍受下来，但若是被别人哄一哄，反而会觉得更痛，继而哭得更大声。

转眼到了下班时间。

奚苒加了一会儿班，回过神来，天色已经全黑，竟然将近十点了。

她出了大楼，低头走路，难免走神。

"嘭——"

不知道什么时候，一个人影悄无声息地出现，挡在她前面。

她反应过来时，已经来不及刹车，直愣愣地撞到人身上去。

那人立刻扬起手，握住她的肩膀，扶住她。

奚苒急急道歉："不好意思——"

她一抬眸，说："怎么是你？"

路灯下，贺铭遥的脸庞温润如玉，少了许多疏离。

他低低地喊了她一声："奚苒。"

面对这个一切烦心事的罪魁祸首，奚苒很难给什么好脸色。

她后退半步，冷冷地开口："之前你拿到我家来的东西，我之后会把钱打到你的账户里。"

贺铭遥的眼睛黯了黯，忽略这句话，只问道："第一天上班就加班吗？吃晚饭了吗？"也没有提起联系不上她的事。

奚苒听完，诧异地扬眉。

贺铭遥这是要将怀柔政策走到底了吗？

他是在她家还没受够冷遇？

然而，贺铭遥一直这般纠缠不休，于她来说却是一个大麻烦。

奚苒叹了一口气，说："你到底想怎么样呢？"

贺铭遥勾了勾唇角，声音难得温柔："你看不出来吗？奚苒，我在追求你。"

奚苒："……"

"从前的事，都是我不好。我在你爸妈面前说的话，是真心话。"

什么话？

哦，他说："我爱奚苒。"

这爱跟她的爱有时差，实在合不上节拍。

奚苒捏着掌心，尚未来得及作答，小腹突然传来一阵奇妙的感觉，像那处平白生了一个心脏，用力跳动了几下。

她的脸色微变，条件反射般，抬手捂住了小腹。

贺铭遥也发现了她的小动作，蓦地蹙了蹙眉：“你不舒服？”

没等人回答，他又抬手牢牢地握住她的肩膀：“我送你去医院。”

贺铭遥的手指触到奚苒身体的那个瞬间，她像四肢百骸都脱离控制，有酥麻的电流穿过，汇聚到一起，直通小腹。

黑暗中，奚苒的眼睛红了红。

怀孕会让女人变得感性。

哪怕理智告诉她，这感觉只是一种心理作用，但脑子里又有个声音在百般提醒她——宝宝或许已经知道她不想要自己了，是在跟爸爸求救吗？可那明明只是一个胚胎，知道什么呢。

事实上，今天贺铭遥也在门口等了奚苒很久。

他从沧平回来之后，被贺夫人阴阳怪气地损了很久，又在沈从宴那儿吃了一顿嘲笑。毕竟，在他们这个圈子里，只有男人被女人追着跑的，很少有男人追着女人跑的。

情圣之名，他总归是甩不脱了。

但贺铭遥觉得没什么。

老婆都跑了，换成谁都该主动追回来。

再说，去沧平拜访本就是礼貌，之前他一直没有去，就是因为他不在乎奚苒，不在乎她心里的感受，他顿悟过来后，弥补一下也是理所应当。

爱上奚苒实在是一个意外，但仔细想想，好像又顺理成章。

平日里，奚苒实在是太温柔、太乖巧，一生中做过最大胆的事，大抵是因为爱他，无名无分地同他在一起，再排除万难嫁给他，勇敢得像一个刀枪不入的战士。

她那么好，是他有眼无珠亏欠她。

贺铭遥这般想着，就觉得自己什么冷脸都能忍受了，只要她回来。

所以工作一结束，他就马不停蹄地找过来。

这次他没买花，也没订餐厅，只是去电影学院旁边买了一个卷饼。

此刻，卷饼还放在车上，吹着空调暖气，用保温袋捂得严严实实，不让热气跑掉。

卷饼这件事，还是不久之前贺铭遥回忆起来的。

他的记忆力很好，但回忆起奚苒时，却好像失去了这个能力。

结婚这几年，奚苒喜欢吃什么，喜欢做什么，讨厌什么，他通通不知道。

再往前追溯，他才想起两人很早之前在卷饼摊前碰过面。那时候，她温温柔柔地朝他笑了笑。

贺铭遥没吃过这些东西，但心里燃烧的那把火将他烧得神志不清，他立刻跳起来，开车去记忆里那个摊子，给她买了卷饼送来。

这次也是一样。

奚苒一直垂着眼，贺铭遥没注意到她的神情，见她没有立刻甩开他，心里一喜，又往前一步，同她面对面。

他的大掌缓缓下移，落到女人纤细的手腕上。

他小心翼翼地牵住她，哄骗般小声问："你是不是太久没吃东西，所以不舒服了？我给你买了点零食，放在车上了，先去垫垫肚子好吗？"

直至此刻，奚苒才终于回过神来。

她的脸色倏忽间变得惨白，看起来有些憔悴，但她的语气十分坚决："贺铭遥。"

"嗯？"

"你说，男人怎么可能追得上一个恨他的女人呢。"

贺铭遥收敛起笑意，不自觉地用力，咬了一下后槽牙。

恨就恨吧。

这种冷言冷语，他已经习惯了。

奚苒说完，又补了一句："你松手吧。我要回去了，我很累。"

贺铭遥闻言，却没有松开手。

"那你要怎么样才能不恨我呢？你把我对你做的事重新对我做一遍，可以吗？三年，我陪在你身边，爱你，然后你对我视若无睹，让我一个人痛苦，这样可以吗？"

他语气认真，固执地说："这样可以吗，奚苒姐姐？"

奚苒："……"

"还是说，我在这里给你下跪，你会愿意再给我一次机会？"

奚苒惊愕地抬起眼。

他眉峰如刀，眼睛里宛如浸出血色，誓要逼得人的心理防线全数崩塌，才肯作罢。

顷刻间，奚苒又一次抚住小腹。

另一个脉搏在身体里疯狂跳动，像是要立刻将她摧毁。

奚苒做了几次深呼吸后，冷静下来。

她说："贺铭遥，我给你下跪，你放了我吧，我求求你了。"

贺铭遥的手指青筋暴起。

冬日寒冷，他整颗心像被丢进了冰水里，再也感受不到一丝暖意。

奚苒回到家后，靠在沙发上，难受得说不出话。

贺铭遥被她气走了。就在她作势要跪下去的那一刻，他一眼都没再看她，甩开手，匆匆离开。

奚苒却没有获胜的喜悦。

闹到最后，不过一句"两败俱伤"，令人叹息。

月光下，她轻抚着肚子。

这场战役里，没有赢家，唯独只有孩子太过无辜。

周五一早，奚苒去医院做了入职体检——特意避开了孕检这一项。

她从医院出来，又去了另一家私立医院。

自己对这一切好像非常熟悉了，她想。

然而，这次的结果却不太好。

医生皱眉提醒她："十周多，普通人流已经不好做了。"

奚苒脸色惨白，但态度依然坚决。

医生只好道："你确定要做的话，我们可以做的。我给你开单子，你先去抽血再做个心电图，没什么问题下午就能做了。"

她点点头，颤颤巍巍地问："大概要多久啊？"

"差不多一个小时，很快的。"

医生在键盘上敲敲打打："你叫个家属来签字吧。"

"啊？"

"要不然你手术中出事怎么办？家属不方便的话，朋友也行。"

"我一个人。"

"你自己签不行。万一你手术中大出血，没人给你签字，我们不敢做紧急治疗的。"

奚苒没办法，只得先应下。

有谁能来给她签字呢？一场婚姻，带走了她的全世界，断送了她所有的社交。

她思前想后，咬着唇，摸出手机，编辑许久，才深吸一口气，点下发送。

奚苒：岁三，我现在要做个小手术，可以麻烦你下午请假两个小时，来帮我签个字吗？

奚苒：拜托你。末了，她又发了医院的位置过去。

私立医院不似公立医院那般人多嘈杂，病人也不太多，各处都安安静静的。

术前检查做完，手术时间也很快安排好。

奚苒在病房里等待时，手指无意识地互相摩挲。

她虽已下定了决心，临了，却不是不难过的。

忽然，有人破门而入。

“奚苒！”

奚苒抬起头，见到来人，愣了一下：“周老师？你……”

周远快步走过来，急急地问道：“你没事吧？”

“啊？”奚苒有些回不过神来。

周远连忙给她解释：“岁三被喻洲叫走了，手机落在我这里。抱歉，我本来没想看，但是页面跳出来你定位在医院，我……”

他太着急，以至于忘记礼数，还是偷偷看了岁三的手机，然后又慌慌张张地赶过来。

奚苒沉默了。

良久，她才开口，声音有些沙哑：“你都知道了吗？”

“嗯。”

奚苒垂下眸子，掌心放在肚子上，轻轻开口：“学长，你是唯一知道这事的人，可以帮忙保密吗？”

周远心情复杂地点点头。

奚苒轻轻笑了一声，眉眼依旧温柔。

周远能感觉到，心脏像被一只手轻轻拨弄了一下，怜惜之意几乎要克制不住地溢出来。

他坐到奚苒旁边，踟蹰许久，才低声问："你不想要这个孩子吗？"

"嗯，不太方便。"

"因为要离婚？"

奚苒："……"

或许是因为气氛太过平和；也或许是因为周远已经知道了太多，她有种破罐破摔的心理；也或许只是因为她憋闷太久，所有事都潜藏于心，找不到发泄口，竟然真的同他讲起缘由。

"我想离婚，他不愿意，要是有孩子，更加离不了，无论是法律上还是其他方面。"

贺家家大业大，贺铭遥霸道惯了，要想把她捆在身边，几乎不费吹灰之力。

现在，他还愿意和她推拉纠缠，没有用些极端手段，可能只是因为他真的对她有那么一些"感情"，但与尊重无关。要是他知道有了孩子，必然会以此作为借口，用一张网将她密密实实地拢起，让她再无力喘息、挣扎，挣脱牢笼。

奚苒非常了解贺铭遥。

"我连自己都没办法照顾好，又怎么能带他（她）来这世上，跟我一起受苦呢？"她说着，笑了笑。

霎时间，周远一把握住她的手腕，严肃地说："你别笑了。"

奚苒抬头瞧他。

周远道："你不想笑就别笑了。"

她缓缓地、缓缓地敛起笑意。

"我之前看过一些资料，说女人在怀孕时，会分泌出某种激素，让她本能地保护孩子，这是人类繁衍的本能。"

周远难得没有插科打诨，严肃起来，接着说："奚苒，这是大事。我刚刚来之前问了医生，她说你现在这个月份，做手术已经很不安全了。我说这些，并没有要帮你做决定的意思，只是想告诉你，做选择的时候，要遵从自己的内心。"

他叹道："你的眼神告诉我，你现在很难过，也很害怕。"

奚苒咬住嘴唇，拼命不想让眼泪掉下来。

她永远都在衡量，在盘算，在计划，为了能让未来的路走得更顺畅、更如意，并没有认真考虑过自己内心的想法。

要或是不要，在奚苒看来，她无法做主，要由现实来做主。

周远却说，要遵从内心。

可是目前这种状况，她要如何遵从内心呢？

两人静默许久。

周远从她的神情里得到答案，收紧手指，将她的手腕握紧了。

他说："我可以帮你。"

奚苒："……"

"你要是想生这个孩子，我可以帮你。不仅仅是钱和工作方面，还有你丈夫那边，你不想让他知道孩子的存在，想和他顺利离婚，我也有办法。"

奚苒说："学长，真的有一劳永逸的办法吗？"

"嗯，有。"

奚苒："……"

两人四目相对间，奚苒已经做出决定。

离开医院后，奚苒坐上周远的车。

车内气氛微妙，迟迟无人说话。

奚苒低眉敛目，看似平静，手指却无意识地紧紧蜷缩在一起。

她忽然有些后悔——自己不该病急乱投医，将周远拉到这浑水里来，也不知道贺铭遥会不会迁怒于他。

两人沉默良久，还是周远开口打破寂静。

"说起来，我也没想到，学妹居然嫁给了贺家太子爷，还挺意外的，哈哈哈。"

奚苒咬了下唇。

若是没有闹离婚，她肚子里这个宝宝可能会是贺家新一任的"太子爷"。

人生唏嘘，想来许多事都难免离谱。

奚苒没有回答，周远笑了笑，表情看起来有些尴尬。

车子在一家私房菜馆门口停下，周远熟门熟路地带着奚苒七弯八绕往里面走。

进了包间，周远替奚苒拉开靠背实木椅，在她对面坐下，同服务生说："麻烦你们老板做些饭菜，简单爽口一点，谢谢。"

服务生鞠了鞠躬，悄无声息地退出去。

周远这才道：“这是我朋友的店，可以放心说话。”

奚苒低声道：“谢谢学长。”

周远笑了笑，说：“我说了会帮你的，奚苒，你早就该来找我。这件事很好解决，我把这孩子认下来。”

奚苒“唰”一下抬起头，愕然地望向他。

周远端起茶杯，轻抿了一口，在她惊诧的目光中，不急不缓地继续说：“你现在无非就是烦恼几件事。第一，无法顺利离婚，必然要走法律程序，再怎么也快不了。第二，为了孩子，前夫纠缠不休，但只要我认下孩子，这个问题就不复存在。第三，影响工作。这个更容易，你知道的，编剧这个行业，不坐班是常态，在家一样可以写剧本，这些我都可以帮忙操作。”

“至于钱，我可以借给你，等你有钱了慢慢分期还给我就行。如果你觉得不自在，就按照银行利率付利息。”

“编剧这一行，只要你手上有资源，自己有代表作，赚钱还是不难的，不是吗？”

周远说得轻巧，语气里还含着一丝笑意，又说：“当然，你要是改变主意，还是想把孩子流了，也别去那种医院。我有个朋友是开私人医院的，我可以帮你约一下，更实惠更安全。”

他想得面面俱到，奚苒都不知道如何表达感激之情。

“学长，我……”

“你好好想想再说。”

奚苒：“……”

奚苒踟蹰半晌，咬着牙说：“不行，我还是不能害你。”

她可以不在乎自己的声誉，却不能因为自己的事，去损害别人的名誉。

万一这件事传开，周远以后还怎么做人？再加上贺铭遥的手段……只怕他想在这一行混下去都难。

奚苒想清楚之后，用力摇了摇头，说：“谢谢学长，但我绝对不能这么做。”

周远深深地叹了一口气，眼睛里满是笑意。

“其实，在我提出这个想法之前，就知道你会拒绝了。”

奚苒："……"

"你一直都是这种人呀，从上学那会儿就是这样的，很害怕给人带来麻烦，不管自己能不能解决问题，都不会想着求助别人。"

他话音刚落，包间门被人推开，服务生轻手轻脚地过来上菜，将五六个盘子错落有致地摆开。

周远拿起筷子，给奚苒夹了一筷子芦笋："你尝尝，很爽口。芦笋有营养，对孕妇身体好。"

"谢谢学长。"奚苒低声道谢，夹起芦笋放进嘴里，眼睛亮了亮。

这笋做法特别，咬一口唇齿留香，味道确实非常好。

周远很满意地笑笑，搁下筷子，继续刚才那个话题。

"所以，我这儿还有个更好的方法。"

奚苒抬起头，直直地望着他。

周远道："我会把你送走，送得远远的，送到贺总找不到的地方，避上几年再回来，你愿意吗？"

暮色四合，即将到下班时间，贺氏公司却气氛凝重。

自从开工以来，他们大老板就没有露出过一个好脸色，冷漠地板着脸，每天都是低气压，像要活活把人冻死。

甚至，连工作要求都比去年高了许多。

周五才是新年第一次例会，余韵未过，贺铭遥就毫无人性，把几个高层从上到下、从里到外训斥了一遍，弄得全公司人人自危。

徐明走进办公室，低声道："贺总。"

贺铭遥坐在办公桌后头，桌上什么也没放，看起来就是没干正事。他的手指一下一下轻敲着桌面，平静地发问："奚苒这几天在做什么？"

那天晚上，两人不欢而散，贺铭遥一连几天都没提起这个名字。

真是好笑，人家都已经说得这么绝情了，难道他还非得在这棵树上吊死不成？

正如沈从宴说的那样，天下女人千千万，只要贺铭遥想要，哪怕是一百个奚苒，都有人能找出来送到他这儿，任凭他挑选。

在金钱和权势面前，不存在求而不得。

奚苒现在能说这些狠话，肆意地作威作福，还不就是仗着他对她动了心。

只要贺铭遥不给她这种偏爱，她就什么都不是，就像孔熙一样。

不过是一个女人，值得他卑躬屈膝、低头折节地讨好吗？

贺铭遥从未被人这样嫌弃，实在是气急。但气头过去后，他又一次打脸了。

奚苒可是他老婆，老婆就该明目张胆地给她偏爱，不是吗？

在一段感情里，没什么值不值得，只有够不够爱，更何况，本就是他先伤了她的心，一切都是原样奉还罢了。

如此这般想明白了，贺铭遥才将徐明叫过来，问起奚苒的情况。

对于老板的想法，徐明心如明镜，从未将这件事放下过，已经把了解夫人动向作为日常工作在做了。

他小心翼翼地答道："夫人前几日都在公司加班。今日她请假，没去公司。"

贺铭遥皱眉道："她做什么去了？身体不舒服吗？"

上次他见她时，她就一直无意识地抵着肚子，难道是吃得不好，得了胃病？

这女人，这么大岁数了，竟然还照顾不好自己。她吵吵嚷嚷着要离婚，一个人可怎么办才好，实在太难让人放心。

徐明道："夫人应该是去做入职体检了。"

贺铭遥一顿，说："她没有哪里不舒服吗？"

"没有这方面的迹象。"

贺铭遥不自觉地松了一口气，靠到椅背上，挥了挥手。

徐明点点头，正欲离开，又被男人叫住。

"徐明，你去把她的体检报告拿一份来。"

"是。"

周六，江城天气很好，阳光温柔，春意开始悄悄浮现。

沈从宴的堂哥结婚，沈家早早就将请柬送到了贺铭遥手上。

上午十一点，司机将贺铭遥送到婚宴场地——江城郊外的一处温泉山庄。

贺铭遥在山庄外驻足，面无表情地欣赏了一会儿。

没多久，穿一身伴郎西装的沈从宴出来接他了，道："你这可是特殊待遇，其他客人可都是自己进去的，哥们儿特地出来迎你，够有义气吗？”

贺铭遥懒得理他。

“怎么在这儿办婚礼？”

沈从宴的堂哥娶的是世家名媛，也是在他们这个圈子里长大的，知根知底，关系本就不差，这联姻算得上皆大欢喜。

两家人都有心昭告天下，在山庄办还是显得有些不够排场。

沈从宴道：“新娘不喜欢晒太阳，夏威夷、大溪地什么的也没法子，干脆就弄得养生点，就近搞，大家都清净方便。”

当然，真实情况是，新娘直接说，也不知道会不会是唯一一次，没必要轰轰烈烈了。

沈从宴很欣赏堂嫂这份通透爽快。

靠利益来捆绑婚姻，这一行为本来就是逆水行舟，摇摇晃晃，也不知道什么时候绳子就断了，走个形式即可，实在不必当真。

沈从宴又想到别处，问：“说起来，还是你厉害，假戏真做——奚苒姐姐最近怎么样了？”

贺铭遥抿了抿唇，眼神平静冷漠。

沈从宴笑起来，说：“看来是不太妙啊，看来姐姐很坚定嘛。”

贺铭遥：“……”

“你们这样让我更加恐婚了。”他假意摊手，“联姻也没意思，自己娶来的也没意思，结婚这事儿，啧。”

贺铭遥冷声道：“你办婚礼的时候，我一定带着奚苒来给你庆祝。”

“哥们儿，你别是把人绑来的啊。”沈从宴很知道怎么扎人心肺，挑眉看向他。

贺铭遥：“……”

婚宴顺利开始。

新郎英俊，新娘秀美，两人相携站在一起，宛如璧人，眼睛里却不见什么深刻的爱意。

贺铭遥坐在主桌，却无心热闹，思绪通通被其他念头拐跑。

他在想他和奚苒结婚那天的场景。

当时情况特殊，没有办婚礼，没有宣誓，没有祝福，也没有婚纱，什么都没有。女人只是将一颗真心完整地交付到他手上，妄图换得爱人些许温柔。

但是什么都没有，他什么都没能给奚苒。

而贺铭遥竟然一直觉得没什么，他已经做得够好了。

直到他突然顿悟，心沦陷的那一刻，才开始换位思考，渐渐回过味来，后悔好像也来不及。

贺铭遥端起红酒，轻轻抿了一口，压抑心尖微妙的刺痛感。

婚礼的背景音乐神圣又温柔，竟然让新人脸上带出些许缱绻的爱意。

两人拥抱在一起。

这一刻，贺铭遥发疯一样想去见奚苒，直至坐立难安。

下午，趁着阳光正好，奚苒去医院拿体检报告，又到商业中心买了几身宽松的春装。

当奚苒坦然接受这一个现实后，不再畏首畏尾，竟然也有了一丝即将为人母的喜悦。

这孩子的父亲是谁，没那么重要，只要是她的孩子，就足够了。

或许周远没说错，女人怀孕后，真就分泌出某种激素，在潜意识里保护自己的孩子，这才让她犹豫不决，临阵脱逃，彻底摒弃了理智，决定冒险将孩子生下来。

她这般想着，轻柔地摸了摸肚子。

此刻，她的小腹一片平坦，但已经有个生命在其中悄悄孕育。

奚苒的心情十分奇妙。

她回到家，将东西摆好，打开电脑开始工作。

无论未来怎么样，专注事业才是第一要务。生或是不生，她都得赚钱。

年后开工，周远已经将剧名提报上去。

编剧部这边给了很多个备选，上头最终挑选了《大城》作为注册备案剧名。女主的名字也确定了下来，叫姜城玉。

所有人都有了真实感，奚苒也不例外。

她定下心来，将昨天落下没写的场景补上，传到群共享。

过了一会儿，岁三忽然发了一条消息给她。

奚苒点开消息，手指微顿。

那是一张婚礼合照，中间两人穿着婚纱西装，旁边站了许多俊男美女，颜值颇高，也都穿得十分正式。

这其中，贺铭遥模样醒目。

哪怕是在人群簇拥下，他上位者的气质也绝不会被淹没，只会更显得鹤立鸡群、超然绝世，硬生生地将新娘新郎的风头都压下去。

从前，奚苒没想过自己和贺铭遥能有机会办婚礼，毕竟能嫁给他，都已经是求之不得，再不敢奢求更多，就像飞蛾扑向火焰，不求前路，不问是否值得。

现在想来，实在可笑。

奚苒没再细看，回消息：怎么了？

岁三：那个是你前夫吧？

奚苒：嗯。

岁三：我是在喻洲朋友圈看到的，原来他和喻洲还认识呢。

奚苒一愣，又点开图片看了看。

果然，喻洲和沈从宴也在其中。沈从宴应该是伴郎，站在新郎旁边，喻洲则站得更远些，一副桀骜不驯、肆意张扬的模样。

人与人之间的缘分还真是奇妙。

岁三见奚苒迟迟没有回复，又发来一条消息：奚苒，你还好吗？

良久，奚苒回过神来，回复：很好啊。

入夜，月色如诗。

沈家在山庄安排了自助酒会。

贺铭遥已经给足面子，不想继续耽搁，迫不及待地打算离开。

沈从宴换掉衣服，走出来，将人留住。

“喝一杯再走。”

贺铭遥拧起眉，说：“不了。”

沈从宴低声道：“你手上不是有个风投计划吗……”

话无须说尽，两人默契十足，自然可以意会。

贺铭遥言简意赅地拒绝：“改天。”

他要去找奚苒。

虽然时间已经有些晚，但很多话不能憋到第二天。就算她不愿意听，贺铭遥也要告诉她。

然而这么一耽搁，他再要走时，到底还是被人拦住——新娘带人过来，他也不能一走了之。

几人寒暄时，贺铭遥心不在焉，眼神有些冷淡。

蓦地，他的目光在一个方向顿住，他难以置信地望向不远处的女人。

“奚苒？”

身边人齐齐顺着他的目光望去。

那女人刚好也转了身，朝他们的方向走来。她的侧脸和仪态确实有点神似奚苒，但正面就没有那么像了。或许只是因为贺铭遥一直在想奚苒，才认错了人。

他已经没法再等了。

他收回目光，开口：“抱歉，我还有点事，改日再聊。”

贺铭遥说完，头也不回地离开了山庄。

山庄离市区还有一段车程。

贺铭遥靠在后座椅背上，月色透过玻璃洒进来，将他的轮廓勾勒出来，显得有些寂寥。

他休息片刻，抬起手打开平板电脑——徐明已经将体检报告发过来了。

贺铭遥看了一会儿，蓦地坐直身子。

他手指微顿，立刻将体检报告转给贺家的家庭医生。

“你看一下我发给你的这份体检报告，是否有问题。”贺铭遥拿起手机，拨通医生的电话，匆匆吩咐道。

“是，贺总。”

贺铭遥顿了顿，又补充道：“她之前好像肚子不太舒服，你一定要看仔细。这是我夫人，麻烦你了。”

最后一句，他的语气中带着无尽的缱绻爱意。

贺铭遥自嘲般笑了笑。

他竟然一步一步沦落至此。

半晌后，司机稳稳地将车靠边停下，说：“贺总，到了。”

贺铭遥揉了下眉头，“嗯”了一声，声音里含着浓浓的倦意。

他让司机将车开走，周一再过来。自己则踩着夜色，快步走进小区。

此刻，万籁俱寂。

贺铭遥站在电梯前，蹙着眉头，静静沉思——自己有什么理由去找她呢？

若是以前，他压根不会想这个问题，想见就过来见了，何必找理由，难道他行事还要跟人汇报吗？但现在情况不同。

今天这场婚礼，让贺铭遥脑袋里另一根弦搭上了。

他对奚苒是太过随便了一些。普通爱人间，不应该是这般。

用沈从宴的话来说，生活的仪式感是促进感情的必杀技。

当然，仪式感也不仅仅是送花送礼、请客吃饭，还有安全感、尊重，以及绝对的偏爱。

贺铭遥不是渣男浪子，以前恋爱时，自然也动过真心。但他身处高位太久，家世门第高不可攀，那些女孩前赴后继，仿佛爱得张扬热烈。而获得感情太过容易，反倒让他失去了一些必要的恋爱技巧。

贺铭遥在走神，顺手按了几次上行按钮，但都没有上去。

电梯就一直行驶着，上上下下。

直到他找到了最合适的那句开场白，才慢条斯理地踏入电梯里。

电梯缓缓上行，很快到达楼层。他一拐弯，那扇门映入眼帘，破旧却熟悉。

贺铭遥抬起手，轻轻地叩了叩门。他怕奚苒紧张，立刻开口：“奚苒，是我。”

静默，静默，无止境的静默。

他完全不着急，没有再催，安安静静地站在门前等待。

好半晌，房子里面终于传来细微的动静。

贺铭遥低声笑了笑，换个称呼：“奚苒姐姐，你在里面。”

奚苒：“……”

“没什么重要的事。”他抿了下唇，放缓语气，“我就是想跟你说，那天我不该一走了之。我说的话，仍旧作数。”

奚苒：“……”

“很晚了，早些睡吧。晚安。”他说完，转身走进隔壁房间，轻轻地关上门。

周一一早，奚苒准备去人事部门递交体检报告，半道上被周远拦下。

周远一只手抱着一个篮球，另一只手空着，轻轻一抽，奚苒那份体检报告就落到了他手里。

“我帮你去交。”

“不用麻烦啦，我自己过去就好。”

周远笑了起来，说：“万一 HR 问你孕检做了没，你要怎么说？”

奚苒：“……”

“你交给我吧，放心，我能解决掉。”

语毕，他抱着球晃晃悠悠地走了，一派潇洒的少年模样。

奚苒望着男人的背影，心中涌起一阵暖流。

她顿了片刻，转过身，走回办公室，继续投入忙碌的工作中。

《大城》整个组全线走上正轨。

按照计划，月底就要交稿，之后审核、修改、定稿，三月底就要准备开机。目前剧本主线框架已经全部完成，场景搭建、支线设定、插入位置、台词等细节，还在做最后调整。

奚苒在这两三个月里学到许多东西，但因为身体情况没法跟组，有些惋惜。

转眼天气回暖。

奚苒敲完最后一个字，顺手摸了下肚子，长长地舒了一口气。

岁三是台词编剧，连每个语气词都得仔细琢磨，力求能全方面体现人物性格，因此这会儿她还在紧赶慢赶，做细节调整。

奚苒坐了一会儿，没去打扰岁三，端着杯子走向茶水间。

她嘴里没什么味道，咬了一颗话梅，靠在料理台边，刷了会儿手机。

这周二，光世官宣了《大城》启动拍摄。

光世作为拍了许多爆款剧的公司，新剧几乎可以说是万众瞩目。所有人都好奇，这次男女主演这金饼，究竟会落到哪个演员身上。

事实上，在几周前，已经有营销号提前爆出，孔熙同光世签约，作为《大城》女主，只等开机进组了。

孔熙回国这么久，除去参演了一档国民综艺外，几乎没有接有含金量的工作。

她回国时那么轰轰烈烈，却连着几个月没消息，连粉丝都有些心急。但若是她在空档期等光世这部剧，那就完全说得通了，于是粉丝们重新兴奋起来——

“孔女神值得！”

“确实，现在一线小花都有剧没拍，光世这个大女主剧，也只有孔熙能扛得起来了。”

“如果真是孔熙回归的第一部剧，我押《大城》大爆！”

……

一时间，微博上讨论得无比激烈。

时隔许久，奚苒再看到这个名字，内心毫无波动。她作为剧本团队人员之一，只是抱着工作的心态，默默围观着这一系列热议。

“奚苒？”一道声音从不远处传来。

奚苒关掉屏幕，抬起头。

周远正站在门口，笑眯眯地看着她。

竟然被直系领导抓到摸鱼，奚苒有点脸红，乖乖地低头认错：“周老师，不好意思。”

周远摇摇头，往前迈了几步，低声道：“周末空一天。”

“啊？”

“我约了朋友的医院，带你去做孕检。我朋友说，要及时查一下B超才行，我也不懂。”说完，他又补充了一句，“放心，不会有其他人知道。”

奚苒不想再麻烦周远，有些犹豫：“这……”

周远叹一口气，轻声道：“奚苒，既然你决定要生了，自然要生个健康的孩子。”

话已至此，她轻声道谢：“好，我知道的。谢谢你。”

周远“嗯”了一声，又问道：“下个月《大城》这边就算结束，到时候我和他们五个人去跟组，在此之前，可以把你送离江城。你要走吗？”

他顿了顿，有些犹豫：“其实你待在江城，应该不至于……”

奚苒斩钉截铁道：“我要走。”

周远：“……”

从这几天来看，贺铭遥一点都没有放手的打算。

自那天突如其来的“晚安”之后，他就像一道影子，沉默地出现在有她的每个角落，既不靠近让她不适，也不会离开。

奚苒本来忙得要命，连请假去法院的时间都没有，实在没空同他纠缠，干脆彻底对他视而不见。

贺铭遥一反常态，丝毫不介意。

这让奚苒更加紧张，几乎可以说是小心翼翼起来。

她不敢想象，要是被贺铭遥发现她怀孕……后果已经无法预料了。

奚苒牢牢记得自己离婚的初衷是什么——就像脱掉一双不合脚的鞋，贺铭遥于她而言，是一个很喜欢、很爱，但又完全不合适的人。无论怀孕与否，这一个定论都不会发生改变。

她不会动摇。

“我要走。”

周远点点头，说：“好，我安排得差不多了。你三月底走，提前做好准备。”

孩子月份再大些的话，孕妇就不适合颠簸，这时间刚刚好。

奚苒点点头，说：“好。”

另一边，贺铭遥抽空同沈从宴碰了面。

沈从宴一见他，立马笑起来：“怎么，周末你不去找奚苒姐姐报到了吗？”

事实上，沈从宴对于贺铭遥一头栽下去的行为，至今还理解不了。在他看来，奚苒和孔熙也没什么分别，就是一个女朋友罢了。既然人家要走，那就爽快点让人走，好像也没什么大不了的。

但贺铭遥就像认准了这女人一样，竟然一反常态，死缠烂打起来。

沈从宴戏谑道：“朋友，能不能告诉我，你对奚苒姐姐到底是什么感觉啊？她和前任女友有什么分别吗？”

贺铭遥想了想，言简意赅道：“日久生情。”

这种感觉很难描述。

奚苒好像一个偷影子的人，偷走了他的影子。不论她在哪里，他都免不了一直想她。

沈从宴捏了捏鼻梁，不知道该说什么。

此时，贺铭遥的手机响起。

他看了一眼来电显示，立刻接起电话：“什么事？”

徐明道：“贺总，夫人去医院了。”

“她去医院做什么？她生病了吗？”

昨天贺铭遥还开车偷偷跟着她走了一段，她明明好好的，脸色也没什么异常。家庭医生看了她那份体检报告后，也只说是正常数值偏差，问题不大，贺铭遥这才放了心。

这才过多久，她怎么又去医院了呢？

徐明小心翼翼地答道：“我派人查了一下，夫人……夫人是去做产检……”

贺铭遥“唰”一下站起身，脸色大变。

沈从宴也跟着吓了一跳，说：“什么情况？”

贺铭遥没理他，手指紧紧捏着手机，指节青筋暴起，咬牙切齿地问道：“确定？”

徐明见老板暴怒成这样，战战兢兢道：“基本确定。护士说，夫人是由院长陪着一起去的，旁边还有个男人，也是院长的朋友。”

贺铭遥沉默良久，“嗯”了一声，说了句“知道了”，就干脆利落地挂断了电话。

沈从宴轻声喊他：“铭遥？”

贺铭遥一直握着拳头，胸口涌起一阵怒气，肆意翻滚着，但很快又败下阵来。

他神情颓丧，冷漠地坐回原位。

沈从宴“喂”了几声，终于将贺铭遥的神志唤回。

贺铭遥道：“没什么。”

无论奚苒做了什么，他都不能告诉别人，不然沈从宴会更加看不起她。

贺铭遥向调酒师要了一杯烈酒，他捏着杯壁，轻轻晃了两下，仰起头，一饮而尽。

酒精刺激大脑，倏忽间，他想了很多。

奚苒怀孕了，孩子是谁的？

在贺铭遥心里，奚苒并非水性杨花的人，哪怕她心里已经有了别的男人，但在婚姻持续期间，她不可能做出这种事。

两人已经分居数月，从十一月末起，她就搬出去了。到现在，已经过去了三个月。

贺铭遥再仔细推算一番，顿时联想到别处。

可如果是他的孩子，她为什么偷偷摸摸地瞒着他？

贺铭遥自认还算了解奚苒。她就是那种简单又纯粹的女人，年纪是虚长自己两岁，脑子却一点没长，什么心眼都没有，爱与恨、快乐与痛苦都从大眼睛里透出来，明明白白。

贺铭遥自嘲地想，若这个孩子真是他的，按照奚苒的性格，还有两人这会儿的关系，她根本不可能去做产检，应该会直接去做人流才是。

实在是可悲又可笑。

贺铭遥觉得，他现在除了无能狂怒，好像什么都做不了。

曾经他以为自己不会在意，可当事情真正发生时，哪怕只有那么一点点可能性——奚苒怀了别的男人的孩子，他都觉得有些难以忍受。

他不敢去想，不敢去问，不敢去知道真相。

爱情中，每个人都会变得卑微。

沈从宴眼睁睁看着贺铭遥一杯接着一杯喝，像是喝水一样将烈酒往喉咙里倒。

“行了，别喝了。”他看不下去，一把将贺铭遥拦下，拿走杯子。

贺铭遥沉默地觑了沈从宴一眼。

喝得太急太快，十分容易醉。这会儿，他的视线已经不甚清晰。

沈从宴询问道：“老哥，你发什么疯？平时你不是最讲究养生健康的吗？这样喝，你是准备喝进医院去？”

“那不是挺好。”

沈从宴已经猜到了症结所在，必然是奚苒那儿又出了什么意外。

他冷笑一声，挑眉，耿直地开口：“你就算喝到胃出血，奚苒也不会吃这套的啊。”

贺铭遥：“……”

“要是你真放不开手，干脆把人绑起来，找个什么岛啊山的藏起来，让她逃也逃不掉，叫天天不应、叫地地不灵，谁都见不到，只能看着你，逼得她只能爱你一个人。就算你得不到她的心，至少比在这儿喝闷酒故作深情的强啊。”沈从宴神情严肃地说。

贺铭遥醉眼蒙眬，倏忽间，竟然真将沈从宴的话听了进去。

他眯着眼，不自觉地喃喃：“关起来……”

沈从宴笑了笑。

片刻后，贺铭遥摇了摇头，如梦初醒般道：“不行的。”

要是他真的这么做，奚苒会恨他一辈子。

纵然贺铭遥一生杀伐决断，但这种赌注他不敢下，也不能下。

本来就是他先亏欠她，怎么能一错再错？

沈从宴笑道：“你还知道不行，看来是没醉。”

贺铭遥："……"

"行了，我让司机送你回去吧，改天见面再说。"沈从宴叫来司机，让人把贺铭遥送回家中。

半途，贺铭遥降下车窗透气。

正值初春，微风将江城的街道一点点染绿，轻打在人的脸上，卷得人醉意翻腾、上涌。贺铭遥脸上少见地染了红晕。

二十分钟后，车停在他那套大平层楼下。

他推开房门，家里还是原来那样，几个阿姨沉默寡言、各司其职，送上解酒药、温水，居家服之类的东西也都放在贺铭遥最顺手的位置。

唯独少了那么一个人，忙里忙外，忙前忙后，全心全意地绕着他转，满心满眼都是他。

夜深人静的时候，她就潜伏在他的伤口，一颦一笑，皆是伤痕。

贺铭遥揉了揉眉头，坐起身，让阿姨去酒窖再拿瓶威士忌来。

阿姨一脸犹豫，试图劝阻："先生……"

贺铭遥挥挥手，说："去拿。"

又是一瓶威士忌下肚，贺铭遥醉了个彻底，不仅仅是脸颊，连眼眶都隐隐约约泛出血色。

空无一人的客厅里，他喃喃自语："奚苒，奚苒……"

"你爱上谁了？"

"到底是谁的孩子？"

"你不喜欢的地方，我全部改了的话，你还会爱我吗？"

最后一句，他说得咬牙切齿，又宛如叹息。

很快又过了一周，江城进入三月。

光世没有卖太久的关子，在一周内就将《大城》的演员阵容公开了。除去女主孔熙，配角也基本是目前娱乐圈里有名有姓的实力派演员。

这天，制作方公布了一张宣传海报，奚苒的心情有些澎湃，往下翻，果真也有她的名字。

这种成就感于她而言可以说是前所未有。

果然，将喜怒哀乐寄托于爱情，会让人生变得寡淡无趣，迷失方向。而寄托于事业，则让人充满干劲。

奚苒这般想着，心满意足地放下手机，去厨房倒了一杯牛奶。

忽然有人敲门，奚苒关上冰箱，随口问了一句："谁啊？"

无人应答。

奚苒又问了一遍，还是没人作答。

她立马警觉起来，轻手轻脚地走到门边，从猫眼往外瞄了一眼。

楼道空无一人，只放着几个箱子，有牛奶、进口水果，甚至还有燕窝之类的补品。牌子是贺夫人常吃的那个，模样看起来十分眼熟。

奚苒浑身一震，抖着手给周远打电话，声音已经带上了哭腔："他好像知道了……"

贺铭遥一定知道她怀孕了，要不然他怎么会送这些东西过来？

他是什么意思？是在敲打她吗？还是准备威胁她？

否则，按照他一贯的脾气，早该出来质问她了，怎么可能只是默默地让人送东西来呢？

孕妇的心思比平日更为敏感，奚苒手指微颤，控制不住地胡思乱想。

周远连声安慰道："奚苒，你别急。别怕别怕，你先收拾好东西，我马上安排。"

周一，投资方针对《大城》的第一轮修改意见准时下达。

岁三偷偷和奚苒说，其实这次的修改意见，从头到尾都是喻洲提的。

奚苒有些走神，良久才反应过来她在说什么。

岁三并没有生气，而是皱起眉，小声问道："奚苒，你没事吧？你今天一整天都心不在焉的。"

"嗯，没什么事。"

岁三不太相信，又问一遍："真的？"

"嗯。"

奚苒勉强笑了笑，没再说话。

中午，奚苒没去食堂，趴在工位上休息，突然听到一声巨响。

紧接着，男人的怒吼声传来："岁三！"

奚苒吓了一跳，整个人坐直了。

入目处，喻洲一脸愠怒，苍白的皮肤带着一丝薄红，看起来有些病态美。

他冲进来，扫视一圈，目光投向奚苒身上，厉声问："岁三呢？"

奚苒张了张嘴，小心翼翼地答道："她应该是去吃饭了。喻导，您有什么事吗？"

喻洲冷哼道："行，我就在这儿等着她。"说着，他从旁边拉了一张椅子，直愣愣地坐在办公室门口。

奚苒再没睡意，拿起手机偷偷给岁三发微信。

十来分钟后，岁三急匆匆地小跑回来，尚未来得及开口说话，先被喻洲拦了个正着。

她的表情变了一下，嘴唇动了动，后退两步，小声说："你想怎么样？"

喻洲站起身，居高临下地望着她："是你吧？我有没有跟你说过，用不着！用不着你给我输血！岁三，你听不懂拒绝吗？"

岁三本来就有些腼腆，被他一吼，脸颊"唰"一下全红了，声音也越来越小："是你姐姐来找我，说……"

"说什么说！我说了用不着！"他重重一拳砸在桌上。

眼看两人剑拔弩张，奚苒虽然不知道发生了什么，但还是打算上去拦一下，免得两人真吵起来。

她试图打断喻洲："喻导……"

"你闭嘴！"

奚苒："……"

倏忽间，岁三的瞳孔闪了闪，眼眶噙着泪花，转身飞快地跑开了。

喻洲低声骂了句脏话，顿了顿，三两步追了上去。

剩下奚苒一人驻足原地，半天摸不着头脑。

又过了几分钟，周远第一个回到办公室，手上拎了饭盒。

他朝奚苒招招手，示意她跟着自己进里面的小办公室："我看你没去吃饭，正好顺手给你带了点饭，多少吃点。"

奚苒"啊"了一声，本来她是打算睡一会儿，再去便利店随便吃点的。

周远笑了笑，说："坐下吃，正好我跟你说点事。"

奚苒这才道谢，乖乖地坐到他对面。

周远清了清嗓子，不紧不慢地开口："机票我已经帮你买好了，江城飞曼哈顿，再从曼哈顿转机到温哥华。"

"去温哥华做什么？"奚苒有些诧异。

周远道："到时候你不要登机。我有个朋友正好要去渝川，你搭他的车一起去。我父亲有个朋友在渝川有房子，你可以住下来养胎。夫妻分居两年，即可离婚。至于公司这边，我已经和同喻洲说好，给你申请了外出，只要工作完成，一样算出勤率，享受正常薪资。”

奚苒垂下眼，手指用力，将筷子握得死紧。

“学长，你会不会也觉得我很作呢？一会儿这样一会儿那样，还做一些没有意义的挣扎。”她轻声问。

周远笑了一声，摇头道：“当然不会。一个女人要离开一个控制欲很强的男人，本来就是很艰难的。在这点上，我深有所感。奚苒，每个人都应该活得自由。你不该被困在上一段婚姻里，担惊受怕。”

他抬手摸了摸奚苒的头发，语气温柔：“迷途知返是正确选择。”

第六章 / 等春来

三月初，江城春色正浓，无边撩人。

办公室里，闲聊谈笑声此起彼伏，奚苒默默地收拾着东西。

这周五下午，她就要悄无声息地出发，一个人去渝川。

这有点像带球跑之类的俗套剧情，难免让人心绪复杂。

隔壁桌，岁三同样心不在焉，大抵同喻洲脱不了关系。

人既然活在这世上，就总有些说不出口的困扰。

或许本就不存在什么感同身受，人与人之间，悲喜从不共通。

奚苒欲言又止，半晌，她还是垂下眼，什么都没有问。

周四晚上，贺铭遥孤身一人开车去锦绣路。

这几日，他茶饭不思，开会走神，签合同时差点连甲乙方的位置都签错。他恍恍惚惚，犹犹豫豫，实在憋不下去了，才终于找了过来。

一路上，贺铭遥已经将一切都想好了——无论孩子是不是他的，无论奚苒认还是不认，都是他的。无论她爱的是谁，无论她要怎么作，他都决定认下这个孩子。

不管怎样，是他输了。他没法看着奚苒怀着孕，一个人在外颠沛流离，还要辛苦工作，为生计担忧。

那男人再好，也没见他把奚苒从锦绣路这种老小区带出去。说得难听点，那个男人的条件还能比他更好吗？

所以，他要将奚苒接回家去。

白天，贺铭遥仔细吩咐了徐明，去找了江城最有经验的医生、陪孕保姆、厨师，又让人将市郊那套别墅收拾出来，准备带人住过去。

那套别墅临湖，空气极佳，还装了电梯。等再过些日子，奚苒肚子大了，上下都能方便些。

林林总总，他都想得周到。比起孩子，还是奚苒更加重要。

贺铭遥这般想着，抿着唇，又一次敲响了奚苒的家门。

奚苒正在收拾行李，听到敲门声一惊，手抖了一下，衣服落到地上。

她顿了半秒，嗤笑一声，都不知道自己在担惊受怕个什么劲儿。

还能是谁呢，多半是贺铭遥。他憋了这么多天，合该憋不住了。

果然，门外传来贺铭遥的声音，语气十分平静："奚苒。"

奚苒靠在墙边，握着拳，一言不发。

贺铭遥从门缝里看到灯光，知道她就在里面。她不想搭话，他也不在乎，自顾自地开口："你跟我回去。"没有颐指气使的意思，倒是有些刻意假装的好声好气。

"我已经知道了，奚苒，我会好好照顾你和我们的孩子，这里太简陋，生活也不方便，你还是先跟我回去。"

奚苒依旧默不作声。

他叹了一口气，总觉得这段日子以来，自己的话多了不少，一有机会，就会对着奚苒絮絮叨叨。

"奚苒，你还怀着孕，我实在放心不下。我会帮你去光世请假，等你生完孩子，身体恢复了再说。这些日子，你安心养胎。要是你想做点什么的话，也可以写个剧本，就当我跟你买的。"

他笑了一声，说："光蓝公司，你知道吗？去年贺氏收购了光蓝，还没想好怎么运营，以后就交给你，好不好？公司会安排团队专门拍你写的剧本，你说好不好？"说到最后，他竟然有些低声下气了。

奚苒何曾听贺铭遥这样说过话，心里总归免不了震动。

但震动归震动，要动摇她，却是完全不可能。

现在这般场景，同她预想的一模一样。

奚苒再不想受他掌控，回去做一只金丝雀了。至于他说的爱，或许只是他那自尊心作祟，占有欲爆发而产生的产物。要依靠这种感情走一辈子，她不想要。

贺铭遥等了又等，仍然听不到奚苒回答。他叹了一口气，说："我就住在隔壁，明天早上我来接你。"

奚苒一惊，倏忽间脸色惨白一片。原来真的是他！

怪不得她老觉得有人在跟踪她；怪不得隔壁那个男人平日的行踪那

么诡异；怪不得这边的物业安保不差，但他还是能随意地进出，过来敲门，送东西；怪不得他这么容易就知道她怀孕的事。

原来，贺铭遥时时刻刻掌控着她的一举一动。

这算哪门子爱情？

次日凌晨，奚苒拖着行李箱，头也不回地快步下楼，坐上周远的车。

她来不及平复呼吸，就急急开口："快走！"

周远点头，发动了汽车，踏着第一缕阳光飞驰而去。

楼上，贺铭遥一夜没睡，站在窗边，默默地看着这一幕。

事实上，在奚苒买机票那会儿，他就已经知道她想要离开。昨天那番话，他是真心希望她听了会动摇，可是没有。

她油盐不进，一心一意只想要逃离他身边。

离婚一时之间离不成，她就想怀着孩子一走了之，和周远双宿双飞吗？没门。

贺铭遥面无表情、居高临下地看着这滑稽的画面。等到奚苒上车，车子开出小区，他不紧不慢地拨打了一个电话，冷冷地吩咐："把他们拦下来。小心点，别伤到人。"

周远频频望向后视镜："有人在跟着我们。"

奚苒咬着牙，不自觉泄露出一丝紧张："是贺铭遥。"

"可能是。"周远挂上蓝牙耳机，低声打电话。

奚苒没细听，垂下眼，摸了摸肚子，手指纠缠在一起。

贺铭遥不会放手，她比谁都了解这个男人。

然而此刻，奚苒一点办法都没有，只能完全依靠周远。

她深吸了一口气，拿出手机，准备刷一会儿帖子，转移下注意力。

论坛上的第一条帖子竟是《细细开扒，有证据，KX 初恋到底是哪位大咖？》

楼主似乎知道不少内幕，在帖子里详细分析了关于孔熙恋情的各种蛛丝马迹，还有校友采访和偷拍图之类的。最后，他贴出了一张照片，是徐明送孔熙离开贺氏集团的偷拍照。

徐明的脸虽然被打了马赛克，配文却写得明明白白：这个男人，是富豪的私人特助，在某财经峰会上有合照出现，有兴趣的可以去翻翻看。

这个帖子底下已经有几百条回复。

奚苒没有细看，关掉帖子，看了看路，问道："我们去哪里啊？"

"机场。"

"不是说不登机吗？"

周远点头，答道："但是要先把人甩掉，我们再换路线。"

贺铭遥打开奚苒那套房子的门，反客为主，慢悠悠地晃了一圈，又坐到沙发上，顺手从旁边拿了一个抱枕，压在怀中。

奚苒虽然离开了，但屋子里依然留着她的气味，引人沉醉。

贺铭遥痴迷地闭上眼，深深呼吸。良久，他才慢吞吞地走进卧室。

奚苒走得急，床头柜上还留了文件，没拿走。

贺铭遥抬手拿起文件，竟然是就诊单，还有医院挂号付费单之类的票据。

除去沧平那张挂号检查单，不久之前，她竟然还偷偷去过江城的私立医院。手术单上那一排中文字，绝对不容人认错。

奚苒竟然想过把孩子打了？顷刻间，贺铭遥浑身一颤。

他还未来得及细想，口袋里的手机突然疯狂振动起来。

贺铭遥拿出手机，接通电话："说。"

电话那头的人急急地说了什么，他一下子变了脸色。

"车祸？"他的手指不自觉用力，那张单子被捏成了一团。

"你再说一遍！"他的声音彻底变了调子，"他们在哪里？"

电话那端的人战战兢兢地答道："在第一人民医院……"

贺铭遥一把砸了手机，金属壳重重地打到水泥墙上，瞬间四分五裂。

贺铭遥还攥着那叠单子，快步踏出门去。他越走越快，甚至来不及等电梯，也顾不上失态，竟然从楼梯跑了下去。

司机已经在楼下等待许久，本来是提前备着，要送贺铭遥和奚苒回别墅，哪想到竟然看到一贯处变不惊的贺总惊慌失措，失了矜贵仪态。

"去医院！快点！"他怒吼。

司机被惊得一个激灵，也顾不上感叹，发动汽车，将车子驶出了小区。

奚苒完全不知道发生了什么。

从上高速起，后面一直跟着好几辆车，眼见着就要下高速到机场，周远可能也有些着急了，脸色变了几次，车也开得有些颠簸起来。

蓦地，后面又冲出来两辆车，似乎想挡在他们旁边，将那些人挡住，让他们能顺利离开。

周远见到车牌，先松了一口气，别过脸同奚苒笑道："好了……"

他的话没说完，旁边那辆车像失控一般，竟然朝他们重重地撞来。

奚苒两只手紧紧地护着肚子，身体随着惯性往侧边甩去，又被安全带拉回来，脑袋磕到玻璃上。

"砰"的一声，她一下子失去了意识。

没过多久，交通电台就对这起事故进行了报道，说伤者伤势严重，路段被封，提醒去机场的车辆绕行。

车载收音机音质高清，男主持人的声音低沉好听，却不带一丝感情。

只有贺铭遥听得目眦尽裂。

"开快点！"

"是。"司机应了一声，将油门踩到最大。

半途，徐明打来电话："我已经交代得很仔细，只逼停，绝对不能伤到人，他们也一直很小心，但是不知道哪里冲出来两辆车，像要将我们的人拦住，让夫人他们的车能变道离开。结果其中一辆车有点失控打滑，撞到夫人他们的车上了。"

当然，事实还要更加惊险一些——

周远他们那辆车被撞出了将近十米，直到碰到绿化带才停下。伤者从车里被搬出来时满身是血，按照失血量来算，基本没有什么希望。

只是这话他不能如实说给贺铭遥听，要不然，贺铭遥在路上就会发起疯来。而且他还不确定重伤者是谁，说不定是那位周远先生呢？

贺铭遥没说话，闭上眼，手指青筋一根一根暴起。奚苒若是有个三长两短……贺铭遥咬着牙，杀人的冲动从心头浮起。

他非得撕了周远，给奚苒偿命。

总算到了医院，贺铭遥推门下车，快步冲进医院，穿过拥挤的人群。

急诊中心门口，徐明也看到了贺铭遥，低声喊道："贺总。"

贺铭遥依旧面无表情，不显情绪，但此时他走路同手同脚，暴露了太多。

徐明一边带路，一边说："夫人正在急救中。"

贺铭遥"嗯"了一声，脚步未停。

徐明又道："车祸是那辆车全责，急停变道。"

"这件事你去处理，不用再跟我汇报。急救室在几楼？带我过去。"

徐明应声，快步领着贺铭遥上楼。

手术室外，红灯一直亮着，奚苒还在里面。贺铭遥坐在长椅上出神，手指不自觉蜷缩成一团。只这么一会儿工夫，他想了很多。

从一开始，便是他错了。他认不清自己的感情，先让奚苒伤心，继而又用错了方法，迫得她不得不逃离，甚至连怀孕都瞒着他。

贺铭遥自嘲地笑了笑，口袋里还放着她的人流手术确认单。

刚刚他走得急，直接捏在手上带了出来，直到上车后才展平，看了又看，才小心地折起，放进口袋里。

事情很明显——如果这个孩子是她口中那个"心上人"的，她又怎么会想要做人流呢？

更别说这叠收据底下还压了一张检查单，时间写得明明白白。

倒推回去一算，就像小学生算加减法一样容易。

贺铭遥不用刻意回忆，就想起了那天的事——那天，他将她带上游轮，想逼她改变主意，不再提离婚的事。最后他没有达成目的，还把她逼得跳下海，表达决心。

孩子是那天怀上的，他确定。

是他毫无道理地误会她，胡乱地猜度她，都是他的错。

可是，这明明是他的孩子，奚苒却想默不作声地打掉……

贺铭遥一想到这件事，只觉得心脏像被什么利器穿过，痛得整个人没法顺利呼吸。但"手术中"那三个字闪得耀眼，烫得人心惊肉跳，他再没什么心思去计较。

她想打掉就打掉吧，孩子不想留也没什么，只要奚苒平安就好。

他毫无底线，一退再退，彻底无所求。

走廊上传来急促的脚步声，贺铭遥余光一扫，看到周远快步靠近。

前几次见面，周远算是体面人，模样也生得不赖，引得贺铭遥猜忌嫉妒。而这会儿，他头发凌乱，脸上有不少细小的伤口，手臂也被夹板吊起固定着，衣服上还留有血污，形象全无。

周远见到贺铭遥，嘶哑着开口："贺总，奚苒怎么样了？"

倏忽间，贺铭遥怒从心头起，走近周远，重重一拳砸到他脸上。

周远没有防备，再加上身上有伤，被他这一下打到了地上。

贺铭遥赤红着眼，居高临下地看着他，咬牙切齿地开口："周远是吧？奚苒要是有个三长两短，我一定让你全家陪葬。"

周远愣了一下，而后一只手撑地，勉强站起来，同贺铭遥对上视线。

两个男人身高体型皆相仿，连神色都是一样的。

周远的嘴角挂着微笑，但眼里带上了一抹厉色："你凭什么？要不是你将奚苒逼到这种境地，她怎么会一心想着逃跑？到这会儿了，你倒是开始猫哭耗子假慈悲了。她难过的时候，你在哪里？她痛苦得一个人去医院流产的时候，你在哪里？贺总，你这种人狂妄自私、目中无人，有资格说爱吗？你只是想满足一己私欲，并不在乎奚苒想什么、要什么，不是吗？今天的车祸，纵然是我考虑不周，奚苒要是出事，我必然不会为自己开脱，但你又有什么立场来指责我？至少我是全心全意在帮她，而你却是促使意外发生的始作俑者。"

周远纵然受了伤，头脑依旧灵活，口齿伶俐、咄咄逼人，句句有理有据，打在贺铭遥的七寸上，让他无法反驳。

贺铭遥被他说得哑口无言，许久之后才喃喃："你闭嘴。"

两个男人皆是人高马大，平日里习惯了保持体面，到这般境地，竟然也忘了在公共场所保持形象。两人四目相对，犹如斗鸡一般，互不相让。

贺铭遥的气势依旧强大。

但周远可不怵他："你以为我想跟你说话呢。贺总，一言不合就一拳挥上来，我要不说话，你还真当自己理直气壮呢。"

贺铭遥冷笑起来，说："我是罪魁祸首，那你又是奚苒的谁呢？"

他再怎么不济，目前还占了奚苒法律意义上丈夫的名头，也是肚子里孩子的父亲。但周远不同，他只是一个无名无分的人。

贺铭遥刻薄地想，只要还没领离婚证，奚苒就永远是"贺夫人"，就算她今天真的出了什么意外，也要同他合葬在一起，没旁人什么事。

然而现在并非吵架的好时机，奚苒还在手术室里，生死未卜，他们说再多也显得毫无意义。

贺铭遥丢下这句话后，坐回了原位，垂下眼，安安静静地等待。

没多久，警察找过来，让周远去做笔录。

走廊上只剩下贺铭遥，他悄无声息地坐在椅子上，宛如雕塑。

一个多小时后，手术室的指示灯终于熄灭。

贺铭遥保持同一个姿势太久，浑身僵硬，动弹一下，四肢又酸又麻，但脸上没有显露出丝毫端倪。

他站起身，迎上去。

医生道："患者没有生命危险，主要是外伤，但……胎儿没能保下来。"

贺铭遥惴惴不安这么久，总算放下心来。

他抿了抿唇，平静地开口："人没事就好。辛苦了。"

人活着，已经足矣。

贺铭遥不敢再回忆，自己接到电话的那一刻是何等心情。现在，他什么都不想计较，也不配计较，甚至没资格伤心。

只要奚苒还在，其他事才有继续下去的可能。

手术结束后，奚苒转入 VIP 单人病房。

贺铭遥拉了凳子坐下来，目光不自觉地落在病床上。

奚苒病恹恹地躺在那里，穿着病号服，心跳起伏平缓。她头上贴了纱布，腿上也打了石膏。由于病房是冷色调，她整个人看起来楚楚可怜。

贺铭遥伸出手，轻轻地拨了拨她的指尖，又很快缩回手去。

他心痛得说不出话来。

从初识起，奚苒就是温柔和坚强的，婚后亦然，何曾有过这般模样？

都是他的错。他恨不得去代她受这些苦。

然而比起身体上的伤痛，更难的是伤者醒来后的情绪。

贺铭遥揣度不出，奚苒对这个孩子是什么态度，但既然她没有选择流掉，应该还是想要的。没有一个母亲会不爱自己的骨肉，哪怕他（她）还只是胚胎状态，更遑论奚苒这么温柔敏感。现在孩子没有了，奚苒还会原谅他吗？接下来，他该如何面对她？

哪怕贺铭遥一直雷厉风行、杀伐决断，此刻也不免茫然起来。

黄昏时，麻药作用消退下去，奚苒的眼皮上下抖了抖，睫毛轻颤。

贺铭遥一直守在病床边，正觑到这幕，立刻按铃将医生叫进来。

众目睽睽下，奚苒慢慢睁开眼睛。她脸上依旧没什么血色，嘴唇发干，看着很是惨淡，但眼睛又大又明亮，让整张脸鲜活起来。

贺铭遥松了一口气，又问：“奚苒，你怎么样？有哪里不舒服吗？”

奚苒没说话，似是还没反应过来。倏地，她紧紧蹙眉。

贺铭遥的心脏又一次被她揪起。

良久，奚苒缓缓地低声开口：“头疼。”

这句话顷刻让病房的气氛凝重起来。

贺铭遥冷下脸。

奚苒又开始接受下一轮检查。

翻来覆去，折腾到将近八点，检查报告要两个小时后才能出。

贺铭遥走到外面，同医生低声交谈几句，又飞快地折回病房。他看向奚苒时，目光缱绻，声音也带着几分温柔：“头还是很疼吗？”

“好点了。”

他点点头，又问：“你饿了吗？想吃什么，我让人去给你买。”

闹了一整天，别说奚苒滴水未进，贺铭遥也一直没吃东西。

从头至尾，奚苒有些愣愣的，反应也有些迟钝。他听到贺铭遥提问，仰起头，同他四目相对。

贺铭遥安抚性地捏了捏她的手指，哄道：“已经没事了，别怕。”

蓦地，奚苒将他甩开，整个人缩到后面，动作里都是疏离和紧张。

她哑着声音，一字一句地开口：“贺先生？”

贺铭遥愕然道：“奚苒，你……”

她喊他什么？

奚苒又道：“您为什么会在这里？我是怎么了？孔熙呢？”

她口齿清晰，绝不容人听错。

贺铭遥一开始只以为奚苒还在生气，他甚至已经做好了准备，随便她怎么发泄，他都甘之如饴，全部认了。但她这句话一出，他立刻感觉到不对劲。

他严厉地看着奚苒的眼睛，指了指自己：“我是谁？”

奚苒一脸迷茫，说：“孔熙学妹的男朋友，贺先生？”

贺铭遥：“……”

宛如什么奇妙的滑稽戏，谁也没想到，人生就像烂俗编剧写出来的夸张剧本，跌宕起伏，甚至比小说都要精彩一万倍。

车祸竟然让奚苒忘了他们的过去。

贺铭遥拧起眉，嗤笑一声，说：“不对，我不是贺先生，我是你丈夫。”

奚苒：“……”

很快，检查结果出炉。

市内脑科专家都被接到了第一人民医院，讨论着奚苒的脑 CT 片子。

贺铭遥抿着唇，捏了下眉骨，说：“所以，结论是什么？失忆吗？”

“目前看来，应该是选择性失忆症。”

“要怎么治疗呢？”

“因为瘀血体积非常小，我们判断不需要做手术干预，休养一阵就会散开。但是患者的记忆问题，可能还需要做进一步诊断。”

贺铭遥身体微晃，细长的手指在膝盖上轻轻敲了几下，似是沉思。

将近半分钟后，他平静地问：“她现在记忆缺失的程度大概是什么样？”

“根据我们对患者的提问检查，只是片段缺失，她失去了从二十四岁至今的记忆。患者认为自己还在读研究生，完全不记得发生了什么意外。”

贺铭遥：“……”

二十四岁。

嗬，再过几周，就是奚苒二十九岁的生日。

贺铭遥垂着眼，不自觉地捏紧拳头，以抵御扑面而来的失控感。

奚苒是在二十五岁那年同自己结婚的，若退回到她二十四岁——那时候，贺铭遥还在和孔熙热恋，眼中没有旁人。

也就是说，她将他们之间的事全部忘了——无论是不见天日的爱情，还是决绝的离别。爱与恨，糖与刀，悲伤、痛苦、相守、相伴，一切的一切，全部化为了泡影。

两人彻底变成了陌生人。

倏忽间，贺铭遥竟然不知道该作何反应。

夜深人静，奚苒坐在 VIP 病房的病床上吃饭，小心翼翼地咀嚼着。

汤是贺铭遥请的厨师在外面做好了才送过来的，开盖时还有热气。

奚苒吃完饭，放下碗筷，将手擦干净，又开始无意识地揉额头。

从刚刚贺铭遥离开起，徐明就一直站在旁边，像壁画一样。他见到奚苒做这个动作，急急上前，挡住她的手，低声说道：“夫人，您头上还有伤，不能揉的。”

奚苒苦恼地皱起眉，问道：“您是哪位呢？”

“我是贺总的特助，您叫我徐明就好。”

“贺总是贺先生吧？难道我真的嫁给他了？”

这听上去实在太像玩笑。

在奚苒的潜意识里，贺铭遥是孔熙的男朋友。他们俩的爱情，只有让人羡慕的份儿，又怎么可能被破坏呢？

事实上，二十四岁的奚苒还没有深深地爱上贺铭遥。

当时贺铭遥和孔熙交往刚满一年，奚苒也就是因为和他们同住一个小区，才意外地对这对情侣关注起来。

她的爱情，是在日复一日的暗中观察中渐渐成型的。

贺铭遥就像一个英俊又矜贵的小王子，守护着心里的那朵小玫瑰。

而奚苒从小到大从未感受过被人无条件呵护的感觉。

她开始关注，开始幻想，开始日渐沦陷。

她爱上了他的爱情。

一天一天，她再也无法自拔。

所以，哪怕是结婚后，奚苒也一直觉得，这段感情从一开始就带着夺人所爱的卑劣，让人难以启齿。

但这一刻，奚苒的记忆回到了四年前，自然缺了那份久见生情。

她只是偶尔偷偷关注贺铭遥和孔熙，又怎么可能同贺铭遥搅和在一起，还结婚了呢？

奚苒在得到徐明肯定的答案后，试图在混沌中披荆斩棘，开出一条清晰的道路来，却还是百思不得其解。她懊丧地“噢”了一声。

徐明小心翼翼地觑了她一眼，说：“夫人……”

奚苒摆摆手，说：“你别这么喊。”

徐明换了种说法：“奚小姐，你哪里不舒服吗？还要吃点什么吗？床这个高度可以吗？需不需要摇低一些？”

奚苒不怎么喜欢麻烦别人，便道：“没有，我很好。”

徐明：“……”

“但是……”奚苒犹豫片刻，到底忍不住将心里话说了出来，“我总觉得肚子有点不舒服，说不上什么原因，好像是心理作用。”

病房门外，贺铭遥正要开门，听到这话，整个人一僵。他好像丧失了力气一般，默默地放下手，沉默地站在原地，再没有动作。

奚苒变成现在这样，说出来的话也显得天真而残忍，轻轻松松就能扎得他心口鲜血淋漓。

一场婚姻闹到这个地步，两人必然都是遍体鳞伤，不死不休。

贺铭遥伫立十来分钟，动了动手腕，敲了下门，然后推开。

奚苒转过头来，望向他，目光清澈而陌生。

贺铭遥没动，只站在原地，平静地喊了一声："徐明。"

徐明应声，连忙站起身走过去，反手关上了门："贺总。"

贺铭遥说："嗯。她怎么样？"

徐明答得很详细："夫人已经吃过饭了，没说什么话，也没有再说头疼，只说感觉肚子难受。贺总，您的晚餐，厨师也做好一起送来了。"

"知道了。周远呢？还在外面？"

"是。他一直在楼下，我已经吩咐过保镖，不会让他过来的。"

"好。你下班吧。"贺铭遥垂下眼，顿了顿，又说，"你跟周远说，让他明天再过来探病，今天太晚，不要等了。"

徐明走后，病房里还留有几个保姆。贺铭遥挥了挥手，示意他们离开。旁人鱼贯而出，他才沉默着坐到奚苒的病床边。

奚苒暂时活在二十四岁，她看到贺铭遥，心情有点复杂，往后缩了缩。

贺铭遥检查了一下点滴的速度和镇痛泵，又掀开一点点被角，替她那只打了石膏的腿变换姿势，动作自然，仿佛亲密无间。

奚苒的脸已经烧得通红，她磕磕绊绊地开口："不用麻烦……"

贺铭遥表情平淡，整个人看起来就像一棵树。

当他做完最后一个动作时，在内心做了决定。

"奚苒。"他轻轻叫她。

奚苒愣愣地"嗯"了一声。

"肚子还难受吗？"

"有一点。"

他不看她，握紧了拳头，说："车祸里，你还流了一个孩子。"

奚苒瞪大了眼睛。哪怕她暂时失去这段记忆，但心痛感还是从心底浮起，将她整个人击溃。

她半天说不出话来。

贺铭遥垂下头，说：“是我的错。我没有保护好你，也没能保护好我们的孩子。”

奚苒：“……”

“其实，在发生车祸之前，我们正在吵架。我对你不好，你想离婚。”

他的声音不急不缓，却更显得沉重：“当我听说你失去了部分记忆，我承认，我是有点庆幸的，庆幸你忘了很多事，这样我们就能从头来过。”

奚苒直愣愣地望着他。

贺铭遥抿了抿唇，继续道：“但是我没办法骗你。”

“贺先生……”

“我爱你，奚苒。”

别的再不能说更多了，他想。

翌日，周远来看奚苒。

贺铭遥欲言又止，到底还是避开了。

奚苒见到周远，很是诧异：“周远学长，你怎么来了？”

周远解释道：“因为我就是车祸里那个不靠谱的司机啊。”

奚苒：“……”

“你真的全忘了，还是……”周远压低声音，“骗贺铭遥的？”

奚苒眨眨眼，摇头道：“抱歉，我真的不记得了。”

周远一脸苦涩，说：“那你还会和贺铭遥离婚吗？”

这问题，奚苒实在没法给出答案。

她还没有自己已经结婚的真实感，偏偏贺铭遥告诉她，她不仅结婚了，还流了一个孩子。

这样想来，现实实在荒谬。

周远也没有咄咄逼人，妄图得到什么答案，转而说起了其他事。

“我把你之前写的剧本带来了，你可以看看自己的作品，回忆一下。不过，剧还没有开拍，这可是机密文件，一定要保密哦。”

周远留下一个U盘，没再说更多，起身离开。

奚苒靠在床头，闭着眼。

奚苒在病房里住了两周。

这两周里，贺铭遥将国内外专家悉数请来，给她做诊断。

奚苒出院时，身上的伤好得七七八八，但还是没有恢复记忆的迹象。

贺铭遥对她说："是老天要我们重新来过。"

奚苒犹豫了半天，才低声问道："那孔熙呢？"

贺铭遥冷下脸，说："奚苒姐姐，别再提这个名字了。我不喜欢，你也不喜欢，她是讨厌的人。"

他叫"奚苒姐姐"时，语调和平日会有些不一样，好像精酿的葡萄酒一般，很是引人沉醉。

奚苒咬了咬唇，不说话了。

车停在医院楼下。

奚苒虽然拆了石膏，但还戴着支架，不太能下地走路。贺铭遥将她打横抱起，步子迈得很稳。

两人的身体一下子贴得极近，男人的心跳声在她耳边回响。她不自觉地拧起眉头。

贺铭遥注意到她的异常，立刻问道："哪里不舒服？"

奚苒怯怯地说："我不太习惯你这样抱我……其实，我们现在还算是陌生人吧？你能不能给我找一台轮椅？贺铭遥，抱歉，我可能要适应很久。"

贺铭遥口中的那些事，对她来说像是旁人的故事，毫无代入感。

她对他也没有什么特殊的感情——只是觉得这男人很帅、很有魅力，但离深爱大概还有十万八千里的距离，自然不能接受这般亲昵的举动。

贺铭遥闻言，手臂僵硬了一下。良久，他到底败下阵来，说："好。"

奚苒轻声说："谢谢。"

"你不用跟我说谢谢。奚苒，你还在这里，对我来说就足够了。"

奚苒表情尴尬，半天接不上话。

难道她真喜欢过这类型的男人？不会是被骗了吧？

因为她执意不让他抱，他只好让人拿来轮椅，推着她来到车边。

奚苒并不认识这车是什么牌子，只觉得昂贵，顿时，贺铭遥在她心中的身份越发贴近"霸道总裁"，且更加无措。

贺铭遥面无表情地将奚苒打横抱起，避开腿伤处，小心翼翼地将她放进车后座，又替她调整了位置，能坐得更舒服一些。

自出生以来，他一直是被人伺候，从来没伺候过人，但这般做起来，倒是有模有样、细心不已。

归根结底，只看用了几分心意。

奈何奚苒前尘尽忘，只觉得这人有些黏黏糊糊。再加上她的脑袋转不过弯来，见到这张俊脸，第一时间就会联想到他搂着孔熙低语的画面，实在是出戏万分，心里还有点羞耻。

频道不一致，奚苒愣是一点爱意都没接收到，只品出无尽的尴尬。

贺铭遥坐在副驾驶座上，轻声开口："现在我们回家去。"

奚苒眨了眨眼，说："什么家？"

"婚房。"他言简意赅。

"那个，有件事……"

贺铭遥扭过头，平静地看向她。

奚苒顿了顿，似乎有些难以启齿："结婚证可以给我看一下吗？还有，我爸妈的电话，你这边有吗？"

早在数日前，奚苒就在琢磨这件事了，只是不知道该如何开口。

她并非毫无戒心，只是因为贺铭遥和周远都是熟面孔，再加上医生的诊断，好像没有必要特地编个谎言欺骗她。

奚苒在江城没什么朋友，手机又弄丢了，无人可以求证。她也试过给她爸妈打电话，但这几年里，奚父奚母都换过手机号。她记得的号码，一概无人接听。

贺铭遥点点头，说："我回到家给你找。"

"谢谢你。"她客气地道谢。

贺铭遥拿出自己的手机，拨了一个号码，将手机递到她手上。

那头的人很快接了电话："小贺？"

是奚父的声音。

奚苒不自觉愣怔半秒，才道："爸，我是奚苒。"

"苒苒，你怎么拿小贺的手机打过来？有什么事吗？"

奚苒张了张口，很快又消了念头。

父母弟弟远在沧平，她若是据实以告，难免让家人担心。若是引得他们请假过来，更是奔波折腾。她踟蹰半秒，轻声答道："没有事，就是我的手机丢了，怕你们联系不上我，想着和你们说一声。"

当然，没什么大事，奚父奚母极少联系她。毕竟弟弟年纪小，又是男孩，仿佛更需要挂心。

她垂下眼，收紧手指。

回到家，贺铭遥将轮椅推到门前，没有动，只用眼神示意奚苒。

大门是指纹解锁，奚苒便将右手食指放上去，电子锁顺利打开。

奚苒正想说些什么，抬眼看清玄关的摆设后，脑袋“嗡”的一声响，像是触碰到什么开关，整个人猝然蜷缩起来，手紧紧捂住头。

贺铭遥的脸色立马变了，急急问道：“奚苒，你怎么了？”

奚苒已是大汗淋漓，并未作答。

家庭医生冲出来，手指落到了她头上。

奚苒将人推开，小声道：“我没事了，就是刚刚突然有点头疼。”

贺铭遥仍旧觉得难以安心，反复追问，得到肯定的答复也不太满意。

他想了想，低声哄她：“我们还是住到医院去，好不好？”

奚苒讪讪地笑了一声。

事实上，这里确实给她一种微妙的熟悉感，但并没有给她什么“家”的感觉，住这里还是住医院，都是“外面”，本质上没什么区别。

但这话她不能告诉贺铭遥，若她说了，一定会将他弄得生起闷气来。

她想了想，岔开话题，问他：“平时我怎么称呼你？”

贺铭遥毫不犹豫道：“老公。”

奚苒：“……”

良久，两人总算安顿下来。

奚苒不方便下地，洗澡有些麻烦。还好，贺铭遥顾忌她的心情，没提出自己帮她洗，而是让阿姨过来帮她。

这里连浴室都精致得过分。

奚苒上下打量一番，深深地觉得这栋房子是按照她的心意装修的，要不然，实在没法处处都是她喜欢的模样。

洗完澡，奚苒被阿姨搀扶着走出浴室，她发现贺铭遥坐在客厅里。

他也洗了澡，换了衣服，头发柔顺地垂下来，发尾有些湿漉漉的，像是没吹干。

这男人实在是太过精致贵气，像放在国金大厦橱窗里昂贵的奢侈品，引人入胜，却注定一辈子买不起。

奚苒心里有点说不出的感觉，但她明白，那纯粹是欣赏，与爱无关。

贺铭遥见她走出来，站起身，走到她身后，搂着她的腰，轻松地将她抱起来，长腿一迈，跨了两三步，再把她放到沙发上。

奚苒低声道谢。

贺铭遥沉默着，将茶几上红色的结婚证推到她面前。

他平静地开口："你那本结婚证自己收着，我不知道放在哪里。"

这是谎话——贺铭遥比谁都清楚，之前奚苒为了离婚，已将结婚证从这间房子里拿出去了。

好在这时候的奚苒单纯好骗，并没有怀疑什么。

她伸出手，将结婚证打开。

里头有两人的照片、登记时间，样样准确，不容她抱有侥幸心理。

奚苒无声地叹了一口气，把结婚证还给他，呢喃："没想到……"

贺铭遥勾着唇，摸了摸她的头发，说："奚苒姐姐，晚上想吃什么？我让阿姨准备。"

他实在太像一个温柔的丈夫，一举一动，完全挑不出刺来。

奚苒有些困惑，说："你可以告诉我，之前我们为什么在商量离婚吗？"

"因为我对你不好。"这个问题，他之前便作答了。

"是哪方面？你出轨了吗？"

贺铭遥摇头道："没有。"

"家暴？"

"不是的。"贺铭遥一脸无奈，却没有不耐烦，反倒觉得有些新奇。

原来，二十四岁的奚苒是这般模样。

当晚，奚苒睡在主卧，贺铭遥自觉地去睡客房。

她躺在床上，拿着手机刷微博。孔熙的名字高高地挂在热搜上。

"孔熙于昨日前往 x 市，开始《大城》拍摄。《大城》是一部由光世传媒重磅打造的都市励志剧，讲述了女主角的奋斗故事。据悉……"

奚苒通读一遍，又开始头疼了，许多片段从大脑深处闪过。

"贺铭遥，我不爱你了。"

"离婚吧。"

"这个孩子，你要留下吗？"

"不能让贺铭遥知道。"

"我朋友要去渝川，可以带你一起去。"

……

一帧一帧，皆是滑稽的片段。

好半天，她恢复过来，头不疼了，只记得一件事。

“明明不是叫老公的啊。”

奚苒要在家养伤，贺铭遥自然减少工作，想花更多时间陪她。

于贺铭遥而言，这种悠然和安宁就像无端偷来的，说不上什么时候奚苒想起来了，便要尽数奉还。

此时此刻，他必是无比珍惜。

正值第一季度收官，集团没什么紧要事。贺铭遥知人善任，只要管理层里不再出个周铮这般不着调的，放手一阵问题不大。

吃过午饭，贺铭遥陪着奚苒做复健，安安静静地做人型拐杖。

奚苒还是不习惯这男人贴她这么近，又没法发脾气，只能咬着唇，逼着自己无视他。

奚苒下地走了好一会儿，出声：“好了。我想休息一下。”

贺铭遥面无表情地点头，将她带到沙发边慢慢坐下。

奚苒道谢：“谢谢。”

“你不必跟我说谢谢。”

她再次失语，露出尴尬的表情。

虽然贺铭遥像人精一样，但是这么几天下来，他还是摸不到门道，不知道该如何靠近奚苒，让她重新爱上自己。

事实上，他甚至不知道奚苒为什么喜欢他，为什么爱他，又为什么会义无反顾地一头撞进来，跟他表白、嫁给他。

明明那会儿她很清楚，自己和孔熙一直有感情纠葛，像一笔烂账，但她还是跳进了这个名为“贺铭遥”的火坑。

怎么样才能让奚苒重新跳一次这个火坑呢？

她若是爱他玉树芝兰、爱他眉眼俊俏、爱他权势逼人，可这些他依然有，为什么现在不好使了？

贺铭遥拧了下眉，试探地问道：“奚苒姐姐，要不要一起玩乐高？”

乐高是徐明找来的，说是现在有不少女孩子喜欢，还有助于大脑运动。如果两个人一起搭乐高，可能还能促进一下感情。

奚苒望向他，轻声道：“我不会弄。还是算了吧，谢谢。”

贺铭遥：“……”

最终，奚苒还是抱了电脑，靠在柔软沙发上，继续阅读《大城》剧本。

贺铭遥默默地盯了她许久，无声地叹一口气，也拿起平板电脑开始工作。

两人的距离不足两米，仿佛胡乱一伸手，就能将人揽进怀中。

但贺铭遥心如明镜——两人的心隔着天渠，距离难以跨越。

不过现在比之前好太多，至少……至少他们还能安安静静地坐在一处，不用针锋相对、你死我活。

他这般想着，没忍住，自嘲地笑了笑。

又过了几天，进入四月中旬。

奚苒已经可以下地走路，只是心理上有些害怕，动作不敢太大，像是古代的大家闺秀一样，看起来温温柔柔、赏心悦目。

贺铭遥心情不赖，打算带她出去放放风，玩一圈。

两人从没有一同旅游过，这件事一直是贺铭遥的一桩心事。

他想了想，便同奚苒商量："天气挺好，我带你去南镇散散心怎么样？医生说，你应该出去走动走动。"

虽然奚苒没说，但贺铭遥看得出来，她很不适应现在的生活，心里多半是想着要赶紧恢复记忆。

奚苒正坐在阳台的秋千椅上，脚尖点地，一晃一晃，十足的悠闲派头，眼神却是迷离的，让人看不清她的情绪。

她听到这话，仰起头，咬着唇，看起来十分为难。

"可是，岁三约了我见面。"

贺铭遥整个人微顿，说："你想起来了？"

在奚苒二十四岁这年，理应还没有认识岁三。

奚苒摇头道："没有，但她来找我，我问了周远学长，学长也说是。我想还是应该见一见，如果她是我的好朋友的话。"

她的朋友很少，每一个都值得珍惜。但她又怕贺铭遥不同意岁三来，毕竟他才是这里的主人。她怯怯地看他一眼。

贺铭遥心中怜意尽显，自然百般应下："既然是你的朋友，请她来就好。你们约好时间，我让司机去接她。"

这件事就这么定下了。

岁三在跟组，只能趁着《大城》拍摄间隙，飞回江城见奚苒一面。

奚苒站在玄关，眼神清澈明亮，还带一些好奇心，温柔地打量她。

岁三眼圈红了，说：“奚苒……我是岁三。奚苒，你真失忆了吗？”

奚苒点点头，轻轻笑起来。

她一贯倔强又坚韧，这样一笑，竟然有种脆弱的美感，像是琉璃制品，碰一下就要碎掉一样。

岁三再憋不住眼泪，紧紧拥抱她。

两人像久别重逢的亲人一样，好半天才恢复过来。

岁三擦了擦眼泪，蓦地拧起眉，问道：“你丈夫呢？”

奚苒将她引到阳台，坐在秋千椅上，头也不回地答道：“他不在。”

“之前你不是说你们要离婚了吗，现在这样是怎么个说法？”她顿了顿，四下打量一番，兴奋起来，“这就是贺家太子爷的房子吗？天哪！我的豪门剧本有素材了！”

她这长长一段话，信息量极大。

这比贺铭遥那种既想洗白自己，又不太想骗她的含含糊糊来得清晰明了许多。

这段婚姻带了太多内幕，哪怕此刻用糖衣温情包裹，散发着致命的香甜气味，也让人想剥开外壳，一探究竟。

奚苒认真地望向岁三，说：“我之前说过什么事，你能不能告诉我呀？”

岁三和奚苒聊了一下午，又急急忙忙地去赶飞机，飞往剧组所在地。

因此，贺铭遥回到家时，没见到岁三，只看到奚苒坐在餐桌前沉思。

她五官清秀，瞳孔黑白分明，如同油画中中世纪的美人，实在是漂亮极了。

这一刻，贺铭遥不得不承认一件事。

他并非只爱张扬明艳的美人，也并非日久生情才爱上了奚苒的温柔小意。事实上，这个女人，哪怕是在二十四岁时，也一样迷人。

她犹如醇香美酒，一定要慢慢醒、慢慢尝，才能品出甘甜，再一点点沉沦，直至无法自拔。

他的取向从未改变，只是少时耐心不足，未曾尝过美酒。

现在是否来得及呢？

贺铭遥得不到答案，难免心生焦灼。

他很快换了衣服，坐到她身边，轻轻捉住她的手指。

“今天你和朋友聊得开心吗？”

奚苒如梦初醒般，平静地看了他一眼，说：“嗯。”

“奚苒姐姐……”

她将手指从他掌中抽出，小声说：“贺铭遥，我们去吧。”

“嗯？”

“去南镇散散心，不是你说的吗？”

她提出要求，贺铭遥当然没有异议，连眉梢眼角都含了笑意：“好，去南镇。我马上让人去安排。”

“谢谢……老公。”

四月底，江城天气渐热，路上，行人换上了单薄的春衫。

哪怕公司里堆积了大堆事务，贺铭遥还是做了甩手掌柜，义无反顾地陪奚苒去南镇旅行。

三个小时后，私人飞机落地南镇附近的机场。

因为南镇属于景区，海拔高，除去老城景点，四周皆是山脉，算得上遗世独立，不便开发太多，交通也就没那么发达。

落地后，还要再换公务车，开两个小时，才能进入南镇古城里头。

路上，奚苒的脸色一直不太好。贺铭遥实在紧张，一改往日高冷的模样，时不时嘘寒问暖，生怕她出事。

奚苒终于忍不住笑出声，低声安抚他道：“我没有哪里不舒服，只是头晕，可能有点高反。”

贺铭遥拿了氧气瓶给她，左看右看，没发现什么端倪，只得作罢。

“你不舒服一定要马上告诉我。”

“好，我知道了。”

天黑前，商务车总算平稳地驶入南镇古城。

为了贴合文艺青年之心，古城里大多是中式客栈，或养猫养狗，或建亭台楼阁，极具小资情调。放眼全城，只有一家符合标准的五星级酒店。

这次他们来，没带别人，只带了一个司机，连徐明都留在江城，帮贺铭遥处理公务。

这么安排，颇有点过二人世界的意思。

贺铭遥办理入住手续，将两人的身份证递给前台。

自发生车祸，奚苒的各类证件都放在他那儿。

她不经意地瞟了一眼，倏地，软绵绵地开口："老公。"

贺铭遥正在签字，手指微顿，抬眼看向她，"嗯"了一声。

奚苒道："进来的地方有个咖啡厅，我想喝奶茶。"

她指使起他来理直气壮。

贺铭遥勾了一下唇角，语气温柔道："好，我帮你去买。"

奚苒腿脚不便，就坐在前厅的沙发上，安安静静地等着他。

等贺铭遥将奶茶买回来，放到她的手上，她眯着眼笑起来，说："谢谢老公。"

南镇地理位置偏西，日照时间比江城长得多，晚上八点多，外头才接近黄昏。

贺铭遥起身牵住奚苒，不紧不慢地带她去觅食。

古城美食良多，并非流水线式的美食街，一路上，一家家餐厅，皆有地域风味。

奚苒喜欢吃什么，原本贺铭遥不太清楚，但经过这么长一段时间的细心照顾，他大概了解了，少油、重调味，辣口甜口咸口都可以。

南镇口味就是重盐微辣，她应该会喜欢。

这个时间点，知名店铺家家爆满。贺铭遥领着奚苒进了小巷深处，里头还藏了一些口味地道的馆子。

他同她解释："你不是喜欢吃火锅吗？这里的火锅和江城大不相同，值得尝尝。"

奚苒有些诧异。

"你不会觉得不干净吗？"她的声音很轻，只有两人能听见。

毕竟这个店面实在太小，装潢陈旧，看起来卫生状况堪忧。

"偶尔吃一次也没什么，你高兴比较重要。"

奚苒笑了笑，没说话了。

气氛好得让人难以置信。

贺铭遥盯着她看了许久，满心皆是暖流。

就这样吧。

或许于他而言，奚苒再不能想起来，才是最幸福的。

他可以用一辈子来补偿。

奚苒没注意到贺铭遥的眼神，等菜上桌了，自顾自地吃菜喝汤，又点了冰可乐，一口闷下去，爽快极了。

没一会儿，她皱眉道："这里有洗手间吗？"

贺铭遥四下一扫，指给她看："在里面。"

奚苒站起身，快步往那边走去。

贺铭遥笑了笑，按照她的口味，又下了些菜进锅里。

煮了片刻，肉一点点变色、烫熟，奚苒却再没回来。

奚苒的心脏怦怦直跳，一出门，她立刻将手机丢进垃圾桶，沿着石板路左绕右转，不敢回头。

她脚伤未愈，但意志力惊人，顺利地克服了内心的恐惧，一步一步，速度不快，却走得稳稳当当。

这个时间段，正是古城最热闹的时候，游客三两成群，说说笑笑。奚苒的身材娇小玲珑，穿着也不出众，很快淹没在人流中，像水滴汇入江河，再不见踪影。

九点多，夜幕总算是迟迟降临，她在一栋小楼的门前停下，抬手，轻轻叩了下铜把手。

"吱呀——"门缓缓打开。

小楼外表看起来虽是古色古香，门倒是十分现代化，竟然是电动开合的，只需人在里面遥控，不用特地出来开门。

奚苒顺着石子路，穿过一小段门庭花廊，慢吞吞地走进去。

前台只开了一盏昏黄的小吊灯，玻璃桌前坐着一个女人，三十来岁的模样，穿着亚麻质地的吊带长裙，肩上乱七八糟地披了一条枣红色围巾，极具风情。

奚苒有点不忍打破这份惬意。

还是女人看到她，笑着开口："晚上好，住宿吗？有提前订房吗？"模样明明万种风情，声音却让人觉得如沐春风。

奚苒小声说："嗯，住宿。但是我没有身份证。"

其实她有身份证，是她刚趁着贺铭遥办入住手续时偷偷藏起来的，甚至连贺铭遥那张也在她手上，只是她不能用——她不想轻易被查出行踪。

女人眼神微妙，语气也有些变化："你是岁三的朋友？"

"对。"

女人点点头，婷婷袅袅地站起身，说："你跟我来吧。"

"谢谢。"

奚苒随女人一同踏上木质楼梯，来到五楼顶层的小阁楼。一眼望去，古城风光一览无遗。

女人打开房门，又将钥匙递过来，笑道："你就暂住在这里，房间不大，别嫌弃，房费免单。你要吃饭的话，去楼下交钱给厨师小哥哥，一天三十块，跟着我们一块儿吃。或者，你也可以做做兼职，不发工资，但包饭。"

她顿了顿，又补充了一句："抱歉，现在是旺季，底下的房间都被预订了，暂时没法空出来。"

奚苒连忙道："不嫌弃不嫌弃，谢谢您。"

女人眼尾轻轻一挑，尽是风情："你不必客气，在这里随意一点，自便。想必我们还要相处很长一段日子，平时你叫我老板娘就好。"

老板娘离开后，奚苒关上门，躺到床上。

她实在是累到了极点，身体还是次要的，主要是精神上，困顿让她无力动弹。

事实上，早在数天前，她就记起许多事情，但朦朦胧胧，如梦似幻。

她记起了贺铭遥，记起这三年，还有她永世无望的爱情，以及贺铭遥姗姗来迟的表白。

但她没有告诉任何人，贺铭遥也一直没有发现，依旧小心翼翼，同过去判若两人。

白天时，她用尽全身演技，装得很好。晚上，贺铭遥同她道过晚安，留她一人在主卧睡觉。

昏暗的房间里，奚苒不可抑制地默默流泪。

她大可以装作无事发生，就这样在贺铭遥的愧疚和照顾中，在他的羽翼下过一辈子。可要是这样，那个孩子算什么？

最后，她联系了岁三。

夜色下，贺铭遥僵坐在小馆子里，背影寂寥。

老板娘走到他旁边，普通话带着浓重的口音："洗手间没人啊。"

贺铭遥没露出意外的表情，他脑子里转过许多念头，闪过许多画面，皆与奚苒有关。

从她头也不回地冷漠离开，到发生车祸，到流产，到失忆，再到眼下，她虽然疏远又小心翼翼，却不减可爱温柔。

贺铭遥本以为这是老天重新给他一次机会，让他重新参与奚苒从前的人生，照顾她，弥补她，爱上她。哪想到，这竟然是女人精心策划的一场骗局。

这一个月，每一天都记忆犹新，难道都是她装出来的吗？

“砰——”他重重一拳砸在桌上，发出剧烈的声响。

小店里静默了一瞬，其他食客似乎都被他吓到了。

贺铭遥对旁人探寻的目光视若无睹，拿出手机给徐明打电话，面无表情地开口：“奚苒跑了，你安排几个人去找。”

徐明一惊，说：“在南镇？”

贺铭遥垂下眼，目光投向自己细长的手指上。

因为他刚刚克制不住怒意，木桌又不太平整，这会儿手指已经破皮，冒出一条条细小的血丝，灯光下，这伤口看起来尤为可怖。

他冷冷地答道：“对。要快一点，她身上没有钱。”

徐明：“……”

“有可能是别人帮她走的，再查查周远和岁三最近有什么动向。”

他压抑着心里的痛苦，语带戾气，一字一句地交代下去。

奚苒在小阁楼里住了一周。

这天，她坐在露台那架秋千上，腿上放着向老板娘借来的笔记本电脑，与岁三闲聊。

岁三：他还在找你吗？

奚苒：应该是。老板娘前几天说，古城里有一批人在找人。

岁三：那你要小心。钱不够的话，我可以先借你。

奚苒笑笑，回道：不用的，我也不会出去，没地方花钱。

岁三：行，那我去忙了。你不知道喻洲有多疯！我这辈子都不想给他写剧本了！

奚苒轻轻地笑起来，关掉对话框，又点开周远发给她的剧本改编资料，不再胡思乱想，专注地投入工作中。

入夏，江城开始闷热起来。

贺铭遥难得没有穿严谨的正装配外套，只穿暗色系连帽卫衣，露出脖子，显得年纪极小，像大学生一样。

沈从宴也是类似穿着，头上还反戴了一顶棒球帽，活脱脱一个桀骜不驯的浪荡少爷。

两人坐在卡座中，仿佛游离于声色外，引得周围女人的媚眼更迭而至。

不久之前，沈从宴才从法国飞回来，长时间飞行，哪怕是坐头等舱也不舒服，累得像是没骨头，歪歪扭扭地斜靠在后背上，眼睛都快睁不开了。

当然，好兄弟心情不好，他就算是爬，也得爬来仗义作陪才行。

沈从宴的声音含含糊糊，问："人还没找到？"

贺铭遥捏了捏眉心，低低地"嗯"了一声。

沈从宴道："奇怪了，她一个身无分文的女人，还真有能耐跑到天边去？"

贺铭遥垂眸，心想：她是有能耐，明明恢复了记忆，竟然还能一直默不作声，在他面前持续表演，演技简直堪比影后。

她不该当编剧写剧本，应该直接出道。她凭借这脸、这演技，怎么也是一线清纯小花的热门人选。

贺铭遥头疼得要命，魂都飞走了，再怎么捏额头穴位都不管用。

沈从宴坐起来，觑了觑他的脸色，说："那你怎么说？"

"我一会儿就回南镇。"

贺铭遥在南镇逗留许多日子了，这次是回来签一份大合同，完成之后便要连夜赶回南镇。

他大抵能猜到，奚苒不会走出太远，肯定还在南镇周边。

沈从宴有些诧异，眼里带一丝探寻："哥，您这是烽火戏诸侯呢？从此君王不早朝？"

贺铭遥冷笑道："你多读点书，别瞎比喻。"

沈从宴讪笑一声，说："奚苒姐姐真是人不可貌相。"

就说前一阵，贺铭遥为了奚苒已经够疯了，却依旧还能刷新他的认知，让他不得不反复感叹。

在沈从宴看来，女人都是消遣，老婆也不例外。

他这般想着，一不小心就将心里话嘟囔出来了。他的话刚出口，便暗道不好，连忙抬眼，望向对面。

背景音乐吵闹喧哗，可惜贺铭遥听力绝佳，连掩饰都不给人机会。

他皱紧眉头，骤然开口：“她不是。”

沈从宴做了一个讨饶的手势，说：“哥，我错了，再也不胡说了。你人手不够的话，我这儿还有人，一定能把人找回来。”

一定吗？贺铭遥不敢肯定。

直到此时，他才更能理解奚苒非要离婚的原因——不单单只是变心，不爱了，讨厌之类的，而是她不需要自己这种居高临下的爱。

但贺铭遥不知道怎么样才能给她想要的，从小到大，没有人给他上这一课。

两人又闷头喝了几杯，各自薄醉。

贺铭遥站起身，留下一句“走了”，就不紧不慢地离开。

他没有立刻上车，而是走进一家便利店。

店内放着音乐，男歌手低吟浅唱：“我不想再写，随手撕下这一页，原来诗跟离别，可以没有结尾……”

仿佛时空交叠，回到奚苒蹲在医院门口大哭那天。

丰富的曲库中，多么渺小的概率，让两人在不同场合、不同时间，听到同一首歌，心境却大不一样。

贺铭遥的身体微顿半秒，内心的烦闷抑郁难以舒缓。

他走到结账台旁边，薄唇亲启：“拿包烟。”

“谢谢惠顾。”

他拿着烟离开便利店，独自站在街头点燃。

与此同时，奚苒坐在露台上，望着星空。

南镇下过雨，天空干净得像是洗过。

这里同江城完全不同，没有雾霾，空气清新，温度舒适，十分宜居。

更重要的是，她成功脱掉了一双不合脚的鞋。纵然水泡已起，一时半会儿会带着微妙的痛感，但她到底脱下来了。

万般皆是好事。

奚苒拿起电脑，用小号注册邮箱，给周远发邮件。

她已经将那本小说从头至尾读了好几遍，改编剧本也有了一定的思路。

周远回得很快：收到，辛苦了。另，祝安好。

奚苒笑了笑，在心中收下这份关心。

“小奚？”奚苒的思绪被来人打断。

奚苒仰起头，望向来人。

来人是民宿的厨师小哥哥。

奚苒知道，他叫相翎，和红楼梦里的香菱同音，身世却没有共通之处。他就是吃饱了撑的小富二代，想来南镇搞投资，所以先随便找了一份工作，美其名曰“打入深处体验游客需求”。

不过他确实是做得一手好菜，而且浓眉大眼，英气逼人，时常会被住店的小姑娘要微信。

相翎靠近两步，在对面的竹编椅上坐下。

奚苒喊道：“相哥。”

相翎笑起来，说：“你在吹风吗？”

“嗯，我随便坐一会儿。”她客气地答道。

相翎也十分惬意地向后靠，眼神投向半空中，开口：“周末，你要不要一起去周边玩玩？我开车去。”

奚苒垂下眼，说：“抱歉，我不太方便出去。你们去玩吧。”

相翎却不死心，说：“之前我就想问，你是不是遇到什么事了？”

一个年轻的女孩子，手上一点钱都没有，跑到这种古城来，躲在小阁楼上，哪里也不敢去，听起来就像惹了什么事，过来躲人的。再配上奚苒这张脸，实在勾得人心痒痒。

对相翎这种一拍脑袋就一个主意的富二代来说，奚苒实在太具有吸引力了，让他忍不住靠近。

奚苒整个人往后缩了一下，说：“抱歉，这个不太方便说。”

相翎笑了笑，说：“我没有冒犯的意思，只是想帮你。”

奚苒客气地拒绝：“我没有什么需要帮助的，谢谢你的关心。”

然而相翎看起来颇有些不依不饶。

奚苒在心底叹了一口气，道：“我要去休息了。相哥，晚安。”

她起身匆匆离开，自然没有注意到相翎微妙的眼神。

转眼就到了五月末。

一夜间，全网在讨论同一个话题——孔熙与她的知名富豪前男友。

八卦号放出来的内容十分详尽，直接将贺铭遥的名字打出来不说，还从财经杂志剪了他的照片，和孔熙的照片拼到一处，给人提供谈资，似乎一点都不怕吃官司。

奚苒静静地欣赏了数秒照片，发现无论何时何地，贺铭遥都是优雅又矜贵的模样，芝兰玉树，不可方物。

这样生硬地把两人的照片放在一起，孔熙看起来完全配不上他。

当然，自己这种凡夫俗子，更是高攀不上了。要不是贺夫人对戏子有强烈的偏见，也轮不到她去捡这漏。

月光下，奚苒肆无忌惮地重新想起贺铭遥。

这会儿,贺铭遥应该已经放弃寻找她了吧？他大抵也没那么在乎她。

对于这些太子爷来说，自尊心和占有欲是一切感情的根源，但什么都熬不过时间。看孔熙的结局便知道，贺铭遥极度讨厌别人挑战他的自尊心，再爱的女人，他不也是直接抛到了脑后，和自己结婚了吗？

奚苒这般想着，松了一口气，准备出门去逛逛。

南镇已经天黑，古城各处亮起灯盏，民谣从一家清吧里传出来，像是流浪诗人在低吟浅唱。

奚苒忍不住驻足望了一眼。只这一眼，她的心脏就骤然狂跳起来。

下一秒，她转过身，不管不顾地逃。

谁能告诉她，为什么贺铭遥坐在里面？

过了这么久，他还没有回江城去吗？

奚苒步子飞快，一直跑到小楼门口，顺了口气，敲门进去。

前台还是只坐了老板娘，她依旧风情万种，就像客栈的活招牌。

老板娘抬头看她一眼，红唇勾起，说："你怎么跑出一身汗，被抢包了？"

"啊，没有没有。"

老板娘通透得很，也无意打探什么秘密，岔开话题，只说："岁三前些日子说，她这部戏杀青后会过来玩几天。"

奚苒点头道："我也听她说了。"

"行，那你上去洗洗吧，晚安。"

奚苒却蓦地在沙发上坐下，拿起抱枕，压在怀中。

老板娘合上电脑，说：“你想说什么？”

奚苒脑子里一片混沌，一时之间，她竟然想不到自己下一步的行动。

她一直是独自生活，没有人可以诉说，不好意思去麻烦别人，怕自己的麻烦给别人带来麻烦。毕竟，所有人都有自己的生活，汲汲营营地活在这个世上。

她压抑了太久，快要发疯了。

老板娘的身份正好，不远不近，还让人如沐春风，很有倾诉欲望。

在一个恰好的时间，出现一个恰好的人。

奚苒到底没忍住，开了口：“老板娘，不好意思，浪费你的时间。”

“你不是知道吗，我来这儿开民宿，本来就是为了打发时间的，做什么都不浪费。”老板娘轻笑一声。

奚苒心里舒坦了一些，低声道：“其实，我是来躲我前夫的。”

“嗯。”老板娘示意她继续。

“我觉得我没有受到他的尊重，很痛苦，把爱情都磨透了，所以提出离婚。但是他坚持说他很爱我，只是以前没发现，其实早就爱上我了，所以不能接受离婚这件事。”

“男人的话信不得，说不定他只是想骗你继续给他做免费保姆。”

奚苒被她逗笑了，说：“家里有保姆的。”

老板娘饶有兴致地点了下头，说：“大户人家。嗯，明白。”

“我本来觉得，他是被我主动提出离婚伤了自尊，所以才纠缠不休，时间一长就能消停，或者我远走高飞，让他眼不见为净，但是……”

她咬了下唇，说：“刚刚，我在城里看到他了。”

过了这么久，他竟然还停留在南镇。要说同她无关，哪怕她完全不自恋，都有些不敢相信。

老板娘又“哦”了一声，说：“你心软了。”

奚苒摇摇头，斩钉截铁：“没有！我只是觉得，这件事就像一座迷宫，我走到了死胡同，走不出去了。”

她无法破局。

贺铭遥将所有的路全部封上，只留一条给她，就像在逗弄一只蚂蚁，或是什么小鸟，任她再怎么扑腾翅膀，都飞不出他的掌心。

就算奚苒相信，他已经爱上了自己，那又如何呢？

他们之间本来就是一种不对等的关系——贺铭遥高高在上、不可一世，而她卑微如尘。

如果哪一天他厌倦了这种爱情游戏，轻飘飘地离开，她却又一次踩进这深渊，穿上这双磨脚的鞋，到时候，结局岂非凄惨？

老板娘听到她这般说，眉眼微弯，笑起来说："好姑娘，怪不得你前夫不肯放手。"

奚苒脾气极好，温柔又通透，大气有主见，哪怕是烦闷着，说话做事都有想法和章程，极富气韵。

这种女人对所有人，无论是男人还是女人，都有吸引力，很容易让人心生好感。

可想而知，要是没有这个所谓的"前夫"，她应该会活得非常幸福。

老板娘平静地说："有时候，破局这个词并不存在，一味逃避没有用。局是什么？跟着你的心走，或许根本就不存在'局'。"

奚苒抬起眼，看向她。

老板娘继续道："过你自己想过的人生，谁都影响不了你。你当他是一粒灰，风一吹，就没影子了。你为他困扰，反倒显得他太重要了一些。没意思。"

夜深了，贺铭遥摇摇晃晃地站起身。

一直以来，他对自己要求极高，健身、作息、饮食，样样都有严苛的管理。他就像一台精密仪器，一丝一毫都不能出现错误，以保证大脑时刻高速运转，做出正确判断。但自从奚苒离开后，这一切都变了。

酒醉成了他的常规状态，迷迷糊糊地醒来，身边冰冰凉凉的，让他恨不得一睡不醒。

前几日，贺铭遥回了一次江城。

沈从宴恰好有事，电话打不通，就跑到他家里去堵人。

沈从宴推开门，发现客厅里没有开灯，黑暗中，贺铭遥独自坐在沙发上发呆。

他见到沈从宴，沉默片刻，蓦地开口："我总觉得她还坐在那儿。"声音里像泣着血。

沈从宴差点被他吓哭了，一把扑过去，哀号："大哥！贺铭遥！我叫你大哥了！求求你，你别这样！"

又是一个夜晚。

贺铭遥从古城清吧里摇摇晃晃地走出来，眼神早已不甚清晰。

门口，保镖悄无声息地站到他身边，同他耳语："贺总，找到夫人了。"

贺铭遥浑身一震，彻底酒醒。

事实上，他的酒量很好，若是醉酒，那大半是自己想醉。

"你快说清楚，奚苒在哪儿？"

保镖低声道："十五分钟前，夫人从门口经过，我们正打算拦住她，她忽然跑了。"

贺铭遥的脸色一下子沉了下来。

保镖连忙补充："但我们的人很快跟了上去，目前已经找到她的落脚点。"

"人在哪里？"

"城里一家民宿。"保镖报了一个名字，顿了顿，又试探地问道，"需要现在把夫人带过来吗？"

贺铭遥眯了眯眼，说："先等等。"

虽然他很想见她，迫不及待——但有些事，他还需要再想清楚。

奚苒并不是囚犯，也不是他的私有物，他没有资格去强迫她做什么。

他只是想把她找回来而已，并不想让她更讨厌自己。

他到底应该怎么做，才能两全其美？他难以抉择。

只有在奚苒身上，他才会这样摇摆不定。

"你们先在那里守着，别让她发现。我再想想。"

"是。"

奚苒同老板娘聊了许久，才上楼回到自己的房间。

她去冲了澡，吹干头发，坐在床上看邮件，门外倏地响起敲门声。

奚苒往后缩了一下，出声问道："哪位？"

"小奚，是我。"相翎的声音从门外传来，"打扰到你了吗？"

奚苒没动，只问："相哥，这么晚了，有什么事吗？"

相翎轻声笑了笑，无端让人放下防备："冰箱里有些菜要坏了，我干脆拿出来做了点夜宵，你要不要下来跟我们一起吃？"顿了顿，他又补充一句，"小张，还有几个住客都在。"

原来是这样，奚苒松了一口气，但还是拒绝："不了，我已经睡下了。"

"那好吧，你要来的话就直接下来，我们都在大厅。"相翎有些失落。

"好，谢谢你。"

"晚安。"他说完，转身离开，脚步声渐行渐远。

小插曲很快过去，奚苒定定神，继续看文档。

周远已经将投资方、制作组和原著作者的意见全数整理完毕，简单明了地放在一起。

他在跟组，作为编剧组负责人，想必不会轻松到哪里去，竟然还能抽时间帮她整理这些，实在是太过热心。

或许，已经不能简简单单用热心来形容。

奚苒虽然不是自恋的人，但从两人重逢以来他对自己的种种帮助来看，实在很难不让她往那个角度去想。

虽然周远多次强调自己只是乐于助人，但真的只是乐于助人吗？

奚苒不敢多想，甚至有些无措起来，觉得自己承受不了这番情意。或者说，她对周远压根就没有那方面的想法。

不知不觉，子夜悄悄降临。

奚苒踩着拖鞋，轻手轻脚地下楼，打算去一趟楼下的洗手间。

楼梯转角处，有黑影闪过。

奚苒尚未反应过来，那黑影便扑上来，一把捂住了她的嘴。

她想也不想，手肘用力往后一捅，牙齿也重重地咬在那人手上。

身后那人吃痛，却没有松手，依旧牢牢地制着她。

这是一个男人。男人和女人天生体力差距巨大，哪怕奚苒再大力挣扎，也无处可逃。

谁会这么做？这里是古城的民宿，没有人认识她。再加上她性格好，对人一直客客气气，也不会惹上什么麻烦。

贺铭遥。这一刻，奚苒脑海中只浮现出这一个名字。

是贺铭遥吧？刚刚她在清吧见过他，他还在南镇。

他竟然这会儿就找上来了，还用这种不入流的手段。

实在不怪奚苒想到他身上去，毕竟对贺铭遥来说，找到这里应该是轻而易举的事吧？

疯子。倏忽间，奚苒的眼眶一点点热起来，只觉得自己恨透了他。

他为什么要这么对她？痛苦、委屈，让人想要尖叫，却又被捂住嘴，什么都做不了，只有眼泪控制不住地往下掉，从脸颊滑过，落到那人手上。

男人没有作声，也没有松手，一只手控制着她的手腕，将她往后拖。

她的拖鞋掉在楼梯上，一点点小动静很快被夜色吞没。

男人毫不怜香惜玉，把奚苒丢到地上，飞快地锁上门，抬手打开灯。

“咚”的一下，奚苒的脑袋砸到地毯上，发出闷闷的声响。

奚苒看到那人的模样，声嘶力竭起来：“救命啊——”

那男人倏地扑过来，整个人压在她身上，制住她的手脚，拉起旁边架子上挂着的衣服，粗暴地塞进她嘴里。

奚苒再也发不出任何声音，只能红着眼，恨恨地盯着他。

“别喊。宝贝儿。”男人用皮带将她的手腕捆起来，轻声哄道。

夜深了，万籁俱寂，老板娘同往常一样收拾东西，准备休息。

倏忽间，电铃急促地响起来。她按掉声音，穿过假山水流去开门。

门外，一个男人安安静静地站在那儿。

夜色下，他的五官不甚清晰，只看得出身形颀长，身材极好，穿得虽随意，却不显邋遢颓唐，有种模糊年龄的矜贵气质。

老板娘饶有兴致，伸手将门廊的顶灯拉开。

男人神色冷峻，说：“我找奚苒。”

老板娘的眉峰轻轻一挑，说：“抱歉，你好像搞错了。我这里是客栈。”

言下之意，公共场合，不提供找人这种服务。

贺铭遥不为所动，面无表情地看向她：“是住客。”

“那更不好意思，我们这里不能随便透露的住客信息哦。”

她直愣愣地挡在门边，没有让开意思。

贺铭遥拧起眉，声音依旧平静，开口：“那麻烦你给她打个电话，问她明天有没有时间。”

老板娘笑了起来，说：“帅哥，你看看现在几点了。哪怕你说的这人真是我们的住客，这个点我还打电话上去，可不得被人投诉吗？您这是要砸我招牌呀。”

几句话说得行云流水，还颇具风情，一般男人听了，心里合该舒舒坦坦。偏偏贺铭遥耳聋，还油盐不进。

他没耐心同她虚与委蛇，轻轻点了下头，后头冒出来两个彪形大汉，将老板娘拦得严严实实，再没法行动。

“你们干什么？你这是私闯民宅！再动我要报警了！”

“我是里面住客的丈夫。”贺铭遥迈开步子踏进小楼。

贺铭遥霸道惯了，若是今天奚苒挡在这里，说不定还能将他拦住，考虑一下她的心情。别人嘛，嗬。

更何况，这女人明显知道奚苒是谁。一开始她那个打量的眼神，骗不了人。他这么久没能找到人，多半是她帮了奚苒，将奚苒藏起来。

贺铭遥的心头闪过不悦，被他硬生生压下来，沉声问道：“奚苒住哪间房？”

老板娘自知拦不住他，冷笑了一声，一言不发。

她不说，贺铭遥也有办法。

十分钟后，他站在了阁楼上。

贺铭遥一想到奚苒就在一门之隔的房间里，脑袋开始有些昏昏沉沉。

刚刚他为了醒酒，跑去沐浴了好一阵月光，自然也想了很多。

他这般贸然找上去，可能会让她更加厌恶，但要如何把握尺度呢？这般见不着面，放任她一个人，他又觉得不甘心。

他实在太想她。

事实上，上次沈从宴在他家见到的那一幕，并非第一次发生——自从奚苒离开，他已经出现了好几次幻觉。

不仅仅是醉酒，哪怕是清醒时，他一抬眼，也会以为奚苒就在旁边，如同过往的那样，安安静静、温温柔柔。

她注意到他的视线后，轻轻地笑起来，星光失色。

他只要一伸手，就能将她拥入怀中，这般那般，逼迫她承受自己，同他融为一体，心心相印。

没什么不可说，贺铭遥爱慕她的身体，也爱慕她这个人。

但这一切恍然如梦。

习惯的力量实在太可怕，思念就像蚀骨毒药，深入骨髓。

人有时候很奇怪，一直到失去了，才会惊觉什么是不可失去的。

他越等越忍不住，越发迫不及待，今夜就想见见她，将这毒药解掉半分，想要把自己的感觉全数诉说给她听。

他抬起手，轻轻地叩了叩门。他等待片刻，里面一点动静都没有。

贺铭遥皱起眉，耳朵凑近门板，静静地听了一下。

不是故意不出声，是里面压根就没有人。

这么晚了，奚苒能去哪儿？

她又跑了？他有这么可怕吗，要这样躲着他？

贺铭遥心里的戾气上下翻滚，拿出手机给楼下的保镖打电话。

“你确定人还在里面？”

“确定，周围都有人看着，夫人没有出来过。”

贺铭遥：“……”

那她能去哪儿？

既然摸不着头绪，那他势必要将客栈弄得鸡飞狗跳。

夜越来越深，保镖从前台终端打开了所有灯，又带着老板娘上楼。

贺铭遥靠在墙边，慢慢地开口：“奚苒不在房间里。”

老板娘脸色未变，甚至还笑了笑，答道：“我说了我不知道呀。先生，您没找到人，总得给我一个说法了吧？”

贺铭遥冷笑道：“这个点，她哪里都去不了，肯定在楼里。不好意思了，我要把人找出来。”

老板娘：“……”

“您可以选择报警，或是同我的律师沟通。”

贺铭遥留下这句话，给旁边的男人使了个眼色，示意他们开始动作。

男人松开老板娘。

贺铭遥平静地走过她身边，踏上楼梯，蓦地，他的脚步一顿。

“这是谁的拖鞋？这一层还有别的客人会来吗？”

楼梯角落，一只拖鞋躺在墙边，似是某种求救信号。

老板娘顺着他的视线望去，也愣了一下，说：“是我前段日子帮奚苒买的鞋子……”

贺铭遥的声音变了调：“找人！”

奚苒的手被捆住，嘴巴也被堵上，只能瞪着面前的相翎。

他一反往日憨厚的模样，变得凶恶、狰狞。

她吓坏了，恐惧比她以为对方是贺铭遥时多一千倍、一万倍。

或许在她的潜意识里，也知道贺铭遥再强势、再疯狂，都不会做出真正伤害她的事。

这是他的教养，也是他的傲气，可能也是他的温柔。

相翎将她捆结实后，终于开了口：“宝贝儿，别怕，我只是给你一点教训——敬酒不吃吃罚酒。”

他用一种让人从骨子里感到不适的口气说话。

奚苒几乎崩溃。

“你这种女的我见多了，给人当小三儿被发现了，逃来避风头的吧？”他抬手拍了拍奚苒的脸颊，“哥哥也有钱，我买你，行不？”

奚苒说不出话，只能更加疯狂地摇头。

“呵呵，那没办法了，我只能先让你体验一下哥的本事，欲拒还迎也要有个度。今晚一过，我保管你哭着叫着跟着我。”说完，他竟然真的扑过来，动手就要解奚苒的衣服。

灯光下，她的皮肤比奶油还要雪白，勾得人垂涎欲滴。

相翎乍然见到这番美景，眼睛里满是兴奋，只觉得被揍一顿也值了。

“唔！”奚苒用力挣扎起来，试图把他撞开。

倏忽间，一声巨响，门板被人一脚踢开。

相翎一惊，尚未反应过来，肩上传来一股大力，将他一把拎起来，摔到旁边。半秒后，拳头重重地落到他的脸上，一下又一下，拳拳打到肉。

相翎的脸瞬间肿得老高，他低吼起来：“你是谁？我要杀了你！”

那人冷笑了一声，又是一拳砸下去。

老板娘姗姗来迟，惊叫了一声“要打出人命了”，却没能将人喊停。后面的保镖没有得到指令，也不敢来阻拦。

男人发了狠，暴戾的情绪无法控制，铁了心要教训相翎。

不知过了多久，奚苒总算回过神，“唔唔唔”地拼命挣扎起来。

男人整个人一顿，余光扫到她整个领口都被拉开，可怜兮兮地被绑在那儿，眼睛越发泛红。

他一把松开相翎，从床上掀了被子下来，先将奚苒整个人裹住，再拿掉她口中的布条，手指摸进被子里，摘掉了她手腕上的皮带。

奚苒的嗓子又干又哑，磕磕绊绊地开口：“贺铭遥？”

她这一喊，贺铭遥的心理防线差点崩溃。

他什么都顾不上，连人带被子一起用力搂进怀中，低下头，一下一下亲她的头发，说：“我在，我在这里，别怕。”

事实上，贺铭遥这般模样，看起来比奚苒这个当事人更加紧张害怕。

屋里屋外有不少人在围观，奚苒推了推贺铭遥。

无须更多言语，贺铭遥顿时会意。他起身将她稳稳地抱在怀中，面无表情地吩咐：“报警，看着这人，别让人跑了。”

保镖应声：“是。”

在万众瞩目下，贺铭遥抱着奚苒上了阁楼，小心翼翼地将人放在床上。

奚苒缓过劲来，仰起头问道：“贺铭遥，你怎么会在这里？”

贺铭遥的脸色依旧不虞。

倒不是因为她冷漠的态度，只是他还在后怕的余韵中。

今天晚上，若不是他等不及找过来，奚苒会怎么样，他不敢想象。

这个姐姐说着离开他会活得更好，还使诈逃跑，到头来，竟然被人欺负成这样。

贺铭遥一想到这件事，实在很难轻松起来。

他居高临下地看着她，脸色铁青道：“今晚你不是看见我了吗？”

言下之意，她都见过他了，他在这里出现，不是很正常吗？

奚苒：“……”

阁楼房间狭小，她忽然觉得有些压抑。

贺铭遥在房间里来回踱步，半天稳定不了情绪。

他转身盯着奚苒，开口：“你都多大年纪了，怎么一点防备意识都没有？今天我要是没来，你怎么办？”语气里倒没有斥责的意味，只是单纯因为太过担心，无处抒发，还有点恨铁不成钢。

偏偏此刻奚苒心绪不宁，比平日要脆弱许多，本来她没什么事，被他这么一问，眼睛立马红了。

她的声音里带着哭腔：“没来就没来，难道他还能杀了我吗？不用你管！”

贺铭遥一顿，立马就意识到坏了。他叹了一口气，握住奚苒的肩膀，蹙眉说：“对不起，是我态度不好。”

奚苒咬着唇，一言不发，默默地流泪。

贺铭遥将声音放得更轻：“我只是太害怕了。”

奚苒却始终不愿抬头。纵然她知道自己在无理取闹，但要是这时候还能保持清醒理智，实在有些为难她了。

她心底有个声音在叫着喊着，要她道歉，还要她道谢。

若是贺铭遥来晚一步，奚苒自己也不知道该怎么办才好了。

眼泪总算止住，她仰起头，脸色憔悴，说：“贺铭遥，我……”

贺铭遥手上用力，压住她的肩膀，阻止她：“你什么都别说，先好好睡一觉，明天再说。”

奚苒：“……”

贺铭遥苦笑道：“我没打算用这件事怎么样你，也不会挟恩图报，你不要误会。奚苒，等你清醒了，我们再好好说话。”

“晚安，奚苒。今晚会有人守着，别怕。”

贺铭遥站起身，关灯，走出去后，转身拉上门。

这个夜仍未结束。

贺铭遥在阁楼留了两个保镖，自己则走下楼，转到相翎的房间。

相翎被保镖按在地上，老板娘靠在墙边，神色不明。

贺铭遥不紧不慢地坐下，抬了抬下巴，说：“让他说话。”

那名保镖便松了松手。

相翎依旧被控制，但可以出声了。他整张脸被揍成猪头，强撑着精神大吼：“你敢打我！你知道我爸是谁吗？我告诉你，你死定了！今天你不弄死我，明天我让你们一家给我磕头赔罪！”

贺铭遥等他骂完，终于开口：“你爸是谁？开矿那个相老板？”

相翎一怔，立马道：“还算你有见识！怕了吧？”

相翎家就是开矿的，但并不是煤矿，而是百倍值钱的玉石矿。黄金有价玉无价，他爸以此发家，也算是一方传奇人物。只可惜他爸发家太晚，又太忙，没能将他教好，养成了现在这副不成器的样子。

相家和贺家这种豪门相比，那就是天差地别了，完全不值得放在眼里。

贺铭遥笑了笑，眼神里却没有一丝笑意。

“那今天我就替相老板好好教育一下儿子吧。”

相翎：“……”

“我怕你死得不明白，不妨告诉你。”他眯起眼，捻了捻手指，“要把你们家这点产业弄倒，对我来说就像碾死一只蚂蚁一样简单。”

终于结束了惊心动魄的风暴，奚苒站起身，准备去楼下卫生间洗个澡。

她眯着眼，脚趾习惯性地在地上探了探，顺利踩到拖鞋里。

拖鞋？她的拖鞋不是丢了吗？后来是贺铭遥将她抱上来，全程脚没碰过地。这鞋是哪儿来的？放在刚刚好的位置，连方向角度都是她习惯的那边。

其实她无须多想。

奚苒自认比任何人都了解贺铭遥，各种喜好、各种习惯、各种小动作，一切了如指掌。但对方对她缺少感情，无法回馈她同等的关注。

在她失忆的那段时间里，贺铭遥似乎铁了心要将这点不对等补足。

他本就脑子好，只要用心，做什么事都是手到擒来。奚苒那点小习惯，早就被他摸得透透的。比如下床时，她懒洋洋的，不愿意弯腰低头，总是先用脚趾去探拖鞋的位置。

就这么一件小得不能更小的事，却让她的心微微一动，竟然涌起一阵暖流，思维也不自觉地发散开来。

今天，贺铭遥会出现在这里，于奚苒而言，完全说得上神兵天降、救命恩人。她不是不讲道理的女人，哪怕之前有很多恩怨未结算清楚，于情于理，她都不该把脾气发到他身上。

奚苒慢吞吞地拉开门。

门外的黑衣保镖见她出来，连忙问道："夫人，您要去哪里？"

奚苒垂着眼，低声答道："去洗澡。"

两个黑衣男人对视一眼，有些尴尬。

"贺铭遥让你们跟着就跟着吧。"她说完，客气地笑笑，下了楼。

明天自己就去和贺铭遥道谢吧，就像感谢一个见义勇为的陌生人一样。她想。

次日，奚苒十一点多才醒，太阳早已经挂到半空。

昨晚那些事就像一场梦，她睁眼时还有些浑浑噩噩，不知今夕何夕。

她洗漱完，小心翼翼地下楼。

一楼，老板娘不在，贺铭遥靠在沙发上，正低声同黑衣保镖说着话。

贺铭遥见到奚苒，立刻站起身，快步走到她面前，轻声问道："你醒了？饿了吗？我让人买了点早餐过来。"

奚苒没说话，余光往厨房一扫。相翎不在，想必是被贺铭遥弄走吃牢饭去了。

贺铭遥似乎能读懂她的心思，低声说："那个畜生我会好好教训的。"

奚苒微微点了点头，又真心实意地开口："谢谢你。"

只这一句话，贺铭遥就仿佛被什么东西击中——倏忽间，他因为奚苒逃跑产生的恼怒、叹息、痛苦，全部烟消云散。

这女人实在是哪哪都让人心疼又喜欢，恨不得将她牢牢地抱在怀中，守在羽翼下，再不让旁人欣赏她的好。

蓦地，贺铭遥紧紧捏住手指。

奚苒并没发现他的异常，还当他没听到，竟然又说了一遍："昨天谢谢你来救我。还有，不好意思，我不该对你发脾气。"

贺铭遥哑着嗓子说："不用谢。"

奚苒点点头，别开脸。

两人一起沉默下来，气氛逐渐尴尬。良久，贺铭遥抬起手，捏住她的手腕，像在自己家一般，将她拉到餐桌边坐下，又将早点推到她面前。

"早饭一定要吃。"

奚苒扬眉，轻飘飘地瞟了一眼。

也亏得贺铭遥神通广大，竟然能在南镇古城里买到江城的特色早餐，还挑了她喜好的口味。

贺铭遥见她没动，又沉闷地补了一句："有什么话，吃完再说。"

奚苒很快吃完饭，两人将对话阵地转移到露台。

贺铭遥抢先一步，面无表情地将相翎的下落交代给她听。

昨天晚上，他狠狠教训了相翎，也让徐明通知了相老板。这会儿，估计相老板都到古城了，正在想法子、找门路，要给奚苒赔罪呢。

"如果有人来找你，别理就行，我会处理好，不会让他爸这么轻松解决的。"他有的是办法让相翎尝到教训，这辈子都横不起来。

贺铭遥顿了顿，又问道："这畜生之前没有对你怎么样吧？"

"没有，之前都好好的，我也没想到。总之，谢谢你。"

贺铭遥低低地笑了一声，说："我为你做的事，什么都不必说谢。"

奚苒坐在秋千上，慢吞吞地开口："虽然谢谢你救了我，但是离婚这件事，我是不会改变主意的。"

贺铭遥眉头蹙起，眼神中满是忧伤："我找了你很久。"

也很想你。他在心里说。

奚苒笑起来，说："嗯，我猜到了。"

贺铭遥实在不甘心，起身走到她面前，居高临下地看着她，语气却显得有些卑微：“是不是无论我做什么，都没办法改变你的想法了？”

卑微？这个形容词怎么可能出现在他身上呢？大抵是她的错觉。

奚苒拧了拧眉，不自觉地在心中摇头。

“是。”

车轱辘话说了太多遍，大家都已经有些厌倦了。

贺铭遥倏地问起另一件事：“那个孩子，你想过要打掉，是吗？”

虽然事情已经过去许久，但奚苒听他提到孩子，整个人还是泛疼，痛得恨不得蜷缩成一团。

她的眼眶涌起泪花，又硬生生地压下去。

“是。我没打掉也不是因为别的，只是觉得孩子无辜罢了。”

贺铭遥握紧拳头，沉默半晌，他说：“好，我答应离婚。”

奚苒一愣，说：“贺铭遥……”

“但不是放手。奚苒，离婚之后，我们重新来过。就当作没有认识时那样，我重新追你。”

贺铭遥背向阳光，目光炯炯地看着她：“你给我一个机会。求你。”

两人一坐一站，在微风中默默对视。

奚苒仰起头，逆着光看过去，贺铭遥表情不明，但显然与喜悦无关。

事实上，在说出这句话之前，贺铭遥都没有生过离婚这种念头。

离婚，这简直是天方夜谭。奚苒若是脱离他的掌控，会被多少人盯上，可以料想得到。毕竟她只离开那么几天，就引来了相翎这种畜生，实在让他放心不下。在他答应离婚那一刻，还是无比担心她。

他是可以拼命拖着她，将她圈起来，画地为牢，但若是被她抓到机会再跑一次，说不定又会像这回一样，要在外面吃很多苦头。

贺铭遥想到这种可能性，倏地心软了。

他舍不得。

贺家有万贯家财，往上数到太爷爷辈，从嫡系到分支，一大家子，也没出过一个痴情人。贺铭遥上一场恋爱，由于贺夫人插手，算得上惊心动魄。但他从小接受利益至上的精英教育，本身并非什么情种、情圣，所以哪怕孔熙不甘心，指责他飞快地放弃爱情，也无法在他内心引起一丝一毫波澜。他青春年少那会儿没体验过深情，转眼结婚三年，也快奔三了，竟然还柔肠百结了一把。连甜言蜜语他都嫌自己以前没学好，不能打动对方。想来，实在让人跌破眼镜。

可见爱情足够让人盲目——要是不够盲目，大抵是爱得不够真切。

贺铭遥悄无声息地轻叹一声。

他迟迟没等到答案，又小心翼翼地问："这样可以吗？"

奚苒终于从愣怔中回过神来。

有生之年，她还能听到贺铭遥说"求"这种字，着实有些惊讶。

不过好像值得惊讶的事情太多，也就不显得那么惊讶了。

她咬了下唇，斩钉截铁道："行。"

贺铭遥松了一口气，眉眼一弯，露出一个笑，足以勾魂夺魄。

奚苒后面那句话就这样被震回喉咙里——"行，离婚离婚离婚。追不追什么的，我暂时不考虑。"

显然，贺铭遥误会了这个"行"对应的问题。

只是错过了最好的机会，后面就没法说了。

兜兜转转大半年，奚苒经历了搬家、车祸、流产、失忆、逃亡，还差点被侵犯，终于等到了机会重见天日。她迫不及待想回到江城去，赶紧同贺铭遥办离婚手续，不给他机会反悔。

贺铭遥却并不怎么着急。他找到奚苒后，整个人和缓下来，一扫颓唐之气，又变成冷漠倨傲、不苟言笑的男人了。

下午，相老板赶到了客栈，但没能成功约见奚苒。倒是贺铭遥纡尊降贵，同他私下说了几句。

就要离开了，奚苒难免不舍。临走前，她去找了老板娘，很不好意思地小声说道："昨天晚上的事给您造成麻烦了吧？如果有住客要退房或者投诉，损失就让贺铭遥承担吧。"

老板娘笑了笑，说："贺老板刚刚已经把全店住客的单都买了。"

奚苒："……"

有钱真好，不像她，身上没半毛钱就算了，还欠了一屁股外债。

"不过……"老板娘犹豫片刻，道，"那位贺总，是某女明星的前男友吗？抱歉，我无意打听你们的隐私，只是你之前说，他想要挽回你们的感情，但网上的消息似乎并非如此。"

老板娘心善，看她温柔懂事，以为她被渣男骗，免不了提醒几句。

奚苒愣了愣，轻声道："其实，我们——"

一道低沉的男声倏地插入："既然说了是来自网上的消息，显然就应该知道，有胡编乱造的成分。"

两人齐齐回过头去。

不知何时，贺铭遥已经站在小楼入口，不近不远，恰好能听到她们说话，却又不会挡住这片温柔的阳光。

他三两步走过来，牢牢地揽住了奚苒的肩膀，姿势亲昵，语气却不自觉带上些许狠厉。

"律师函前几天已经发了。老板娘，您别以讹传讹。"

老板娘："……"

"我只爱奚苒。"

第七章 / 秘密

时隔许久，从春天到初夏，奚苒终于重新回到锦绣路的小家。

除去家具有些积灰，这里同她离开时几乎没有丝毫变化，竟然让人有些热泪盈眶。

她吸了吸鼻子。

贺铭遥也跟着一块儿过来，只不过人一直站在门外。他听到声音，皱起眉，三两步跨到奚苒身边，捏住她的肩膀，问道：“感冒了？”

南镇和江城的气候不同，人很容易水土不服。

这女人实在太让人担心。

奚苒愣了半秒，赶紧推开他：“没啊。”

贺铭遥盯了她片刻，也没看出什么端倪，只得点点头，轻描淡写地留了一句：“休息吧。”

语毕，他转过身，长腿一迈，往外走去。

奚苒尚未来得及细想，话已经出口：“你去哪儿？”

贺铭遥头也没回，指了指隔壁：“我买下来了。”

奚苒：“……”

“近水楼台先得月。”

他低笑一声。

回江城当晚，奚苒同周远和岁三说了这事。

岁三直接拨了语音电话过来，追问奚苒后续的安排。

奚苒答道：“继续工作呗，看公司安排。”

她无故消失这么久，也不知道这份坐班工作还能不能保住。还有周远跟她对接的那个小说改编的剧本，到时候也得沟通一下。

这么一盘算，她离婚之后，竟然还有一大堆事情要处理，想想就有些头疼。她嘤咛一声，懒洋洋地躺在床上。

岁三停滞片刻，似乎在同旁边人交谈，紧接着，她笑起来，说："行了，周老师让你准备准备，下周回公司上班，假是他给你请的，公司早批了。他说，你到时候直接去编剧企划部，那边会有人安排你工作的。"

奚苒的精神一下子振奋起来："你们现在在一起？"

"是啊，我们俩都在酒店房间。这不是听你说事嘛，我就开了免提，周老师在旁边看电视呢。"

既然周远说没问题，那必然是没问题，奚苒松了一口气。

"跟组好玩吗？"

岁三长长地叹息一声，说："如果导演不是喻洲的话……"

她话音未落，听筒背景音吵闹起来。

奚苒正想说什么，就听到岁三叫了一声："喻洲，你干吗啊？"

喻洲的声音由远及近："捉奸。"

继而不知道是谁，立刻将语音电话挂了。

奚苒握着手机，愣了一下。

次日，奚苒起床时，发现手机里都是陌生号码发来的消息。

贺铭遥：你醒了吗？我是贺铭遥。

贺铭遥：今天天气不好，你还想去民政局吗？

贺铭遥：你还在睡的话，我先去公司，等你回复。

贺铭遥：姐姐，好梦。

奚苒迷迷糊糊看完短信，一骨碌坐起来，手忙脚乱地打字回复：去的。我去你们公司找你吧，你带好证件，下午一起过去。

这些日子，贺铭遥大部分时间不在江城，好不容易回来，忙得脚不沾地。他收到奚苒的回复时，正在开会，放在桌上的手机轻轻振了一下。

底下瞬间安静了。

贺铭遥面无表情地拿起手机，扫了一眼。

正当所有人以为他要将手机交给徐明处理时，就听到他轻描淡写地喊停了会议，让人跌破眼镜。

然后，他开始自顾自地打字回复消息。

贺铭遥：好。

贺铭遥：那你打车过来吧，也别做午饭了，太累。到公司食堂来吃。

贺铭遥：一起吃顿饭，我开车去。

底下几个总监视线交汇，神色各异。

贺铭遥就是工作机器，上班时间完全不带私人感情。既然是他不惜喊停例会都要回复的消息，必然是重大事情，说不定就是大项目，到时候肯定得分人去做，而谁都想为年度业绩添砖加瓦。

贺铭遥完全没有察觉这些人的小心思。他握着手机，一只手撑下巴，垂下眼，又安安静静地等了一会儿，总算收到回复。

奚苒：行。

他松了一口气，眉毛轻轻挑起，似是露出一抹笑容来。

贺铭遥放下手机，心情不赖，说："我们继续。"

底下众人："……"

奚苒也踟蹰了许久。

按照前情，两人之间不该是这个氛围，理应早就水火不容。但贺铭遥不久前才救了她，哪怕只是出于礼貌，她也该客气一些，再加上他出乎意料地答应了离婚。

她想了想，觉得还是别在这些小事上触怒他。吃饭就吃饭吧，他们又不是没一起吃过。

奚苒换好衣服，又翻箱倒柜找齐了证件，这才慢慢出门去。

江城的雨季同别处不同，有风，雨淅淅沥沥，哪怕撑着伞，也会吹到衣服上和头发上，一点都不浪漫不说，雨滴甚至还有点脏兮兮。

奚苒不太喜欢这种雨季，每年到这个时候，总是心烦。

好在网约车来得很准时，直奔贺氏总部而去。

这是她第二次来这儿，保安早就提前收到大老板的通知，毕恭毕敬地打开门："是奚小姐吧，贺总等您很久了。请进。"

奚苒轻声道谢，拿了临时卡，按照保安的指引，找电梯上楼。

进贺铭遥的办公室，有总裁专用电梯。

她这张临时门卡是贺铭遥特意吩咐给的，也可以刷专用电梯。但她并不清楚这个，还是跟着人流，一同上了旁边那部电梯。

时值午休饭点时间，电梯里人不少，奚苒靠在最边上，不经意间听到了前面两人的耳语。

“你知道吗，这两天，法务部那个老胡在和孔熙工作室打官司。”

“为什么啊？”

“你看微博了吗？有人爆料说，孔熙和大老板谈过恋爱，还上了微博热搜，老胡说，大老板派人查出来，是孔熙工作室自己找人在炒这件事，所以要搞他们呀。”

“这么厉害啊！”

“对啊，听说是大老板老婆不高兴了。”

奚苒无语凝噎。

电梯到达顶层，奚苒一抬头，看到贺铭遥直直地站在电梯口，似是等待她。从这个角度望过去，他身形修长，像一棵树一样，沉默又坚毅，散发着迷人的荷尔蒙。

她的脚步顿了顿。

贺铭遥的余光已经看到她，三两步走到她面前，将她从电梯里拉出来。

“你怎么来得这么晚？”

“贺铭遥……”

“老婆，我想你了。”

奚苒结结实实被吓了一跳，条件反射，后退半步。

她这般疏离的表现，竟然也没能让贺铭遥改变脸色。

贺铭遥依旧是平静的模样，笑意压在眼底，只能依稀窥见端倪。

他开口：“去吃饭吗？”

奚苒偷偷瞄了他好几眼，心里说不上什么感觉。

在很久之前，她曾经非常羡慕那些女人，能被心上人喊一声“老婆”。这个称呼从发明开始，就承载了无尽的质朴与温柔，很难不让人着迷。女人并不是因为想做妻子才做妻子，只是因为那个人，才想做他的妻子。

但奚苒和贺铭遥结婚并不是因为爱，谁也没法在这种关系中亲热地喊一声爱称。他们都习惯了叫对方真名。

哪怕奚苒在心中妄想了很多年，妄想也只能是妄想。直到这会儿，她听到这个称呼，却没了原本那些少女期盼，只留下无限唏嘘。

贺铭遥见她面色古怪，挑了挑眉，干脆地说出了自己的心思。

“以后我就没机会喊了，先喊几声过过瘾。”

奚苒："……"

贺铭遥也没继续开玩笑，朝她招招手，带她从另一部电梯下楼，去贺氏园区里那个大食堂。

正逢饭点，这一路上皆是贺氏员工，三两成群，说说笑笑。但贺铭遥所到之处，再吵闹的场景，立马也能悄无声息。

所有人都在悄悄打量两人。

奚苒觉得自己快被各路眼风扎死了，贺铭遥却面不改色，怡然自处。

她闷闷地问道："你是故意的吗？"故意叫她来公司，故意在这么多下属面前晃悠。

贺铭遥微微一顿，轻声开口："我只是想和你一起吃顿饭而已。你还没吃过贺氏园区的食堂吧？"

奚苒："……"

"以前都是我不好。"贺铭遥低声叹气，"你生病的时候，我想把以前亏欠你的都弥补上，但是来不及。"

奚苒跑得太快，太猝不及防，太没有征兆。

"我想，结婚那天，我们有太多不完美，但离婚这天，至少该完美一些。"他说。

既然他决心要将奚苒重新追回来，哪怕是离婚，也该有些仪式感。

他将人藏着掖着这么多年，这次便要把她带给所有人认识。至少，她在第一次做贺太太期间，还有一丝值得她怀念的东西。

当然，等她第二次做贺太太时，他一定会对她非常非常非常好。

贺铭遥抿起唇，这般想着。

奚苒顿了顿，再没说什么。

贺铭遥带着奚苒，明晃晃地上了二楼的小包间。

一楼的员工们开始交头接耳，互相八卦。

"这个女的是谁啊？大老板旁边那个人，是我们公司的吗？"

"肯定不是啊，开年度员工大会的时候，就没见过这人。而且看脸，也不像是高层吧。"

"会不会是贺总的女朋友？"

"怎么可能，贺总怎么可能把女朋友带到员工食堂来。贺总平时高冷得要命，工作的时候还特别恐怖，公私分明，做不出这种事。"

"网上不是说他女朋友是孔熙吗？"

“不是吧，你没听老胡说啊，法务部已经在和孔熙工作室打官司了，孔熙要真是贺总的女朋友，能这么搞？就算是前女友，也不能这么绝情吧。啧啧。”

“难道是贺总的老婆？不是说贺总早就结婚了吗？”

“我的天，那这女的看起来好像配不上大老板啊。”

……

二楼，贺铭遥与奚苒对大家的猜测一无所知。

贺铭遥拆了筷子，递到奚苒手上，垂下头，仿佛漫不经心地说道：“其实我一直害怕，再没法跟你这样平静地坐在一起吃饭。”

毕竟前一阵，奚苒的抗拒有目共睹。

奚苒握着筷子，闻言，忍不住咬了咬唇。

贺铭遥见她不想作答，没再说什么，手指微动，按在自己肚子上。

然而奚苒并没有注意到。

吃过饭，贺铭遥亲自开车，带着奚苒去了民政局。

两人在队尾站定，贺铭遥扭过头，定定地看着奚苒：“奚苒。”

“嗯。”

“真的吗？”

“真的。”她斩钉截铁。

贺铭遥低低地苦笑一声，说：“换了证，我真的还会有机会吗？”

奚苒离开的这些日子，贺铭遥想了很多很多。

这场婚姻，可以说是矛盾重重。两人的感情在不对等的时刻产生，一个来得太早，一个来得稍迟，没卡上节拍。在外人看来，又是不对等的身份，潜移默化中，这种看法也影响了本人的看法。

奚苒要的东西和贺铭遥能给的东西也相距甚远。

她需要平等的爱情和尊重，而贺铭遥从小高高在上、不可一世，从未对人低过头，无论用什么手段，他都要得到他想要的，哪怕用强迫手段，哪怕旁人不甘愿。

他越是这样，奚苒就越是抗拒，两人的距离也越来越远。

所以，贺铭遥不得不暂时放手，给她喘息的空间。他像一个循循善诱的捕猎者，工于心计，以此来谋求下一个机会。

到了这刻，他到底忍不住，露出一丝颓丧。

奚苒的心微微一颤，避开他的视线，捏紧了手指。

良久，她缓缓开口："贺铭遥，我真的非常非常认真地爱过你。"

哪怕说不清起于何时，哪怕她爱得卑微，这份感情、这场经历也难以抹杀，镌刻在了骨子里。

"要是我曾经没有认识你，就好了。"她低低地叹息。

贺铭遥读懂了她的言外之意，一时之间，他无力开口。

纠缠了数月，奚苒成功地将红本换成了离婚证。

直到办完手续，她才知道，失忆那阵，贺铭遥将数套房产都划到她名下，还有她开惯的那辆车，以及贺氏的部分股权。于贺家资产而言，这算不上大手笔，但绝对不是小数目。

奚苒已经无须工作，只靠每年的分红、收租，即可成为一个富婆，吃穿不愁、安于享乐。她不知道该如何拒绝，但也无法拿得心安理得。

奚苒踟蹰许久，还是在锦绣路出租房内住着，只用了其中部分钱，还清了之前欠周远的那些钱，又转了一些住宿费给民宿老板娘。

紧接着，她回到光世销假，开始投入工作中。

周远在跟组，编剧部门换了一个领导，同她交接工作。

这领导的职位比周远高半级，算得上大部门领导，四十岁左右，表情一贯严肃，底下人都喊她"欣姐"。

第一次见面，欣姐讲话就十分麻利直接："奚苒是吧？我看过你那个剧本的主线了，可以，基本没有问题。细节修改的意见，周远应该已经发给你看过了，之后就按照这个主线写。你要注意，这是小成本剧，剧情要高潮迭起，但不能出现特别消耗资金的场景，这个度你自己把控一下。还有，原作在网络上有一定影响力，这也是公司第一次做这种小IP的改编，和原作的贴合度也要尽量把控好。当然，这一切的前提是不踩线，细节完成会有其他同事配合你，邮件已经发给你了。"

奚苒一一应下。

欣姐挥手道："行了，差不多就这样，你去忙吧。"

"好的。"

奚苒回到工位，发现手机收到一条短信：奚小姐，您好，夫人请您抽空一叙，望您拨冗前来。

是贺家管家。

再没了熟悉的“少夫人”称呼，显得有些冰凉，给人高高在上的感觉。

奚苒拧起眉头。面对这种态度，她真是腻味极了。

纵观前情，从奚苒一点点冷了爱意，再到铁了心要离婚，贺铭遥的态度是主要因素，但贺家也算诱因之一。贺夫人总是如此装腔作势，时时刻刻踩着她。

她确实是小门小户，算是高攀贺家。可是，她自问全职太太当得尽心尽力。就算是保姆还拿工资呢，她除了一张结婚证，真占了他们家什么便宜吗？

奚苒握着手机，大脑灵光一闪——股权。

还有什么事能让这位名媛贵妇纡尊降贵地找上前媳妇儿呢？大抵就是贺铭遥强行转到她名下的那些股权惹出了事。

奚苒自认没有一身傲骨，她就是一个俗人，颜控，也喜欢钱。

这世上，哪有人能傲气到不见钱眼开呢？她愿意净身出户，只是因为良心罢了。

她放下手机，没有理会那条短信。

现在她又不靠贺家吃喝，凭什么还要低声下气，受这种委屈呢。

然而没过几天，贺夫人就找上了门。

周五，奚苒走出大楼，经过一辆豪车时，那辆车重重地鸣了一声笛。

她一惊，条件反射地停下脚步。

豪车后座的车窗缓缓降下，里面的女人戴着墨镜，散发雍容华贵的气质，同墨镜架边那一圈钻石一样，无比闪耀。

奚苒脸色微变。

女人讽刺般勾了一下红唇，说：“奚小姐，听说现在请您不太容易，那我亲自来了。不知道您这会儿有没有空，上车聊几句？”

贺夫人这般拿腔拿调，刺得奚苒浑身不自在，又担心被同事看见，只好默默上车。

贺夫人嗤笑一声，吩咐司机道：“开车。”

二十分钟后，两人在贺夫人名下的一家餐厅坐定。

贺夫人也没有问她意见，直接让服务生端上了自己一贯喜好的菜品。

服务生出去后，包厢里变得静悄悄的，像暗藏了某种杀机。

奚苒垂下眸子，默默地等待贺夫人发难。

贺夫人的手指落在红酒杯上，轻轻地晃了晃，接着缓缓开口：“没想到，也就坚持了三年而已。”

奚苒：“……”

“铭遥是个好孩子，除了婚事，一直没让我操心过。”贺夫人漫不经心地笑了笑，“当初他要娶你的时候，我看你面相温婉，不像孔熙那个狐狸精一样，长了一张算计脸，所以哪怕你门第不显，家境堪忧，铭遥闹一闹，我也就勉强答应了。我倒是没想到，奚小姐才是那个厉害的。”

奚苒：“……”

“离婚拖了几个月，硬生生将股权拖到手才离婚。这笔账，还是挺能算的嘛，倒是可惜去当什么编剧了。”

果然，她还是说到了股权。

奚苒没忍住，扑哧一笑。

贺夫人脸色微变，说：“你笑什么？”

奚苒说：“我只是觉得有点好笑。”

贺夫人：“……”

“我以前一直想不明白，为什么只是有点钱，就好像恩赐一样呢？我自问一片真心，从来没有什么对不起贺铭遥的地方。现在我懂了，因为你们这种人习惯了无理，习惯了高高在上，用正常人的思维是讲不通的。你们用高贵和教养作为外衣，包裹了蛮横无理的为人态度，和你们讲道理，你们会讲钱，和你们讲钱，你们又要扯教养了。说不通。”

贺夫人脸色僵硬，说：“奚苒，你怎么敢这么跟我说话？”

奚苒站起身，说：“饭就不吃了，贺夫人，有些话还要讲清楚。股权是贺铭遥主动转让给我的，我此前并不知情，如果您稍微调查一下就会知道，股权转让期那阵，我出了严重的车祸，正躺在医院里。哦，对了，我还流掉了一个孩子，贺铭遥的。”

贺夫人瞪大了眼睛。

奚苒轻声道：“所以，你别再看不起人了，我虽然穷，但也不是为了一夜暴富才嫁给贺铭遥的。股权我自然会还给他，您不用担心。我就不陪您吃饭了，先走一步。”

“嘭”的一声，包厢门被人重重地推开。

侍者焦急道：“贺先生，您不能进——”

侍者话音未落，贺铭遥已经站在奚苒面前。

奚苒愣了愣。

贺铭遥的脸色不太好，他抬手重重地握住她的肩膀，上上下下地打量她，确定人没事之后，才松了一口气。

贺夫人也十分惊讶，说：“铭遥，你怎么会到这里来？”

贺铭遥直直地转向贺夫人，拉起奚苒，将她挡在自己身后，这才开口：“我不是说了，不许您找奚苒吗？”

贺夫人一脸不悦，说：“为什么不许？你还管到你妈头上了？”

贺铭遥冷哼道：“我劝您还是听听为好。奚苒是我的妻子，就算是您，也教训不了。”

贺夫人脸色大变，说：“贺铭遥，你昏了头吗？”

奚苒也是一脸难以置信。

贺铭遥同贺夫人关系不好，但他这般顶撞她，奚苒却是第一次见。

这一举动，实在让她心里发酸。

奚苒并不是有意想要挑起他们母子的战争——她只是在想，若是曾经那些日子里，当她被贺夫人训话时，贺铭遥哪怕能出一声，只需要一声，只需要为她说那么半句话，那时候，她该会感觉多幸福啊。或许再多不满，也会顷刻消散。

只是这一切好像来得有点迟。

贺铭遥注视着贺夫人，继续道：“我知道您为什么找奚苒，但这是我的决定。”

贺夫人冷笑一声，说：“我也是贺氏股东，你这种转让，我认为是商业竞争中的恶意转让，有理由不认。”

贺铭遥说：“这是我的私人财产，私人赠予，哪怕您是股东，也无权干涉。”

“贺铭遥！”

眼见着两人就要吵起来，奚苒想要开口说些什么，阻止两人继续争辩下去。倏忽间，贺铭遥整个人竟然直直地向后倒去！

奚苒就站在他身后，条件反射地托住他，不让他摔下去。

可是贺铭遥人高马大，她瘦瘦小小的，几乎没有抵抗之力。

“咚！”两人齐齐摔在地上。

奚苒只是被砸得有点疼，贺铭遥却已经脸色苍白，没有意识了。

贺夫人见状，再也维持不了姿态，尖叫起来：“来人！快来人——”

在贺夫人的惊呼中，外头冲进来几个服务员，但没人知道贺铭遥究竟是什么情况，也不敢妄动他的身体，怕加剧病情，只能手忙脚乱地打 120 急救电话。

奚苒被他垫在背后，又重又闷，便试图伸手把人推开。

贺夫人立刻喝止奚苒："你不要动！万一是心脏病呢？动一下就没救了！"

奚苒："……"

人命关天，奚苒再恨前夫，也不至于要他死，自然没法轻举妄动。

好在这里是市中心区域，救护车来得很快。

急救医生检查一番，下了定论："应该是胃出血引起的休克现象。"

救护人员将贺铭遥抬上担架，贺夫人也失了一贯的沉着冷静，踩着高跟鞋，小跑着追上去。

偌大的包厢，倏忽间只留下奚苒一人。

她半坐在地毯上，揉了揉刺痛的脚踝，慢吞吞地离开了餐厅。

这一天足够刺激，但她依旧十分平静，不显端倪，似乎一切不值得人动容。

贺铭遥得什么病，与她何干？

难道因为他今日急急忙忙地过来维护几句，她就该心软吗？

不可能的。

这一切都太迟了。

等贺铭遥被送进手术室，贺夫人这才放心了一些。

她在休息室小憩片刻，忽然问："奚苒呢？"

管家说："未曾见到奚小姐。"

贺夫人冷哼道："你看看！铭遥急不可耐地跑来，生怕我把她吃了，她倒好，离婚了就当没这人了！她看着人去急救，像没事人一样！"

在贺夫人看来，贺铭遥这么维护奚苒，无论真心如何，至少不算绝情。而奚苒呢，牙尖嘴利，没教养，还没人情味，简直不知好歹！

十五分钟后，沈从宴赶到了。

管家见到他，起身打招呼："沈少爷。"

沈从宴挥了挥手，示意他不用整这些老派虚礼，急急问道："老贺进急救室了？"

管家毕恭毕敬地道："是的，少爷正在手术室。"

沈从宴咬牙，眼神里满是无奈。

事实上，他早就知道贺铭遥的胃出了毛病。

奚苒出车祸前，贺铭遥已经开始经常性地喝闷酒。奚苒失忆后，他终于好了一阵，谁知她很快又跑得没了影子。贺铭遥自然发了疯，整夜失眠酗酒，食不下咽，再加上长途奔波，硬生生把健壮的身体熬坏了。

沈从宴早就猜到他有这么一遭，但也没想到会严重至此。

面对老友的痴情，沈从宴理解不了，也不大赞同。

他长长地叹了一口气，坐到旁边。

夜深，手术总算结束了。

贺铭遥被转入贵宾加护病房，人还未醒来。

沈从宴站在病床边，默默地看了他一会儿。

这个男人从小到大清风朗月，不可一世，是真正出类拔萃的天之骄子。然而此刻，他躺在病床上，紧紧闭着眼，脸色同嘴唇一样苍白，不见血色，眉目间似有无尽的愁绪。不必想，自然是情愁。

或许正如俗语所说，自古英雄难过美人关。

沈从宴心绪复杂，开口问管家："奚苒呢？有没有通知她？"

贺铭遥醒来，应该会很想见到她才对。

管家一愣，斟酌片刻，答道："少爷正是同奚小姐和夫人在一起时晕倒的。"

言下之意，不用通知了，奚苒就在现场，压根没想来。

沈从宴："……"

天光乍破时分，贺铭遥动了动手指，浑浑噩噩地睁开眼。

众人纷沓而至，将病床围了个严严实实。医生检查后确定没事，又仔细交代了一番："胃要靠养，以后得当心了，烟酒都不要再碰了。"

管家听得仔细，连声应下。

沈从宴则如同事外人一般，双手插在口袋中，冲贺铭遥挑了挑眉，笑道："哥陪你到天亮，够意思吧？"

贺铭遥没有笑，干哑着嗓子，低声问道："她呢？"

他问的是谁，已经不言而喻。

沈从宴直接得很："没来。她就没来过医院。"

贺铭遥："……"

贺铭遥的眼神一点点黯淡下来。

沈从宴忽然有些不忍。

毕竟人在病中，哪怕是钢铁一般冰冷的贺铭遥，心理上也会脆弱，他该委婉一些才对。

沈从宴心中有了盘算，叹了一口气，说：“行了，哥，你再睡会儿吧，别折腾自己了。”

贺铭遥转开视线，抿着唇，再没说话。

一时间，病房内的气氛降到冰点。

沈从宴再难忍受这般寂寥的氛围，开口：“那我先走了，明天再来看你。”

贺铭遥哑着嗓子说：“你别来了。”

“啧。”沈从宴笑了一声。

他走出病房，摸了一支烟出来，没点，只咬在双唇间，垂下眼，细长的手指在手机屏幕上按了几下，点击发送。

沈从宴：奚苒，我是沈从宴。不知道你今天有没有时间，方便的话，可以见一面吗？

整整一晚，奚苒翻来覆去，难以入眠，一直到凌晨，才迷迷糊糊地眯了一会儿。

她再睁开眼，天已经大亮，但她还是免不了想起贺铭遥。

也不知道他怎么样了。

奚苒自认不会因为这么一点点施恩般的怜惜而动摇，但她也并非钢铁心脏，本就柔肠百结，难免多思多想。

胃出血的话，是喝酒喝坏的吗？

贺铭遥的身体一直很好，又注重养生、锻炼，怎么会把胃熬坏呢。

出于普通社交礼仪，她要不要去看看他？但明明她已经决定老死不相往来，又何必多此一举，让双方一起动摇呢？

奚苒摇摇头，随手拿起手机，发现多了一条信息。

沈从宴对她的态度一向很好，哪怕他是贺铭遥的至交好友。一直以来，两人也算和谐共处，倒是不必连坐。

她客客气气地回复了一句：请问有什么事吗？

对方没有再发短信，而是直接打了一个电话过来。

电话那头，男人轻笑一声，说："奚苒姐姐，中午好。"

奚苒："……"

一番寒暄后，两人约在锦绣路附近见面。

没多久，沈从宴的车停在了奚苒的小区门口。

超跑、帅哥、名表，皆与这个老旧的小区格格不入，十分引人注目。

保安有些诧异，正想上去盘问，就见奚苒三两步跨过去，上了副驾驶座。

保安："……"

他似乎联想到什么，眼神越发微妙起来，但当事人都没有注意到。

奚苒拉上车门，语气淡淡的，问："沈先生，找我有什么事？"

沈从宴咧着嘴笑了笑，看着十分和善："没什么事就不能找姐姐聊聊天吗？"

他话音未落，跑车发动机轰鸣几声，飞驰离开。

喝下午茶的地点定在一家茶室，距离锦绣路不远，也谈不上多上档次，但很适合安安静静地说话。

沈从宴给奚苒倒了一杯碧螺春，又给自己倒了一杯，轻轻吹了下热气，终于切入正题："铭遥胃出血进医院了，奚苒姐姐，你知道吗？"

果真是这事。

奚苒垂下眼，沉默不语。

沈从宴没等到她应声，只得自顾自道："我和贺铭遥认识了二十几年，没见过他这样。我没办法，才冒昧找到你，想跟你说几句。"

奚苒捏着手指，打断他："没什么好说的。我同贺铭遥的婚姻是什么情形，你不是很清楚吗？"

她卑微地贴了贺铭遥三年，也没见贺铭遥心软过。这会儿，凭什么她就要心软？

沈从宴点点头，说："我知道，以前是贺铭遥对不住你，但那是以前啊。他这个胃，你知道是怎么弄坏的吗？他这么一个人，天天喝酒，坐在家里等你，不吃饭，硬生生地把胃熬坏了。后来他又去找你，来回奔波，生活习惯更加不规律。我知道，你觉得我是在替他卖惨，但是奚苒姐姐，就算是他错了，也要有个机会改正才行啊。"

奚苒冷冷地嗤笑一声，说："沈先生，我在家里等着他吃晚饭，饿到肚子疼，把手指切伤，被贺夫人指责，被你们这个圈子的人看不起，被别人误会时，你在哪里？谁又来帮我跟他说一句，让他回头看看我呢？时不我待，亡羊补牢的时候，羊早就已经跑完了。”

沈从宴微微一愣。

奚苒站起身，轻声开口：“苦肉计纵然有用，但一定不是对我有用，因为他只是我的前夫罢了。”

她在“前夫”两个字上加了重音，既是说给沈从宴听，也是说给自己听。

没什么可动摇的，贺铭遥这种人，哪还缺她去同情探病啊。

这不，他才进医院，就已经有好友迫不及待地来兴师问罪了。

奚苒想到这里，越发觉得好笑。

她心里清楚得很，今天，沈从宴能找上她，并不是因为他真的觉得她对贺铭遥来说有多重要，只是因为她的个人意志没什么重要的，贺铭遥的心情更重要。说不定，他心里还觉得她矫情得很，怪她不识抬举，将贺铭遥害惨了呢。

也是，毕竟人家是天之骄子，朋友们也都是天之骄子，她算什么呢。

这茶太膈应人，实在是没法喝下去，奚苒毫不在意地笑了笑，转过身快步离开。

留沈从宴一人坐在原位，捏着茶杯，眼神也渐渐变得凌厉，思绪已经不知飘到哪里去。

奚苒到家后，冲了个澡，这才勉强平息了心里的怒气。

事实上，很多事情，哪怕她嘴上说着不在意，心里还是十分在意的。

奚苒不知道，沈从宴这般态度、这般举动，有没有得到贺铭遥的暗示，但她很清楚，人家表现得再客气、再亲热，心里也没把她当一回事。

离婚了竟然还要受这气，亏她昨天失眠那么久，就像是一场笑话。

奚苒冷嗤一声，干脆利落地把这件事抛到了脑后。

她有很多事要忙。

虽然她离了婚，但还是要继续生活，没工夫在这儿伤春悲秋。

她只当这是一个插曲，过了就过了。

周末两天，奚苒加班加点，将剧本第二部分主线写得七七八八。

她看着文档上的各色标注，只觉得人生充实，心满意足地按下保存。

转眼又到周一，奚苒走进公司，发现很多人在窃窃私语。

“到底是谁啊？”

“就是那个编剧。啧，厉害，过一阵她估计要上位当咱们老板娘了。”

“喻导他爸不就是合伙人吗？也是拿分红的那种，又没有什么实权，老板娘不至于。”

“那也是飞上枝头变凤凰了啊。你没看之前有多少小女明星想搭上喻导的线。”

“又结不了婚，说什么飞上枝头，不至于。”

“啧啧。”

奚苒越听眉头拧得越紧。

自从上次喻洲怒气冲冲跑到办公室来，她就猜到，他和岁三应该是有点什么。再加上那通电话，说什么“捉奸”，实在让人浮想联翩。

奚苒听见有人提到微博，拿出手机，发现热搜榜挂上了喻洲的名字。

热搜第一条是照片，看起来是偷拍照，高糊马赛克十分显眼。

拍摄人原本可能是想偷拍孔熙，所以将镜头对焦在她脸上，旁边人都有些模糊。岁三撑了一把遮阳伞，避开人群，站在房檐下。喻洲就站在她旁边，一只手压着她的肩膀，一只手卡着她的腰，凑过身去，用力吻住了她的嘴角。

奚苒手一抖，顺手关了微博，等她再想点进去时，热搜词条已经消失得干干净净，连带着搜索喻洲，也搜不出什么花边新闻来了。

奚苒拧起眉。

贺铭遥在医院躺了两天，便要求出院。

医生是名医，但在贺少爷面前，也没有名医的架势，仔细地交代了许多注意事项。

贺铭遥目光沉沉，似是走神，压根什么都没有听进去。

医生止住了话头，叹息着离开。

没过几分钟，沈从宴也到了。

贺铭遥正在换衣服，见到他来，手臂一顿，扬了扬眉，算作打招呼。

沈从宴本就不是外人，自顾自地坐到沙发上，从茶几上拿了一个苹果，啃了一口，含含糊糊地开口：“你怎么这么快就出院了？”

贺铭遥垂下眼，说：“过几天奚苒生日，我要准备一下。”

沈从宴：“……”

气氛凝滞片刻后，沈从宴恢复了玩世不恭的模样，笑着说：“你不说我都忘了，孔熙和奚苒的生日是同一天吧？”

两人是同校学生，生日也是同一天，说不定贺铭遥是将奚苒当成孔熙的代餐了——很多知情人都这样猜测。

唯独沈从宴没这么认为过。

在他看来，贺铭遥是什么人物，别说找什么替身，就是有这种念头，都是看低了他。

贺铭遥闻言，头也没抬，慢条斯理地开口：“沈从宴，你想死呢。”

沈从宴：“……”

“奚苒不喜欢听到这些，别再说了。”他理好衣服，冷淡地道。

沈从宴讪讪一笑，再不敢说自己去找过奚苒了，生怕撞到枪口上。

收拾完东西，两人一同上了车，沈从宴调侃道：“我看你是病人才来给你当司机的，记得请客吃饭。”

贺铭遥点点头，说：“没问题。对了，还有件事。”

“什么？”

“我要投资一部剧，你看看做什么类型的比较好。这方面，你是专家。”

贺铭遥之前收购了一家公司，这事沈从宴知道，他也确实是剧本投资方面的专家。他想了想，问：“你怎么突然想到这个了？”

贺铭遥摆弄着手机，仿佛不在意地随口道：“我投资一部剧，让奚苒写剧本。”

哦，他明白了，贺铭遥这是要给前妻抬轿。

沈从宴笑起来，说：“万一人家成了大编剧，一集十几万片酬，有钱有名，小帅哥们都得往上贴了。”

这圈子势利又复杂，从孔熙的种种行为就可见一斑。

贺铭遥浑不在意，说：“没事。”

“哇，你对奚苒姐姐这么大方？这可不像你。”

沈从宴漫不经心地感叹了一句，因为是玩笑，也没指望贺铭遥给什么反应。

倏地，他听贺铭遥低声道：“她喜欢最重要。”

只要她想，只要他有。

“追女人不就该这样吗？”

沈从宴愣了愣，蓦地笑出声来："追女人是这样，但是没听过追前妻的。老哥，你这事儿要是传出去，得被人笑掉大牙了。"

就算被这样调侃，贺铭遥面上也不见恼怒之色，语气也是淡淡的："谁敢笑。"

贺家在江城权势滔天，哪怕是好事人想要说嘴，也真不敢舞到他们面前来。

不过，沈从宴这几句话倒是给贺铭遥提供了一些新想法。

奚苒之前的话里一直透露出一个讯号——她介意孔熙和他之间的关系，且缺失安全感。那么，要是他干脆把两人的关系昭告天下呢？她会不会相信自己的真心？此事还需从长计议。

贺铭遥的手指在膝盖上无意识地敲了几下，沉吟片刻，顺手摸出手机。

一堆亲朋好友关心问候的消息中，并没有他心中期待的人发的。

那天奚苒是看着他倒下去的，她没有探病就算了，为什么连一句问候都没有呢？

她已经恨他到这种程度了吗？

他就这么让她讨厌吗？

贺铭遥拧着眉，默默闭上眼。

沈从宴打了方向盘，及时岔开话题："送你回家？"

他问是这么问，事实上，车子早已经驶在这条路上。

贺铭遥沉沉地"嗯"了一声，想了想，又说："还是去锦绣路吧。"

沈从宴无声地叹气，自然知道那是什么地方。

要不是有某些磁力吸引了贺铭遥，他们怕是一辈子都不会踏足这种平民区，更别说住到那里去了。

只是，贺铭遥的想法不可更改，哪怕旁人觉得不值，作为好友，也不能妄加置喙。

沈从宴到底还是应了声："行。"他立马打灯，掉转车头。

夜深人静，奚苒联系上了岁三。

岁三叹道："宝贝儿，我知道你想问什么。我和喻洲没可能的。"

奚苒失语片刻。

她也是惊心动魄爱过一场的人，岁三那语气，绝对不是完全不在乎，倒像自己结婚那几年，强撑着状态，小心翼翼地压抑心意，憋闷又无奈。

岁三的声音很低沉，似乎有些不好意思："我和喻洲本来就不是大家想的那样。之前我们确实是不熟，后来发生了一些事……他可能是为了感谢我吧，所以才会纠缠上来。这人就是一个吊儿郎当、不着调的富二代，我没想过和他玩玩。到时候被玩了不说，还惹得一身骚，指不定连工作都丢了，没意思。"

她素来腼腆，谨慎低调，同喻洲压根不是一路人，更别说两人天差地别的身份。

奚苒垂下眼，认真地说："你说得对。"

若是数年前她也有岁三这种清醒的意识，可能就是不一样的人生了。

没有贺铭遥，没有贺家，她就踏不进万丈深渊，触不到艰难险阻，一辈子安安稳稳，普普通通。

但她也不后悔，爱过就是爱过。

奚苒说："其实，重要的是自己的想法。岁三，这不是你教我的吗？"

岁三用力地点头："对，男人可不值得我们操心。说起来，周老师之前说的那个剧本，你写得怎么样啦？"

奚苒笑着答道："快了，我自己这边写得差不多了。这还是我第一次写这种完整的剧本，估计弄完还得磨一磨。"

"没事，反正最后还是要在公司过一遍的，老板拍板说 OK 就行。"

"嗯。"

"对了，可能你那边还没写完，我就要回来了。"岁三笑起来，"咱们这儿估计快要收尾了。"

奚苒见岁三转而说起工作，便知道岁三心里有数，也无心再打探了。

两人都是奔三的人了，不是什么天真的小姑娘。岁三比她还多工作许多年，在职场上摸爬滚打，哪怕看着腼腆一些，但能在大娱乐公司混下来，自有一套世故成熟的为人守则，她只需将关心带到即可。

挂断电话后，隔壁忽然传来轻微的动静。奚苒僵住，整个人轻轻一震。

贺铭遥又让人来监视她了吗？

一时间，奚苒开始心神不宁，恼怒浮上心头。

是因为沈从宴劝说失败，那个人又要开始玩什么新花样了吗？

她放下手机，怒气冲冲地走了出去，用力敲着隔壁的房门。

很快，里面的人开了门。

贺铭遥大病初愈，脸色有些苍白，少了些惯有的强势与盛气凌人。

他见到门外的人，眼中霎时间带上了惊喜。

“奚苒？”他一脸难以置信。

奚苒仰起头，怒视着他：“你为什么会来这里？”

贺铭遥抿了抿唇，沉默下来。

奚苒一字一句道：“贺铭遥，我不喜欢这样。”

“怎样？”

“你说离婚之后，你想要追求我，没问题，虽然我无意回头，但阻止不了你的行为，你爱怎么样就怎么样。”奚苒深吸了一口气，“但我是人，不是你的所有物。周五那件事，我很感谢你，只是没必要——我的事自己能处理好，你不用时时刻刻关注我。”

这话已经说得十分不客气了。

贺铭遥拧起眉，眉目含着戾气：“你觉得我在跟踪你？”

奚苒不说话。

贺铭遥冷哼了一声，说：“我还没有那么没品。奚苒，你不喜欢的事，我不会做的。周五那天是别人告诉我，我才知道贺夫人来找你了。”

要不是怕贺夫人为难她，贺铭遥怎么可能急不可耐地找过去。

当时，他把车都开飞了，就怕晚到几分钟，让她受了那么一丁点儿委屈。谁知竟然还被这样误会。

顷刻间，贺铭遥从手心到心脏都泛上冷意，刺痛感几乎要将他杀死。

他捻了捻手指，沉沉地道：“我到这里来，是为了就近追你没错，但不是你想的那样。”

奚苒张了张嘴，说：“抱歉。”

贺铭遥叹了一口气，声音低下来：“奚苒姐姐，后天是你的生日。”

奚苒：“……”

“那天你有空吗？”他往前一步，缩短两人的距离。

两人不自觉地对上视线，暧昧的气氛无端地弥漫开来。

贺铭遥抿着唇，目光紧紧地锁着她：“嗯？”

奚苒默默地往后退了半个身位，说：“抱歉，没空。”

从二十四岁认识了属于孔熙的贺铭遥开始，奚苒一点一点沦陷，世界的重心也逐渐偏移到他身上。但她的二十九岁生日，她不想再见到他。

贺铭遥自嘲地笑了笑，说：“我知道了。”

奚苒点点头，说：“那我先回去了。”

她转身欲走，贺铭遥再次开口："我给你准备了礼物，如果你不想见到我的话，到时候给你放在门口。"

奚苒一怔，立刻拒绝道："不必！"

她的话音尚未落下，贺铭遥已经轻轻地将她推得远了些，紧接着，重重地关上了门。

"回去吧。晚安。"他完全不给她拒绝的机会。

奚苒："……"

次日，贺铭遥乘坐私人飞机远赴东城。

窗外是大晴天，云层细密。贺铭遥的眼睛仿佛穿透虚空，难得开始走神。

他这次去东城，主要是为了去拍卖会给奚苒拍一件生日礼物。早在几个月前，他已经选定了目标。

这会儿他仔细回想，发现自己其实没有认真送过奚苒什么东西。

他有那么多高薪特助、秘书，为他争分夺秒地处理生活琐事，力求将每一秒都花得有意义。显然，给女朋友或是老婆挑选礼物这件事，在他看来毫无意义，完全是可以交给别人处理的事。

他不爱奚苒时，自然不会费心费力地为她准备什么礼物，反正副卡就在她手上，她想买什么都可以肆意妄为。逢年过节送的那些东西，也自有人送到家里去，任由她挑选。包括那个爱马仕，也是徐明挑了买下来，送到锦绣路的房子的。

要说什么东西是真正按照奚苒的喜好去买的，应该是贺铭遥去买的几个卷饼。只是几块钱一个饼，说出去都嫌掉价。

奚苒看起来娇娇弱弱、温温柔柔，实际上心志比谁都坚定，礼物必然打不开什么缺口，但是他想送。

或许男人就是这样，直到动心了、爱上了，才能体会到某些心情。

他想要把她放在心尖，恨不得把世上所有的好东西都捧到她手上。

只要能哄她笑一笑，随便做什么，他都不嫌浪费时间。

日落时分，私人飞机落地东城，贺铭遥入住酒店总统套房。

徐明见老板脸色不好，忙问："贺总，需要请医生来吗？"

贺铭遥捏了捏鼻梁，说："不用。"

徐明又问："那现在让酒店客服送晚餐上来吗？"

贺铭遥随口应了一声，懒懒地坐进沙发里，打开手机。

沈从宴发来微信：你不是要帮前妻拍电影吗？她手上有什么本子？

贺铭遥是行外人，蹙眉想了想，打字回复：我不太清楚。

沈从宴：那你把我的联系方式给你家光蓝的负责人，直接找姐姐他们公司合作吧。如果走私人渠道，姐姐要是知道了，多半不会答应。

贺铭遥不懂这些，光蓝也是买着玩的，没打算怎么样。现在它沦为讨奚苒欢心的工具，也算物超所值。

他同沈从宴简单地沟通了几句，将事情交代给徐明去做。

徐明先应了声，又道："贺总，明天的拍卖会需要安排女伴吗？"

贺铭遥摇头道："不用，你跟我去就可以。"

拍卖会安排在第二日傍晚，贺铭遥领着徐明在第一排就座。

这次拍卖会是私人性质，参加的人大多是圈里人，面熟的，寒暄几句避无可避。

"铭遥来了啊，我很久没见你了，这次你是看上了什么吗？"

"有贺总在，看来今天的成交价格要按倍升哦。"

"贺夫人最近可好？"

贺铭遥面无表情，敷衍着回应。好不容易挨到了拍卖会开始，贺铭遥将拍品介绍手册翻到最后，轻声吩咐徐明："拿到这个手钏。"

徐明快速看了一眼，发现他指的是红玛瑙手钏，来路并未公布，但在场人心里大多有数，这是珍品。

这串手钏甚至还有自己的名字，叫"安平"。

徐明忍不住腹诽，一串破珠子，居然取个公主名。

他毕恭毕敬地低声问："预算呢？"

贺铭遥语气淡淡的："没有预算。"

徐明顿时就明白了，为什么老板连病都没养好，就要赶来参加这种不那么重要的拍卖会。

安平安平，倒过来不就是平安？

第八章 / 真相

六月八号是奚苒的生日，恰好是周六。

自从那日被贺铭遥提醒后，奚苒就开始琢磨，今年生日要做点什么才算得上“新生”。

然而还没等她安排出一个章程来，就先接到周远的电话。

“奚苒学妹。”

片刻后，她低低地应声：“学长，晚上好。”

周远也不寒暄，直切重点，笑着开口：“你想不想来探班？”

奚苒闻言，免不了动心：“我可以去吗？”

周远乐了，低低地笑出声：“当然可以，狗仔都能跑过来，你有什么不能来的。”

“那我想去看看。”

周远说：“没问题，你周五晚上下班之后来吧。”

奚苒深吸了一口气，真心实意地道：“谢谢你。”

周五下班后，奚苒拎起箱子，直奔高铁站。

晚上十点多，她快步走出高铁站，抬头便见到了周远。

奚苒走过去，说：“学长，谢谢你特地过来接我。”

周远挑挑眉，体贴地接过她手上的行李箱，继而乐呵呵地开口：“走吧，房间我给你开好了，等你放好东西，咱们一块儿撸串去。岁三都等急了。”

“好。”

两人坐上出租车后，周远转过头，脸上收了笑意，低声问道：“最近你还好吗？”

奚苒没反应过来，愣了愣，说：“啊？”

“我是说，你回江城之后，他有没有怎么样你？”

虽然微信上奚苒说了很好，但他没见着人，总是无法安下心来。

奚苒笑了笑，说：“没有。我们已经离婚了，我现在很好。”

周远看出奚苒不想多说什么，笑了笑，夸张地松了一口气，说：“那就好。”

《大城》剧组人员并不是住在这个酒店。

然而好巧不巧，孔熙吃腻了酒店自助餐，便带着助理到这家酒店来换换口味，哪想到竟然会遇到奚苒。

孔熙停下脚步，眼睛直勾勾地盯着奚苒和她旁边的男人。

男人也是熟面孔，《大城》总编剧，同喻洲关系很熟稔，还是自己的校友。深夜、酒店、孤男寡女，集合了众多暧昧元素，倒是有趣的一幕。

身边的小助理顺着她的视线望去，眼睛一亮：“啊，周编也在，这么巧。老师，您要去打招呼吗？”

周远虽然与孔熙无甚交集，但在组里也算小有名气，长得不赖，脾气好，对所有人都热情客气，难免让组里那些小姑娘想亲近。

孔熙没应声，低低地斥了一句“别说话”。

助理连忙收了声。

孔熙将手机调至静音，对着周远和奚苒一连偷拍了十几张照片。

奚苒独自上了电梯后，周远便在大堂里坐了下来，看模样是在等人。

孔熙心头一动，轻声嘱咐助理：“你留在这儿，看看周远和刚刚那个女的要干吗去。”

小助理的表情有些诧异：“这……”

孔熙挥了挥手，说：“就这么决定了，你小心一点，别被他们发现。你随时发照片给我。”

老板下达这种指令，打工仔也无法拒绝。

小助理很无奈，只得低声答应。

孔熙翻了翻照片，越看越觉得这两人的关系亲密得有些不正常。她想到贺铭遥因此恼怒、嫌弃奚苒，顿时有些兴奋了。

要是没了奚苒，她不就可以乘虚而入了吗？

孔熙坚信，贺铭遥不会那么绝情。

孔熙这般想着，压了压墨镜，悄无声息地离开了。

周远和奚苒尚不知道被人盯上，说说笑笑往定好的夜市摊走去。

岁三和编剧组另外两个同事都已经到场。

岁三见到奚苒，连忙扑过来：“宝贝，好久没见了！”

奚苒有些不习惯这般显眼的动作，轻轻地拍了下岁三，以示安慰，继而便将她推开了。

她笑着开口：“我没事啦。”

在座的都是同事，话题围绕着剧组很快聊开。

奚苒挨着岁三坐下，认真地听着。

孔熙作为女主角，名字被反复提起。

还是岁三挑起话头，道：“孔熙真的好酷，她的脾气就跟她的长相一样，完全是张扬的御姐款，真性情。”

旁边同事点头应和：“真的，她要不是有实力，还有镀金的履历，这么直来直去，非得因为得罪人被人整死。”

这句话奚苒可不敢苟同。

孔熙虽然不是卑躬屈膝款，但她从小混圈，心里有把尺，说话做事绝对是极有分寸的。

不过这话她也不方便说，只默不作声地听着。

对面，周远也一直没说话，只是看着奚苒，又指了指手机。

奚苒不解，滑开屏幕，见到新微信。

周远：你脸上蹭到辣椒面啦。

奚苒低低地笑了一声，抽出纸巾擦了擦脸。

周远：还有。

奚苒又擦了擦。

周远叹气，趁着众人聊得热火朝天，没有人注意到，自己拿了纸巾，飞快地蹭过奚苒的鼻尖，将她鼻子上的红色粉末抹去，动作一气呵成，无比自然。

这一幕被孔熙的助理抓拍了下来。

小助理尚不知道孔熙同周编有什么私人恩怨，她只是见这一对男女关系亲密，有些沮丧，以为奚苒是周远的正牌女友，这才偷拍。

她想到孔熙的交代，便顺手把照片发了过去。

孔熙坐在酒店酒廊里，面前放了红酒和一盘生蚝，以及几片火腿。

手机轻轻一振，孔熙忙不迭点开微信，放大图片，仔细看了许久，忍不住笑起来。

可她的号码早就被贺铭遥拉入了黑名单……她想了想，去前台借了电话。

那头的人很快接通电话。

“哪位？”贺铭遥的语气不带丝毫情绪。

孔熙娇娇柔柔地笑了一声，说：“是我。”

在孔熙的想象中，此刻，电话那头的贺铭遥定然已经开始蹙眉。

只是他眉目精致，哪怕是神情不虞，也总带着一丝矜贵迷人的味道。

孔熙在圈内混迹多年，出国之后也跟过别的男人，但再没有谁如同贺铭遥这般吸引她了。

于女人而已，他便是行走的荷尔蒙，勾得人理智尽失。

孔熙沉沉浮浮这些年，能走到今天，也不仅仅是靠什么靠山。她自有自己的处事法则，绝不是无脑花瓶。唯独遇上贺铭遥，她才会屡屡犯错，将自己推入如此境地。

她忍不住勾唇一笑，加上酒精的作用，更加大胆亢奋起来，又道：“你该不会没听出来吧？”

贺铭遥的声音不带一丝感情：“没什么事就挂了。”

“等等！”孔熙知道他说一不二，连忙喊住他，“我有事和你说。”

贺铭遥止住动作，沉默地等待着。

孔熙垂下眼，半晌才开口：“你还记得吗？再过十几分钟就是我生日了呢。”

贺铭遥：“……”

他自然记得，因为过了十二点，也到了奚苒的生日。

“你想说的就是这个？”他拧眉。

孔熙笑了一声，说：“当然不是。我想说的是，我碰见奚苒学姐了。我们同校，住过同一个小区，同一天生日，还和同一个男人交往过。你说，这是不是我们之间的缘分？”

贺铭遥终于失了平静，冷冷地问：“你现在哪里？”

孔熙听他这般紧张，美艳的脸庞微微扭曲了一下。

看来破镜重圆似乎没她想的那么容易，贺铭遥明显已经被奚苒那个心机女蛊惑了。

孔熙恶意顿生，声音尖利：“我在看你老婆给你戴绿帽子啊——铭遥，你想不想一起来看？”

贺铭遥干脆利落地将电话挂了。

不过三五分钟，一个陌生号码发来几张照片。

他本想直接删除照片，但照片上面那人就是他朝思暮想的，实在让他无法不点开。

贺铭遥顿了良久，忍不住自嘲地嗤笑一声。

到底关心则乱，他还是中了孔熙的计谋。

他将图片点开、放大，一寸一寸，看得仔细。

从进酒店到一起办入住手续，再到撸串时男人肆无忌惮地替女人擦脸，样样皆全。若是看照片的人想象力丰富一些，已经足以脑补一出旖旎艳丽的深夜戏码。

他再联想到以前奚苒说的那些话……

“砰！”贺铭遥将手机重重地砸向墙壁，金属外壳顷刻间四分五裂。

这不是贺铭遥为奚苒砸掉的第一部手机。

在奚苒面前，他再怎么装模作样，骨子里还是那个不可一世的大少爷，桀骜不驯又高高在上。这种脾气已经深入骨髓，哪怕他切了反骨，也再难改变。

但是奚苒不喜欢，他藏着就是了。

贺铭遥坐在沙发上，深呼吸了许久，总算恢复了平时的模样，面不改色地给徐明打电话。

“你送一部手机来，再安排一下飞机，最快。”

既然奚苒不在家，那他就去找她。

没什么大不了的。

吃完夜宵，周远去结账，奚苒和岁三就待在旁边等待。

趁着没人注意，岁三将一个小盒子塞进奚苒手中，小声说：“生日快乐，宝贝。”

奚苒瞪大了眼睛，看起来有些惊讶：“你怎么知道我生日？”

岁三乐了，说：“周老师告诉我的。他好早就记着这事儿了啊，念了好久，还怕你不来呢。我看，周老师对你可不是简单的同学之情哦。反正你也没什么牵挂了，要不要考虑考虑他？”

说实话，奚苒被岁三这句话吓得不轻。

她对周远并没有男女之情，只是感恩于他的悉心帮助，甚至还有些害怕亏欠太多，难以偿还。

此外，她和贺铭遥离婚已经算得上伤筋动骨，一段时间内，她不会再考虑这种事情。

在岁三调侃后，奚苒意识到自己没能把控好尺度，逾越了太多。说不定在不经意间，她已经给了周远什么错误的暗示。

奚苒抿了抿唇，说："太晚了，我先走了。"

她不想再等周远，打算独自先行离开。

"岁三。"倏地，一声低呼打断了两人的私语。

岁三同奚苒一起抬起头，循声望去。

喻洲站在不近不远处，笑得痞里痞气，目光丝毫没有分给突然出现的奚苒，固执地凝在岁三身上。

"你们吃完了？那就一起回去吧。"他说。

岁三脸上已经没了笑意，竟然透出少见的凉薄。她的目光投向前方的喻洲身上，薄唇轻启："喻导，现在不是工作时间。"

喻洲点点头，说："我知道。"

"所以您的要求，我恕难从命。"

这么耽误一下，周远也买完单回来了。

岁三冲着周远微微一点头，挽住奚苒的小臂，说："今天我和奚苒一起住。周老师，你们先走吧，明早见。"

周远正欲开口，喻洲长腿一跨，先一步迈出去，一把握住岁三的手腕，力气极大，牢牢地控制着她，让她完全动不了。

他的声音凌厉起来："你去哪儿？我送你。"

这画面恍若隔世。

奚苒心想，在几个月前，似乎贺铭遥也在众人面前这般纠缠过她。

那天，他们闹得不欢而散不说，她还气急败坏，当众让他下不来台。

难道所有男人都喜欢这么做吗？恨不得向全世界展示自己的占有欲，完全不考虑别人的心情？

只是这次她作为旁观者，竟然从喻洲咬牙切齿的神情中品出了一丝爱而不得的痛苦和无奈。

奚苒的心微微一动。

岁三却毫无察觉，面上不耐烦之色顿显："我说了不要你送！喻洲大导演年纪轻轻，听不懂中文吗？"

喻洲说："你这女人——"

岁三重重地将他甩开，说："如果你真的觉得亏欠我，想以身相许的话，没有必要。如果你心里实在是过不去这个坎，那就干脆在身上划一个口子，把血放了，我们就两清了。"

她说完，拉着奚苒，头也不回地快步离开。

奚苒与岁三回到酒店洗漱后，一起躺在床上。

她是编剧，想象力丰富，不自觉脑补了一大堆剧情。

从身上开一个口子放血？两清？再结合之前撞见的那些场景，以及岁三含含糊糊的话语，狗血故事已经足够完整。

但奚苒深知，有些事，哪怕是再好的朋友也无法分享。

岁三的声音有些沉闷："对不起，我不久之前才知道南城那件事。"

奚苒笑了起来，说："没事啊，最后我不是什么事都没发生吗？"

虽然她有些后怕，但也不能说出来，让岁三更加自责。

"那个畜生后来怎么样了？"

奚苒收了笑，轻声答道："在蹲监狱吧。"

之前，奚苒接到了徐明的电话。

徐明的语气毕恭毕敬："相翎完了，他会在牢里蹲上很久，久到足够您消气。相老板的生意也出了大问题，这个教训，应该能让他反思自己对孩子教育的失败。"

奚苒知道贺铭遥是为了让她安心，便同徐明说："我知道了。请你替我谢谢贺铭遥。"

这句话实在没有分量，难以抵销贺铭遥的救命之恩，但她孑然一身，除了一颗心，什么都没有了，自然什么都给不了他。

一个小插曲，无须对好友多言。

奚苒笑了笑，道："睡吧，明天还要早起呢。"

"嗯，晚安。"

片刻后，岁三的呼吸平稳下来，奚苒也开始迷迷糊糊，门铃乍然响起。

外面那人没什么耐心，等了几秒，没听到动静，又按了两下。

奚苒睡眠浅，顿时从睡梦中惊醒。这个点，谁会在外头按门铃？

她下了床，走到门边，从猫眼往外看了一眼。门口竟然站着贺铭遥。

这可真是一个不速之客，而且还是冲着她来的。

奚苒不想吵醒岁三，走了出去。她的动作看起来戒心十足，万分防备。

她语气不善道：“这么晚了，你来干什么？”

贺铭遥虽风尘仆仆，却不显狼狈，目光如炬，直勾勾地看着她。

奚苒不自觉地往后缩了一下，然而后面就是房间门，她避无可避。

贺铭遥定定地望了她许久，这才不紧不慢地开了口：“生日快乐。”

奚苒答了句“谢谢”，客套又疏离。

贺铭遥浑不在意，自顾自地翻开手掌，将一串玛瑙手钏摊在她眼前。

酒店走廊灯光昏黄，落在玛瑙石上，折射出幽幽微光，红得醉人。

“这串手钏叫‘安平’，你今年不太顺利，戴着或许能平安些。”

似是怕打扰这般温柔的名字，他的声音也是低低的。

奚苒没动，眼神无波无澜：“礼物就不用了。”

“要的。”

奚苒轻嗤一声，说：“我们之间的关系，不适合收礼。”

早在出发前，贺铭遥就收起了全身戾气，只将所有耐心展现给她。他听到这话，也没有生气，只说：“我们之间的关系，我觉得很合适。”

奚苒瞪了他一眼。

贺铭遥笑了笑，拉过她的手腕，将手钏套上去，大小正好。

他看似没怎么用力，动作很轻，但奚苒怎么都挣脱不了。

贺铭遥轻声道：“别拿下来。”

奚苒困得要命，耐心终于告罄，冲着他低吼：“你别再闹了！”

贺铭遥不为所动，手指扣住她的手腕，视线下移，似是在欣赏。

奚苒的手很白，红玛瑙戴上去，也不显成熟，反倒衬得她的皮肤更白，像糯米糕一样，晶莹剔透，让人恨不得将嘴唇贴上去，轻轻吸一下，看看能不能吮出汁水来。

他心思一动，果真这么干了。

在奚苒惊恐的表情中，贺铭遥捏着她的手，弯下腰，将一个羽毛般轻柔的吻落在她的手腕上。

他的唇仿佛隔着皮肤触到了她的血管。

奚苒的心跳蓦地加快，手腕上脉搏的波动过大。她不知道为什么会这样，但她意识到自己状态不对，恼怒不已：“松手！”

贺铭遥没动，嘴唇还碰着她的皮肤，沉沉开口：“他亲你了吗？”

奚苒：“……”

她手腕上有点痒。

“他亲过你吗？”

奚苒：“……”

“对不起，奚苒，我不想这么晚打扰你，但是一想到……我就控制不住。”贺铭遥的情绪难辨。

他一想到别的男人在陪她过生日，在和她一起吃饭，帮她擦脸，甚至同她进了同一家酒店，就克制不住，似乎立刻要发疯，身体也不受大脑控制，深更半夜也非要跑过来。

过去，贺铭遥从来不知道嫉妒是这种感觉。

他出身豪门，一直高高在上，对女人从未卑躬屈膝过，也不屑于与人争抢什么，甚至他压根无须争抢——只要他站在那里，所有人都会像磁石一样蜂拥而至。

很多感受他都不曾有过，但奚苒让他遍尝。

奚苒费了好大功夫，终于将男人摆脱，回到床上却了无睡意。

她自认心志坚定，是一个成熟女性，不是贺铭遥这种脑子不清楚的大男孩，也不会被些小礼物打动，但是贺铭遥弯腰的那一瞬间，她竟然有了一丝动摇。不为别的，只因为他那般姿态——她竟然从他身上看到了无言中的无可奈何。

奚苒侧过身，懊恼地抓了一把头发。

次日一早，岁三先醒，开口：“昨天晚上谁来了？是你前夫吗？”

奚苒磕磕绊绊地开口：“吵醒你了吗？”

因为太紧张，她直接默认了。

岁三慢吞吞地答道：“没醒，不过我看到你手上的手钏了。”

奚苒一愣，手指不自觉地拨了一下上头的玛瑙石。

岁三道：“我爸以前很喜欢研究这些东西，所以我稍微知道点。你这串手钏看着就不便宜，一般人送不起。而且你昨天睡觉的时候还没戴，醒来就有了，想必是贺总来过了吧。”

奚苒佩服她这观察能力，忍不住抬起手，比了一个大拇指。

当局者迷，旁观者清，岁三又道：“宝贝，答应我，哪怕最后又要重蹈覆辙，也多让贺总吃点苦头，好吗？”

上午，奚苒和岁三一同走进片场。

喻洲正对着场务发火，似乎是哪个道具坏了。

周远早就到场了，眉眼含笑地朝两人打了招呼。

奚苒疏离地问了好，转而看向孔熙。

这是奚苒第一次看孔熙演戏，几乎是瞬间，就被孔熙眼中的光亮吸引了。

不仅仅是眼睛，她整个人都在发着光。

奚苒很不合时宜地想，怪不得几年前孔熙会义无反顾地抛弃贺铭遥，远赴国外。她天生是为镜头而生。

室内戏一直拍到下午，最后一条是外景，众人转移地点。

岁三和奚苒并肩走着，身后忽然传来一道男声："岁三老师。"

岁三和奚苒回头望过去，发现是男主角的扮演者闻伦。

闻伦走近后，客气地问道："岁三老师，这位是？"

岁三介绍了一下："这是奚苒，也是编剧之一。"

"奚苒老师你好，我是闻伦。"

除去孔熙，奚苒还是第一次见这种咖位的大明星，脸颊不自觉泛红，连忙说："闻老师，你好。"

介绍过后，闻伦顺势走在了两人旁边，同她们聊起天来。

闻伦笑道："奚苒老师，我可以冒昧地问一个问题吗？"

奚苒一愣，说："可以的。"

"请问，你手上这串手钏可以卖给我吗？我可以加价。因为我爷爷酷爱收藏古玩，他快要过生日了，我正在为他的生日礼物发愁……"闻伦不好意思地笑了，似乎是因为夺人所好，觉得这种话难以启齿。

奚苒却只抓住了一个重点："古玩？"

闻伦诧异道："你不知道吗？"

时值周末，贺铭遥没立刻回江城，而是在奚苒隔壁开了房间。

他拉了椅子坐在门边，安安静静地工作了一下午。

隔壁开门声响起，他立刻便听到了，手疾眼快地拉开了房门。

果然是奚苒。

她是一个人回来的。

贺铭遥迈步上前，喊她："奚苒。"

奚苒一惊，房卡从手中滑落，掉到地上。

贺铭遥抢先蹲下身，将卡捡起来放到她手中，语气十分自然地问道："晚饭吃了吗？"

奚苒面无表情地点头。

贺铭遥低低地笑起来，说："我还没有吃，你可以陪我再吃点吗？"

"不可以。"

贺铭遥执拗地道："可以。"

"不可以。"

他叹道："可是，我还买了蛋糕。"

奚苒很坚持："我不想吃。"顿了顿，她又将手钏褪下，"这个礼物太贵重了，我收不了。"

闻伦说完之后，她偷偷地搜索了一下，才知它价值连城。

奚苒可不敢收它，现在正好能当面还给他。

贺铭遥不接手钏，脸色一点点沉下去。

两人僵持起来。

到底是奚苒坚持不住，又不好意思在走廊上同他拉拉扯扯，只得说："那我改天送回你办公室。"

贺铭遥气急了，说："我送你的礼物，没有收回的道理。你不想要就扔了。"

奚苒："……"

"现在你陪我吃饭。"贺铭遥硬邦邦地说了一句。

还没等奚苒回应，"嘭"的一声，他直直地对着她单膝跪地。

"求你，我想给你过生日，奚苒。"

奚苒瞪大了眼睛。

结婚前，贺铭遥都没单膝跪过她。人家都有单膝跪地求婚这种仪式，但他们俩的婚姻本来就有很多不堪，也并非双方自愿，自然少了许多仪式感。这么多年，她从没指望过贺铭遥对她做出这个动作。

他这种人，连弯个腰都嫌折了气势，让他单膝跪地，怎么可能呢。这世上，没有人比他自己更重要了。

可眼下，他只是希望她能陪他吃顿饭，竟然就毫无原则地跪了！

他疯了吗？

奚苒顾不得感慨，望向走廊的监控，确定这里不是监控死角。

奚苒一想到监控背后有人正在看戏一样看着这一幕，脸"唰"一下红了，只觉得尴尬得要命。

“奚苒……”

奚苒立刻伸手去拉他：“贺铭遥，你快点起来！”

好在贺铭遥对奚苒那点小脾气还算有点了解，见她的余光频频转向监控位置，他借着她手腕的力气，顺势站了起来，然后扯住女人的手腕，将两人的距离缩到几不可见。

贺铭遥勾了勾唇，说：“你答应了吗？”

奚苒：“……”

经过刚刚那一出，奚苒恼怒中还带着一丝怯意，耳尖不受控地泛红。

贺铭遥笑起来，声音里带着心满意足的窃喜：“我就当你默认了。”

语毕，他拉起奚苒，直直地往电梯的方向走去。

奚苒压根不知道怎么回事，两人只这么交锋几句，自己就被这高大的男人牵着鼻子走了。

她将此归结于贺铭遥脸皮厚，无惧旁人的眼光，连在公共场合单膝跪地这种丢脸事都做得出来。但她不行，自然拿他没办法。

汽车驶出停车库，直到此刻，奚苒才有空细思今晚这慌乱的剧情。

事实上，今天也是孔熙的生日。

作为《大城》第一女主角，剧组为孔熙准备了生日会，也算是宣传噱头。对外自然说是“惊喜”，然而据岁三的爆料，东西都是孔熙工作室自己准备的，剧组工作人员只是充人头罢了。毕竟喻洲这脾气、这身价，也不可能为了宣传做什么违心的牺牲。

奚苒自然不会参加，所以才一个人回了酒店。哪想到，她一回来就被贺铭遥拉了个正着。

这一天魔幻又荒诞。

半夜打扰人睡觉，生日礼物送古代贵族手钏给前妻，下跪请人吃饭，也就贺铭遥这个直男能干出这种事。

偏偏奚苒被这种直男举动晃晕了神志，竟然一一让他达到目的。

这样想来，实在让人忍不住咬牙切齿。

奚苒垂着眸子，头靠在车窗玻璃上，无意识地抠手指。

她扪心自问，自己并不是被贺铭遥这一串举动打动，只是因为这男人前后巨大的反差，在她心中掀起滔天巨浪。

无论哪个女人，能让贺铭遥这种男人低头，应当都会有些许动容。

奚苒长长地叹了一口气。

车内安静，贺铭遥听到叹息声，问了一句："怎么了？"

"没什么。我们要去哪里？"

他顿了顿，并没有正面回答，只说："马上就到了。"

陌生的城市，陌生的街道，灯影幢幢。这是自奚苒有离婚念头后，两人之间的气氛第一次如此平和，在贺铭遥看来，甚至还带着一丝缱绻，足够暧昧。

他们就好像一对普通情侣一样，男朋友费尽心思在为女朋友庆生，什么爱恨纠缠、痛苦婚姻，全部不见踪影。

没多久，汽车停在山路上，贺铭遥熄了火，道："到了。"

奚苒平静地推开车门，愣了愣。大半夜，山路上空无一人，四周都是树和碎石，再往外走几步，就是悬崖。虽然山看起来不太高，但掉下去好像也没有什么生还的可能。再加上面前这男人曾经确实对她做过一些过激的举动，一时之间，奚苒脑补了许多恐怖情节，后悔刚刚一瞬间被他骗得心软，跟着上了车。

"你不是说吃饭吗？"她声音打战。

贺铭遥猜到她的想法，简直啼笑皆非。

在奚苒看来，他就是这种人？实在让人气愤。

平静片刻，他说："对啊，吃饭。"

他带头往前走了几步，又回头望向她："你还不快跟上？"

奚苒深吸了一口气，跟上他。

只两三步，再拐个弯，眼前豁然开朗，不远处竟然开了一家餐厅。

贺铭遥能找到这种地方，也是不容易。奚苒咬了下唇。

此刻，餐厅里面一位客人都没有，显然是已经被人包场。

贺铭遥领着她进门，在侍者的带领下来到二楼露台。

露台已经完全收拾干净，只留了一张桌子，配两张椅子。桌上有烛台，点了蜡烛，放了蛋糕，甚至还斜斜地插了鲜花，同这欧式桌椅极搭，仿佛电影场景画面一般。

这风格很直男，但好像又足够浪漫。

贺铭遥走上前，替奚苒拉开椅子。

奚苒坐下后，想说些什么："其实……"

其实你不必这么费心，已经太晚。这些浪漫惊喜，若是出现得早那么一点点，只需要一点点，都足够她沉沦一辈子。但放到这会儿，我有了考量、波折，就会心生嫌隙。好似人成熟了、心倦了，再没法犯傻自己骗自己了。

贺铭遥出声打断她："还有一个小时。"

"什么一个小时？"

"还有一个小时，你的生日就过了。你先许愿吹蜡烛，好不好？"

奚苒没动，身体却不自觉微微一颤。

"结婚这些年，我很抱歉，没能帮你过一次生日。你觉得现在晚了，但我觉得还不晚。生日快乐，奚苒。"

贺铭遥说完，做了一件让人出乎意料的事——他给奚苒唱了一首生日歌。

男人的声音低沉动人，像一把上好的大提琴。

奚苒的眼睛瞪得老大，这还是她第一次听他唱歌。

贺铭遥很快唱完歌词，抬起手，拍了几下手掌，似乎完全没有意识到自己做了一件多么惊世骇俗的事情。

"许愿吧。"他说。

在他炯炯的目光中，奚苒竟然真的闭眼许了愿，然后吹灭了蜡烛。

贺铭遥弯了弯眼睛，又拍了一下手。侍者悄无声息地走上来，撤掉蛋糕，上了汤和牛排。

贺铭遥先拿起刀叉，将自己面前那份牛排切成小块，换给奚苒，动作流畅又自然，仿佛早就做了千百次。

奚苒拧了拧眉，说："我们已经离……"

贺铭遥预料到她要说什么，面不改色地开口："你许了什么愿望？"

奚苒："……"

"我可以帮你实现，哪怕你说想摘星星。"

奚苒顿了顿，本想说"许愿你别再靠近我"，但气氛实在太好，这种话她竟然有些说不出口。

贺铭遥花了心思准备，哪怕不是她想要的，也足够让人意外和动容。

最终，她低声答道："我没什么愿望。"

贺铭遥没有强迫她，说："嗯，你想到了再告诉我也行。"

现场就此沉默，时间不知不觉走向午夜十二点。

奚苒清了清嗓子，准备让贺铭遥送她回酒店。她尚未来得及开口，贺铭遥突然比了一个“嘘”的动作。

十一点五十九分。

“砰——”猝不及防地，半空中炸开了第一朵烟花，而后一朵接一朵，此起彼伏，绚烂夺目。

奚苒愣愣地看着半空，她很多年没看过这么美的烟花了。

烟花声极响，将贺铭遥的声音盖住了。

他对烟花美景没有兴趣，眼睛紧紧地盯着奚苒，声音饱含无奈和痛苦，低语道：“你要怎么样才能原谅我呢？”

只要可以挽回奚苒，他什么都能做，哪怕这会儿奚苒要他交出贺氏全部股权，他都能一口应下。

爱情中，再睿智的男人都是盲目的。

只可惜他没能早点意识到，才会束手无策。

“不许说晚了。”桌布下，贺铭遥牢牢地握紧拳头。

烟花一直持续不断，放了将近二十分钟。金钱确实可以创造出无尽浪漫，让人意犹未尽。

奚苒转回身子，直勾勾地望向对面的男人：“你刚刚说了什么？”

她刚才听到贺铭遥在说话，但烟花炸开的声音太大，她没听清。

贺铭遥与她对视，良久才开口：“没什么。你喜欢就好。”

那些难以倾泻的感情，就该深埋于心底，最好一直不见天日。

为了哄回奚苒，贺铭遥可以毫无底线地卑微下去。但若只有花言巧语，她应该不会喜欢。看她的反应，今天这一步他是走对了。

“走吧，我的生日已经过了。”奚苒想了想，还是将手钏褪下来，放在桌上，“这种东西我不敢戴的，你拿回去吧。”

贺铭遥一愣，冷下脸，眼神却有点受伤：“这是千年不坏的玛瑙。”

人人都说钻石象征爱情，能恒久远、永不变心。这串手钏价值连城不说，甚至比钻石更久远、更有历史，这爱情也理应比那些普通爱情更加独一无二。

为什么她不喜欢呢？明明是他精挑细选的礼物。

明明刚刚的气氛已经很不错了。

贺铭遥的心脏好像被针扎了一下，酸酸麻麻，有点泛疼。

奚苒品不出直男的浪漫，也知道这压根不是珍贵与否、价值几何的问题，只是想到闻伦说，这种手钏多半是从墓里来的，她瘆得慌。

两人沉默下来，最终是贺铭遥打破了这个尴尬的场面。

他将手钏收起来，沉着脸低声道："我再给你挑别的。"

再霸道强势的男人，也终归拗不过心上人。

"不用了。"

"一定要。"贺铭遥拧眉。

奚苒笑了笑，说："这烟花是你特意放给我看的吧？就当作生日礼物吧。"

因为到剧组探班是她临时起意，所以贺铭遥安排得十分匆忙。好在有钱任性，"哗啦哗啦"砸下去，总有人能妥帖办成。

能让奚苒开心一下，同他私下相处这么久，也算够本。

奚苒顿了顿，蓦地，又漫不经心地说道："我们在一起几年，我生日的时候，也没见你非送礼物不可的。"

贺铭遥："……"

这话就像一把刀子，直愣愣地插进贺铭遥的心口。

扎一下、扎两下，再拔出来，直至千疮百孔，血流成河。

贺铭遥握紧拳头，垂下眼说："都是我的错。"

说起往事，自是没有后悔药可以买。但要是这样能让她出气，被翻旧账、被奚落，也没什么大不了。

然而奚苒见他这般模样，心中却没什么波动，甚至不觉得有什么好解气的。

明明是自己心中的伤痕，偏偏成了御敌武器，刺向别人，简直是杀敌五百，自损三千，好没意思。

她自嘲地笑了笑，站起身说："回去吧。"

"嗯。"

周日傍晚，奚苒独自回了江城，刚坐下就收到了一条消息。

贺铭遥：回家了吗？

自从奚苒将他的微信拉黑后，多年不用的短信功能重出江湖。他仿佛有无数个手机号码，拉黑一个，可以轻松地再拿出来一个，保证自个儿的消息能传到她手机上。

此前，贺铭遥极少给奚苒发消息，一是他想岔了，生怕她看到消息会不高兴；二是因为他高高在上久了，放不下身段，实在不习惯做这种事。直到换了离婚证，他才想明白，尺度与距离、存在感与厚脸皮，追女人时缺一不可。

奚苒没回消息，切出信息界面，点进微博。

过了几分钟，贺铭遥又发来一条消息：昨天你很晚才睡吧？今天早些休息。

奚苒手指一顿，拧起眉头。

好在贺铭遥没再接着骚扰她。

奚苒梳理了一下思路，将手头的工作整理好后，点开了一个新文档。

作为编剧，谁都想将自己的故事搬上大荧幕。

奚苒入职光世不过七八个月，职业道路算得上一帆风顺——开局就是光世年度大制作，后面又遇上公司试水网剧，她作为一个新人，竟然扛下了主编剧。但无论是《大城》，还是网剧IP，核心故事都并非她原创，而是基于别人的想法，进行适度改编，她似乎并不是不可或缺的。于是“写一个属于自己的故事”，再次进入她的日程。

将近十一点，奚苒意犹未尽地长舒了一口气，准备去睡觉。她在关上卧室门之前，脚步顿了顿——大门外，传来了脚步声。

奚苒的手指不自觉缩紧，几秒钟内，她想了许多逃生的手段。

外面那人却屈指敲了敲门，声音是熟悉的：“晚安。”

紧接着，隔壁房门打开又关上，一切归于寂静。

奚苒长长地叹了一口气。

奚苒需要的机会很快就来了——这天，光世群发了部门邮件，大意是公司将与知名制片人合作制作电影，编剧们可以毛遂自荐。

一直以来，光世作为一个主营业务为影视制作的公司，资金充沛、经验老到，掌控着绝对话语权，如今骤然要与人合作……

岁三给奚苒发短信：咱们公司该不会资金链断了吧？都沦落到和别人合作了？但我看喻洲这一阵好像没有露出破产的样子啊。

奚苒：也有可能是为了拓展电影方向的业务？

光世主要是制作爆款电视剧，电影上好像还真没有什么建树。

但无论如何，既然公司给了这个机会，大家就都开始蠢蠢欲动了。

正午过后，奚苒将网剧IP的第一版定稿剧本交上去。

这部剧七月底就会开拍，到时候她也会跟组。但这种网剧毕竟是小制作，没有什么雕琢的必要，导演是拍过爆款网剧的导演，所以权限很大，领导早就同她通过气，到时候她只要跟着导演的意思改就行。

奚苒没什么不甘愿，依旧尽心尽力。

几秒后，邮件显示发送成功，她深呼吸几下，点开了那个文档。

光世并未公布到底是合作了哪个大制片人，保持了足够的神秘感。只是单“光世娱乐联合出品”这个招牌，就足够诱人了。

剧本如雪花般飞来，沈从宴将被邮件挤爆的邮箱画面截图，调侃贺铭遥：“你看看，为了给你前妻铺路，弄了多大一出戏，都有人找到我助理那里去通关系了。铭遥，我这可是帮着你烽火戏诸侯哦，怎么谢我？”

贺铭遥眼睛抬都没抬一下，说：“既然都弄了，就让你手底下那些人仔细看看，万一有好的剧本，你可以买下来备用。”

对资本家来说，任何资本都不能浪费，这也是行事准则之一。

“你倒是懂了不少。”沈从宴“啧啧”两声，收了手机。

他想也知道，贺铭遥必然是为了奚苒才去做了些功课。

美色误人啊。沈从宴再次发出感慨。

然而两人这次见面，不只是为了闲聊。他收起玩笑模样，表情严肃起来：“那边有点眉目了。”

贺铭遥“嗯”了一声，示意他继续说。

“周远是周铮的孩子，周家目前应该还没人知道。”

周铮便是贺夫人那个宝贝弟弟，去年刚给贺氏集团闯了大祸，被贺铭遥从集团里赶了出去，这会儿应该是回了周家公司里就职。

周家能同贺氏联姻，原本也是门第颇高。

从贺夫人太爷爷那辈起，周家就已经开始从事金融行业，家里出了许多初代银行家，甚至还有旁支去从了政。只是时代变迁得太快，若跟不上节奏，就会被毫不留情地甩掉。周家人因为故步自封又傲慢自大，自然日渐败落下来。到贺夫人这一代，竟然再没有一个男人可以扛得起家族大梁。

沈从宴道：“周远应该是私生子，户籍上，他是丧父状态。算算年纪，你舅舅那会儿才多大啊……啧啧。”

周铮没本事是没本事，但也说不上是闹腾人，只是私生活混乱，年轻时就欠了不少桃花债。

贺铭遥蹙起眉，手指无意识地捻了捻："验过 DNA 了吗？"

沈从宴摇头道："在找机会了。"

周铮那儿是毫无难度，但周远就不太好下手了——这人看着出身小门小户，戒备心却非同寻常，让手下迟迟无从下手。

沈从宴一直在怀疑，周远是不是清楚自己的亲生父亲是谁，这才刻意靠近他们。但是，贺家同周远他妈无冤无仇，他就算想报复周铮始乱终弃，也该找到周铮那儿去才对。

贺铭遥屈着手指，叩了叩桌面："我知道了。"

"铭遥，这事会不会……有什么阴谋啊？"

沈从宴没说出口，但眼神里的含义已经很明确。

"我会看着办。这件事辛苦你了。"贺铭遥站起身。

沈从宴愣了愣，问道："这个点，你干吗去啊？"

"我去看看奚苒。"

沈从宴不解地道："这都几点了，奚苒姐姐该睡了吧？有什么好看的啊？"

贺铭遥道："今天我还没有和她说晚安。"

沈从宴："……"

时值深夜，万籁俱寂，奚苒尚未关灯休息，还在写剧本。

她已经熬了好几晚了，好在明天就是周五，周末可以稍微喘口气。

然而奚苒的小算盘很快落空——周六一大早，岁三就打来电话，要奚苒晚上陪她去酒吧。

奚苒作为好友，自然只能答应。

她换了一身黑色吊带连衣裙，头发松松绾起，露出线条姣好的脖颈。

两人在酒吧坐了一会儿，岁三的眼睛忽然红了："昨天我和喻洲上床了。"

顷刻间，奚苒愣住了，她实在不知道该作何反应。

岁三心里憋闷，价格表也不关注了，直接点了一瓶威士忌。

奚苒本想劝几句，然而醉意上头，她也自顾不暇。

一晃眼，岁三已经喝得昏昏沉沉。

两人虽坐得偏僻，但都长得十分漂亮，很快被有心人盯上。

一个男人坐到奚苒旁边，说："妹妹你好啊，要不要一起喝一杯？我请你们。"

奚苒整个人往另一边挪了挪，毫不客气地拒绝："不用了。"

男人多喝了几杯，不依不饶："怎么了，就是聊聊天而已，都是来玩的，别那么放不开，交个朋友。"

奚苒开始头疼起来。

岁三已经醉了，闻言，抄起杯子，直接往那男人脸上一泼——

"啊！"男人一惊，整个人一下弹了起来。

岁三冷笑一声，说："交你个头！快滚！"

那男人当即恼羞成怒，一把抓住奚苒的手臂，将她整个人拎了起来。

男人钳制着奚苒，冷哼道："你朋友直接动手是什么意思？"手指却仿佛"不经意"地滑动着。

奚苒的寒毛耸立起来，喊道："放手！"

酒吧二楼包厢，沈从宴打开门，走进房间，坐回原位。

今天是几个好友小聚，贺铭遥难得现身，正同旁人低声说着话。

沈从宴想了想，还是拍了下他的肩膀，使了个眼色，悄声同他说："我好像在楼下看到你前妻了。"声音很轻，只有两人能听到。

贺铭遥闻言，紧紧抿起了唇。紧接着，他便冲旁边几个朋友做了个手势，示意他要先行离开。沈从宴也被拉出包厢。

"在哪儿？"贺铭遥问得很急。

沈从宴往下指了指。

二楼并非全封闭，而是中空设计，外围一圈包厢，客人只消走出房间，倚着栏杆，就可以纵览一楼全局。

"我也不确定是不是认错了。"沈从宴只是去个洗手间，路过走廊时，眼睛往下随意瞥了瞥，就看到一个略有些熟悉的身影。贺铭遥紧张得要命，顺着他手指的方向望了一眼，便头也不回地下楼去了。

也好在贺铭遥下楼，要不然奚苒今天真没法收场。那男人吃准了两个女人手无缚鸡之力，加上醉意蒙眬，完全不是他的对手，才敢如此嚣张。

奚苒的额头冒出了细汗。她在这里被他抓几下手臂是没什么，可要是这个男人还想做点什么不轨之事，她该怎么办？岁三都醉成那样了，又怎么办？

奚苒想去摸手机，但手机似乎在沙发上，自己却被这男人拽了起来，她压根够不着。

男人似乎感觉到她的心急，挤眉弄眼地笑起来："美女，别害怕嘛，我又……”

话音未落。

“砰！”

当所有人都没有反应过来的时候，男人已经被人拖起来，整个人被丢了出去，重重摔在地上。

奚苒愣然地瞪大了眼睛，手臂上那恶心的触感已经消失，视线被一个高大阴影挡住。

贺铭遥宛如从天而降，周身散发着飕飕冷意，它们似要凝结成实体，将这片空气全部冻住才甘心。

“你……”奚苒抬眼，望着他宽阔的背脊失语半晌。

贺铭遥并没有听到奚苒的话，他所有的注意力都集中在地上那个男人身上，几乎克制不了通身的戾气。

此刻，贺铭遥深切地意识到，自己完全无法接受奚苒被人觊觎，哪怕是周远——

要不是怕奚苒记恨，他恨不得将周远杀了，生啖其肉，饮其血，抽其筋，将周远挫骨扬灰才能罢休。

这种偏执的占有欲，在贺铭遥失去奚苒时，到达了顶峰。

贺铭遥做了一下深呼吸，扭过头，冷静地问道：“你没事吧？”

奚苒摇头道：“没事。”

男人还躺在地上。这一下打太狠，他半天起不来身，只能呻吟几句，冲着贺铭遥大喊道：“你是谁啊？我要报警！你这是故意伤害！”

贺铭遥怕克制不住心中的怒气，再没给他一个眼神，随手按了几下手机。片刻后，几个黑衣保镖悄无声息地靠近，将男人像破布一样丢了出去。这场闹剧终于收场。

贺铭遥转过身，眼睛直直地瞧着奚苒，表情看起来十分不好。

他冷淡地问：“你怎么跑来这种地方？”

这问题却是有失偏颇。这里是正规酒吧，平时接待的客人也大多是身家颇丰的高门大户，怎么也不该受到“这种地方”这种评价。

奚苒顿了顿，想到初衷，连忙扭头去找岁三。

桌上，威士忌已经见底。岁三半个身子压在了沙发座上，一动不动。刚才闹腾许久，也没见岁三有动静。果真是那杯柠檬水一泼完，她便彻底躺下了。

奚苒回道："没什么，我过来喝一杯。"

贺铭遥点点头，说："你朋友已经醉了，还不走吗？"

"是要走了。"她答道。

然而奚苒这小胳膊小腿，根本不可能抱起一个醉鬼。最后还是贺铭遥那群保镖将岁三弄起来，塞进车里。

还是那辆库里南，司机坐在前排。

SUV后座位置宽敞，但岁三半躺着，贺铭遥肯定不能坐进去，他便坐了副驾驶座，将后座完整地留给两个女人。

"她家在哪儿？"

奚苒听到贺铭遥的提问，愣了愣。

那杯长岛冰茶被她喝了个七七八八，这会儿酒精上头，她的反应也迟钝了。

她揉了揉太阳穴，勉强打起精神，细细一想，却发现自己确实不知道岁三住在哪里，只得说："去锦绣路吧。"

她这是要收留岁三一晚了。

贺铭遥不置可否，低声吩咐司机开车。

二十分钟后，库里南在小区门口停下。

贺铭遥扭过头，看到奚苒已经睡着了，明明空间很大，她却不自觉地和岁三挤作一团。

他摸了下鼻子，下车，拉开后座车门，将女人打横抱起来，扣在自己怀中。

贺铭遥力气大、体力好，公主抱一个女人，完全不在话下。

岁三则留给后面那辆车的保镖安置。

到她家门口，贺铭遥踟蹰一瞬，还是推开了隔壁房门，将昏睡不醒的奚苒放在床上，又从她包里摸了房门钥匙出来，丢给保镖。

"老板，这……"保镖扶着女人，一时之间也不知道该如何是好。

贺铭遥没心思管人家，只是因为岁三是奚苒的朋友，才费神留了一句："你打电话让阿姨来照顾。"

他说完，干脆地关上了房门，将旁人都关在门外。

保镖："……"

贺铭遥将人放在床上，忽然第一次体会到小房子的好处——在房间任何一个角落，都可以感受到她的味道，放大存在感，让人无所遁形。

他眯了眯眼，这般折腾，奚苒还是没醒。

可能是吊带裙不太舒服，她无意识地抚了抚，想将裙子脱下来。裙子很贴身，全靠拉链固定，这样弄，绝不可能脱掉。

贺铭遥站在门边，安安静静地看着她，直到她难受地蹙起眉。

他总算迈开步子，走到床边，弯下腰，沙哑地开口："裙子不舒服，奚苒姐姐，我帮你脱了好不好？"

奚苒脸颊绯红，神志不甚清明，眼皮像沾上了胶水，怎么都睁不开。她只听到有人说"脱衣服""帮忙"，潜意识里以为是岁三醒了，于是胡乱地点了点头。

贺铭遥得到肯定回复，眼眸沉了下来。

他居高临下地看着床上的女人。

外头天气炎热，女人穿得凉爽，吊带裙勾勒出肩线，流畅又漂亮。锁骨极深，似是能盛水。

她侧躺在床上，头发随意地落在肩颈处，显得慵懒诱人。

倏忽间，男人的呼吸急促起来。

奚苒迷迷糊糊，只觉得身上一凉，整个人松快下来。接着，熟悉的味道充斥了她整个口腔。

两人都喝了点酒，味道碰在一起，让人上瘾。

贺铭遥一只手托着奚苒的脖子，将她整个人撑起来，重重地吻了上去。

夜色浓浓，一切都显得肆无忌惮。

周日。

奚苒想到岁三不见踪影，手忙脚乱地下床，到处找包、找手机。

贺铭遥睡得不熟，很快被她吵醒，坐起身来。

"怎么了？"他问道。

奚苒微微一顿，开口时，语气不由自主地柔和起来："我的手机呢？要联系一下岁三。"

"你朋友在隔壁房间。我让家里阿姨照看她，你别担心。"

她捏着包，垂眸，低声说道："昨天晚上，谢谢了。"

要不是贺铭遥出现，她们两个女人可能还真的很难收场。

贺铭遥道："举手之劳。"

说不上什么心情，好像离婚之后，他们的交集反而更多。她深吸了一口气，咬着唇，小声道："嗯，也谢谢送我们回来。我先回去了。"

贺铭遥点点头，没拦她。

奚苒拉开大门，往旁边走两步，就是自己家。

岁三躺在床上，睡得很熟，开关门也吵不醒她。

帮佣阿姨是奚苒熟悉的面孔，她说："夫人，早上好。"

奚苒客套地笑了笑，慢慢开口："我姓奚。"

"是，奚小姐。"阿姨早就被贺铭遥交代过，改口改得十分顺畅，脸上毫无异色。

奚苒打发阿姨回去，尚未来得及做什么，岁三突然哑着嗓子开口："人走了？"

她一惊，扭过头，说："你不是还没醒吗？"

岁三懒洋洋地坐起来，挠了挠头，说："我早就醒了，不过因为有陌生人在，还看不见你，所以先装睡观察一下情况。"

醉鬼还挺有警觉性，奚苒有点想笑。

"昨天什么情况啊？我只记得有个男的非要搭讪你，然后就没印象了。我们怎么回来的？刚刚那个阿姨是谁？"她一开口就是一连串提问。

奚苒被她逗乐了，开玩笑般说道："没事，清白还在。"

岁三白了她一眼，说："谁问这个了。重点是，是不是你前夫贺总来了？"

这下换奚苒震惊了："你怎么知道的？"

岁三说道："要不然，按你这性子，怎么能从酒吧全身而退？而且今天你的心情还不算太坏，说明退得比较容易。"

"更重要的是，那个阿姨喊你夫人。"

既然岁三猜中了，奚苒也没必要藏着掖着，于是她把昨天发生的那些事挑了一部分告诉岁三。

岁三一边听一边频频点头，顺便把粥拿过来，放在茶几上。

两人分坐地毯两端，隔着小茶几吃早饭，开始谈心。

岁三询问道："贺总是想挽回你，然后复婚吧？你自己有什么想法？"

奚苒笑了笑，说："我没有想法啊。"夫妻之间，几年都是单向漠视地过着，对她造成的伤害不是做那么一点点小事就可以弥补回来的。

她垂下眼，说："我现在不想考虑这些，只想在工作上稍微做出点成绩来。"为了婚姻，她已经付出了三年，最终还不是大梦一场空，现在她只想搞事业了。

"男人真麻烦。"

"啧，是啊。"

七月，江城日出的时间很早。

窗外，天光透亮，暑气炎炎。

两个人对坐在一起，默默地吃着早饭，再没有多说什么。

第九章 / 星辰与你

七月中旬，《大城》剧组宣布杀青。

奚苒打开微博，发现孔熙又上了热搜。

@娱乐圈爆料：今日，光世娱乐年度自制剧《大城》宣布杀青，并放出杀青合照。该剧由孔熙主演，光世出品。作为孔熙归国后的第一部电视剧，《大城》被许多粉丝寄予厚望。

@一个爆料号：大瓜，KX前男友H的公司起诉KX工作室。

奚苒的手指一顿。早在年初时，她就在贺氏听到员工说起这件事，竟然是真的告了？

与此同时，孔熙戏一杀青，立刻将电话打到了贺氏总裁办。

“我找贺铭遥。”她厉声开口。

助理询问了一番之后，将电话转到贺铭遥的办公室。

贺铭遥捏了捏鼻梁说：“说吧。”

孔熙干脆利落地道：“贺铭遥，官司的事，你让你的律师撤诉，我不会再来烦你，我们一刀两断。”

贺铭遥的表情都没有变，平静地问：“我之前不是提醒过你，不要带着我炒作，这会让我妻子不高兴吗？”

“你……”

“孔熙，你已经是成年人了，要为自己的行为负责。”

“之前我并不是想炒作，只是被主持人问起来，难免怀念我们的曾经，谁能想到会被人扒出来。”

贺铭遥垂下眼，语气漫不经心：“那个帖子难道不是在你工作室的授意下发的吗？需要我将资料传真给你吗？”

孔熙道：“闹开了对我们大家都没意思，你明知道这官司要输，为什么不能算了呢？”

贺铭遥回道：“因为我想让奚苒放心。”

过去种种皆已死，他想告诉奚苒，只要她想要，无论是谁，他都能划清界限。

孔熙半晌没有说话，眼神怨毒，指甲将掌心抠出几道血痕。

贺铭遥面不改色地道：“还有事吗？”

孔熙憋着怒气，刻意平静地继续道：“可是你有没有想过，如果奚苒发现你是一个对前女友这么冷漠的人，她还会爱你吗？她不会担心，自己变成你的前任后，你也会这么对待她吗？”

“她永远不会变成前任。”贺铭遥斩钉截铁地道。

谈判无疾而终。怒火依旧难以发泄，她尖叫了一声，重新拨了一个号码出去，对着话筒大吼：“我要奚苒去死！”

七月底，那部网剧的定稿、选角全部结束，改名《星辰与你同闪耀》，宣布马上开拍，拍摄场景安排在江城本地。

与此同时，奚苒也完成了自己的第一部原创剧本，并投了稿。

两件大事尘埃落定，奚苒长长地舒了一口气，懒洋洋地躺在家里。

“咚咚——”门不合时宜地被敲响。

奚苒没动，叹了一口气，扬声问道：“贺铭遥，你有什么事？”

敲门声停顿半秒，紧接着，贺铭遥的声音响起。

“奚苒，开开门。”

奚苒问道：“你到底有什么事啊？”

贺铭遥声音平静，慢吞吞地说：“买了点水果。”

“你自己吃吧。”

贺铭遥没有强求，说：“那我把水果放门口了，你记得出来拿，天热容易坏。”

奚苒到底坐不住，轻手轻脚地摸过去，拉开门。门口放了几个大袋子，里头有好几个保鲜盒，保鲜盒里装了各式水果。

还有一张字条——都是我挑的，第一次弄，切的样子还可以吗？

这都值得炫耀一番吗？又不是小屁孩。

她笑了一声，又慢慢地将字条翻过来，发现背后居然还有字。

“奚苒姐姐，你喜欢吃的东西我都会去学。现在我煎的饼已经很好吃了，明天早上要不要来尝尝？”

尝是不可能尝的。

心里没啥事，奚苒一觉睡到下午，手机上的未读消息一大堆。

周远：小学妹，我听说你的剧要开机了！什么时候请我吃饭呢？

奚苒一愣。

确实，她之前说了好几次，要好好请周远吃一顿，感激他这么久以来一直照顾她。但是自从那日岁三三言两语戳破周远的感情后，奚苒几乎不犹豫，就像一只小蜗牛一样，退回了自己的壳子里，再不愿伸出善意的触角。

总之，在奚苒的刻意疏远下，加上工作也没有交集，两人基本退回了普通的“点赞之交”。

没想到周远会乍然提起请客这件事，奚苒有些不知所措了。

她踟蹰了许久，回复：没问题的。不过最近不行，我马上要跟组了，还不知道会不会有什么意外。九月怎么样？学长你有空吗？

奚苒很期待周远能读懂她的言外之意，然而几秒钟后，周远回复：有空！我随时随地有空！就等学妹请客啦！

奚苒的如意算盘落空，哀叹了一声，瘫倒在床上。

另一边，贺铭遥早上五点就起了床，煎饼的动作十分熟练，一看就是特地去学了一手。

他忙里忙外，大概有两个小时，弄了整整十盘煎饼。

贺铭遥嫌土，没系围裙，直接去洗澡换了身衣服才出来。

感情这种事，本来就该是双向的。

奚苒曾经为他学了那么多烹饪方法，明明她自己也不是喜好下厨之人，只是因为爱他，才心甘情愿罢了。

贺铭遥这般想着，挑了三个煎饼放到一边，然后将其他的全部倒进垃圾袋中。

很长时间过去了，大家都开始准备午饭了，奚苒却始终没有来。

没关系，他还要继续努力，他苦笑着。

几天后，贺铭遥带着徐明去南非，给奚苒拍了一块钻石回来，裸钻已经足够漂亮，但他怎么看都觉得不够，又让徐明跑一趟，约了法国知名珠宝设计师，让他给奚苒量身定制一款耳坠。

这下，连徐明都有些看不过去了，小心翼翼地试探道：“贺总，做耳坠的话，是要让设计师把裸钻切开来吗？”

这块钻石体积大，纯度极高，十分难得，要是切开来，简直是暴殄天物。

但贺铭遥可不管这些。自从他见到这块钻石，脑子里就只有一个念头——若是钻石戴在奚苒的耳垂上，一定会让钻石看起来更加清透闪耀。她那么白，脖子又漂亮，耳坠在发丝间晃晃荡荡、欲拒还迎，极富画面感。他掩饰般轻咳了一声。

徐明叹了一口气，深知自家老板已经魔障了，暴殄天物就暴殄天物吧，反正又不是花他的钱。面上，他依旧毕恭毕敬地对衣食父母应声道：“是。”

贺铭遥犹豫一瞬，又改了主意：“设计还是我来吧。”

没有人能把他想象的画面复刻出来。那种悸动感，只有他自己懂。他难得露出一抹笑容：“就这么定了。”

黄昏，贺铭遥自己开车回了锦绣路，下车时还顺便看了眼时间。

这个点，奚苒应该已经下班，要不就是自己做菜，要不就是在等外卖。他一想到能和奚苒一同体验这种市井生活，眼睛里就忍不住泛起笑意，不自觉地勾了勾唇。

直到天色完全黑下来，贺铭遥这才发现，隔壁没有人在。奚苒去哪儿了？一时间，他陷入焦躁中。

《星辰与你同闪耀》正式开机了。

剧组聚餐时，原著作者也在。奚苒和她投缘，便坐在了一块儿。

趁着上菜前，她将手机拿出来，看见一条未读短信。

陌生号码：我冰了西瓜，放门口了。

这串数字奚苒已经很熟悉了，她知道发信息的人是贺铭遥。

奚苒回复：你拿走吧，我很晚才会回家，放坏了浪费。

贺铭遥穷追不舍：多晚呀？我等你来了再拿给你。

有一说一，贺铭遥倒是比之前进步不少，至少没再霸道独裁了。小作者见她久久盯着屏幕，忍不住问：“奚姐，您怎么啦？”

奚苒如梦初醒，赶紧将手机收起来，笑着摇摇头，说：“没事。”

小作者性格单纯，自来熟地问道：“是男朋友吗？”

奚苒嘴角含笑，沉默半晌，又一次摇头。

小作者继续说道：“那肯定是追求者啦，我小说里面的女主就是你这样的神态。”

心动是藏不住的。她是戏中人，看不到旁观人眼中的自己。

奚苒一脸讶异，挑挑眉，难以置信地问道：“我是这样的吗？”

“当然，要是女主面不改色，怎么都撩不动，还怎么发展下去嘛。”

奚苒笑了起来。

八月底，剧本大赛截稿。

本来沈从宴一直是甩手掌柜，但是贺铭遥想给老婆抬轿，明目张胆地走后门，他倒是来了兴致。

“你把奚苒写的剧本拿给我看看。”

五分钟后，剧本被放到了他的桌上，他满怀期待地翻开。

剧情不长，但挺有冲突感，文笔也十分老到，倒不像行业新人。

大概剧情是：一个出生在重男轻女家庭的小女孩，在经历父亲出轨、母亲再婚，再被继父侵犯后，变成了一个坏女孩，最后开车载着继父，从悬崖上飞驰而下。

沈从宴放下本子，瞅着时间，给贺铭遥打电话。

电话一接通，他开玩笑地说道：“铭遥，你小心点，小心奚苒姐姐开车带你去跳崖。”

贺铭遥无语道：“你又在发什么神经？”

“你老婆挺会针砭时弊的，关于未成年少女性侵案，剧本题材太敏感了，过不了审的。这不是钱的问题，只能咱们私下看看，上不了院线。”

这几天，贺铭遥工作之余，一直在画图纸，耳坠已经有了雏形。

他放下笔，皱着眉，沉思片刻后说：“那你说，怎么操作比较好？”

沈从宴说：“你告诉她呗，直接跟她讲，人是内定了，但是这个本不行，不是质量问题，让她重新换一个本子给我们。”

贺铭遥拧了拧眉，道：“她不愿意的。她一点便宜都不想占我的，恨不得跟我划清界限。”

沈从宴惊了，说：“你都追这么久了，她还没动摇呢？你后悔离婚了吗？”

“不后悔。”婚姻是形式，但感情不是。

“你再想想办法吧，钱不够还能再投。”

贺铭遥财大气粗，大手一挥，干脆把难题抛给好友，自己则专心致志地研究着珠宝设计图纸。

他可算体会到什么叫“每一笔都满含心意”了。

奚苒跟组间隙，接到通知，说她那个本子成功进入了复选，这实在是意外之喜，奚苒恍惚半秒，连忙联系了岁三。

岁三：恭喜！厉害了我的宝贝！

奚苒一听这话，就明白了，岁三没有收到邮件。这就更古怪了，岁三的剧本灵气十足，而自己的剧本并不出彩，完全比不上岁三的。

她疑惑的工夫，消息接踵而至。

岁三：你想那么多干吗？这么好的机会，把握住就行了！

奚苒的手指落在键盘上，顿了半秒。

岁三的想法成熟又现实。有些事，其实并不需要考虑太多，把握机会才是正确选择。

奚苒想了想，觉得很有道理。

她飞快地打字：你说得对。管别人怎么挑的呢，我反正先做好自己的事最重要。岁三，谢谢你。

过了一段时间，周远忽然给奚苒发了消息：已经九月啦！

奚苒回复道：嗯嗯，那学长这周五晚上有时间吗？

周远秒回：有时间。

奚苒：学长想吃什么？我自己打车去就好。

周远心思敏锐，很快察觉到她言语中那点疏离感，也没有强求什么，默默地发了地址给她。

他说：周五见。

周五，天气很好，阳光炙热。

今天剧组要拍校园戏码，露天环境。

奚苒出门时拿了一把遮阳伞，拉开门，恰好撞见贺铭遥。

她愣了半秒，仔细想想，好像贺铭遥又消失了几天。

每天晚上，奚苒都能听到隔壁房间传来细微动静，但好像碰上面的话，这周还是第一次。

他语气平和，毫不刻意地朝奚苒走去："这么巧，我送你去公司吧？"

奚苒摇头道："不用麻烦了，我今天不去公司。"

"没关系，去哪里都顺路。我送你。"奚苒最是怕热，他知道。

奚苒尚未说话，贺铭遥已经轻轻地握住了她的小臂，将她往电梯口拉了一下，示意她跟着自己走。

这个动作不算很亲昵，也说不上多冒犯。或许是高温让人变得懒怠，奚苒没再拒绝。

库里南前几天送去保养了，贺铭遥换了一辆劳斯莱斯，低调了不少，没那么张扬。

上了车，奚苒报了地址，又说："你把我放到马路前面就行。"

贺铭遥知道她低调，点点头，爽快地应了下来。

待劳斯莱斯驶上中环高架桥，路开始有点堵，车速也降了下来。

倏地，贺铭遥装作漫不经心地开口，问道："晚上要不要一起吃顿饭？"

奚苒干脆利落地拒绝了："不行，今天我没时间。"

贺铭遥心里有些郁闷，脸上却没表现出来，依然是淡淡的，问："剧组开夜车？"

奚苒随意地摇摇头，说："我已经和周远学长约好了。"

贺铭遥："……"

贺铭遥将人送到目的地，一脸委屈。

她不由自主地弯下腰，和贺铭遥对上视线："西瓜很好吃，挑得挺好，很甜。"她说完，便匆匆地转身走远了。

贺铭遥愣了愣，脸上浮出一丝笑意，好像四肢百骸、奇经八脉都通上了低压电流，酥酥麻麻的，难以自持，连血液也跟着活泛起来，让人品尝出些许甜味。

因为这个小插曲，贺铭遥一整天心情极好，哪怕依旧面无表情，但没了那种气场和威压，下属就不会战战兢兢了。

总裁办的人感觉最直观，纷纷讨论起来。午休时，几个人将徐明拉过来，偷偷盘问。徐明哪敢跟这群人透露什么，问什么都是摇头，"不清楚""不知道""不了解"。

不过作为贴身特助，徐明也发现贺铭遥今天很是反常。

这种反常一直持续到下班，贺铭遥起身正准备下楼，蓦地，又停下脚步，叫住徐明。

徐明答道："在。"

贺铭遥犹豫一瞬，问了一个奇怪的问题。

"这个季节，除了西瓜，还有什么水果比较甜？"

徐明愣了愣，试探着答道："柿子？"

其实，大棚水果什么都甜，再不济还能空运。

这年头可没有什么"一骑红尘妃子笑"这种故事了，只要有钱，想吃什么都能立刻吃上。但老板这么问，一定有什么特殊内涵。

果然，贺铭遥不是很满意："还有呢？"

他苦思冥想道："梨？苹果？水蜜桃？"

老板总算满意，点点头，说："我知道了。辛苦了，下班吧。"

徐明又道："贺总，孔熙那边要求庭外和解，想要同您面谈。"

贺铭遥冷了脸，说："我不是说了免谈吗？"

徐明硬着头皮道："我们已经和对方沟通过了，坚持拒绝和解，但对方今天打电话过来，说一定要转达孔熙女士本人的一句话给您。"

"什么？"

"她说您要是执意要毁了她的事业，她就和您的心肝宝贝玉石俱焚。"

日落时分，导演拍了拍手，宣布收工。

奚苒同所有人客气地打过招呼，独自走到校区外面打车。

奚苒到了约好的餐厅，取了号，给周远发消息：学长不用急，我先去旁边逛逛，买点东西。

周远迟迟没有回复，奚苒也没在意，去了楼下的进口超市。

她拿了一盒韩国大酱放到推车里，又拿了几种通心粉酱汁对比。

很快，有人打破了这份宁静。

"原来少夫人还需要自己做菜吗？"

奚苒没兴趣同她叙旧，将酱汁放进推车里，转身欲走。

孔熙加快脚步，直接拦在她面前。

来者不善啊，奚苒想，但她还是开口问："你有什么事吗？"

孔熙道："我找学姐叙叙旧，不可以吗？"

奚苒没说话，余光扫了一眼周围。这大庭广众底下，叙旧？

奚苒想了想，问："叙旧之前，我可以先问一个问题吗？"

孔熙抬了抬下巴，示意她说。

"谁告诉你我在这里的？"

蓦地，孔熙就笑了，语气里皆是挑逗和不屑："还能是谁，当然是咱们的周远学长啦。你不是和他约了吃饭吗？不记得了？"

"你想怎么样？"奚苒的眼神冷了下来。

奚苒怎么也想不到，周远会帮孔熙来了解她的行踪。更让她想不到的是，孔熙居然是带了人来的。

几个彪形大汉悄无声息地靠近，将奚苒团团围住。

"我想怎么样？这话应该由我问你。我最看不惯你这种女人，装出小白兔一样楚楚可怜的模样，然后不择手段地去抢别人的男人。"

领头那人的声音浑厚："小姐，麻烦您同我们走一趟吧。"

奚苒没反抗，顺着他们一同往前迈步，余光却打量四周，想要寻找机会求助。

这时，有路人认出了孔熙，顿时将孔熙围了个严严实实。

奚苒尚未来得及张口，离她最近的那个男人忽然将她一把揽住，捏住她下颌上那块肌肉，微微使力。顿时，她再也发不出声音。

那个男人声音粗粝，笑起来有点流里流气："小姐，你可别喊人，咱们也是收钱办事，你要是把咱们害了，兄弟们可不会放了你哦。你这么漂亮，一定懂事的吧？"

就这样，奚苒被这群人带出超市，上了一辆黑色的奔驰。

奔驰悄无声息地驶出停车库，融入晚高峰车流。

这时，奚苒知道自己没办法再做什么挣扎，深呼吸几下，慢慢地冷静下来。

另一边，贺铭遥因为奚苒随口一句夸赞而产生的好心情，只勉强持续到下班前。

徐明惴惴不安，小心翼翼地瞄着老板的脸色。

直到这会儿，贺铭遥才开始后悔，怎么没早点把孔熙这个疯女人处理掉。

和孔熙工作室的名誉权纠纷，完全是贺铭遥想给孔熙一个警告，别再来打扰他们夫妻俩，也能在网上撇清关系。

贺铭遥拧着眉，咬牙切齿地吩咐徐明："你给孔熙工作室打电话。"

他说完，自己也拨了一串号码，却迟迟没有人接电话。

贺铭遥开始焦躁起来，手指无意识地牢牢攥起来，捏成拳。

旁边，徐明也已经得到了结果。

"没有人接。"

贺铭遥一脸烦躁道："工作室也没有人接电话？经纪人、助理，随便谁，去找电话！"

孔熙的联系方式在娱乐圈不是秘密。徐明这种顶级特助，办事效率惊人，很快得到结果。

"经纪人和助理今天下午都放假了，说公司从中午开始就没有人在了。"

"嘭——"

贺铭遥抿着唇，重重一拳，砸在实木桌上。

徐明战战兢兢道："贺总。"

"去找。"他的脸色沉得能滴出墨来，一字一句地开口，"你派人去找孔熙，找到她就跟着她——奚苒和周远去吃饭了，让人去问问，他们在哪里吃饭，然后立刻让保镖去跟着奚苒。"

徐明回道："是。"

天色一点点暗下来。

徐明那边还没有消息，据说也联系不上周远。

贺铭遥一秒都等不下去了，给沈从宴打了一个电话："从宴。"

沈从宴自然听出了他语气中的慎重严肃："出什么事了？"

"你在光世有什么熟人？你帮我打听一件事，很急，越快越好。"

沈从宴略一思索，点头道："没问题啊。光世有个合伙人你也认识的啊，就是喻总，喻洲他爸。你有什么事？我问问喻洲？"

"你让他想办法找到周远——告诉我，周远在哪里。"

沈从宴爽快地应了下来，又随口问道："出什么事了？"

"奚苒不见了。"

沈从宴也是效率派，大概就明白了情况，给喻洲拨电话，那边的人很快接通。

喻洲正在剪片子，说了一声"喂"，透着浓浓的不耐烦。

沈从宴也不跟他寒暄客气："洲，你认识周远吗？"

喻洲一愣，说："认识啊。周远怎么了？"

沈从宴道："你能联系他一下，问问他在哪里吗？"

"沈哥，你该不会是找碴儿吧？那我可得保护我的员工。"

"你放心，肯定不是找碴儿。"再多的，他也没法细说了。

喻洲也没挂断电话，直接从旁边拎起另一部手机，给周远拨过去。

周远的声音通过双层电流传到沈从宴耳边："喻导？"

喻洲"嗯"了一声，随意地问："我有点事找你，一起吃顿饭？"

周远愣怔半秒，爽快地应下，而后报了一家餐厅的地址。

这头，沈从宴已经将地址发给了贺铭遥。

贺铭遥立马发动汽车，劳斯莱斯乘着夜色飞驰而去。他闯入餐厅，目光在大堂里转了一圈，立刻锁定了周远。

周远独自坐在角落，完全没有奚苒的踪影。

贺铭遥快步走过去，一把抓住周远的衣领："奚苒在哪里？"

周远徒劳地试图挣脱："我怎么知道？我也在等她，已经过了我们约定的时间了。"

贺铭遥冷冷一笑，说："不，你一定知道。周铮你应该认识吧？"

周远的瞳孔倏地放大，脸色也白了。

"你是周铮的私生子，这么说来，我们俩还有点血缘关系。没错吧，周远学长？"他轻巧的一句话，就将周远的老底揭开了。

周远只暴怒了一瞬，很快就冷静下来。

"所以呢？"他不再试图让贺铭遥松手，变得若无其事。

贺铭遥道："你想报复吧？"

"没错。"周远还是一贯的模样，但语气已经带着深深的戾气，"太子爷，难为你纡尊降贵来调查我们的事了，很震惊吗？"

贺铭遥的目光牢牢锁定在他脸上。

周远继续道："你从出生开始，什么都有。周铮他已经这么大岁数了，你还将他从公司里赶出去，有没有想过，他也是你舅舅？"

这逻辑，贺铭遥有些不能理解。

"他抛弃了你妈，你不去找他麻烦，是不是记恨错人了？"

沈从宴手下那些能人，早就将一切查了出来。

周铮在男女关系上一贯混乱，很多年前便是如此。

当时，周铮在周远妈妈的家乡看上了这个浓眉大眼的漂亮女孩。花言巧语加金钱攻势，周铮很快将周远妈妈弄到手。没过多久，贺夫人和贺家顺利订婚，周铮也被贺夫人要求回到江城来联姻世家，妄图重振周家。周铮毫无负担地把周远妈妈甩了，趁夜离开。

两个月后，周远妈妈检查出有了身孕，但已经彻底找不到周铮了。因为身体原因，她没法将孩子打掉，只得顶着周围人异样的眼光，以及爹妈的怒骂，把周远生下来。

周远点点头，说："没错，我确实应该记恨那个渣男。但是他之前答应过我，会接我妈到江城来安享晚年，让她重回心上人身边。这是我妈一直以来的梦想。要不是你，她的梦想早就实现了！"

贺铭遥拧起眉，冷嗤一声："这么说，他野蛮拆迁，害得人家家破人亡，还害公司损失了一大笔钱，我就该将他放了？"

周远道："这是你们的事！我只在乎我妈！"

贺铭遥觉得这男人简直失了智。

贺铭遥不想再同他废话，说："我不想跟你聊这件事，与我无关。我只想知道，奚苒在哪里？"

周远却没打算结束这个话题，两人开始鸡同鸭讲。

"你是周铮的外甥，为他还债理所当然，这是周家欠我们的！"

"孔熙在哪儿？"贺铭遥手腕上使劲儿，将周远整个人拽起来。

"而且，你还得感谢我。要不是我，你的孩子早就被奚苒打掉了。是我看她可怜，看那个孩子可怜，才阻止了她，让你们的孩子多活了几个月。"

贺铭遥："……"

"要不是你执意挽留奚苒，发生车祸，现在这个时候，你们俩的孩子都能叫爸爸了。怎么样，你是不是该感谢我？"周远眼睛里冒出一种可怖而狂热的光芒。

贺铭遥渐渐松了力气，脸上也不自觉地露出颓丧。

周远趁机把他甩开，站稳后笑道："总算能好好谈条件了。"

贺铭遥握着拳，声音沙哑道："你说吧，什么条件？"

"这么爽快？我说让你交出贺氏总裁的位置，你也能答应吗？"

贺铭遥没有丝毫犹豫地道："可以。"

周远一愣，立马笑起来："啧，没想到太子爷为了女人能昏聩到这种程度。"

贺铭遥面无表情地望着他，说："我说可以，我答应你，绝对不会反悔，或者你准备了什么合同协议，都可以拿出来，我会签的。"

"贺总，你就不担心，我真拿出一份股权转让协议书让你签吗？"

贺铭遥心里急得快要发疯，实在没有心情在这里同他胡搅蛮缠。

"你别废话了，快点把东西拿出来吧，我都会签的。"

周远问道："为什么？贺氏在你看来就那么不重要吗？拱手相让也无所谓？"

贺铭遥一字一句地答："公司当然重要。"

"但是，奚苒是我的命。"

"我这个人很自私，自己的命最重要，让我做什么都没有问题。所以，拜托你，快一点告诉我。"贺铭遥说完。紧紧攥着拳头，脸上已经不自觉露出了祈求的表情。

良久，周远自嘲一笑，说："我没那么无耻。贺总，我只有一个条件。请你想办法让你舅舅和舅妈离婚。"

贺铭遥答道："这个我无法替周铮做主，不过我会想办法让你母亲如愿。这件事不会不了了之。"

他顿了顿，讽刺地轻笑道："毕竟你也是周家血脉。周铮现在的儿子不争气，周家人一定会逼着他把你认下来的。"

周远点点头，垂下眼，说："学妹被孔熙带走了。"

"带去哪里了？"

周远报了一个地址。

贺铭遥飞快地站起来，转过身，快步离开。他冲出商场，一看，自己的车因为随意停放被拖走了。

他想也没想，直接跑出去拦了出租车，坐进去，将地址报上。

"师傅，开到最快，罚单我出钱。"

司机师傅笑呵呵地应了一声，只当他在开玩笑。

晚高峰时段，就算他想超速也穿不过车流，只能尽力开快点。

贺铭遥看了几分钟路况，无可奈何，用力捶了一下椅背。他越急心越乱，深吸一口气，给徐明打电话，将所有安排交代清楚。

徐明也知道事情的严重性，道："明白。我马上找人先赶过去。"

那群男人将奚苒带到了一个废弃仓库。

奚苒开始慌乱起来，怒视他们："你们想做什么？"

"你乖乖等着，等孔小姐过来就行。"

他说着，上前一步，用麻绳将她的手腕牢牢地绑了起来。

时间一分一秒地过去，那群男人已经抽到第三支烟。

又过了大约十五分钟，高跟鞋踢踢踏踏地踩在地板上，发出"笃笃笃"的闷响。

孔熙来了。

奚苒怒吼道："孔熙，你疯了吗？"

孔熙收了笑，挥挥手，嘱咐那几个黑衣人："你们先去外面，我有些悄悄话要和我的学姐说呢。"

一行人鱼贯而出。整个仓库只剩下了两个女人。

孔熙打开手机手电筒，随手丢在地上，然后慢悠悠地蹲下身，蹲在奚苒跟前，手指掐住了她的下巴。

"啧，这么小家子气的一张脸，学姐，跟我说说，你是怎么勾引到贺铭遥的？"

奚苒："……"

"不会是靠技术吧？他那人，对床笫之事还是蛮热衷的啦。"

奚苒依旧不说话，冷冷地看着她。

废弃的仓库一下子安静下来。空气闷热，没有光线，奚苒用力做了几下深呼吸。

寥寥几句话，可以听出来孔熙明显有点心理不正常了，奚苒挣了挣手臂。那几个男人打结手法专业，随便她怎么挣扎，麻绳结都纹丝不动。

于是奚苒把手屈起来，费劲地凑到脸前，张开嘴，用力咬住了那个结。

孔熙踩着高跟鞋，快步走到外面，翻到了贺铭遥的号码，将电话拨了出去。

"孔熙，你把奚苒带到哪里去了？"贺铭遥急躁的声音响起。

蓦地，孔熙笑出声来，说："铭遥，你就没别的想跟我说的吗？"

"官司我可以撤了，你有什么条件尽管提，只要别伤害奚苒。"

孔熙没有丝毫犹豫，一字一顿地道："我要你跟我去领证结婚。"

贺铭遥："……"

"你只有五分钟考虑，要不然后果自负。"

贺铭遥实在没想到，孔熙会提出这种条件。他尚未来得及作答，孔熙又补了下一句："婚前协议书我已经写好了，到时候你直接签字就好。奚苒学姐就在我这里留一晚，等明天我们去完民政局，我再把她还给你。"

贺铭遥："……"

"婚前协议也没什么别的内容，就是咱们如果三年内离婚，你手上的贺氏股票分我四分之一。"

"孔熙！"

孔熙轻飘飘地一笑，说："爱人没有了，钱总得有，你说对不对？"

五分钟后。

徐明给贺铭遥发了消息：人已经到了。

贺铭遥乍然收到这信息，胸口的大石块落了一半。

他想了想，回复：能进去吗？

徐明秒回：可以。

下一秒。

手机"嗡嗡"地振动起来。

孔熙的声音含笑："你想好了吗？"

贺铭遥回道："我想好了。"

"你答应了？"

他没有马上回答，捏了捏鼻梁。

他眼睁睁看着红灯变绿，一只手落在门把上，已经做好了开门跳下车的准备。

孔熙没等到答案，有些恼怒起来："你不接受？"

贺铭遥叹道："孔熙，你现在这样到底有什么意思呢？你不是害怕我毁了你的事业吗？官司的事，我已经交代律师撤诉了。"

当两人谈恋爱时，孔熙还是一个十八线小明星，偶尔也会聊起圈内一些事。贺铭遥会用商人的眼光指点她几句，他在用自己的想法将她教得肆无忌惮。

毕竟有贺家，有贺铭遥做靠山，孔熙就算在圈里横行霸道，也自然有人替她兜着。当时，贺铭遥确实是将她以未来贺夫人对待的。所以这会儿，他竟然有些无言以对。

好在出租车终于开到目的地。贺铭遥握着手机，下车狂奔。

仓库区一片漆黑。

那群男人在抽烟，烟头有火光，明明灭灭。孔熙就站在他们附近，背对着出口方向。

贺铭遥没再犹豫，三两步冲过去，一把抓住孔熙的手臂，轻轻往后一扯，干脆利落地将她制住。

孔熙尖叫起来："啊——"

贺铭遥道："别动！"

"不许过来！"

贺铭遥道："警察就在外面，你们自己掂量掂量。"

那几个男人变了脸色，纷纷看向孔熙："孔小姐，这是什么情况？"

孔熙也看到了人手，她知道大势已去，愤恨地开口："周远这个贱人，活该一辈子做不成大事。"

贺铭遥似是完全不想再碰到她，抬了下下巴。

徐明旁边那个保镖立刻走过来，走到他旁边，出手将孔熙控制住。

贺铭遥拍了拍手心，平静地问："奚苒呢？"

孔熙扭过头，一言不发。

徐明道："我们刚刚找了一圈，没找到人。"

"没找到人？"

"天太黑了，可能有错漏，还有人在里面几个仓库找。"

贺铭遥压抑住情绪，沉吟几秒。

"你把孔熙交给警察，问问这几个人。"问自然有特殊问法。

几个男人都是收钱的打手，几乎没费什么劲儿，就问了出来。

贺铭遥立刻迈开步子，往仓库最深处走去。

最后一个仓库。他带着一群人，打着手电筒，里里外外找遍了，奚苒不在。

贺铭遥的眉头紧紧蹙起，想了想，大声喊了一句："奚苒！"

他顿了顿，又喊一句："奚苒姐姐！"

片刻后，隔壁那个仓库门口传来微弱的呻吟声："我在这里。"

贺铭遥三两步走过去，一眼便看到了奚苒。

她坐在地上，手上和脚上捆着麻绳，但已经被她弄松垮了许多，整个人看起来惨兮兮的。

贺铭遥只觉得身体的供血系统再次开始运行，他终于活了过来。他想也没想，一把将人抱了起来，紧紧锁在怀中，像抱着失而复得的珍宝。

“奚苒，你别怕。”贺铭遥的声音低低的，带着哽咽。

奚苒低低地嘤咛一声，试图挣开贺铭遥的怀抱。

“疼。”他的力气太大，蹭到了奚苒手腕上被麻绳刮出来的伤口，又疼又痒，让她忍不住开口。

倏忽间，贺铭遥反应过来，忙不迭松开她，先别过脸去，平静了几秒。

他上上下下地打量着奚苒，沉沉问道：“你哪里受伤了？”

奚苒晃了晃手腕。

贺铭遥立刻回过神，三下五除二将她手脚上的麻绳扯开。

被捆了太久，长时间保持着同一个姿势，奚苒身上一点力气都没有，只能半靠在贺铭遥身上，以求稳住身形。

她的嗓子也有点沙哑，小声道：“可以了。”

他轻轻地抚了抚奚苒的脸颊，将她脸上的灰尘弄掉，接着小心翼翼地开口：“奚苒，都是我害了你，是我没处理好，害得你……”

她勉强站直身体，道：“我累了，要回去了。”

贺铭遥一连应了好几声“好”，转了个方向，背对着她，蹲下身。

“上来，我背你出去。”

奚苒踟蹰道：“还是我自己……”

贺铭遥斩钉截铁道：“车子停在外面，仓库这么大，你这腿都被磨伤了，怎么走出去？要么我抱你出去，要么我背你出去。”

他说得也有道理。这种情况，奚苒也不矫情，干脆地趴到了他背上。

贺铭遥轻轻松松地将她背了起来，心下有些惋惜。早知道他就不问了，直接把她抱起来。

仓库外，警车鸣笛声此起彼伏。几个男人已经被押上了车，唯独孔熙拼了命地挣扎，尖叫着，不愿被带走。

“贺铭遥，贺铭遥，你不能这么对我——”

哪怕是女人，在极限情况下，爆发力也足够惊人。加上她整个人发了疯，两个大男人竟然制不住她。

很快，贺铭遥背着奚苒走出来。

孔熙见到两人，立刻不管不顾地大哭起来，撒泼一般说道：“铭遥，学姐，我错了，我真的错了！我刚刚是失心疯了，求求你们，再给我一次机会吧，我不能去警察局，我还要拍戏，还要工作。”

事实上，徐明并没有带记者过来。

但孔熙心如明镜，她用了贺铭遥的小心肝做威胁，贺铭遥不会再让她出来了。

这是最后的机会，她只能求他留有一些余情。

孔熙一边哭，一边懊恼不已。她也是被爱情和利益逼得失心疯了，要不然怎么可能会受到周远的挑拨，做出这种事。

各种念头在孔熙的脑海里交织，最终只化为了一句话："都是周远的主意！铭遥，他嫉妒你的出身，嫉妒你得到了奚苒学姐，所以才挑拨我的！"

贺铭遥早知道内情，但心里恨极了孔熙，实在不愿多听她狡辩。

他毫无感情地开口："徐明，你们看着干什么，还不快点把孔小姐送去警局做笔录？"

徐明道："是。"他说完，飞快地冲着旁人使了个眼色。

几个男人一拥而上，立刻将她控制住，往警车的方向拉走。

"铭遥——"

无论孔熙如何声嘶力竭，都再没得到回复。

贺铭遥背着奚苒快步走出去，坐进徐明安排好的车里。

贺铭遥将奚苒放进后座，自己也跟着坐进去，吩咐司机："先去医院。"

路上，奚苒向司机要了一瓶矿泉水，喝了几口之后，便一言不发。

很快，司机将车开进医院内，停下车。

贺铭遥这次没让她选，安安静静地将她抱起来，快步进了急诊室。

奚苒从里到外做了个全身检查，报告也拿得很快。

医生说道："除了皮外伤，基本没有大问题。"

贺铭遥却不放心，仔细地问道："她之前遭遇车祸骨折过，脚没有二次受伤吧？"

"看片子是没有受伤。"

"那头呢？她脑内的瘀血还有吗？会不会有脑震荡之类的病？"

这问得奚苒都要不好意思了。

她拉了拉贺铭遥的衣摆，小声说："他们没打我啊，能有什么脑震荡。"

医生知道贺铭遥身份尊贵，必须严肃地回答他所有问题。

“大脑也拍了片，目前来看，没有问题。至于您说的瘀血，片子里没有看到，应该是已经化开了。”

贺铭遥又追问了几句，总算放下心来。

等到护士给奚苒处理好外伤，贴上胶布，他又将人抱出了医院。

这会儿，奚苒总算有闲心想其他事。她重重地拍了一下贺铭遥，说：“你放我下来，我自己能走。”

贺铭遥不理她。

“有人在看啊！”她最怕别人关注的目光，哪怕是大晚上，医院楼道这么敞亮，两人像连体婴一样亲密，总会吸引到旁人的注意力。

贺铭遥也知道她这毛病，轻轻地叹了一口气，说：“我们走职员电梯，没有人会看到的。”

“你脚腕处的伤口，擦着鞋不疼？”

奚苒不说话了。

贺铭遥放软口气道：“乖一点，我带你去吃火锅，好不好？你不是最喜欢吃火锅的吗？”

“你怎么知道？”奚苒诧异地道。

贺铭遥道：“那天，你和你那个女同事在家里弄火锅，我在隔壁听到你吃得很高兴。不过，今天只能吃清汤，要不然对伤口复原不好。”

良久，奚苒低声开口：“周远学长为什么……”

贺铭遥抱着她的手指一紧，眼神晦暗不明。

“他是针对我的，是我害了你。”他言简意赅，将大致情况告诉奚苒。

奚苒如梦初醒。

夜深人静，贺铭遥将奚苒送回锦绣路。但这次，他没有把她放在家门口就去隔壁，而是默默地站在了门外。

奚苒一脸迷茫。

贺铭遥抿了抿唇，颇有些可怜兮兮地说：“奚苒姐姐，我挤你的沙发，好不好？”

奚苒一愣，说：“为什么啊？”

“我担心你。”今晚的事，他余悸未消。虽然他不愿承认，但他确实是怕了，怕她不在自己眼皮底下时，又受到什么伤害。

贺铭遥难以将突如其来的情绪诉之于口，只得目光沉沉地望着她。

两人对视片刻，到底是奚苒败下阵来：“进来吧。”毕竟他是救命恩人。

贺铭遥长长地舒了一口气。折腾了一整天，两人都非常累。

洗漱完，各自躺下。

奚苒的眼皮都要耷拉上了，但大脑皮层又没能平静，血管一直突突跳个没完。

她翻了个身，听到外面客厅里贺铭遥也翻了个身。

沙发虽然是双人沙发，但不够大，没法睡个大男人。好在天气还没有完全转凉，贺铭遥非要睡，奚苒就让他在地毯上将就着躺一晚。

让堂堂贺总睡地板，她竟然觉得有点好笑。

这会儿他似乎听到里头的动静，轻声问道：“你还没睡着？”

“嗯。”

“那我可以过来亲你一下吗？”今天奚苒态度挺好，贺铭遥不够安心，不免开始得寸进尺。

“不行，我嫌脏。”她轻声答道。

贺铭遥愣住了。

话一出口，奚苒自己也愣了半秒。或许是身体太疲惫，或许是夜色如墨般浓稠，或许是气氛轻松、岁月静好，她尚未来得及深思，竟然将这种话脱口而出。

她扪心自问，这算是心里话，也不完全是心里话。

贺铭遥僵硬许久，然后轻轻嗤笑了一声。

“奚苒姐姐，你嫌我脏吗？”

奚苒没有回答。

贺铭遥叹息一声，从地毯上坐起来，捏了捏眉心。

平静片刻，他又开口：“我们今天一次说清楚。”

奚苒：“……”

“婚后，我没有出轨过，这点我可以发誓。孔熙的事是我的错，她对你说了什么我大概也能猜到。可是奚苒，以前的事我能怎么办呢？如果有一次机会重来，我一定从一开始就找到你。”找到她，然后永远和她在一起，不会有矛盾，也不会让她伤心。

奚苒：“……”

奚苒把脸埋进枕头中，迟迟没有说话。两人只隔了一扇门，却像隔了天与地。

贺铭遥苦笑了一声，道："你就这么讨厌我吗？"他说这话时，稍显费劲。

他顿了一下，又说："奚苒，你来捅我一刀吧。"

"为什么？"

"那样我就能和你一起痛了。"他说再多，她也不会相信他的心情，只会觉得他在骗她。

"你捅我一刀，再给我一次机会。我们从头开始，好不好，奚苒？"

第十章 / 因为我爱你

九月三十日，国庆长假前最后一个工作日。

《大城》在本地台黄金档开播。

开播前夕，各类小道消息已经满天飞。其中，传得沸沸扬扬的便是主演孔熙失踪。

随后，又有人爆料，孔熙因违法被拘，人就在看守所里头。

因为迟迟没有人出来说话，各类猜测就往吃瓜群众臆想的方向狂奔而去。

直到《大城》开播第一天，话题才总算转到了电视剧本身。

晚上八点出头，星辰初现。

奚苒准时坐在沙发一头，抱着抱枕，打开电视。不速之客则占据了沙发另一头，也顺手拿了抱枕，压在怀中。

广告时间，奚苒有些不耐烦地道：“你能不能回自己家去？”

贺铭遥面不改色地道：“一起看吧。”

“可是我不想和你一起看。”

“一起看嘛，我不说话，你就当我不在好了。”

奚苒无语。

然而电视剧已经进入了片头曲，她便无心再同他拉扯啰唆，目光投向屏幕上。

奚苒深吸了一口气。贺铭遥抿了抿唇，忍不住开口：“你别看了，好不好？你看到她，不会觉得不舒服吗？”

奚苒垂眸，无意识地捏住拳头，慢吞吞地问：“她现在哪儿？”

“在看守所。”

“她之后会怎么样？”

贺铭遥拧眉道："下场和相翎一样。"

奚苒沉默了，停顿了片刻，又问："那为什么最近都没有这件事的消息？"

贺铭遥低低地笑了一声，答道："她如果是法制咖，你们这部剧今天就播不了了。"

这部剧花了奚苒很多心思，她也为此忙了很久，绝对不能中途夭折，所以只得先把孔熙的事压住。

奚苒只当是公司和导演的手笔，光世总不能让年度最大项目流产吧。她点了点头，表示了解。

直到播放广告，奚苒才又一次轻声开口："那周远学长呢？"她已经有一阵子没有在公司见到他了。

贺铭遥哼笑一声，语气听起来有些不满："你整天就想着你的周远学长。"

"你不爱听就出去。"奚苒轻飘飘地瞟了他一眼。

男人当即认输，举了举双手，乖乖地答道："他现在应该在周家，和周家那些老头子对峙。"

奚苒问道："你帮他了？"

"嗯。"

事发第二日，徐明就安排人手，里里外外调查清楚了。

奚苒再无话可说。

中插广告不长，寥寥几句话，下一段剧情继续播放。

奚苒没继续看，只让电视放着，自顾自低下头，打开微博。果然，《大城》已经高位热搜。

她随意翻了几条实时评论。微博上大部分都是夸奖，除去孔熙的粉丝，路人的好感度也非常高，实时留言基本是讨论剧情和猜测后续的。

贺铭遥的注意力一直在她的身上，见她起身，低声问道："你不看了吗？"

"嗯。"她脚步一顿，"你也回去吧，我要写剧本了。"

贺铭遥愣了愣，才意识到自己收到了逐客令。

贺铭遥啼笑皆非，也随之站起身，将抱枕放回沙发上，冲她点点头："我不打扰你。晚安。"

奚苒道：“嗯。”

贺铭遥叹了一口气。他总觉得，自己就像一个等待临幸的妃子。

十月底，秋色渐渐分明。

孔熙依然没有丝毫消息，也迟迟没有出现在公众面前。

《大城》已经屡次刷新同时段收视率纪录，成为本年度爆款国产剧。奚苒的个人事业也发生了重大转折。

周二清早，她坐到工位上，打开公司内部邮箱，准备安排今日工作。

第一封跳出来的邮件来自编剧部总负责人。

邮件里写道，让她周五去某大厦开会，沟通合作项目。她反应了半天，倏地心脏“怦怦”狂跳起来。合作项目是那个剧本大赛吗？

一整周，奚苒都有些心神不宁。

周五早晨六点多，天光乍破时分，她已经迫不及待地睁开了眼睛，反复深呼吸，似乎也无法平静下来。

她飞快地洗漱完，拉开房门，掐着时间，便要去换衣服化妆。

她拉开房门，就看到贺铭遥一副等候多时的样子。

“你等我干吗？”

“我送你过去。顺路。”

又是顺路，奚苒有点想笑。不过，她好歹默认下来，没有拒绝。

贺铭遥表面面不改色，心里却长长地舒了一口气。

九点出头，奚苒准时到达甜爱路。她下车后，告别贺铭遥。

按照邮件指示，她同前台简述了来意。

前台打电话上楼确认后，语气倏地恭敬又客气，带她上楼，将她送到了会议室。

奚苒虽然不明所以，但很懂事，没有多问，挑了一个边角位置，安静地坐下。

十分钟内，会议室大门反复被推开，陆陆续续有人进来。

人到齐后，会议正式开始。

早些年，导演的照片就上过奚苒他们的教科书，那时候他还是一个严肃的中年男人，照片旁边洋洋洒洒地写了长长一段履历和作品，让所有学生眼花缭乱。

这会儿，他的头发已经花白，戴着眼镜，表情一如既往十分严肃。

三言两语后，导演直接切入重点。

“大家来认识一下我们这部电影的第一编剧，奚苒老师。”

所有人都抬起头来。奚苒的脸红得快要烧起来，颤颤巍巍地举了下手，让旁人能看到她。

事实上，她以为项目目前还在孵化期，今天只是来谈合作的第一步，她甚至已经做好准备，聊聊创作灵感之类的，以求说服投资方和制片人。哪能想到，人家班底都搭完了。

听这意思，应该是马上就要公开选角了。

奚苒只觉得一个大饼砸到了自己头上，整个人浑浑噩噩的。

一切工作都像按了快进键。比赛之前，光世同对方早已签好了合约。奚苒中选之后，无须过多流程，直接代表了光世公司进入剧组工作。

人一忙起来，时间就会过得飞快，转眼又是一年春节。

除夕一早，私人飞机准点到达目的地。

早先贺铭遥从沈从宴下属那儿拿来了剧组的时间安排表，下飞机后，他翻出来瞄了一眼。

剧组今天有四场戏要拍，上午一场，下午三场，地点都在半山腰。

按照奚苒的意思，拍摄结束后，剧组还要一起搞顿年夜饭，没空来接待他。

贺铭遥勾了勾唇角。这姐姐，还说什么接待，完全是托词。她就是怕他突然露面，被人认出来。但是既然她不喜欢，他自然是样样顺着她，只要偷偷地跟着，没人发现就行。

多日未见，他实在是迫不及待地想要见见奚苒。

贺铭遥这次没有带徐明出来，毕竟特助辛苦一年，也得给人放春节假，才好来年继续压榨。加上他只是来看心上人，不是来工作，更用不着前呼后拥。

不过，徐明倒是提前给他在当地安排了车。他生怕打扰到他们二人世界，还贴心地请示了一下：“需要给您安排司机吗？”

贺铭遥拒绝了。此刻，他只能自己开车出发。

他去了酒店，将行李放下后，又设置了一下导航，准备开车上山。

这场戏一直拍到中午，终于收工。

盒饭从山下送上来，奚苒拿了饭。倏忽间，她的手机在大衣口袋里振动起来。她先看了一眼来电显示，没来得及拆筷子，将电话接起来。

贺铭遥道："回头。"

接着，他便看到她神色诧异地扭过头，眼睛四处扫视。

但有山壁挡着，他的车停在她的视线死角处，她自然看不到。

贺铭遥望了一会儿，忍不住笑起来："你往外走一点再回头。"

然后她就像小兔子一样，快速蹦了过来，怒视他一眼，做贼般躲进了车里，才开口："我不是让你别过来吗？你到剧组来，被别人看到怎么办？"

贺铭遥："……"

能怎么办，谁敢对资本爸爸指手画脚？贺铭遥差点脱口而出。他又想着，她若知道了，大抵不会开心，到底忍住了。

"所以我这不是悄悄的吗，没人看得到，就算看到了，我还不能是来度假的吗？"

奚苒顿了顿，沉默一下，叹道："我马上要回去继续开会，你没事上来干吗？"

"我想见你，等不及了。"贺铭遥笑了笑，情话说得十分流畅，"苒苒，我太想你了，能亲你一下吗？"

直到晚上七点多，剧组才整理器材，正式收工。

冬日，白天时间短，天色已经一点点暗下来，气温也变得很低。

奚苒坐在车上，捧着一杯热奶茶，缩着手指，有些心神不宁，还频频扭头，往后面看。

编剧助理坐在她旁边，见到她反常的模样，不解地扭过头去，往后扫了一眼，却没发现什么异状。

"奚老师，你丢东西了吗，怎么一直在看后面啊？"

奚苒一惊，连忙坐直身体，绞尽脑汁地解释："没有，我就是看一下下山这段路的风景。"

她话音未落，"砰"的一声巨响。

司机不明所以，急急忙忙踩了一脚刹车。

车内所有人都东倒西歪。

"怎么了？"

"什么情况？撞车了？"

"是不是前面出车祸了啊？"

她心跳如雷，狂奔到门边，用力拍打着车门：“司机师傅，让我下车！下车！”到最后，她的声音已经带上了哭腔。

很快，车门打开。奚苒顾不上旁人的眼光，飞快地跑到了车后。此刻她心里只有一个念头，那就是贺铭遥千万不要出事。

农历新年第一天，徐明的假期尚未开始，就被紧急召回，赶到这个小城最好的医院。徐明气喘吁吁道：“奚小姐，贺总还好吗？”

奚苒如梦初醒般抬起头，看着他，咬了下嘴唇，道：“不太好。”

前一天晚上，贺铭遥的车撞到了山崖边的树上，差一点整台车都掉下雪山。但纵然没掉下去，车头也因为巨大的冲击力被撞瘪，将他整个人卡住了。

消防人员费尽千辛万苦才把车弄上来。等贺铭遥被搬出来时，已经因为失血过多昏迷过去。

三天后，贺铭遥缓缓睁开眼。

奚苒坐在床边，手里捧着笔记本电脑，还在专注地修改剧本，没有注意到病床上那人已经醒来。

贺铭遥静静地盯着她看了一会儿，满眼皆是执拗。半天，他才迟缓地开口：“苒苒，你哭了吗？”声音沙哑。

“贺铭遥，你怎么不喊我‘姐姐’了？”

“我想留到晚上再喊。喊‘苒苒’的话，所有人都会知道，你是我喜欢的人。”

爱情的标准无须条条框框限制，也没有高低贵贱之分。

“贺铭遥，我再给你一次机会。”也重新给我的人生一次机会，从此我的宇宙中，你的名字便是浩瀚。哪怕繁星璀璨，有你的银河，我此生不换。

小城的医疗条件不是很好，加上年初开工，公司还有些事要处理，作为贺氏一把手的贺铭遥总得露面。

于是，贺铭遥苏醒后，在小城耽搁了几天，就乘私人飞机回到江城养伤。

剧组工作尚未结束，奚苒悄无声息地消失几天，早已惹得导演不悦，为了编剧的风评与口碑，她还是得留在这里，以免耽误剧组拍摄的进度。

只是，虽然贺铭遥这件事一直处于保密状态，但救护车来时，剧组不少人都看到了他的模样。奚苒的身份早已惹得好事人猜疑她，回到剧组后，也有人会装作无意地打探。

入夜，月明星稀。

游客都回了酒店客栈休息，小城不复白日热闹。

雪山小城静谧又安宁，仿佛整个世界都跟着安静下来。

电话那端，贺铭遥的声音里带着一丝不满："你加我微信呀，跨省长途话费多贵。"

奚苒差点笑出声来。

"嫌贵你别打嘛。"

贺铭遥气呼呼地"哼"了一声，不说话了。

奚苒翻了个身，平躺在床上，语气平淡："你的身体怎么样了？"

贺铭遥乖巧地回答："没事呀，伤筋动骨一百天，我动不了，就只能躺着等你回来看我。"

"贺铭遥，你不要撒娇。"奚苒皱起眉。

贺铭遥低低地笑了一声，道："行，我知道了，我不撒娇。"

奚苒被他暧昧的语气弄得耳尖泛红。她清了清嗓子，稳住心神，又问："说正经事。是谁对车做的手脚啊？他们为什么要害你？"

贺铭遥收了笑意，沉默半晌，才答道："是周铮。"

"为什么？"

贺铭遥冷笑一声，慢条斯理地说："狗急跳墙吧。他夫人要跟他离婚，他想把我弄死或是弄成植物人，不让我给他们那边施压，再把周远送得远远的，稳住他夫人。"

奚苒不是豪门出身，不知道豪门里头一家人也要互相倾轧的习俗，只能愣愣地听着，再天真地评价一句："这完全是藐视法律。"

贺铭遥笑了笑，言简意赅地道："这种事太多了。"要不然，为什么贺夫人从小把他看得跟宝物一样，因为在豪门中，被拐卖、被绑架都是常事。

为了一点钱，人性都能彻底扭曲，更何况巨额财产。能好好长大的孩子，才有资格成为继承人。

奚苒不知道该说什么好，讷讷地道："我知道了。那你早点休息。"

告别之意不带遮掩，贺铭遥却不肯挂电话："你还在忙吗？"

“没有，我准备睡了。”

“那等你睡着我再挂电话。”

奚苒忍无可忍，扬声道：“贺铭遥，你有病啊！你恶不恶心啊？”

贺铭遥非常委屈，说：“可是我很想你啊。”想念到连听着她的呼吸声都好像能慰藉思念。偏偏这女人一到关键时刻就毫无浪漫细胞，一点都不像一个搞艺术工作的人。

奚苒被他闹得脸颊都红了，仰着头，捏了捏鼻梁道：“我挂了。”

贺铭遥叹了一口气，只能放弃。

“好吧，我爱你。晚安，苒苒。”

第十一章 / 最后的玫瑰

二月末，立春，气温开始回暖。

剧组将女主小时候的剧情全数拍完，只剩下一些特写镜头去棚子里再补。

导演一声令下，宣布回城，放假五天。

所有人收拾行装，准备打道回府。

暮色四合，航班落地，奚苒走出机场。老远，一个熟悉的人就笑着朝她挥手。

奚苒愣了愣，那人已经快步靠近她。

“你怎么来了？”

徐明笑着答道：“奚小姐，贺总让我来接您回去。”

“他人呢？”

“他在锦绣路那边等您呢。”

徐明顺手接过她手中的行李箱，引着她往停车场的方向去，又说：“贺总这几天恢复得很好，伤口基本愈合，已经可以下地走动了。复健医生是以前给您做复健的那位，很有经验。”

奚苒眨了眨眼，总觉得徐明有些未尽之意。况且，她之前在医院又哭又喊，出了糗不说，还被他看了个彻底，想来实在让人尴尬。

她轻嗤一声，嘴硬道：“我又没有关心他怎么样，你不用告诉我。”

徐明笑道：“我知道。是贺总让我一定要跟您汇报的。”

奚苒嘟了嘟嘴，坐上车。

徐明替她将行李箱放进后备厢。商务车安静平稳地驶出机场，驶上高架桥。

奚苒奔波了一整天，有点犯困，靠在椅背上，眼睛不自觉地闭了起来。

她再睁眼时，车已经停在了小区里。徐明不在驾驶位上。她揉了揉眼睛，推门下车。

倏忽间，她如同心灵感应般抬眸，十步之外，贺铭遥撑着医用拐杖，靠在树上，平静地看着她，唯独眼中泄露出一丝笑意，缠绵而缱绻，说不清道不明。

奚苒愣了一下，快步走过去，皱眉道："你怎么下来了？腿伤还没好呢……"

贺铭遥一言不发地看着他。

奚苒疑惑道："你……"

男人随手将医用拐杖丢到地上，抬起手臂，一把紧紧地搂住她。

"苒苒……苒苒……苒苒。"

奚苒被这个人高马大的男人按在怀中，脸贴着他的毛衣，密不透风，几乎要闭过气去。她拍了一下他的后背，说："你松开点。"成功地将气氛全数破坏。

贺铭遥低低地笑了一声，手指上移，轻轻地捏了捏奚苒的脖颈。一个吻悄无声息地落在她的耳垂上，引得人浑身战栗，奚苒整个人重重一颤。

贺铭遥肆无忌惮地朝着奚苒的耳朵吹了一口气，道："苒苒，你能不能骗我一次？"

奚苒的双手虚虚地搭在他的腰间，问道："什么？"

"你骗我，说你也很想我。"

奚苒沉默许久。半晌，她垂下眼，挣开他的怀抱，蹲下身，将医用拐杖捡起来，递到他手中，这才悄无声息地低声开口："不用骗，我确实有点想你。"

贺铭遥一愣，下一刻就陷入了狂喜中。

"苒苒。"

奚苒不看他的眼睛，抿了抿唇，扶住他的手臂，道："快点回去，我累了。"

"好好好。"贺铭遥连声应道。

初春，空气中仍旧带着刺骨的寒意。两人相携着，慢吞吞地往电梯走去。

贺铭遥道："苒苒，晚上睡我这儿吧？"

“你不要得寸进尺。”

贺铭遥不满地蹙了蹙眉，但见奚苒快要生气，自然收了表情，立刻摇头，表示不再抱有任何“非分之想”。

夜幕低垂，住宅区，家家户户都亮起灯，唯独贺铭遥他们这一间显得另类。

饭桌上放了四菜一汤，双人份，都是隔壁营养师做好送过来的。此时，菜吃得差不多见底，但没有人有时间收拾。

两人看的是一部老片，也是爱情片中的经典之作——《怦然心动》。

贺铭遥紧紧拥着奚苒。影片播到差不多一半处，布莱斯的爷爷说：“Some of us get dipped in flat，some in satin，some in gloss，But every once in a while you find someone who's iridescent，and when you do，nothing will ever compare.（有些人平庸浅薄，金玉其外，败絮其中。可不经意间，你会遇到一个彩虹般绚丽的人，从此以后，其他人不过就是匆匆浮云）”

贺铭遥仿佛明白了那种心情，轻轻地将这句话复述了一遍。奚苒有些诧异地回过头，看他一眼。倏地，男人的眼神幽暗下来，如同受了蛊惑般，轻轻地凑上前，吻住了她的唇瓣。

两人的呼吸交融到了一处，旖旎难耐。

磨磨蹭蹭，缠缠绵绵，奚苒的意识几乎被他全数夺走。

电影背景音乐非常好听，气氛也刚好，一点即燃。

贺铭遥的手指似是有些发抖，慢慢地落到奚苒的腰上。他的手掌温热，落在她细腻的皮肤上。他眼神幽暗，咬着她的唇，娇嫩、柔软，像新鲜花瓣一样的触感，明明收尽利齿，控制着力气，却还是引得女人微微战栗起来。

混沌中，她的眼神逐渐迷乱，贺铭遥的眼睛却越发明亮。

“苒苒。”他哑着声喊道。

他的手掌一点点上移，似要攀登崇山峻岭、巍峨高峰。投影仪闪着光，画面清晰度高，将白色墙面照得斑斓。空气中，连细微尘埃都在漫天飞舞，无所遁形。奚苒被贺铭遥的深吻勾出心底的一丝渴望。

她的视线依旧朦朦胧胧，被高大的男人顺势压倒在沙发上。

两人纠缠许多年，贺铭遥被奚苒同化，各种生活习惯都日趋相似。比如，在沙发上放一大堆柔软的抱枕，个个皆是精挑细选。

奚苒像陷入了云朵中。但毕竟抱枕不平整，再软也是凹凹凸凸、起起伏伏。她倏地清醒，抬起手，挡住了贺铭遥饿虎扑食的姿势，逼得他中途刹车。

“嗯？”贺铭遥仰起脖子望着她，声音却好像不怎么平稳。

奚苒用手臂挡着他，咬了下嘴唇。这头狼，刚刚接吻时没克制住，将她的嘴唇咬得有点红肿，碰一下感觉火辣辣的。她蹙了蹙眉，不自觉地“咝”了一声。

贺铭遥立马紧张地凑过来，哑着嗓问道：“你哪儿受伤了？”

奚苒没回答这个问题，只略略一抬眸，似是嗤笑道：“你的腿都这样了，还想做什么呀？”

贺铭遥义正词严道：“你配合一下，换个姿势，腿又不用用力。”

“做梦！”奚苒一巴掌拍到他的胸口。

贺铭遥：“……”

她居然差点被贺铭遥忽悠过去，幸好及时打住，要不然明早非得后悔死。

电影已经播放到尾声，贺铭遥松开她，坐起身，伸手打开沙发边的地灯。

贺铭遥别开脸，不敢再直视她。他稍微整理了一下衣服，清了清嗓子，站起身，轻声开口：“我去洗澡。”

奚苒的眼睛湿漉漉的，似笑非笑地望着他。

贺铭遥如芒在背，忍不住同她对视一眼。蓦地，他福至心灵，说：“我帮你。”

“帮我什么？”奚苒愣了愣。

都是成年人，也不用说得太透彻，眼神意会就已经足够。

这个夜注定难以平静。

北都和江城天南海北，分隔两端，气候也是大不相同。

从时间上来说，理应从寒冬腊月渐渐转为春暖花开，北都却毫无这个迹象，依旧寒冷。

奚苒在将最后一份修改稿打印上交之后，这次出差的工作也算是全数收了尾。

她没有通知贺铭遥，独自赶第一班飞机，踩着春光落地江城，再打车回到锦绣路。

奚苒回到家，给贺铭遥发消息：光蓝？选上是怎么回事？

几乎只隔了几秒，屏幕最上方，他那微信名就跳成了“对方正在输入……”。

只是输入了半天，也没回过来一条消息。

奚苒嗤笑一声，耐心地等。

良久，手机终于轻轻振了一下。

贺铭遥：你已经知道了？

奚苒：虽然我不清楚具体情况，不过沈从宴总不会自己看上了我的剧本吧？

她打完这行字，笑了一声，点击发送。

只半秒不到，电话便急促地响了起来。

接通电话后，贺铭遥在那头急急开口：“苒苒，我没有那个意思。”

奚苒冷漠地“嗯”了一声。

“我只是觉得你需要一个机会，刚好沈从宴要拍片子，我之前不是也收购了一家娱乐公司吗，一起弄的话也算双赢。我们生意人，讲究肥水不流外人田。”

半晌，奚苒总算大发慈悲，说：“我给你一次机会，晚上回来好好说。”

贺铭遥一愣，紧接着就陷入了狂喜中：“你回江城了？”

“嗯。”

“好，我开完会马上回来。我太想你了，苒苒。”

奚苒挂了电话，忍不住在心里骂了一句“油腻”。

夕阳西下，贺铭遥回到锦绣路。

他坐在车上，心情难以自持。不知不觉中，车已经停在小区楼下。

司机将车熄了火，下车，拉开后车门，又要伸手去扶贺铭遥。

贺铭遥摆摆手，示意他不必帮忙。

他已经迫不及待了，动作矫健，迈开步子，飞快地往电梯口走去。

电梯即将下到一楼。贺铭遥顿了顿，蓦地又改变了主意。他拿出手机，给司机打了一个电话，吩咐司机：“你还在小区附近吗？去找一个花店，买一束玫瑰来，快一点。我在楼下等你。”

司机一愣，立刻应了声。

贺铭遥一直不觉得自己骨子里有浪漫基因，之前想送奚苒那个玛瑙手铆，确实是他觉得很好很不错，直到奚苒说不吉利，他才意识到对方不那么能接受。

他的浪漫，似乎有些剑走偏锋。

十五分钟后，司机小跑着出现，手里捧着一大束玫瑰。

贺铭遥接过花，理了理西装外套，深吸一口气，抱着玫瑰上楼。

奚苒午睡睡醒，无所事事地躺在沙发上玩手机。

门外，响起清脆的敲门声。

奚苒放下手机，揉了揉眼睛，踩着拖鞋走过去。她已经懒得问是谁了，早就习以为常。她拉开门，巨大的一束鲜花先人一步映入眼帘。

男人人高马大，五官精致，气质矜贵，但怀里抱着这么一捧花，竟然也不显得违和。

奚苒轻轻地拧了拧眉头，问道："你这是做什么？"今天是什么特殊日子吗？还是为了逃避盘问，他才搞这一套？

贺铭遥一言不发，将花束塞进她怀里。紧接着，他连人带花一把搂进了怀里。

奚苒没有防备，条件反射地惊呼了一声："呀——"

贺铭遥却没有松手，紧紧地拢着她娇软的身躯。

他深吸了一口气，小声道："乖乖，想死我了。"是真想念，说也说不尽。

在奚苒去北都的这些日子里，贺铭遥不止一次动过脑筋，要不要飞过去看她，但是又怕她见了自己不高兴，也怕耽误她工作，她更生气，只得作罢。

他沉默良久，低低地笑了一声，问道："这花你喜欢吗？"

奚苒眼睛里的水雾尚未褪去，迷迷蒙蒙，宛如含了一汪春水，要将人溺毙。

她反应了半秒，回答："还可以。"

贺铭遥低下头，亲了亲她的眼睛，小声道："苒苒，我爱你。"

黄昏时分，屋子里终于结束兵荒马乱。

两人侧着身体，面对面，眼神迷离，总算能说些正事。

奚苒咬了下唇，清了清嗓子，道："你说说呗，为什么弄这部电影？为了讨好我吗？"

贺铭遥古井无波，一字一句地解释："苒苒，我不否认我确实有想要帮你的想法。"

奚苒蹙眉道："没有必要。"

这是她自己的事业，哪怕如同岁三所说的那样，圈子里机会有限，要把握一切机会，但贺铭遥这样，完全是在作弊。难道没有贺铭遥，她就活不下去了吗？

奚苒越想越生气，质问他："你是觉得我没有自尊心吗？如果你是想用这种方法逼我复婚的话，贺铭遥，你做梦。"

贺铭遥听她越说越偏，脸色白了一下，二话不说，先把人一把抱进怀里。

他将奚苒放在自己腿上，大掌轻抚着她的背脊，像安抚一般，试图让她冷静下来。

半晌，他才仰起头，看向她的眼睛，道："我从来没有这么想过，苒苒。"

这个身位，将两人的高度上下颠倒。奚苒得低下头，才能同他对上视线。不得不说，这个角度适合说话，也适合接吻。

贺铭遥瞧着她殷红的唇瓣，如同玫瑰花一样娇艳欲滴，等待人去采摘。

他轻咳了一声，声音低沉道："那一阵我想靠近你，但是又找不到方法。你工作忙，我又担心，加上沈从宴正好有这个计划，我才向他做了提议。"

"我就是担心伤了你的自尊心，才没有把这件事告诉你。你的剧本写得很好，沈从宴打电话来说过，就算没有我提前打招呼，也是能入选的。"

当然，这话还是有点水分的，就算奚苒这个本子真能入选，按照沈从宴的眼光，也是拍不了的。他是投资过小众电影，但骨子里到底还是资本家。哪怕一部电影质量再高、再特别，只要风险高过成本，他就不会多考虑了。

奚苒不是自恋的人，但导演的水平实在厉害，她那老土剧情变成画面后，每一帧都故事性极强，显得十分吸引人。这不可否认。

她垂下眼，道："你就是胡说八道。"

贺铭遥从她的语气中听出了一丝松动，忍不住在心底舒了一口气。

他顿了顿，又扬了下头，吻落在她的侧脸上。

"乖乖，你不要生气了。我跟你保证，以后不管做什么，都提前跟你商量，好不好？"

奚苒抿着唇，依旧不说话。

贺铭遥叹了一口气，道："那这样吧，我把光蓝转到你名下，你自己去当老板，防止我插手你的事业，你说好不好？"

这种吵架，对两人来说都是人生第一次。

他的手掌温热，一下又一下，轻轻落在奚苒单薄的蝴蝶骨上。他仰着头，眼睛里满是宠溺与无奈："嗯，你说行不行？"

奚苒别开脸，有点不适应这般亲昵。

从小到大，她性子里一直有点挥之不去的疏离感，仿佛经常游离在人群之外，和父母弟弟不算亲，和同龄人也难深交。

坐男人大腿这种事，在她的印象中，除了很小的时候被奚爸爸抱起来过，成年之后就再没有发生。

贺铭遥倒是格外喜欢搂搂抱抱。他个子很高，抱着奚苒时，就像抱个玩偶一样，完完全全地拢在怀中，严丝合缝，一点余地都不留。

不过坐大腿却是第一次。失去掌控权，弄得她整个人十分紧张。两人的脸凑得极近，呼吸都像交融到了一处。她卡壳半天，总算反应过来，贺铭遥还在等她的答案。

她踟蹰半秒，整个人往后靠了靠，试图拉开一点距离，小声道："我可不要。"

贺铭遥紧追不舍，问道："为什么不要？"

奚苒："……"

奚苒干脆抬起手，推他的肩膀，打算从他身上起开。

贺铭遥可不会让她得逞，笑了一声，手臂一捞。倏地，两人就变得密不可分。

奚苒着急起来，生怕他控制不住自己，擦枪走火。她赶紧抬高了声音，开口："你快松手！我们俩什么关系呀，前妻和前夫的关系！我为什么要你的公司？贺铭遥你快点撒手！"

贺铭遥的脸色一下子就黑了。

好半天他才缓过来，咬牙切齿地嘟囔：“小没良心。”

奚苒轻飘飘地瞟了他一眼，说：“说谁呢，弟弟？”

论年纪，她今年三十岁，论性格，那也是温柔懂事，和“小没良心”这四个字沾不上边。

贺铭遥顿了顿，再不敢说话，但是也不想让她说话气自己，最好的方法当然是接吻。

贺铭遥的手掌上移，触碰到她的脖颈，轻轻压住，迫使她低下头来。自己则是仰起头，准确地衔住她的下唇，泄愤似的磨蹭了几下。

他松开她之后，很快又凑上去，同她唇舌交缠。

奚苒知道真相后，也没法再改变什么，只能当作不知道。反正贺铭遥做得隐蔽，别人也不清楚内幕，被议论几句就当利息好了，有舍才有得嘛。

她平复了一下情绪，依旧兢兢业业地去光世报到，开始上班。

四月，江城早已春意盎然。

奚苒收到邀请——电影在北都顺利杀青，要办一个庆功宴。

她收拾好行李，欣然前往。贺铭遥也抽出两天年假，强行跟上奚苒的步伐，随着一块儿去了。

北都的天气尚未完全回暖。

私人飞机顺利落地北都机场。奚苒和贺铭遥一起，入住了之前那家酒店。

奚苒小睡片刻，日头渐斜，霞光从细密的云层后乍见颜色。

贺铭遥敲了敲主卧房间的门，将她叫醒。

“乖乖，醒醒，吃点东西再睡。”

奚苒揉了揉眼睛，没再赖床，换上一身适合北都初春的装扮，慢吞吞走出去。

贺铭遥正坐在客厅沙发上，抽空查看工作邮件。他听到开门声，抬起头来，目光投向奚苒身上。

灯光下，他剑眉星目，表情淡然，鼻梁上架了一副眼镜，颇有些斯文的气质。

两人皆是一愣。

贺铭遥先反应过来，将笔记本合上盖，问道："吃顿饭而已，你怎么穿这么漂亮？"

两人结婚多年，贺铭遥早见惯了她各种模样，当然是无一不喜欢。但她这般特地装扮一下，又是新的惊艳。但紧接着，新疑惑浮上心头。她为什么穿这么漂亮？别的男人看了也会喜欢。再加上自己没名没分，没法挡住某些狂蜂浪蝶，这就更让人担忧了。

贺铭遥的脸色有点不好看，抿了抿唇，似在同她撒娇一般。

奚苒没体会到贺铭遥那点微妙心思，只是诧异地多看了他几眼，问道："你近视了？"

为了看得更清楚，奚苒往前走了两步。

贺铭遥倒是被她这举动取悦到了，慢慢开口："平光镜。"

"那你戴着干什么？"

"勾引你啊。"

语毕，他弯了弯唇，站起身，轻轻一勾手，将奚苒拉进了自己怀中。

贺铭遥笑了笑，低下头，又凑近一些，问她："我戴眼镜好看吗？"

奚苒："……"

奚苒不得不承认，她确实有被勾引到。果真时代变了，男色也能误人。

她清了清嗓子，掩饰住失神，岔开话题："我饿了，不是说去吃饭吗？"

贺铭遥点点头，他确实没想把她怎么样，只是刚好看到眼镜盒，随便拿出来逗逗她罢了。

他将眼镜摘下，随手放到旁边，嘴唇轻轻地碰了一下奚苒的脸颊，软软糯糯，像汤团一样的触感，让他忍不住流连。

他闷闷地说："苒苒，你太漂亮了，带你出门，我都有点不放心。"

奚苒都懒得理他。

"你走不走？不走我自己去了。"

"走。"

时间过得飞快，天气一天天燥热起来。

一转眼，江城入夏了。奚苒的生日就在高考那天。这次生日代表着，她终于正式迈入了三十岁大关。

“苒苒，我听弟弟说，他们下周就来江城了，那爸妈住哪儿？”

奚苒正贴着面膜，对着电脑整理资料。她闻言，眼睛都没抬一下，含含糊糊地开口：“他可真能通风报信。”

贺铭遥笑了笑，顺势坐到旁边。他抬起手，替她将垂下来的头发往后压了压。但由于她一直低头，耳廓压不住头发，还是往下掉。贺铭遥干脆按着她这一绺头发，再没松手，姿势很是别扭，也不嫌累。

他慢吞吞地开口：“让他们住咱们之前那套婚房怎么样？够大，房间也够多。那套房子，爸妈还没见过吧？”

她终于将面膜揭下，丢到垃圾桶里，拍了拍脸，不紧不慢地答道：“行吧。”

贺铭遥长长地舒了一口气。

“那好，我马上让人去安排。”

六月六日，奚父奚母先弟弟一步到达江城。

贺铭遥正好有个会，实在走不开，奚苒也不好请假，只能让徐明开车去接人，送到大平层那边。晚上，正在上大学的弟弟也顺利到达江城。

贺铭遥还没下班，奚苒先一步去了那边，一家人在大平层里团聚。

弟弟看直了眼，小心翼翼地在大平层里转了几圈，拉起奚苒，低声问道：“姐，这房子要多少钱啊？”

奚苒有些心不在焉，说：“不知道啊。这个楼盘是贺家开发的，应该不要钱吧？”

奚父奚母则偷偷问奚苒：“苒苒，你不是和贺先生离婚了吗？怎么你们俩还住在一起？”

奚苒摇头道：“没有，我们俩都不住这边，这是之前我们结婚的时候住的。因为爸妈你们要来嘛，这里正好空着，贺铭遥就说用来接待你们。”

“那你们在用钱上，平时分开吗？”

“当然分开啊。”

不过贺铭遥回来之后，再没有人表现出异样，看起来都是其乐融融的模样。

一家人一同吃了饭，贺铭遥回锦绣路，奚苒留在大平层陪爸妈。

转眼到了六月八日——奚苒生日。

贺铭遥安排了丰富的行程，带着奚家一家人，从早到晚全程陪同，态度好得简直算是做小伏低了。

见他这般讨好，连奚父奚母都免不了动摇。

七点多，夜幕彻底降临，库里南缓缓驶入郊外温泉酒店。

贺铭遥将车钥匙交给门童后就下了车，牵住了奚苒的手。

奚苒愣了愣，挣扎道："我爸妈还在呢。"

贺铭遥缓缓转过身，眼睛里满是笑意。

"苒苒。"

他打了个响指。

倏忽间，大堂所有灯齐齐关闭，整个酒店瞬间一片黑暗，奚父奚母和弟弟皆吓了一跳。

"怎么回事？"

"怎么了，停电了吗？"

黑暗中，贺铭遥牵着奚苒的手，慢条斯理地往前走去。

"嘭——"

一束灯光打到他身上，大堂边放了一架白色三角钢琴。

钢琴上有一个精致的小盒子，贺铭遥将它拿起来，打开，里面是一对设计精巧的耳坠，钻石在灯光的照耀下流光溢彩。

他目光灼灼地直视面前的女人，低声道："苒苒，这是我只为你一个人设计的耳坠。你愿意戴上它吗？"

奚苒有片刻的愣怔，似是没想到他会特意为自己做这样的事。

良久，她轻轻地点了点头。

贺铭遥这时才松了口气似的，郑重而温柔地为她戴上了耳坠。他微微侧过头时，浅浅的呼吸落在她的耳边。

奚苒垂下头，不自觉地抬手摸了摸耳垂，脸颊浮起一抹红晕。

贺铭遥缓缓坐到了钢琴凳上，轻轻缓缓地开口："爸、妈、弟弟，今天麻烦你们，帮我做一个见证。"

众人："……"

"苒苒。"他温柔地喊了一声，手指落到琴键上。

"其实我从来没做过这种事，第一次可能说得不好。"

贺铭遥清了清嗓子，依旧是平静的表情，眼睛里却满是微笑与宠溺。

“苒苒，你二十三岁时我们相遇，你二十五岁时我们相识。之前，我都不是一个合格的爱人，让你受了太多委屈，很可笑的是，我很晚才意识到这一点，实在抱歉，请求你的原谅。今天，你三十岁了，人生进入新的阶段。我非常诚恳地拜托你，希望你未来的人生还是有我参与。我以前有多不好，以后就会加倍对你好。”他说完最后一句，手指轻轻动了起来。

流畅的音符从琴键下缓缓荡漾开，温柔又动人，一点一点飘到了每一个角落。贺铭遥弹的是一部电影插曲。前不久，两人一同看过电影。电影里有一句台词，让人念念不忘——“我能遇见你，已经是很不可思议的事情了。”

奚苒的手指紧紧地攥了起来。

“苒苒，生日快乐。”

第十二章 ／ 从此是第二次

两年后。

奚苒离职光世，成立个人工作室。

她在光世的最后一个工作日，下班时，贺铭遥特地开车来接她。

库里南停在路边，十分引人注目。更遑论豪车边还站了一个好身材的大帅哥，回头率可以说是百分之五百。

库里南驶入晚高峰车流，走走停停。

他偷偷瞄着奚苒，仿佛漫不经心地抱怨：“你那个办公室这么远，每天去上班太辛苦了。”

奚苒随口“嗯”了一声，说：“先看看，实在不行到时候买辆车。”

贺铭遥道：“之前我定了几辆新车，你去挑一辆。”

奚苒垂着眼，摇头道：“我买得起。”

“我也送得起。”

奚苒：“……”

贺铭遥将车开进开发区，在一栋新修的大楼前停下。

贺铭遥锁了车，自觉地陪着她一同上去。

奚苒这个工作室尚未招人，她是和贺铭遥找来的设计师沟通后才开始装修的，连家具设备也是她抽空挑选出来，一样一样摆好的。从里到外，处处符合她的心意。

明天就是新的开始。奚苒站在门外，深吸了一口气，打开灯。

这会儿，门口空地上，正放着一个三层蛋糕。

贺铭遥不知道从哪里掏出个小礼炮。

“嘭”的一声，礼炮炸开，彩条从半空纷纷落下。

贺铭遥笑起来，从后面搂住她，轻轻地说：“恭喜我的奚总。”

奚苒愣怔了许久，才问道：“你……你什么时候准备的？”

“我猜到你今天想来，就给你准备了。我没喊别人，我们俩庆祝就够了。”

奚苒脸皮薄，不喜欢尴尬。若是呼朋唤友，反倒弄得场面太有架势，无端增添些许局促感。两个人，刚刚好。

贺铭遥把她了解得透彻，也足够重视她的想法，再不会独断专行，什么事都优先考虑她的心情。

奚苒有点感动，眼眶发热。这次她没再推开他，而是慢吞吞地转过身，靠进他怀中。

“谢谢。”

贺铭遥笑起来，用力抱了抱她，说：“乖乖，跟我客气什么。”

贺铭遥清了清嗓子，开口：“苒苒。”

奚苒抬头道：“嗯？”

“那个什么……”难得，贺总竟然也有难以启齿的时候。

“什么”了半天，他都没说出个所以然来。

温暖的灯光下，他的耳朵有一丝泛红。

奚苒仿佛有预感一般，瞪大眼睛。

贺铭遥泄气般指了指窗外：“你看。”

夜色被光线点亮。远处半空中，一架直升机正缓缓靠近。

等直升机飞到窗前不远处，奚苒已经能听到它的轰鸣音。她扭过头，愣愣地看向贺铭遥。贺铭遥摸了摸鼻梁，小声说：“走吧。”

奚苒：“……”

两人一同下了楼。

园区里有很大一块空地，据说是规划出来种绿植的，但拖了许久，绿植没种上，还做成了空地。空地铺上地砖，装上休息椅，给人散步用。

这会儿，空地上摆满了香槟玫瑰和蜡烛。放眼望去，数不清到底有多少，亮得几乎能将黑夜映成白天。

直升机下降到了不远处。贺铭遥松开奚苒的手，快步走过去，从开直升机的人手中接过一个丝绒盒子。

万千玫瑰中，他转过身，遥遥地朝着奚苒招手。

“苒苒，到我这儿来。”

奚苒如同入魔一般，腿脚不受控制地缓缓走近他。

贺铭遥弯了弯眉，当她走到他面前时，单膝跪了下来。

丝绒盒躺在他的手心。他打开丝绒盒，里头躺了一颗硕大的粉钻，嵌在戒托上，外面则是一圈钻石，似在闪闪发光。

贺铭遥将戒指举起来，喊她："苒苒。"

"嗯。"

"求你嫁给我吧。"

奚苒半天说不出话来。这个求婚，好像没有女人能够抗拒。

她眼睛通红，缓了许久，才开口："你早就策划好了吗？"

贺铭遥道："不是，戒指才刚刚做好，你看，这不得直升机送来，才能赶上我给你的惊喜。"

这个戒指，从旁边的小钻到中间的粉钻，每一处都是贺铭遥挑选和设计的，比曾经送给她的那副耳坠更加昂贵，也更加用心。

"我爱你，请你再一次嫁给我。"他如同宣誓一般，一字一句地说道。

奚苒写过许多剧本，其中不乏求婚情节。

不可否认，香槟玫瑰、蜡烛、粉钻，无疑是最俗气的种类。前人用了千万次，好像"求婚"就离不开这个场景一样。但在这种情况下，这种"俗气"确实最能让人心动。奚苒双手捧着脸，还用力地眨了眨眼睛，勉强抑制住眼泪。

贺铭遥跪了很久，戒指也举了很久，表情却没有一丝不耐烦。

"如果我不答应呢？"

"我还可以继续等。"他答得飞快，似乎毫不犹豫。

奚苒咬了咬唇，垂眸道："贺铭遥，你不会后悔吗？"

"后悔什么？"

奚苒的声音有些哽咽："事实上，我不是你喜欢的样子，也不是你喜欢的类型。其实对我们两个人而言，对方都是勉强的选择，不是吗？你明明可以选一个更好的。"

他咬牙切齿道："我不勉强。难道你和我在一起，很勉强吗？"

"没有更好的，你就是最好的。而且，什么叫我喜欢的类型？奚苒，你当我在选妃啊？你不答应就算了，能不能不要说这种话让我伤心啊？"他的脸色不是很好看，不过舍不得对奚苒撒气。

他叹了口气，垂下眼，准备站起身。倏地，他手上戒指被人轻轻拿走。

贺铭遥难以置信地看向奚苒。

夜色下，奚苒的眼眸灿若星辰，比钻石闪耀一万倍。

她将戒指举起来，对着直升机的光线照了照，然后不紧不慢地套到了自己手指上，又仔细端详片刻。

“这粉钻值钱吗？”

“值钱。”

奚苒摸了摸指节，压低声音，缓缓开口：“人家都说钻石恒久远，可以象征爱情。贺铭遥，上次结婚的时候，你都没有送我钻石。”

贺铭遥依旧保持单膝跪地的姿势，低声答道：“是我的错。”

奚苒道：“你为什么没有早点爱上我呢？”

贺铭遥摸了摸鼻子。这种时候，就让她翻旧账吧。

“我当时有眼无珠，没意识到身边的人是小心肝。”

奚苒点头道：“对啊，你确实有眼无珠。”

贺铭遥：“……”

“但我还是有点喜欢你，怎么办？”

贺铭遥再也没有办法同她拉扯什么，站起身，一把将她搂进怀中。

女人娇小玲珑，呼吸一起一伏，和着他的心跳频率，完美契合，像丢失的肋骨终于被找了回来。一切都是老天刚刚好的安排。

贺铭遥紧紧地拥着她，喃喃：“我什么都依你，你打我骂我都行，但是戒指不许摘下来了。”

奚苒：“……”

“只要你有一点点喜欢，就够了。苒苒乖乖，三十岁，我好像也有点说不出好听的情话了，只要一句就足够。”

奚苒闷在他怀中，纳闷地道：“哪一句？”

“我爱你。”

她的新生活从换工作起，如同一幅画卷一般缓缓展开。

奚苒的工作室很快有了雏形。

她招了一个行政，再招两个编剧助手，然后接单，顺利开工。

第一个项目自然来自光蓝娱乐，完全是老板出于私心，花重金捧场。

奚苒套上了戒指后，贺铭遥底气大增，二话不说重新买了房，就在开发区附近，死缠烂打逼着奚苒和他同居。

奚苒窝进沙发里，随手拿了一个抱枕，懒懒地望着贺铭遥。她眯了眯眼，笑问道："我在书房肯定要打字，你不嫌我吵吗？你不是工作的时候最烦别人打扰吗？还有你那些文件合同，不怕我随便乱翻吗？"

贺铭遥迈步走过去，将她抱进怀中，答道："你别嫌我吵就行。"

奚苒："……"

他亲了亲她的眼睛，整个人压上去，将女人压进沙发里。

"我的都是你的，你随便翻，丢了也没事。"

"哦？坏你生意呢？"

"破产了，咱们就一起去天桥底下乞讨。"

奚苒被他逗得笑起来，轻轻地说："贺总，你这姿色，用不了乞讨，出卖点色相就够养活我们啦。"

贺铭遥没说话，只定定地注视着她，似要望进她眼睛深处。

奚苒的心脏猛地一跳，仿佛预感到一丝危险，她抬手推他："你别……"

她话音未落，贺铭遥已经重重地吻了下来。

他揽住她细腰，似要将她按进自己骨头里。

气氛瞬间缱绻起来。

然而落地窗外光线大亮，无论做什么，都显得不那么合适。

贺铭遥也有这种感觉，不知道按了哪处，电子操控着将窗帘拉上。

片刻后，没了自然光，又没有开顶灯，房间便昏暗下来。

贺铭遥松开她，轻声喊："苒苒。"

奚苒眼睛里含着水光，重重地喘着气，同他对视。这般旖旎美景，任何一个男人都无法抵抗。

贺铭遥的手指落到她的衣领处。

房间中央空调恒温操控，奚苒只穿着轻薄线衫，露出单薄锁骨。

衣服是套头的，不好脱。男人耐心有限，吻着她的脖子，粗暴地将圆领口扯得老大，从肩膀一把撸下去，像野蛮人一样。

奚苒："……"

贺铭遥抿着唇，垂下眼，轻轻地开口："苒苒，我会注意。"

"嗯？"

"咱们先别要孩子吧。"他呼吸沉重，"我想过几年二人世界。"

好不容易近了她的身，他就像饿了几年的野兽闻到肉味，一旦碰上，再难撒手。

奚苒的意识已经有些模糊，她眯着眼，把他的话当成了耳旁风。

入夜，云雨初歇，两人一起洗了个澡，躺在一块儿。

奚苒累得睁不开眼睛，某位健身达人却还是神采奕奕。

虽然“再来一次”的请求被无情拒绝，但是贺铭遥没有要放过她的意思，他将人紧紧搂在怀中，手掌有一下没一下地轻抚着她的后背。

奚苒背脊的皮肤光滑，手感极佳。贺铭遥有些收不住手，连忙轻咳一声，勉强收回注意力。

黑暗中，他倏地出声：“明天，咱们去把证换了吧？”

奚苒迷迷糊糊，声音沙哑：“明天我有事。”

“那后天？”

“嗯？最近我都没有时间。”

贺铭遥不乐意了，轻轻捏了捏她腰间的软肉，凑过去亲她的眼睛，似乎非得把人闹起来不可。

奚苒推了几下，怒了，重重地拍他的手臂：“贺铭遥，你别闹。”

只可惜男人皮糙肉厚，完全拍不疼，倒是把她的手心拍红了。

贺铭遥赶紧将她的手拉过来，放进手心，轻轻揉了揉。

“好好的，怎么还打人呢？”

“我要睡觉！你再吵，明天去隔壁睡。”

他当即偃旗息鼓，不说话了。

翌日，大清早，光线透过窗帘洒进房内。

奚苒睁开眼，发现贺铭遥早就醒了，正坐在床头，深情地凝视着她。

“你干吗？”她的声音还是含含糊糊的，听起来很温柔。

贺铭遥心里爱得不行，恨不得将她揣进怀里带走。他忍不住，伸手捏了捏她的脸颊，立马被她毫不留情地拍开。然而他没有放过她的打算，一大早就开始穷追猛打。

“你哪天能抽两个小时出来？我配合你的时间。”

奚苒已经完全醒了，默默地看了他一眼，说：“最近都不行。”

这就是变相拒绝，完全不留余地。

贺铭遥实在不懂，毕竟他的求婚她都答应了，只是把非法同居关系换成合法同居，她为什么不愿意呢？难道这女人想始乱终弃吗？

贺铭遥被自己这番猜测惊得沉了脸色，干脆站起身，像抱孩子一样将奚苒一把打横抱起。

“呀——”她条件反射地惊呼一声。

贺铭遥抱着她走出卧室，将她放在沙发上，自己则蹲下身同她对视。

奚苒知道这是开堂会审的节奏，深感头疼，率先小声道：“咱们俩工作都忙，反正都住在一起了，也不差这张结婚证吧？不要着急。”

贺铭遥道：“差。很着急。”

“但是这么匆匆忙忙，万一……是吧？离婚也很麻烦。”

在她看来，两人倒是可以再磨合磨合，等双方事业有成了，再去补个证。

反正贺铭遥不急着要孩子。事实上，奚苒也没有生孩子的打算。

然而贺铭遥听她这么说，声音都变了调：“你还想离婚呢？”

“我是说万一。”

“奚苒，没有万一！”他气急，二话不说就要把人往沙发上压，似是要身体力行地让她意识到，两人是天造地设的一对，谁也离不开谁。再想什么离婚，那就是做梦！

奚苒吓了一跳，奋力推他：“喂！我还没刷牙呢！”

贺铭遥冷冷一笑，道：“你喜欢洗手间是吧？来，我帮你刷。”

奚苒：“……”

卫生间里有一面巨大的落地镜，这会儿，镜子都没法照人，任谁多看一眼，都得脸红心跳。

两人胡天海地乱闹一番，成功双双迟到。

奚苒重新洗了头洗了澡，搭贺铭遥的车去工作室。

奚苒一进门，助理小姑娘就笑眯眯地喊道：“奚老师，早啊！”

奚苒理了理头发，应了一声。

小姑娘神秘兮兮地压低声音道：“今天我看到您老公了。”

奚苒没说话，心头一跳。

小姑娘说：“我刚刚下去拿快递，正好看到您下车。”

“我没有结婚呢。”

小姑娘一惊，似是意识到自己说错话，赶紧讪笑着去工作了。

奚苒却被扰得心神不宁起来，拿起小镜子，随意地检查了一下妆容。

然而锁骨下方那一点红色痕迹，怎么看怎么扎眼。

今天她穿了V领薄衫，在家照镜子时，衣服理得整齐，还发现不了，这会儿稍微伸展一下手臂，衣服乱一点位置，就显山露水起来。

怪不得小姑娘是那种表情，她多半是被人看了笑话。她气恼地找了一张毯子，把自己上半身全数挡住。都怪贺铭遥！

两人同居第五个月，奚苒又要去片场跟组。

贺铭遥正抱着看剧本的奚苒，突然奚苒表情一变，眉头紧皱，看起来难受不已。

贺铭遥问道："你怎么了？"

奚苒没说话，"唰"一下站起身，快步冲出衣帽间，直奔厕所。

"呕——"厕所传来了干呕声。

贺铭遥立刻变了脸色，三两步迈到她身边，扶着她的肩膀，轻轻抚着她的背脊。

"你怎么了，吃坏东西了吗？阿姨！"

奚苒抿着唇，没说话，脸色发白。

倒是阿姨见状，随口插了一句："小奚是不是怀孕了？她这样子，有点像早期的妊娠反应呢。"

贺铭遥："……"

这个可能性一被提出，奚苒撑着脖子抬起头，自己先否定了。

"不可能。"

因为贺铭遥还不想要孩子，她自己也没有这方面的计划，就算是住到一块儿，各种措施也做得齐全。

然而冷水冲到手上，冰得她一激灵。她倏地清醒过来，怒视着贺铭遥。

深更半夜，贺铭遥一秒都没法忍受，心脏快要蹦出来，火急火燎地将奚苒送到医院。

一项项检查做完，事情尘埃落定。

奚苒惨白着一张脸，轻声开口："会不会检查错了？"

"不会的，奚小姐，您看这里，黄体酮数值大大超过参考值，您确实是怀孕了。恭喜两位。"

到底是怎么回事？她怎么会突然怀孕了呢？奚苒蹙着眉。倏地，她瞪大了眼睛，似是想到了什么。

那天一大早，两人就复婚这件事谈崩之后，在卫生间，贺铭遥火急火燎，匆匆忙忙，两人都忘了采取措施。按照检查单算算时间，差不多就是那几天。

奚苒的眼圈有点红，她反手重重地捶了贺铭遥一下。

“都怪你！”

贺铭遥也没有生气，想了想，他面无表情地给医生使了个眼色。

片刻后，门被拉上，诊室里只剩下了他们俩。

贺铭遥握住奚苒的肩膀，深吸一口气，坐到她身边，抿了抿唇，扳着她的身子，让她与自己对视。

“苒苒，你是怎么想的？”

奚苒不明所以，说：“什么怎么想？”

“出差肯定不能去，明天早上我帮你给导演打电话。下午我们就去登记复婚。这个孩子，要留还是要打，你是怎么想的？”贺铭遥叹道，“我希望你留下，毕竟是我们的孩子，怎么样我都会喜欢。”这话到底带了一点私心。

事实上，两人已经三十出头，但因为爱情、婚姻经历皆是坎坷，所以生孩子这件事好像从来没有排上过日程。

但孩子就这么突然来了，虽然是一场意外。

良久，奚苒红着眼睛，咬着唇，默默地点了点头。

贺铭遥没有封建迷信思想，也用不着算良辰吉日，只等奚苒点头，就把她绑去了民政局。

奚苒这次怀孕比上次更加磨人，不仅妊娠反应十分严重，东西吃不下去，觉睡不好，就连脾气也日渐暴躁，难以控制。

贺铭遥只觉得心疼，他将一辈子的耐心都用在她身上，打不还手骂不还口。家里备了营养师，专门给她调理饭食，但如果她深更半夜提出什么奇怪要求，他就会起床帮她弄，就为了哄她吃点东西，心情能好一点。

所以，他就算被吼了，也能淡然处之。

这天，奚苒又因为晨吐带来的不适在家发火。贺铭遥赶紧把人搂紧，想了想，沉沉地开口：“那怎么办？”

“当然是去上班啊，人家怀孕都是从预产期才开始请假的，哪有在家里休息十个月的呀！”

贺铭遥简直啼笑皆非。

“乖乖，贺夫人备孕前一年就开始在家休息了。”

他们这种家庭，谁会真把工作当回事啊。做贺铭遥的妻子，就算休假一辈子，也没什么问题，不需要有什么伟大志向，只要他宠着就行。

倏忽间，奚苒的眼睛红了，委屈从心底泛上来，一股一股，眼泪不受控制地砸在手背上，砸得贺铭遥惊慌失措，心痛难忍。

“你怎么了？怎么哭了？乖乖，我的乖乖别哭了，苒苒别哭，我会心疼。”

奚苒抽噎几声，垂下眼，用手背大力擦着眼睛。

她才擦一下，就被男人握住了手，包入自己掌中。

他另一只手空着，抽了柔软的纸巾，小心翼翼地替她吸干眼泪，像在对待什么珍贵瓷器一般，生怕将她弄碎。

奚苒的心情一点点恢复过来，理智复苏，顿时也觉得自己有些矫情。

“乖乖，你和贺夫人确实不一样。”贺铭遥低声说，“最大的不同就是，贺夫人是为了稳固地位才生了我。我的父母，两人之间没有任何爱情。而你，因为我爱你，所以我们的孩子才会诞生。”

奚苒抿了抿唇，似乎把这话听了进去。

“甜言蜜语你最拿手了。”

她抱住贺铭遥的脖子，轻声开口：“谢谢老公。”

贺铭遥的身体轻轻一震，表情变了变，问道：“你刚刚叫我什么？”他的眸色似墨，沉沉地盯着奚苒。

奚苒眨了眨眼睛，略有些不解：“我们不是刚换了证吗，老公？有什么问题吗？”

贺铭遥只觉得浑身舒爽。这会儿要是奚苒让他去摘星星，他都得赶紧联系一下航天局，试探性问问有钱能不能登月。

男人就是这么没有原则。

贺铭遥用力搂紧了奚苒，亲了亲她的脸颊。

“没有问题。老婆，我的乖乖。”

奚苒怀孕八个半月时，住进了医院。

事实上，贺铭遥在一个月前就已经坐立难安，连晚上睡在一张床上，都会经常性地从睡梦中惊醒。

房间内，只留了一盏小灯。

光线昏黄，贺铭遥躺在旁边，闭着眼，显然已经睡着。

她凑近了去看，他眼下有淡淡的乌青。

奚苒转了几个方向，确定那是黑眼圈，而不是角度问题产生的阴影。一时间，她心头“咕嘟咕嘟”冒着小气泡，又酸又甜。

“老公。”

贺铭遥：“……”

“贺铭遥。”

贺铭遥：“……”

无人应答，他确实是太累了，已经睡着。

奚苒低低地笑了一声，轻声说道：“你能一辈子爱我吗？”

未来的每一日，都如今日一般。

贺铭遥：“……”

语毕，她随手关了灯，也躺下去。

她知道他睡着了，才敢问这种童话般的问题，本来就没指望得到他的答案。

静默良久，黑暗中，男人含含糊糊地“嗯”了一声，声音里皆是睡意：“能的，老婆。”

奚苒：“……”

预产期终于到来。

奚苒吃过早饭后，倏地感觉到一阵阵痛，连忙喊来贺铭遥。

贺铭遥在旁边看育婴书，听到她的声音，立刻跑过来，一只手按了铃，另一只手牢牢握住她的手指。

“不疼不疼，宝贝，别怕，我在呢。”

奚苒的眉头紧紧皱起，整张脸挤到了一块儿。

“好痛。”

她这身体不耐疼，一点点疼就有些受不了。

贺铭遥见她这般，再也无法平静，对着门外大喊了一声：“医生，医生呢？”

幸好护士来得及时，见到奚苒这般，说：“还要再疼一阵才能生。”

贺铭遥蓦地变了脸色，站起身来。

他的气势十分逼人，直勾勾地瞪着护士：“可是她说她疼。”

“宫口都没开，现在只是第一阵阵痛呢。这是正常情况，再忍忍。”

“不能打点麻药什么的吗？”

贺铭遥觉得自己的年纪确实是大了，一点都看不得自己的心肝受苦。

护士无语地看着两人。

直至华灯初上，奚苒才被推进产房。

徐明来到医院，尚未来得及开口，就见自己英明神武的老板扶着墙壁，一副快要晕厥的模样。

徐明："……"

他作为一个合格的特助，必须为老板分忧，想了想，低声说："贺总您放心，夫人身体健康，不会有什么意外的。"

"她一点都不健康。"贺铭遥喃喃。

徐明："……"

"她就像一张纸片一样。"他含在嘴里怕化了，捧在手心怕碎了，哪能挺得过这阵仗呢。

顷刻间，贺铭遥开始后悔。要是当时他没有昏头，措施做得好些，奚苒就不用吃这些苦头……

徐明面对失了智的老板，彻底无话可说，只得笑了笑。他知道老板现在什么都听不进去，再要紧的事，也得等奚苒顺利生产后才能汇报。

产房里，奚苒开始尖叫。

贺铭遥再也忍受不了，将奚苒说的"不想让他看到可怕的画面"这种鬼话忘到了脑后，干脆换了无菌服，大步走进了产房。他要去陪她。

四十分钟后，奚苒顺利生下了一对双胞胎。

贺铭遥忍不住，竟然落下泪来，还来不及看孩子的模样，先紧紧地抱住了奚苒。

一辈子好长，但是他要给他的宝贝全世界最多的宠爱。

番外一 ／ 与你的年年岁岁

01

贺氏总裁喜得俩儿子这事，很快轰动了整个圈子，甚至连公司股价都产生了一些波动。

一时间，各路人士都跑来打听内幕，连沈从宴那儿都有人摸过去。毕竟贺铭遥的亲生儿子，就是铁板钉钉的贺氏继承人。对于相关人员来说，这不是小事。

与此同时，请柬也通过徐明的安排依次发了出去。

婚礼安排在东南亚的一座小岛上进行。

早些年，贺铭遥将小岛买了下来，本想着开发旅游业，但因为一直没有找到合适的负责人，便搁置下来。后来，他改了主意，将小岛命名为西河岛，建设成私人度假区，留给自己用。

名字也是取了两人的姓氏，组合在一起，西是奚苒，河是贺铭遥。

专机上，奚苒戴上眼罩耳塞，飞快进入睡眠模式。

两个小孩不过五六个月大，都醒着，怕哭闹起来，只得一起抱着哄。贺铭遥抱哥哥，保姆抱弟弟。

男人抱孩子的姿势十分标准，一看就是练出来的。要不是他表情淡然，这气质、这动作，看着还颇有些铁汉柔情的意思。

奚苒怀孕时没查出双胎，小名和大名都只取了一个。生产之后，他们重新给俩儿子改了昵称。哥哥小名叫蛋糕，弟弟小名叫千层，听着就让人觉得食欲倍增。

俩儿子都完美继承了爹妈的优秀基因，初初落地时，还没有长开，显得不太可爱，可越养越帅气。

这会儿，小蛋糕正笑着瞪着他爹，嘴里还咿咿呀呀吐着泡泡。

贺铭遥轻轻地拍了几下儿子，薄唇微张，漫不经心地轻声开口："蛋糕，赶紧睡觉，别瞪着眼看我。"

小蛋糕仿佛能听懂他爹在说什么一样，真的闭上了眼睛。

另一边，弟弟也不甘示弱，嘴里发出"呀呀呀"的声音。

贺铭遥又换了一个孩子抱，还是一样冷酷无情："千层，闭嘴，吵醒你妈我就揍你。"

小千层立马闭上嘴，咬着手指，怯怯地望着自己的冷面亲爹。

贺铭遥十分满意，拍了拍他的背脊。

"挺乖的，不错。"语气简直跟老板夸奖下属没差别。

阳光炙热，西河岛的海风晃晃悠悠地吹拂到两人身上。

奚苒也没了睡意，懒懒地躺在男人怀中，仰起头，盯着他的下巴。

"你在想什么？"

贺铭遥眯了眯眼睛，低下头，笑了一声，说："我在想，要不要买个微博热搜。"

"热搜什么？"

"贺铭遥奚苒世纪婚礼。"

奚苒简直尴尬癌发作，头皮发麻："咱们俩又不是名人，买什么热搜啊。而且，哪有人把自己的婚礼称呼为世纪婚礼的。"

贺铭遥知道她的脾气，颇有些好笑，忍不住亲了亲她的额头。

他岔开话题，沉声说道："我把西河岛所有权转到你名下了。"

奚苒："……"

"以后你就是编剧圈第一女岛主。"

奚苒忍无可忍，重重地捶了一下他的肩膀，挣扎着离开他的怀抱，双脚落地，自己站到旁边，道："你别胡言乱语发疯了，我过去看看儿子。"

顷刻间，再营造什么浪漫气氛，只要提到小孩，全数化为乌有。

贺铭遥踟蹰片刻，到底舍不得奚苒一个人忙碌，大步走过去，将千层抱起来。他转了方向，脚步未停，朗朗开口："走吧，我们先进去。"

奚苒抱着小蛋糕，盯着男人矫健的背影，轻轻地笑了一声。

"老公。"

"嗯？"

“等等我。”

男人顺从地停下，等她走上来。

日光剪影中，两人一高一矮，并肩而行，动作一致地抱着孩子，竟然如同浪漫电影中的桥段。

02

小蛋糕和小千层在爹妈不遗余力地秀恩爱中安稳长大。

一转眼，两人马上要去上小学了。

贺铭遥颇有些大功告成的喜悦感。

毕竟是枕边人，奚苒立马敏感地发现了他这种心理。

事实上，从俩宝贝儿子出生起，她就隐隐约约有这种感觉——贺铭遥总觉得自己被她忽视了，似乎老和儿子们“争宠”刷存在感。

蛋糕和千层上的是全市最好的私立小学，和他们俩上的幼儿园一样。

开学第一天，奚苒和贺铭遥一同出发，将俩儿子送到学校，悉心关照一顿。

蛋糕和千层都被奚苒教育得很好，站姿很正，姿态大方，再加上五官精致、穿着整齐，两人站在一起，就像两个贵族小绅士，吸引了不少家长的目光。

奚苒早就习以为常。贺铭遥却好似有些不满，认真地交代：“在学校里和幼儿园不一样，你们别整天想着玩，要好好学习，对老师要有礼貌，对同学也要客气。”

“知道啦，爸爸。”

“知道啦，爸爸。”

他站起身，满意地摸了摸俩儿子的脑袋，说：“你们进去上课吧。”

等他目送两个小朋友走进校园，才转过身，拉起奚苒，脚步不停地回到车上。

奚苒问道：“你走这么急做什么？后面还有事？”

贺铭遥关上车门，笑道：“没有啊。”

“那你急什么。”

“好不容易把俩小崽子送走，今天我带你去玩，好不好？”

奚苒：“……”

这年，奚苒四十岁。

她感觉自己已经失了浪漫细胞，成了一个普通的俗人，庸庸碌碌，操心家庭，操心孩子，守护事业。车内空间宽敞，但两人四目相对，距离也足够近。

她将手指放进贺铭遥的手心。下一秒，贺铭遥习惯性地牢牢握住她的手，面露疑色："怎么了？不想去吗？那我们去吃好吃的？"

奚苒用力摇了下头。

校区斜对面就有停车场。这会儿，上班上学时间已过，四下无人，显得有些空旷。

奚苒不担心会被人看到，放心地将脑袋压进贺铭遥怀中。

两人动作契合，十分自然地相拥在一处，这动作宛如做了千百遍。

她的声音闷闷的，从男人怀中透出来："贺铭遥。"

"嗯，我在。"

"俩儿子都七岁了，咱们在一起也将近十五年了吧？"

贺铭遥笑起来，轻轻地吻了吻她的头发。

"是啊，快十五年了。"

奚苒问道："你有没有后悔过？"

贺铭遥能这么十年如一日地宠爱她，实在让她心潮澎湃，也让她忍不住想窥探更多，想得到他肯定的回答。

果真，贺铭遥不会让她失望，斩钉截铁地开口："从来没有。"

奚苒弯了弯唇。

贺铭遥用力抱住她的后背，掌心轻轻拍着，像哄孩子一般，回忆着说："苒苒，我伤害过你一次，但一定不会有第二次。"

她愿意回到他身边，已经是世界上最好的事情了，他必须得珍惜一辈子。

奚苒扑哧一笑，喃喃："行，我信你。"

贺铭遥想了想，又说："不过，你也得保证，在你心里，我必须是第一位，儿子排我后面。"

奚苒："……"

奚苒终于确定，这么多年，绝对不是她的错觉，这个神经病确实是在跟儿子吃醋。

她简直哭笑不得，道："那可是你儿子，你还搞什么排序啊，你是小学生吗？”

这年头，小学生才讲究“我要和你天下第一好，别人都得是第二”吧？

贺铭遥严肃地答道：“儿子也是男人。他们俩以后也会有老婆，不能抢我的。”

奚苒：“……”

“虽然他们是我俩的儿子，但老婆只能是我一个人的老婆。”

他好不容易将老婆追回来，怎么能让俩小崽子抢走。

奚苒完全不想理会他，从他怀抱中挣脱出去，理了理头发，漫不经心地问：“你不是要带我去玩吗，还不走？”

贺铭遥一愣。

奚苒道：“不过，贺先生，我得提醒你一下，咱们俩都已经步入四十岁阶段了，麻烦你找点符合我们俩年龄的活动，千万别带我去游乐园了。”

贺铭遥：“……”

“回忆从前也不行。啊，对了，西河岛也不去，下午还得接儿子放学呢，这可是开学第一天。”

贺铭遥笑起来，发动汽车。

“放心吧，老婆，我都安排好了，那咱们俩现在就出发？”

奚苒点头：“好呀，老公。”

两个人的眼睛皆是亮亮的，对视时，灿若星辰，和十年前比毫无分别。

只要和你在一起，我的心将永远狂恋你。

番外二 / 不再见

我想大言不惭卑微奢求来世再爱你，
希望每晚星亮入梦时，
有人来代替我吻你。
——《不再见》

岁三第一次见到喻洲，是在一个深夜。

公司给她安排的航班时间不太好，晚上九点多，她才赶到影视城。

正好组员还在开夜车。

岁三轻手轻脚地走到同事身边，低声问：“什么情况？”

同事回头，见到她，叹了一口气，指了指前方，说：“导演发飙呢，拍摄拖了好几天了。”

岁三一惊，说：“那怎么办？”

剧组拖慢拍摄进度是大事，不仅仅是演员的档期问题，对于公司来说，开支也是一天一天叠加，再到核算成本时，难免挨训。

岁三生怕是自己到得太晚，因为剧本改动问题，影响了所有人工作，那样她就难辞其咎了。

同事没品出她语气中的紧张，摊了摊手，说：“太子当导演，拖就拖了呗。人家是咱们老板，咱们能说个啥？他开心就好。”

岁三眯了眯眼，视线投向正前方。

路中间，洒水车“噼里啪啦”作响，奋力营造出降雨效果。一个男人站在监控台后头，身形消瘦，面色极差，正在呵斥着什么，在场所有人都面如土色。

光世太子爷，果真是好大的官威。岁三悄悄撇了撇嘴。

这件事成了之后所有经历的契机——没过多久，岁三突然接到了医院的电话。她耐心地听完后，人有些诧异。

她没病没灾地活了三十年，加上家中长辈总有些江城本地的老派思想，觉得感冒发烧之类的小病属于身体正常代谢，无须看病吃药，自然就会痊愈，因此，从小到大，她几乎没进过医院。直到这会儿，她才迷迷糊糊地知道，自己血型特殊，属于“熊猫血”。

此时，有个与她血型相同的人处在危险中。稀有血型血库告急，急需人献血救助。公司体检中心备案了她的血型，这才会联系到她。

岁三并非正义之士，第一反应是想到爹妈的告诫——献血伤身，如非必要，三思后行。

她踟蹰了一会儿，说自己需要考虑一下。

电话挂断没多久，一位女士找到她家里。

“你好，我是喻洲的姐姐。”

最终，岁三还是抽了400cc血，脸色苍白地离开医院。

她虽然不怎么喜欢喻洲，但也没法眼睁睁地看着同事去死，反正只是400cc血而已。

岁三回到家，在百度中输入“再生障碍性贫血”，点击搜索。

百度说，再生障碍性贫血是一种少见的血液系统疾病。

她轻轻地叹了一口气。

虽然平时喻洲桀骜不驯，甚至可以说有些嚣张跋扈，眼睛里藏不住狂傲，但谁能想到，他的身体差成这样，从小躺在医院，病房跟家一样。

这么看来，太子爷的人生倒也不那么一帆风顺。

岁三觉得，她可以原谅喻洲之前在公司里的各种冒犯举动。

这件事很快被当事人知道了。

喻洲发了大火，失了一贯的气度，竟然将岁三按在了无人的办公室里，禁锢着，不让她离开。

岁三实在理解不了他这种行为。

喻洲见她一脸“不敢苟同”的表情，气得脸色发青。

“你知不知道，夫妻之间是不能互相输血的？”

岁三一脸迷茫。

这个问题实在太让人迷茫。

喻洲忍无可忍，说了一句脏话，又说：“我喜欢你，你这个白痴！”

“所以，我不需要你的可怜，也不需要你的帮助。就算是我贫血到要死了，也不想你给我输血！”

喻洲这个告白，在很长一段时间里，都像是噩梦般，缠绕着岁三。

岁三已经三十岁了，虽然看着年纪小，但心智早不是年轻小姑娘。

她比喻洲理智一万倍。

两人无论从年纪、家世，还是性格来说，都显得不那么搭调。喻洲哪有那般玲珑心思？不合适就是不合适，她连理由都懒得多找。

只是，岁三人在光世工作，喻洲想找她，那真是比什么都简单。

在拒绝了一千零一次之后，她开始认真考虑起离职的可能性。

喻洲自然也感觉到了。

他可是喻家独苗，加上自出生起身体就不太好，家里对他更是百依百顺，宠得没边。

喻老板这辈子只反对过他一回，那便是拒绝接手喻家公司，选择了玩票一样去做导演。但最后，喻老板到底还是心软，为儿子出钱投资了光世影业，给他一个玩耍放松的场合。

就是这样的喻洲，面对岁三的“不识趣”，竟然没有恼羞成怒，而是越挫越勇。

周末，喻洲在医院做完例行检查，直接开车去了岁三家。

这个点，岁三会出门逛超市，他早已谙熟于心。

没过多久，女人娇小的身影，果真如预想般出现。

喻洲快步走上前去，将人拦住。

“岁三。”

见到他，岁三的脸色变了变。

她深吸了一口气，逼迫自己冷静下来：“你怎么又来了？”

喻洲道：“不要辞职，光世平台很好，对你积累人脉有很大帮助。岁三，你是个很理智的人，应该明白我说得有道理。”

还不是被你逼得没法理智么？她在心里翻了个白眼，默默吐槽。

前几天，喻洲将一头头发染黑，比五颜六色的时候看起来要成熟稳重许多，说话时，似乎也带上了些许严肃与可信度。

喻洲静静地看向岁三，蓦地，出声喊她：“岁三。”

“我追了你这么久，你找了一万个借口拒绝我。今天我就想问一句话。”

“先排除你的一万个理由。你对我，真的一点点心动都没有吗？”

岁三垂下眸子。平心而论，要说她完全没有触动，那是不可能的。

正是因为心思起了波动，她才会一次又一次地说服别人，也坚定自己的立场。

她想抵抗这种失控的动摇感。

在岁三已经走过的三十多年的岁月里，没有一个人同喻洲一样，不遗余力、不可抵挡地闯入她的生活，像是利刃，破开重重盔甲，岁三没法不动摇。

在喻洲问完这句话之后，气氛沉默了一瞬。

岁三扭开脸，拒绝与他对视。

“没有。”

喻洲点头：“我明白了。”

他深深地望了她一眼，最终转身离开。

半年后，喻洲悄无声息地远赴美国治病。

岁三结束了一段时间高强度工作，终于得了一个休假。

夜色中，她浑浑噩噩地走出公司。

一辆跑车打着远光灯，飞驰着冲向她。

身体来不及反应，她倏地瞪大了眼睛。

两天后。

喻洲苍白着脸，风尘仆仆地赶回江城。

这次，换他来救她。